弱い神

小川国夫

講談社

弱い神　目次

装幀　司修

弱い神

流れ者

――鑑平さん、あんたの目はおだやかだな。俺は人相が悪くなるばっかりだ。こういうこともやめなきゃあならんが……。俺の目はサイコロの目とからんで、どうにもならん。夢の中にだってサイコロが気をもたせて、転げているもんな。見ないわけにはいかんし、打たないわけにはいかんし、目つきはおかしくなるばっかりだね、と恵吾は言ったことがあるそうです。

――わしはもうやめるよ。あんたもここで前をきれいにして、やめたらどうか、と鑑平は応えたそうです。

――やめたいなあ。

――いくら要《い》るのかね。大概こんなもんかね。

鑑平はそう言い、三百円恵吾に渡したというのです。鑑平はこの時以後、二度と賭場へは行かなかったそうです。しかし恵吾はしばらくやめていただけで、またやり始めてしまい、仲間に相手にされなくなるまで続け、切れわらんじの恵吾さんと言われたといいます。そして、四十三歳で結核で亡くなりました。その間に、鑑平は何回か救いの手をさしのべたと言います。

鑑平が恵吾に良くしたのは、恵吾の妹のことがあったからでしょう。わたしの義理の母です、おすみと言います。鑑平はおすみをどこで見たのでしょうか。一目で好きになったらしいのですが、長い間口に出さなかったそうです。まわりは恋に感づきませんでしたし、当のおすみさえもわからなかったそうです。恋があることを彼女の兄に告げたのは一太郎さんなんだそうです。

——鑑平はあんたの妹にのぼせているさ。これでお前にもわかったろう、あいつがお前になぜ親切するか。女のほうはなんて思っているのかなあ、と一太郎さんは苦笑しながら言ったんだそうです。

変な笑いかたで、忘れられんな、と後に恵吾は言ったそうです。

——あんたにそう言ったのか、鑑平さんが、と恵吾が訊きますと、

——俺も鑑平から聞いちゃあいないが、解っているさ。こっちまで息がつまるよ、あいつはこらえていやあがる。

——なぜかなあ。

——遠慮っぽいんじゃないのか。

——遠慮……。解《げ》せんなあ。

——まあ、解りにくいことだ。俺も首をかしげているよ。

——お前、あいつから聞きだしたらどうだい。口が固い人間だが……。

一太郎さんの言いかたは恵吾には解らないところもあったそうですが、解ったところだけでよかったのです。肝腎なことは合点した、と恵吾は思いこんだのでしょう。それにしても、解らな

かったのは、一太郎さんの態度だったとのことです。後に、恵吾はこんなふうに話したということです。……一太郎は、当時は今よりも人相が悪く、したたかな手合いに見えたな。ただあの時は違ったよ。あのことを、酒を飲んだあげく、俺に告げた時には、なんだか青い顔になって、目を細めて、顫《ふる》え声になるのさ。

恵吾は、翌朝五十海《いかるみ》へ帰り、その翌日の夕方おすみを連れて藤枝へ来て、二人で旅館の二階へあがって、鑑平にそこへ来るように連絡したんだそうです。鑑平がやってきますと、

――妹にも一緒に来いって言ってさ。たまには町場の空気も吸わせてみようってわけだ、と言ったのだそうです。

――来たがったのかなあ、おすみさんが、と鑑平は恵吾に聞いたそうです。

――さあ、それはわからん。藤枝へ行って、よたった兄貴の監督をしにゃならんと思ったかもしれんがな。

――こんなところへ来たかなかっただろうに。

鑑平はなにげなく、思った通りのことを言ったのでしょうが、すぐそばにいて、おすみはとても怖かったそうです。婉曲な言いかたで、質問されているような気がしたからでしょう。しかし、答えたってしょうがない、どう答えたとしても無駄なんだから、と思えたに違いありません。彼女は黙っていたそうです。胸迫って声も出ない状態だったようです。

――酌をしろや、と兄に言われましたが、彼女は両手を膝に乗せたままで、苦しげに肩をゆすっただけだったといいます。

お酌をこばんだわけではなくて、しなければいけないと焦りながら、ひどく手が顫えるのを見

られるのがいやで、気持を落ち着けようとしていたのだそうです。三人とも黙ったままで、どのくらい時が流れたのか、おすみにはとても長く感じられたということです。

——人形か、お前は、と恵吾が言い、鑑平がなだめるような手つきで徳利を持ちあげて、二つの杯に注ぎ、三つめをおすみの前に置いて、

——飲むかね。注ぐだけ注いでおくよ、と言ったそうです。

恵吾はとてもお酒が好きでしたが、ひかえていたらしく、話もわれながらそそくさとしていた、と感じていたそうです。とってつけたように自分の村のことを持ちだして、

——五十海っていやあ、何もありゃあしない。だだっ広いばっかしで。浜もな、夏になりゃあ、人間の領分なのか亀の領分なのかわかりゃあしない。冬になりゃあ、しぶきと砂が渦を巻いて、目もあいちゃあいられんわ。海寄りの手合らは、よく我慢して生きてきたなあ。そのうちにみんな、出て行っちまうだろうよ、と言ったりしたそうです。

——いい港があるじゃないか、と鑑平が言いますと、

——大した舟寄せじゃあないよ。でも川尻だからな。川が使えるから、ようよう成りたっているようなもんだ、と応えていたそうです。

その間、おすみは黙ったきりで、箸も持たなかったというのです。恵吾は一人でしゃべっていたのですが、突然立ちあがり、

——一太郎に言っとかなきゃならんことがある、と言ったそうです。

——一太郎もここへ呼んだらどうか。

——馬鹿言うな、ここはあいつなんかの来る場所じゃあない。

——なぜかね。

——とにかく、野郎と俺はもっと粗末なとこで飲むから。

——粗末なとこってどこかね。

——どこかなあ。おすみ、お前鑑平さんにこじっかり酌するんだぞ。

そう言い残して、恵吾は座敷を出て行ったんだそうです。旅館の裏口から出て路地を速足で歩いていますと、鑑平が追いかけてきて、

——お前、一体何のつもりか、と聞いたそうです。

——他愛ないことを言わんでくれ。その点おすみのほうがまだましだな。あの娘は今夜帰っちゃあならないことを知っているさ。帰ろうたって帰るとこなんかないさ。あいつにはほかに行くとこなんかないさ。

——旅館よりほかにか。

——鑑平さん、あんたふざけているのかね。

——ふざけているのは、お前だろうが。

そう言って鑑平は、恵吾の肩を突きとばしたのだそうです。恵吾のことです、お酒で骨ぐるみ柔らかになっていて、くらげが漂うようにうまくよろけて、一旦かたわらの槙《まき》の垣根に体を埋めてから、ゆっくり立ち直ると、

——今夜はな、今夜はそうさ。五十海へ帰るわけにゃあいかん。俺はあんたのこと言ってるんだぜ。あんたもあそこへ泊らなきゃあならん。

——困るな。

——困るなんて言うもんじゃない。兄貴の俺がそうしろと言ってるんだ。

——だれの兄貴だ。

——おすみの兄貴だよ。決ってるじゃあないか。

——考えるよ。

——考える必要はない。何を考える気か。小娘の始末のしかたが解らんのか。

賭場ですと、余裕をなくして目の色を変えたり、迷ったりしているのは恵吾で、のん気に事務をとるようにふるまっているのが鑑平だったそうですが、旅館の裏の路地では、落着きを失っているのが鑑平で、当り前の顔をして薄笑いを浮かべていたのが恵吾だった、というのです。

——今夜はとにかくかたをつけろ、それで合い性がよくないとわかったら、そのまんまほかしてくれたってていいから。

——あんた、そんなことを言っていいのか。おすみさんの考えはどうなんだ。

——旅館へ戻って、ジカに聞いてみてくれや。

——お前らの親はどう考えているのか。

——いいじゃあないか、八方へ気を使わなくたって。

そう言って恵吾は立ち去り、路地から東海道へ出る時、曲りかどで振り返ると、鑑平が槙の垣根に身を寄せて、考えているのが見えたそうです。背を丸めて、まるで借金をかかえて途方にくれているかのようだったそうです。

翌朝鑑平はその旅館から仕事に出ましたし、おすみは一日中、一部屋に籠りっきりだったそうです。そして、もう一泊したのですが、朝になると、まだ仲居さんも起き出さないうちに、くぐり戸から外に出て、立ち去ったのだそうです。この話をわたしにしてくれたのは鷺坂濱藏さんですが、おすみさんのシンが強《づな》い性質がわかるような気がするな、と言っていました。わたしも、濱藏さんの言う通りだと思います。お義母《かあ》さんは一人になると粘り強く、ひとの二倍も三倍も物ごとを筋道たてて考えるのです。愚痴はつぶやきません。その朝、人気のない道を歩いて行く彼女のけなげな姿が見えるような気がして、濱藏さんはそう言ったのでしょう。

おすみは、一日おいた夕方、また藤枝に現れて、一太郎さんと鑑平が働いている木型屋の向いの石の常夜灯のかげにしばらく立っていたんですって。見つけたのは一太郎さんで、それを鑑平に告げますと、そうかい、と言っただけだったそうですが、しかし本当は、天下の一大事が起ったと感じていることが、一太郎さんには読めたというのです。それから、……鑑平さんは人目をかすめるようにして消え、二日間戻ってこなかった、三日目の夜おそく戻ってくると、

――一太郎、俺は五十海へ行こうと思う、と言ったそうです。

――なんだ、行ってきたんじゃないのか。

――行ってきたんだがな、これから向うへ住もうって腹づもりだよ。

この時のことを、一太郎さんは鷺坂濱藏さんに次のように話したそうです。

……俺は割りきれない気がしたなあ。というのは俺たちは、二人で富山へ移ろうとしていた矢先だったからな。富山の氷見《ひみ》の近くに九津《くづ》さんて人がいて、元は藤枝の東海鋳金に奉公した人だったから、俺たちを誘ったのさ。木型もしっかり作ったし、鋳造も、鑢《やすり》も、俺たちの先生だった人だ。資金が都合できたって言うから、俺たちは三人であっちへ仕事場を持とうと思っていた

さ。

——お前は氷見へ行け、と鑑平さんは言ったさ。

——お前はどうするんだい。五十海で鋳掛屋をやるのかい。

——やるだろうな。しかし儲かりゃせんだろう。

——………。

——一太郎、氷見の九津さんはあんたを褒めている。ばりばり仕事する男だと言ってたよ。

——あんたは俺のことをどう言う気かい。

——俺か、俺は別にお前を褒めやしないが……。

——そうかい。

——それに、九津さんの段取りが狂うだろう。

——鑑平さんのせいでな。

——その通りだ。だからせめてお前だけでも氷見へ行ってやらなきゃあ、先方に悪いじゃないか。

鑑平はなお十四、五日、九月の月末まで藤枝にいたよ。その間に、木型屋の主人と退職の話をつけていたっけ。鑑平は自分の思い通りに事を運んでいるんだよ。俺はだんだん黙りこんじまった。だから、考えがたまるんだよ。暗ぼったい沼みたいなものをかかえこんじまって、底からガスの泡が湧くように、俺はつぶやいたさ。突然自分の声が他人の声みたいに聞えてきて、気味が悪かったたな。それで、でかい風呂敷包みを背負った鑑平が仕事場を出て行く時になって、炸裂しちまった。明るい秋の日だったが、もっともっと、白いほど明るくなって、羽目板も、瓦も木の葉も火の見櫓も石灯籠も消しとんだようだっけ。俺の目がそうなったさ。鑑平に追いすがって、——俺を毛嫌いしやがって、と叫んださ。

俺を見た鑑平の目は険しかったよ。俺が突っかかったもんだから、鑑平も突嗟に身がまえたってことかもしれない。しかし、俺はあの人間の本心を見たと思ったよ。鑑平は今度こそいいめを見たいと思っている。だれだってそうなんだから、それがけしからんなんて言ってるわけじゃあない。邪魔しようなんてだれも思っちゃあいない。しかし、鑑平には俺が邪魔になるんだ。そんなことはない、と打ち消したって駄目だろう。鑑平が勝手にそう思うんだから、どうしようもないんだ。

——俺が五十海へ行っちゃあまずいのかい、と俺は言った。

——お前が食いっぱぐれるかもしれんからな。

——お前一人なら食えるっていうのか。

——そうだよ。

——そうか、いい気持だろうな。これからは、別々の人間になろうっていうんだな。

——くどいな。お前の悪いとこだ。

——別々の人間になろうっていうんだな。

——人間はもともと別々だよ。

そう鑑平は言って、行こうとするもんだから、俺はあいつの風呂敷包みに手をかけて、のけに倒そうとしたが、風呂敷のわっかから首を抜きゃあがった。素速いなあ。俺はあましを喰っちまった。あわてて立ち直ると、

――解ってもらいたいと言ってるじゃあないか。それが解らねえのか、とがなったさ。

――アタをするじゃない。

――アタだってするさ。

俺は風呂敷包みをかかえていた。あいつはひったくろうとした。めずらしくじれたんだな、俺の顔を殴った。強く当てすぎて、ハッとしたんじゃないのか。あいつが息を呑むのが感じられたように思えたな。それにしても、とびきり見事な一発だったんで、きなくさい臭いがして、顔の骨が鳴ってるような音にとり囲まれて、俺はひるんじまったさ。相手が鑑平でなきゃあ、たとえ目から花火が飛ぼうが、俺はあんな具合にひるむことはない。俺が手出ししないでいると、やっこさん風呂敷包みを取りあげて、悠々と背負って、行っちまったよ。五十海へ行く馬力と近くで待ち合わせる約束をしていたってことだ。俺はそそくさと身じまいして、道端の切石に坐ったさ。しばらく考えちまったんだよ。……これで三度目だ。効くんだ。俺はちぢみあがり、それから、嘘みたいに静かになって、鑑平のことを感じる。やっぱりなつかしい。鑑平のいる所より他に行く所はない。……こんなふうに思うのは、ひどい変り者かもしれないけども、それでいいさ。しょうがないことだ。俺にそのことをしっかり解らせるために、もう一回殴ってもらいたいくらいだっけ。


なんにも手につかなくなっちまった。自棄酒を飲むのさえ忘れていたさ。夜が更けたって、まんじりともしねえ。以前起きたことが、まるで今起きてるみたいに、俺を摑まえて、放さねえ。こんな人間は日本中に俺一人だろう、病気じゃあないのかと思うよ。

鑑平と俺は別々の人間じゃあない

高等科一年の時に、そのころ青年団にいた石神成吉に殴られたことがあった。俺はお前をはり倒したいが、とあいつが言ったんで、俺はなに気なく、やってみな、と言った。すると、いきなりみぞおちを突かれちまった。立っていられなくて、しゃがんじまった。成吉は念押しに俺の横っつらを蹴ったんで、横倒しになっちまった。まるでちぢかんだ蝦さ。息が止まりそうだっけ。鳩が鳴くような呻き声を出して、草のなかでもがいていると、ゲロがこみあげたんで、そのまんま吐いた。ゲロにまみれて、息をついていた。薄目を明けていると、夕日が涙に映って揺れていたっけ。痛みがだんだんおさまり、だるくなってくるのさ。ウトウトして、知らん間に眠っていたよ。眼が醒めると、高い空には針でとめた羽虫みたいに星が光っていた。悲しいっけ。ひとりうっちゃられたように思っていたが、そばに鑑平がいるのが見えた。鑑平は土に半分埋まった石に腰かけて、俺のほうを見ていたのさ。それで俺は起きることができた。みぞおちの奥はまだぼんやり痛かったが、それには代えられないっけな。鑑平の服が俺の上に掛けてあったんで、それを返した。

——悪いっけな、俺のゲロがついたろう。

——ついちゃあいない、と鑑平は、見もしないで言い、

——お前、寒かないか、ときいた。

——寒かないよ。

——そうか。

鑑平はその服を着た。

——俺らへマをやっちまったさ、と俺が言うと、

——お前、あの野郎には敵《かな》いそうもないな、と鑑平は言うのさ。

——なんだ、見たのか。

——お前が土手の上で成吉と向きあっているのが見えたっけよ。それで、来てみたさ。アッと言う間にぶっ飛ばされたっけな。

暗くてよくはわからないが、鑑平はなんだか笑っているようだっけ。

——いいじゃないか、成吉のしゃっつらをそのうちにかっくらしゃ、と鑑平は言った。

——ただじゃあおかんぞ、あの手合い。

俺がそう言うと、鑑平は笑った。おもしろ半分のようだっけ。それで、俺は余計ムキになって、

——いいか、その時もお前、見ていろや、と言った。

俺は結構、鑑平に甘えていたが、助太刀してもらう気はないっけ。

——お前、立てるのか、と鑑平がきいた。

俺はいくらか無理して立ちあがった。

——それじゃあ、帰らざあ、と鑑平は言うのさ。

並んで歩いた。晴れあがった空には、星がでていた。賑かに、星の総出だ。透明で、きれいな夜だ。俺は興奮するとこんな感じになることがある。喧嘩や恋のせいじゃない。あの時は、鑑平はとりわけ大《いか》く見えた。特に肩幅が広くて、動く小山のようだ。

——このことは、親父にもお袋にも言わんでおいてくれや、と俺が頼むと、

——言やしないよ、と鑑平は言った。

みぞおちの奥は、五日ばかり病んだ。痛みの塊りが居すわっていた。しかし、ひどくはなかったんで、俺は普通にしていた。鑑平は手の甲で俺の胃の上を叩いては、

——どうだい、ここは、と言った。

なんだか医者みたいだっけ。それをやられるたびに治って行くような気がしたが、からかわれている気もしちまうもんで、

——痛いよ、痛くてたまらん、と俺はだだっ子じみた言っぷしをしちまった。

——大事にしなよ、と鑑平は笑うのさ。

俺が二年喰らいこんで出てきた時、着物を持って迎えに来てくれたのは鑑平だっけ。肩肘張るでもなく、小さくなりもしないで、甲府の刑務所を眺めていた。その辺の学校か倉庫を見るようにな……。

——どうだい、とりあえず蕎麦をすすっておいて、今夜は俺んとこでメシを喰えや、と鑑平は言ったさ。

俺がうなずくと、

——大したもんはないぞ、と言った。

鑑平のとこでよばれた夕飯はとてもうまいっけ。塩出しした塩鱒を焼いてくれたさ。いい匂いがした。自分がこしらえた鋳物の平鍋に昆布を敷いて、真白に豆腐が並べてあった。大男のくせに、そこは職人だな、きれいに賽の目に切ってあった。鰹節はその場でけずった。からみは葱と生姜だけじゃなく、蕗の薹もあった。油揚げと若布《わかめ》の味噌汁、鳥を入れた茶碗蒸しまで器用に、こしらえてくれたさ。

——全部お前がこしらえたのか、と俺がきくと、

——お万さんもやってくれた。だがな、茶碗蒸しは俺さ。俺が喰いたかったからな、と鑑平は得意になって言った。

鑑平は、刑務所の暮らしぶりのことは聞いてきたが、事件のことはほとんど言い出しゃしない。運が悪かったのさ、それだけさ、と思っているかのようだっけ。酒もあったから、ほろ酔いになってから、

——これからヘマやるなよな、と言ったのが関の山だ。

——鑑平さんよ。俺って人間は迷惑だろう。

——さあね。

——いるよりかいないほうがいいだろう。

——いたほうが、なんだかおもしろいな、二人三脚だって……。

俺は、鑑平と俺は別々の人間じゃあないと思ったよ。

火の粉が飛ぶ

五十海へ着いた鑑平は、沖家の納屋に住んで、工場を建てはじめました。お金をかなり持っていたそうですし、沖の家も助けたそうです。青木山の南側の百五十坪ばかりの土地は、沖のものだったのです。紅林鋳造所はここで始まり、やがて拡張して四百坪ばかりになって、今もここにあります。

鑑平は一人の大工さんと、数人の手伝いの若い衆と一緒に働いたといいます。熔解炉は設計図を片手に、自分で煉瓦を積んでこしらえたそうです。建築は二月くらいかかったそうです。始めて一月くらい経つと、一太郎さんが現れたと言います。……一太郎さんは野宿するんだよ。ケットを持っていて、浜の砂の穴に、焚火をしちゃあ夜を明かすんだよ。おかしな流れ者《もん》だなって俺らうわさしたさ。鑑平さんまでそんな目で見られちまっていたさ。一太郎さんは昼間は工事場へやってきて、みんなが働いているのを見ていたな。なにか用事を頼まれるのを待っているようだっけ。……鷺坂濱藏さんはそう言って笑いました。濱藏さんは建築を手伝った若い衆の一人だったんです。

一太郎さんはみんなと一緒に働くようになったんだそうです。手を貸したがっているんだから、貸してもらえばいいじゃないか、と濱藏さんは思ったと言います。鑑平は一太郎さんを仲間にいれるのにこだわっていたでしょう。しかし恵吾が喜んで、お前、何やらせても器用にこなすな、一太郎さんかい神さんかい、オミキそなえて拝もうかい、と冗談を言ったりしたそうですし、おすみが一太郎さんの分もお弁当をこしらえてもってきたりしたもんですから、こだわりは融けて行ったのでしょう。鑑平と一太郎さんが、気の合った仕事仲間だったことは間違いありません。十二月になって紅林鋳造所が操業した時、職工さんは結局この二人だったそうです。一人のように、揃って仕事ばかりしていたそうです。

明くる年の二月に、鑑平とおすみの祝言が沖の家でありました。一太郎さんはお客さんというよりも、人足のようだったと言います。宴が終って、ざっと後かたづけが済むと、夜中の十二時を回っていたそうですが、台所で下働きの男女がしばらく飲んだり食べたりしていた時、一太郎さんがめずらしく荒れたと言います。

——おすみさんは宴会でままっ子になっていたな。なぜだ、一体、と言いだしたんだそうです。

——花嫁さんて淋しいもんだよ、と手伝いの女の人が応じますと、

——そうかなあ。五十海ってそういう土地がらかなあ、と一太郎さんは言ったそうです。

——よそのことは知らないけどね。

——女同士慰めるもんじゃあないのか。

——あんたが慰めてやりゃあよかったじゃあないか。

——馬鹿言うんじゃない。鑑平だってままっ子だったぞ。

――鑑平さんの身内はいなかったからの。

――なぜいなかったかって思ってるのか。

――そうよ。

――俺の知ったことか。

――わたしらも、おかしいと思ったの。

――恵吾さんはよくやってくれた。恵吾さん一人じゃないか、鑑平をとり持ってくれたのは。他の人っちは何だ。めでたいめでたいなんて言ったりして。

――めでたいからめでたいと言ったんでしょうに。

――めでたかない。ご愁傷様です、と言えばいいじゃないか。

――お前さん、そんなことを言っていいのかね。

――よかないだろうな。しかし俺は本当のことを言ってる。

――一太郎さん、後生だからやめておくれ。聞き苦しい。

翌日も、紅林鋳造所は仕事を休んだのだそうですが、鷺坂濱藏さんはたまたま一太郎さんと出会ったと言います。大きな樫の木の下の夕闇に沈みそうに、道ばたの石に坐って、地面を見つめていたのだそうです。知らない土地へ来たことを後悔しているように見えたので、

――どうだい調子は、と声をかけますと、

――二日酔いだ、とひるんだような笑いを浮かべたと言います。

――どうだい、どっかへ行かないか。

――俺か……、ここにいる。

――冷えるよ。工場へ行かないか。向うにはだれかいるかもしれん。

――俺はここにいるよ。お前こそどっかへ行くんだろ。行けよ。


祝言は三日で済み、四日めから、一太郎さんと鑑平は仕事に戻ったと言います。富士に大きな製紙工場ができて、コックの註文がたくさんあったそうですし、県の十木部からは県内の水門のハンドルの註文が藤枝の鋳造所へ出たのだそうです。鑑平はとびついて、その下請けもやらしてもらった、と言うのです。しばらく夜業が続きました。毎晩晴れあがり、青い透明な空には星が冴えかえっていたでしょう。そして、殴りつけるような風が必ず吹き荒れるのです。二月二十日までに火事が二件あったそうです。稲むらと牛小屋が燃えて牛が焼け死んだというのです。それから、たて続けに、伝馬作りの仕事場が燃え、舟大工の住む家にまで火が入ってしまった、というのです。二度目の火事があった翌日の夕方、一太郎さんは、工場に近い畔道で警官と出会ったそうです。


――わしんとこの火に気を使っているんですか、と一太郎さんが訊きますと、

――乾いているからなあ。どんなもんも燃えたがっている。カチカチ山だよ、火には気をつけてくれや、と警官は言ったそうです。


折り悪しく、紅林鋳造所の一本の小さな煙突から火の粉が舞っていたのだそうです。しかし、わずかで、風で乱れるとすぐに消えてしまう程度だったといいます。

――お前んとこは鉄《かね》の火だからな。消えたように見えてもなかなか消えんのじゃないか。

――あれは鋳物の火じゃありませんよ。鋳物はコークスで溶かすんですから、火の粉は出ま

せん。

——そうか、仕事場を見せてくれや。

警官がそう言うので、一太郎さんは仕事場に一緒に行って、熔解炉を見せたり、コークスの燃えがらの捨て場を見せたりして説明したんだそうです。警官は、しかし念のためにと言い、燃えがらの山をシャベルで掘って、その穴に紙きれを置いてみたりしたと言います。一太郎さんは反感を持ったのでしょう。

——おまわりさんな、頼むから、わしと一緒に村を歩いてくれませんかね、と言ったのだそうです。

——何だね、改まって、と警官はいったそうです。

一太郎さんの言いかたは大抵おとなしいんですが、グレた人の調子が出てしまうことがあったらしいんです。

——見せたいものがあるんですよ。

——自分は帰らにゃならんが……。

——帰り道だっていいですに。わしも一緒に行きます。

その間、鑑平は土間の土に鋳型をとっていたんだそうです。愛想が悪いというわけではなく、お寒うございますとか、夜も働かなければ食えませんもんで、などと警官に調子を合わせたといいます。

一太郎さんは警官を誘って集落に入り、あちこちの小さな煙突から火の粉が飛んでいるのを指さしたそうです。工場の小さな煙突から飛ぶのよりずっと多く、風に乗って行列してゆく火の粉もあったというんです。

——こんなじゃあ不用心ですで、わしらのとこじゃあ、もう小さな煙突は使わないでいいようにします、と一太郎さんは言ったそうです。

一太郎さんは皮肉を言うつもりはなかったけれど、警官は、あんたは別の火の粉は見逃しているじゃあないか、と言われた気がしたかもしれません。


それから三日たって、二人が夜なべを終えて、一太郎さんは幾波新道《いくなみ》のかしいだ借家へ、鑑平は沖の家の離れへ戻って行ったのですが、鑑平の行く手に五、六人の男たちがいたのだそうです。鑑平は十五時間も労働をしていましたから、確かに疲れていたでしょう。でも彼は、晩年、わしは疲れるのが好きだ、と言ったことがあります。それに、意外に、一人でいる時間が好きだったんです。鋳造所から住まいまでの半道の帰り道を歩くのは、きっと気にいっていたと思います。


澄んだ月夜だったそうです。

……昼間よりかはっきり見えたな。鑑平さんはあの時とてもおだやかな顔をしていたっけ、と鷺坂濱藏さんは言いました。……俺たちの親分で、弘法さんてやつがあったんだが、それが言いだして、五人で鑑平さんを待ち伏せすることにしたんだ。

——おい、火つけ人足、と言って弘法さんがくってかかったんだよ。

鑑平さんはすり抜けて、先へ出ようとしたっけ。弘法さんは身をからませるようにして、

——どういう流れ者《もん》か、手前は、と立ちふさがったっけ。

――さあどういうもんかな。

――どこから来た。

――さあ、どこからかな。

――久根《くね》の銅山《やま》か。

――そうだろう、そうだろう。

――村を焼きに来たんじゃねえだろうな。

――まさか。

――どうせ汚え金だろう、握ってきやがって、沖の家をだまして、偉そうに仕事場をこしらえたりしやがって。

――だんれもだましゃあしないよ。商売やってるんだ。わしの勝手じゃないか。お前が勝手によたっているように。

――貴様の勝手にはさせんぞ。その辺の流れ者《もん》なんかに村の女を手ごめにされてたまるか。

――てごめ……。

――沖の娘のことだよ。手前、賭場で恵吾の弱味につけこんで脅したんだろ。

――いい加減なことを言うな。

――いい加減なこと……。俺はちゃんと聞いてるんだぜ。手前なんかに波風を立てられてたまるか。

――結構な村だからな。

――そうだよ。五十海は極楽だ。手前みたいな薄気味の悪い渡世人に来てもらいたかねえ、どっかへ行ってくれや。

この男の人たちの中に鷺坂濱藏さんもまじっていたのです。鷺坂さんは十六歳だったそうですが、年のはなれた従兄からこのくわだてを聞いて、自分も連れて行ってくれと志願したんだそうです。動機はおすみのことだったといいます。……わしは鑑平さんも一太郎さんも好きでしたです。しかし、おすみさんのことを思うと、おだやかな気持じゃあいられなかった。まだ何もわかっちゃあいなかったから、もし無体なことが本当にあったのなら、鑑平さんが怪我ぐらいしたって、しかたがない、と思ったな。もしだれかがやらなきゃあ、俺がやってやる、と考えたのをおぼえているよ。それにしても、前後がわからないほど、カッとなっちゃあいなかった。弘法さんに、本当のことを聞きだしてもらいたかったのさ。それで、もしおすみさんが手ごめにされたとなりゃあ、あとは怖ろしいことになるだろう、自分が何をやらかすか解らなかったさ。突然、とんでもないことも想像したよ。おすみさんと二人で大井川を越えて駆け落ちしてゆくのさ。その時の二人の姿がどうしようもなく浮かんできてしまうのさ。俺の血も随分騒いだもんだ……そう濱藏さんは言いました。

濱藏さんは期待はずれだったと感じたそうです。鑑平がひるんで何かを告白することもありませんでしたし、興奮のあまり何かを口走ることもなかったというのです。とぼけているようにも見えたようです。相手がいることも忘れたように、焦点のぼやけた目で宙を見つめていたり、しばらく足もとに目を落していたりしたそうです。自然に肩の力を抜いていたというのです。

——なんとでも思うがいいさ、と言って、前をふさいでいる男たちを分けて、立ち去ろうとしたそうです。

——村から消えろや、厄病神。

——消えねえよ、叩き出してみな。

そう言い捨てて鑑平は行こうとしたんだそうです。そうはさせないぞと、肩を突き返した一人があり、鑑平がよろめいて、態勢をたて直そうとすると、今度はうしろから首をおさえ、つんのめらせたのだそうです。そして、前で待っていた一人が、お腹を膝蹴りしたというのです。結局、鑑平は溝に突き落されて、濡れて向う岸に這いあがり、榛《はん》の木の幹に手をかけて、相手のほうを見ていたといいます。

——懲《こ》りねえのか。

——懲りねえな。

そう言って、ゆっくり立ち去ったといいます。依然ひるんでもいませんし、気張っている様子もなかったそうです。

この仲間とは、一太郎さんもわたり合ったといいます。男たちが港のお酒屋さんで飲んでから、弘法さんと鷺坂濱藏さんとその従兄が、三人で家路をたどっていた時、一太郎さんは無言で風のように弘法さんに襲いかかり、組打ちになったというのです。……一太郎さんの腕力にはどぎもを抜かれたよ。弘法さんの襟首をつかんでブン回すと、弘法さんの足は地面から浮きあがっちまった。やっこさん這いつくばって、顔を地面にこすりつけるほどだっけよ。起きあがろうとするのを、一太郎さんが地下足袋で蹴ってさ、とてもうまく、さらうように蹴ったんで、弘法さんはろくろ首みたいになったっけ。俺の従兄は逃げちまった。俺は呆気にとられてまだそこにいたが、俺は蝙蝠チョッチョだな、一気に寝がえっちまって、一太郎さんにあこがれていたさ。

——俺だって悪いことをしちまった。鑑平さんだってあんたと同じだ。俺なんかの恨みを買うような人間じゃない、とわびたさ。

——鷺坂か、いいよ、いいよ、家へ帰れや。

そして一太郎さんは、まだうずくまっている弘法さんの近くへ行って、

——どっかへ行きな、と言ったっけ。

弘法さんは一太郎さんをまともに見ることができないで、それでも精一杯気張って立ったさ。一太郎さんは、

——これから勝手なことはできないぞ。勝手なことをするのは俺たちだからな、と啖呵を切っていたっけよ。

一太郎さんが帰ってゆくのに、俺は従《つ》いていった。それで途中で、

——俺のうちへ寄ってってくれや、と誘ってみたさ。

——遠慮すらあ、と一太郎さんは言ったっけ。

——俺んとこでめしを食ってってくれ。あんたのとこよりもマシなお菜があるだろう、と俺が言うと、やっとその気になってくれたっけ。

俺たちは俺の家のすぐそばまで行ったんだが、一太郎さんはなおもためらって、道ばたに腰をおろしちまい、煙管《きせる》をくわえているのさ。

——紅林鋳造所がなぜ村の迷惑になる、と言うもんだから、

——そんなことはないって。みんながまわりで悪く言ったもんで、俺もそんな気になったりしたが、勘弁してくれや、と俺は言ったさ。

——お前のことはどうこう思っちゃあいないが、やつらにはヤキを入れたほうがいいと思って。

——今夜でヤキは入ったろが。

——どうかな、このくらいで俺の気が済めばいいが……。と一太郎さんは笑いながら言ったよ。

——一太郎さん、とにかくな、俺は気持が変っちまったさ。あんたっちは迷惑どころか、よく来てくれたって思ってる。ありがてえよ。俺を紅林鋳造所へ入れてコキ使ってくれんか。お前っちの弟分になりたいよ。

この話をしてくれたあとに、鷺坂濱藏さんはこんなふうに続けました。

つまり俺は、紅林鋳造所で過ごすことになったんでさ。紅林鑑平さんと桑原一太郎さん、それから身内の衆と一生つき合うことになったんでさ。粒揃いで、みんな優しい衆だっけ。めずらしいことだと思うんだが、長い間に、いやな思いをしたことはないも同然だっけよ。それで、紅林さんと桑原さんが俺の頭を離れなくなったな。お袋が、濱藏は鋳造所の衆のことになると、目の色が変る狂ったようになる、と言ったことがあったっけ。言いたいやつには言わせておけばいいよ。狂ったようになって何が悪い。俺に言わせりゃあ、狂ったようになって当り前だね。

——つき合いは何年になるのかしら、とわたしは訊きました。

——鋳造所を建てはじめたのが、明治三十四年の十月十四日だからの、今日で二十九年と三月になるの。

――濱藏さんは書いておくんですか。

――恵吾さんやおすみさんに聞いたことは、書いた帳面もあるがの。自分が立ち合ったことはおぼえているよ。お袋は、鷺坂の家のことにそれくらい熱心になっておくれと言うがの。

濱藏さんは笑いながら、言いそえました。

――明子さん、あんたも実《じつ》がある。こうして聞いてもらえると、俺も張りあいがあるよ。

人も羨む

鉦策《しょうさく》さんはいい星の下に生まれたってことでさ。……あの時分には、鑑平さんはもう金持の仲間に入っていましたからの。それに、息子誕生の日に、鑑平さんは番外の手がらをたてたんでさ。村長の孫を海で救ったですに。明子さんも聞いたでしょうが、と鷺坂濱藏さんが話しますので、

——聞いたことがありました、とわたしは応えました。

——あの一件で、鑑平株はあがりましたっけ。それからは、もう鑑平さんは薄気味悪い手合いどころじゃない。すぐと村会議員でさ。

——昔のことですからね。

一太郎さんが見ていたんでさ。あの人はこんな工合に話してくれましたっけ。……その時鑑平は石湧の崖の上にいたんだが、子供が庇岩からころげ落ちるのを見ると、すぐに飛んで行ったよ。まるで鳶の目だな。俺だって見たんだが、黒い粒が白い波の中へこぼれるのが束の間見えただけで、気持はまだしばらく呆気にとられていたよ。鑑平は火がついたみたいですさまじいっけ。アッという間に崖を滑りおりて、浜を走っていた。俺が追いついた時には、もう海の中にいて、子供を抱えあげていた。立ち泳ぎして、子供に水を飲ませないように気をつかっていたっ

け。俺は海に入るまでもなかったよ。鑑平は子供をかかげるようにしたまま、岩場を遠く回って、平らな浜まで泳ぎついたさ。波打ちぎわで、鑑平は言ったよ。柴を集めて焚火をしてくれや。奴は息を切らしていたな。それで、苦しそうに言ったが、すぐに次の段取りを指図するあたりは、さすが鑑平だな。俺たちが子供を逆さにすると、水を吐いて泣きだしたんで、鑑平が抱いてやって、火で暖めたさ。七、八つの男の子だっけ。落ち着いたんで、家を聞いて、そっちへ送って行ったら、途中で救助隊に出会ったっけ。……その日だよ、紅林家に双子が生まれたのは。鑑平が大働きして家へ帰ると、恒策さんと鉦策さんが生まれていたさ。翌日には、村長が娘を連れてやってきて、鑑平とおすみさんに礼を言っていたな。

――わしら、こんなうれしいことはありません、と村長が言うと、鑑平は、

――お役に立って、わしもうれしいです、と言っていたっけ。

――わしも何かせんといかんな。事業のことでもいい、何くれとなく相談かけてください。一生懸命やりますで。

――ありがとうござんす。

――双子の赤さんたちのお参りの晴着は、どうかわしにこしらえさせてください。

鑑平は悦に入っていたな。福の神が連れ立ってやってきたのさ。俺だって鑑平のところにいる間は、その気になって喜んでいたが、さて自分の家に帰ると、悪い癖で、嫉妬が鎌首をもたげてきちまった。鑑平ばっかりいい子になっている、俺は一体どうなったんだ。俺の身内はどうなったんだ。元々俺んとこは家柄というほどではないが、れっきとした鋳掛師の筋だ、鑑平なんかとは違う、とやくたいもないことを考えちまった。どっちでもいいことだ。しかし、俺の考えはど

うしてもそこへ行っちまう。しまいには、鑑平は本当に俺を連れて行ってくれるのか、と疑いが押し寄せるのさ。

一太郎さんはお酒を飲みながら、濱藏さんにこの話をしたんだそうです。最初はすっきりした話しぶりなのに、お酒が回るにつれて愚痴っぽくなるのが、あの人のお定りなんですって。でも濱藏さんは、酔った一太郎さんの話しぶりが好きだったというんです。言葉は乱れるにしても、濁りの底から見えてくるものが、実は本当のことなんだから、ともあの人は言っていました。

恒策さん、鉦策さんが生まれたことだってそうだよ、と一太郎さんは続けたといいます。……おすみさんのお産が近づくと、鑑平は大変な力の入れようだっけ。気になって気になって、無口な鑑平がなおさら無口になっちまうのさ。だから表面はなんてこともないが、胸の中のぐるぐる回りが俺には見えるんだよ。奴はいつもより働いたが、子供が生まれるっていうんで張りきったわけじゃない。そんなとこは通りすぎて、いてもたってもいられない気分になっていたさ。仕事でまぎらしていたんだ。働かなきゃあ、身がもたないっけだよ。夜は早めに家へ帰って、おすみさんを安心させ励していたっけが、一つ屋根の下じゃあ近すぎちまって、やっぱり息が詰ったろう、と一太郎さんは言ったんだそうです。それでわたしは、

——男の人にはそんなことってあるのかしら、って思わず訊いてしまいました。すると濱藏さんは、

——あんたのお義父《とう》さんは特別だったそうですからの。一太郎さんは鑑平は異常だと言ったんですに。

——異常ですか……。

――一太郎さんの言い分ですに。しかしな、わしに言わせれば、一太郎さんのほうが異常かもしれん。するとだれかが、鷺坂濱藏、お前が異常だ、と言うかもしれんですに。

――みんな異常になってしまうのかしら。でも濱藏さんはまともです。

――ありがとうござんす。わしはの、明子さんに話を聞いてもらう時は、大体まともでしょうの。

――どういう意味ですか。

――わしの知っていた女が、着物を買う時には気が狂ったようになる、と言ったことがあったですが、明子さんはその着物のようじゃない……、という意味ですに。

――わたしは着物のようじゃない……。

――もともと異常な人間はいないでしょうがの。その人間が何かと出会っちまうと異常に変る。同じことが、人間同士でも起る、二人とも異常になっちまう、ってことですに。中には、地球と出会ったがために異常になった人もありますがな。

――そういう意味ですか。

――明子さん、あんただって経験があるでしょうが。

――ありますね。世界中にあるんじゃないですか、そういう経験は。

――失礼だがの、軽く言っちゃあいかん。ここで起ったようなことが滅多にあるとは思えませんですに。

それからまた、濱藏さんは一太郎さんの話を伝えてくれました。……。それでな、鑑平が窒息から逃げて、まともになることができる場所が、石湧の崖だっけ。なぜあそこが好きになったのか、わしにはわかる。奴が嗅ぎつけそうなとこだよ。わしに言わせれば、鑑平ならではの安息場所だよ。

——その地点がどこか、あんた知っていますかの、と濱藏さんが訊くので、わたしは、

——知っています、と応えました。

主人がそこへ連れて行って、教えてくれたことがあったのです。

——お袋が兄貴と私を産む時、親父はしょっちゅうここへ来て海を眺めていたんだそうだ。それからここが好きになってしまって、あとからも時々やってきたっていうんだ、と彼は言いました。

そこへ行くにはかなり険しい山道を登らなければなりませんし、やがて道は消えてしまいます。恒策と鉦策は明治三十八年の十一月三日生まれですから、鑑平は目のさめるように明るく派手な櫨紅葉《はぜもみじ》をくぐって、そこへ行ったのです。その果てには、人一人がスッポリ入るほどの、卵の殻を二つに割った形にえぐれた岩があるのです。坐ると、視界は海だけになります。駿河湾の形が見えます。伊豆と御前崎が両がわからせり出しているので、外海はずっと遠く感じられるのです。秋には多い澄んだ日には、その辺にも風の跡がキラめいているのが見えます。お義母《かあ》さんのお産をひかえて、お義父《とう》さんがなぜここへ来たのか、わたしには解りませんでした。お産は苦しく重いものですから、男の人によってはうんざりすることもあるんだろう、気晴らしも要るのかな、などと考えたりしました。

一太郎さんは言ったんだそうです。……鑑平は、赤ん坊は海からさずかるとでも考えていたんだろうよ。そんな馬鹿なことを思う奴は他にはいやしない。しかし鑑平は、そんな気になっちま

うタチなんだ。海はおすみさんそのものだ。温く、いい匂いがすると感じていたんだろうよ。おすみ教という宗旨みたいなもんだ。それで、自分が海を見たり聞いたり嗅いだり、自分の体が海から滋養を吸ったりしていると、万事うまく運ぶと思っていたに違いない。その通りだっけの。滅多ないオマケがついたお恵みを受け取ったんでさ。男の子をいっぺんに二人もの。石湧の崖にいて海に見とれていたらそんな気がしてきたんで、奴の病みつきになったさ。奴は青い小倉の服を着たり、千筋の木綿を着たりして、崖にいたもんだ。見た目は鵜みたいなもんだ。今もそうだが、いつだって鵜は揃ってあそこにいたからな。しかし、鑑平は鵜みたいに油断なく海を見張っていたわけじゃない。どこまでも幸せに、とろんとしていたさ。それでいて、村長の孫が海へ落ちれば見逃しゃあしない。すぐにスッとんで行く。あんまり速いんで、鵜だってあきれるだろうよ。……こんなふうに話した時、一太郎さんにはかなり酒が入っていましたっけ。怨みや呪いさえ籠っているんで、わしはつらかったですに。しかし、だからといって、一太郎さんは鑑平さんを憎んじゃあいなかったの。いっそ憎むことができたら、すっきりするだろうに、と思ったほどですに。まあ、心酔していたってことでしょうの。わしだって心酔していたです。鑑平さんのような人であってみれば、いくら羨んだって羨みきれるもんじゃない、と思わないわけにゃあ行かんじゃないですか。そう鷺坂濱藏さんは話しました。

一目

鷺坂濱藏さんは一回だけおりんさんに会ったことがあるんだそうです。……十人並みどころじゃあなかったな、あの人は、と言っていました。その時二十四だったそうですが、ふけて見えて、やつれていたけど、やつれると女っぷりがあがる人があるじゃあないですか、身をかくしたがっている様子なんで、余計目についてしまうんでさ、とも言っていました。

焼津の駅前だったそうです。濱藏さんは一太郎さんとそっちへ出張したので、彼女と会うことができたんだそうです。

蕎麦屋へ入ると、

——よく来たっけな、おりん、と一太郎さんはなんだか褒めているような口ぶりだったそうです。

——来ちゃあ悪かったの、と彼女が臆してたずねますと、

——そんなことはない。俺のほうから出向かなきゃあならんのに、仕事がな、手張っちまって、と一太郎さんは言っていたといいます。

——結構じゃないの。うまくいってるんでしょ。

——商売はうまくいってるがな、と一太郎さんは溜息をついて、ごしごしと目をこすったそう

です。

言葉が見つからないようにも、話しにくそうにも見えたので、濱藏さんは自分なんかがここにいるからだと思い、気が気ではなかったといいます。

わしは一目でおりんさんに惚れていたです。だから、たとえ邪魔にされてもその場をはなれたくはなかったですに、と濱藏さんは言っていました。

——こんな魚くさい港なんかへ、よく寄ってくれたっけですね、と濱藏さんが言うと、

——おりん、お前は魚が嫌いだっけな。どうだい、少しは食えるようになったか、と一太郎さんは彼女に訊いたそうです。

——駄目、駄目、でも、ここは海がよく見えていい所ね。

——五十海へも来るんだろ。

——行っていいかしらん。

——いいどころじゃあない。

——五十海はこんな魚くさかないです。ここはやたらと鰹節をこしらえてるもんで、と濱藏さんは夢中になって口をはさんだんですって。ポッとし続けていたんだそうです。

——五十海にはいい若布《わかめ》があるよ。若布の味噌汁はおりんの好物だな、と一太郎さんが言うので、

——口へ入れるとすぐにとろけるような若布でさ、と濱藏さんは調子を合わせたといいます。

それでも気になり続けていたので、

——俺は消えてなくなるから、と切りだしたそうです。

――どこへ行っちまう気だ。

――アテはないが。

――濱藏、お前、何考えているのか、と一太郎さんはおもしろそうに笑ったそうです。

――笑わんといてくださいよ。これでも一生懸命考えているんですで。

三人で食べた油揚入りのお蕎麦がおいしくて、濱藏さんは今も忘れられないというんです。たしかに腹もへっていたが、気分がとても良かったからの、と濱藏さんは言っていました。……わしは一太郎さんが好きだったもんで、こんなにきれいな妹がいることを知って、ますますあの人に貫禄がついたように思えたです。わしは一太郎さんの懐《ふところ》へ入っている気でいましたんで、できたら、おりんさんとも話ができるようになりたいと願ったです。

三人は焼津駅前から吉田まで馬車に乗り、そこから馬車を乗りついで、五十海まで来たのですが、その間、濱藏さんは宙に舞っているような気分だったそうです。……おりんさんと、かなり一緒にいた勘定になるな。五時間か六時間はそばにいたわけだし、話もある程度したっけですが、束の間だったような気がしてならねえです、一目会っただけのように思えてならねえです、と濱藏さんは話しました。

三人で一太郎さんのあばら家に着くと、

――俺は行くよ、と濱藏さんは言ったんだそうです。

――休んでいったらどうかい、と一太郎さんが言いますと、

――いや、いなくなるよ、と首を振ったんだそうです。

――なぜだ、用でもあるのか。

──そういうわけじゃあないがな、俺は帰らなきゃあならない。

そう言って、濱蔵さんは立ち去ったと言うんです。ですから、わたしは訊いてみました。

──なぜ逃げて行ったの。おりんさんが好きになったんでしょ。

──そうでさあ、もっと拝んでいたいっけです。しかしの、この人は俺に会いにきたわけじゃない。むさ苦しい俺なんか身を退《ひ》かなきゃあならん、と思っちまったんでさ。

濱蔵さんは、続けてこんなふうに話したんです。……一太郎さんのとこには何もないことがわかっていましたんで、わしは家へ帰って、生姜を入れてあまからに煮た鯵と漬けた白菜、ちっとばかりだが酒もとどけようと思ったですに。それで、一太郎さんのとこへ持っていくと、鑑平さんもいたです。事情がわからないもんで、わしはただ冷っとしましたっけ、なんだか自分はますますはじき出されちまったような工合だっけです。その時のやりとりの模様は、あとから、一太郎さんに聞かせてもらいましたがの。

──おっかさんは元気か、と鑑平さんはおりんさんに訊いたっていうでさ。

──おおかたね。前と変らない。

──こっちも無音《ぶ》で悪いっけな。仕事がえらく混んじまったもんで。

──母さんに言っとくわ、鑑平さんが心配してくれてるって。

──キー坊も元気だろうな。

──元気すぎる。

キー坊というのは仁吉さんのことで、おりんさんの母一人子一人の子供です。その時四歳でした。

――わたしが糸屋で働いているもんで、キー坊はお寺さんの託児所にあずかってもらっている。母さんも内職しているもんで。

――何の内職をしてるのかね。

――定った仕事はないけど、今は佃煮屋の昆布を巻いているの。

鑑平はうなずき、それから、財布から二十円出して、

――裸で悪いけど、と言ったですに。

すると、おりんは笑いだしたさ。皮肉な意味じゃない、悪気のない笑いだあね、と一太郎さんは濱藏さんに言ったんだそうです。……あの女は銭《ぜに》の顔を見るのが好きなんだろうに、と俺ら、かわいそうになったよ。だがな、

――要らない、要らない、そんなの、と笑いながら胸の前で手を振るんだ。

――お万さんに渡してもらえないかな。

――駄目、駄目、わたしなんかに頼むと、母さんの手に渡るかどうかわからないもん、とますますおもしろそうに笑うんだよ。

――為替で送ったらどうかい、とわしが口をはさんでみると、

――母さんがもらうかどうか、送り返そうってことになったら面倒じゃないの。

――お前も強情なアマだな。

――ありがたいけど、足りてるからいいのよ、とおりんは笑いながら、話をはぐらかそうとするのさ。

――母さんも、まあまあだけど、……穏かに暮しているけど、心臓は気にしてるかもしれな

い。キー坊がお寺へ行くのをオックウがって、おばあちゃんも一緒に来てって言うもんだから、毎日ついて行くのよ。向う着くと、今度は帰っちゃいやというもんだから、母さんは、託児所が退けるまで、キー坊と一緒にいたこともあったのよ。そんで、帰り道で胸が痛くなって倒れたこともあった。結局なんでもなかったけど、とおりんは軽く言うんで、

——なんでもないってことはないだろうに、と俺はやつをなじったさ。

——そうね、心配しなきゃあね、でも母さん、発作が収まると、平気な顔をしているもんで……。

くよくよ考えたって仕方のないことだ。しかし、俺ら不思議な気がしたなあ。おりんのはしゃぎかたが普通じゃないように思えたさ。あいつは、どんな中味の話だって、笑って話す気だろう。このウツケアマが、と俺は腹の中で言ったよ。

——それでどうなったっけだ。

——母さんの心臓……。

——そうだ。

——わたしが糸屋で女工同士で歌を歌っていたら、キー坊が一人でふらふらとはいってきて、おばあちゃんが土手で寐ちまった、と言ったもんだから、友達は笑ったけど、わたしは心配になったわ。それでキー坊に案内させて行って見たら、母さんが薄の株のなかで横になっていた。一っとき苦しかったけれど、今はもういい、と言ったの。いつもよりせわしく息をしていたっけ。それで、三人で土手を歩いたわ。歩きながら母さんはね、空がとてもきれいだっけ、直りがけにとてもいい気持になってさ、人間って、こういうふうにあの世へ行きたいもんだ、わしも身勝手

だの、あとは野となれ山となれと思ったに、と言ったりしたわ。それから藪から棒に、一太郎兄さんはちゃんとやってるかしらん、と言ったわ。その時母さんの頭の中にはあんたのことだけがあったんじゃないかしら。

——ありがたい話だ、と俺はにが笑いしちまったよ。すると、おりんは、

——兄さんは大丈夫、ってわたしは返事した、と言うんだ。

——そうかい、気にかけてもらって、ありがたいよ。本当言って、大丈夫とまでは言えないな。刑務所へもう一度くらいこむこたあないだろうが、と俺はにが笑いしながら、何気ない調子で言ったさ。

——なぜそんなふうに言うの。兄さんがそんなだったら、家は全滅するわよ。

——それもさっぱりしていいかもしれん、と俺は言ったさ。にが笑いが湧きでて、困るほどだっけ。

鑑平にとっても待っていた話だったろう。耳を傾けて聞いていたよ。鑑平は桑原家のこんな連中を他人だとは思っていなかったんだよ。それにしたって、今夜の話がこれでいいはずはない、という気持は俺のどこかにあったさ。おりんは俺に会いに来たわけじゃあない、鑑平とサシで話をしようと決心したからこそ、五十海くんだりまで来たのさ。だから俺は、おりんをうながして席を立ち、家の軒の下であの女に言ったんだ。

——俺はこれでどっかへ行くからな。

——これで……、って。もう戻っちゃこないの。

——朝になったら顔を出すかもしれん。お前にこれをあずけておくからな。

そう言って俺は、おりんに金がわの懐中時計を渡したさ。

——俺の家には他に時計がないからな。鑑平だって時計を持ってる気づかいはない。お前だって持ってちゃあいない。

——そりゃあ持ってないけど。

——時間がわかったほうがいいだろう。

——わかんなくたっていいけど。

おりんはそう言いながらも、懐中時計を受けとったさ。それから、暗かったけど、あいつの目が潤いを帯びて、俺に感謝するような態度になったのが見てとれたよ。あいつはこの時を待っていたんだ。しかし俺は、あいつに背を向けて、鷺坂濱藏の家の方向へ歩きながら、おりんがかわいそうでたまらなくなっちまった。甘っちょろい夢を見て、その気になったりすると、がっかりしなきゃならん。そうなったら、ひどいことになるんだ。俺はおりんの夢と似たような夢を見ることがある。おりんの傷と同じような傷を病むことがある。だからわかるんだ。どうあっても、おりんのために一言いっておかなきゃあならん、と思えたさ。それで引きかえして、家に入ろうとしていたあの女を呼んで、言ったさ。

——いいか、お前、虫のいいことを考えるんじゃない。いい気持になろうなんて思うんじゃない。

——どういう意味。

——勝手にいい気持になるってことはない。いい気持にしてもらうもんだ。

——兄さん、なぜそんなあけすけな言いかたするの。お里が知れるよ。

――ほかの言いかたはないよ。いいか、俺が心配しているのは、今夜のことじゃあない。その先がどうなるかってことだ。

――その先なんかないよ、わたしには。そんなことが心配なら、なぜ行っちまうの。いればいいじゃないの、自分の家でしょ。

――俺はそんなヤボテンじゃあねえ。

そう言い残して、俺は濱藏の家のほうへ行ったんだ。何を言いたかったのか、自分にもはっきりしやしない。ただ火傷に酢がしみるようにひりひりする痛みがあったな。嫉妬をしていたのさ。しかし、不思議な嫉妬さ。だれかが好きだから競争相手が憎いというんじゃない。鑑平もおりんも、俺は好きなんだ。だれかをどん底へ落したいというのが嫉妬だろうが……。鑑平が羨ましいとは痛いほど思ったが、それだけさ。

九時半ごろに、一太郎さんはフラリと濱藏さんの家へ来て、

――酒を切らしちまって。続きをここで飲ませてもらえるかな、と言ったそうです。

濱藏さんはお燗をつけて、煮干しを焙烙《ほうろく》であぶって古根の生姜をおろしたんだそうです。

そのころは、濱藏さんは、桑原一太郎さんの家族について何も知らなかったそうです。おりんさんが一太郎さんの異母妹だということぐらいしか知らなかったといいます。知りたがりの濱藏さんですから、知りたいとは思っていたそうですが、なぜかはばかりが感じられ、切りだせなかったのだそうです。ところが、濱藏さんからもちかける気はなかったのに、一太郎さんのほうから家の事情をぽつりぽつり漏らし始めたんだそうです。

――おりんにも困ったもんだよ。

――迷ってることがあるんだろう。そう思えたっけなあ。

――だれが迷ってるって言うのかい。おりんがかい。俺がかい。

――おりんさんだよ。

――おりんは迷っちゃあいない。

――そうかな。

――そうだよ。

――兄《あに》さんに相談があって来たんじゃないのか。甲州から来たんだろうが。

――そりゃあ、積もる話があるとは思っていたろうよ。

――それ見ろ、結局俺はあの人の邪魔をしたんだ。

――邪魔なんかしてねえよ。お前おかしいぞ。なんでそんなにこだわるんだ。

――おりんさんは俺の大事な人だからさ。

そう言った時、わしは自分の声が顫えているのに気がついたです。わしが思いこんでいるのが、おかしかったんでしょうよ。一太郎さんは声をたてて笑ったもんです。

――そうかい、そうかい。おりんが聞いたら喜ぶだろう。とにかく、焼津の蕎麦屋じゃあ、お前がいたっていなくたっておんなじだったさ。

――おりんさんの目から見てですかい。

――そうだよ。

――なるほど、俺はいたっていなくたっておんなじ人間なんだな。今始ったことじゃないが。

――濱藏、俺は今、おりんには積もる話があると言ったな。しかし、その実、積もる話なんかないんだよ。話なんかじゃあどうにもならんのさ。

――解らないなあ、あんたの言ってることが。

――おりんは捨て身なんだよ。結局、別れを言いに来たってことだよ。

――え。

薄気味の悪い一言でしたでさ。わしは驚いちまって、胸騒ぎの収めようがなかったですに。

――だれと別れるっていうんですかい。一太郎さんとってことですかい。

――そうだよ。それから鑑平ともだ、と一太郎さんは言ったっけです。しかし、眠たそうな声になっていて、すぐと、

――疲れちまった、と言って、畳に寝ころんで、そのまま眠っちまったっけです。

わしは眠れなくなっちまって、おりんさんのことばかり考え続けましたよ。あの人が幻に立つんでさ。白々明けにようよう、うとうとして、目を醒ましたら、もういい時間でしたよ。柱時計が一つ鳴ったのが、七時半だったたんでさ。一太郎さんは起きていて、頬づえをついて何か考えていましたが、

――厄介かけたっけな、と言い残して外へ出て行ったったっけです。

その足で自分の家へ戻ると、おりんさんがひとり眠っていたんだそうですに。一太郎さんはしばらく腹違いの妹の寝顔を見守っていたっていうんでさ。あの人の目尻からこめかみにかけて、涙の流れたあとが白っぽくついていたそうですに。目を開いて、しばらく寝ぼけていてから、

――兄さん、どこへ行ってたの、と訊いたそうでさ。

――友達のとこだよ。向うで酒を飲んでいたら眠っちまって。

――よく戻ってきたね。

――当り前だ。手前の家じゃねえか。めしを食いに来たんだよ。お前味噌汁を作れ。味噌があるから……。めしも炊いたのがあるよ。

――若布あるかしら。

――あるよ。

――兄さん、わたし海へ行きたい。

――行けよ、味噌汁をこしらえてからな。

――兄さん連れてってよ。

二人は朝飯を済まして、連れだって浜へ行ったんだそうです。そこで、おりんさんは、

――五十海ってきれいね。きれいだあ。いいところね。沖へ行ってみたい。兄さん、舟漕げるようになった……。こっちへ来て習った……、などと繰り返して、はしゃいだってことでさ。一太郎さんは面倒くさくなってきたもんで、

――俺はお前をうっちゃらかすぞ、これから仕事だからな、と言って、紅林鋳造所へ行ったっていいます。

すると、三時間ばかりして、おりんさんも鋳造所へ来たんだそうです。その時の様子を、一太郎さんはこう話したです。……砂でこしらえた雌型に、溶液の流しこみをやっていて、鑑平と俺と、三人の若い衆が働いていたさ。おりんには殺気立ってるように見えたかもしれんな。もの怯《お》じして、ためらってから、俺を呼んで、

――見ていたっていいかしら、と言ったっけ。

——火傷しないようしろや。離れていろよな。そこにいろ、と俺は、場所を定めてやった。

——そうだ、そこにいれば粗相はない、と俺はやつに声をかけたさ。

白足袋に橙色の火を映して、おりんは黙りこんで俺たちが働くのを見ていたな。俺も忙しかったが、わかったことがあったよ。おりんの鑑平を見る目だ。あんな目は見たことがねえ。上体が裸の鑑平をうっとりと、まるで撫でているみたいさ。俺は、いい加減にしろ、おりん、お前は馬鹿になったのか。小さいころにはかしこかったじゃないか、と言いたかったよ。

仕事が終って、赤い鉄が黒く冷えて行くと、鑑平はおりんに近寄って言ったさ。

——五十海って大体こんなとこだが、とり柄はあるかね。

——いいとこね。とてもきれい。

——ここにも料理屋があるから、今夜はそこへ招ぶよ。うまいものを食べようじゃないか。

——ありがとう。

——一太郎と三人でな。

——でも、わたし帰らなきゃあならない。

——お万さんの心臓が気になるのかい。

——さし当って、糸屋のほうが気になるの。そうそう休んじゃあいられないし。

——まじめだなあ。

——鑑平さんほどじゃないけど。わたしっちもごはん食べて行かなきゃならないし。

——折角来たんだから、もっといればいいじゃないか。糸屋のほうは一日二日勘弁してもらいな。

——今度は鑑平さんが甲府へ来てよ。母さんもキー坊も待ってる。一番待ってるのはわたしでしょうけど。

——悪かったな、しばらく甲府へも行かなくて。仕事が一段落したら、一太郎と一緒に行くよ。

帰りの馬車の時間は三時だったし、果座《はつくら》の停留所まで歩かなきゃならないからな。それで、俺はおりんをうながして、二人で歩きだした。俺は幾波《いくなみ》街道まで送って行くつもりだったさ。あそこまで行けば、あとは果座まで一本道ってことだから……。だが話が続いちまって、一緒に停留所まで行っちまったっけ。

行く行く俺は言ったさ。

——さし当って、キー坊とおっかさんのために生きるんだな。鑑平とのことは無理だ。

——嘘でもやさしい言葉をかけてもらいたかったよ、一言でも。

——無理だな。

——そうだろうね。

——この話はいやか。もうしてもらいたくないか。

——いやじゃないよ。してちょうだい。

——俺も力になれなくて悪いっけ、こういうことはにが手だし。

——兄さんがどうこうなんてことじゃないんだから。わたしが勝手に迷惑かけただけなんだから。

——お前は聞きたくないかもしらんが、鑑平はおすみさんの金縛りにあっているんだ。

——金縛りって……、どういうこと。

——おすみさんは目に見えないクビキなんだな。鑑平はそいつをはめられて、喜んでいる。やつは本望なんだよ。

——そうだよね。今度よく解ったよ。

——お前は、それでも鑑平も男なんだから、って考えているんじゃないか。

——兄さん、わたしはもうなんにも考えていない。

——いいか。それでも聞けよ。鑑平は普通の男じゃない。前にはおりんがたった一人の女だったように、今はおすみさんがたった一人の女なんだ。それで、もう変りようがない。鑑平は気持を変えっこないんだ。俺には解るんだ。

——兄さん、ありがとう。わたしはあんたのお告げを、言葉通りに聞くから。

——俺の言うことなんかいい加減だなんて思うなよ。お前はお前で、俺なんかが知らない鑑平を知ってるだろうがな。

——兄さん、ありがとう。よく解ったわ。これで打ちきりね、と笑いながら、おりんはテト馬車に乗ったっけ。馬車屋が乗るように言って、ラッパを吹いたからだよ。


おりんさんが自殺したのは、わしらと焼津駅前で会った日から九日目でしたです。中央本線の甲府の西寄りへとびこんだんだそうです。電報をもらって、一太郎さんと鑑平さんが一太郎さんの実家へかけつけ、葬式を済ませて戻ってきた時には、紋つきを着たお化けが二人やってきたみたいだっけです。二人とも疲れきっていて、鉄の銹びをまぶしたような顔色をしていましたよ。

とりわけ一太郎さんは、目の下に濃いくまをこしらえちまって、一発くらったんじゃあないかと言いたくなるほどでしたの。口もしまりがなくて、ポッカリ開いたまんまだっけ。

　それでも、その日の夜から、二人とも仕事にかかりましたっけ。あくる日になって、昼休みに、わしは一太郎さんのそばへ行きました。工場の南がわの溝には、今よりもたくさん澄んだ水が流れていて、鋳物のカケラが沈んでいたですに。建物の影に、おはぐろトンボが集合して、舞ったり、水草のさきで休んだりしている涼しいところでさ。わしら熱い鉄を扱うもんで、よくあそこで休憩しましたです。その時分から、一太郎さんは、わしの知らないことを、ぽつりぽつり話してくれるようになっていたですに。一太郎さんがわしをお気にいりにして、心をゆるしてくれるのが、わしはうれしかったです。

　一太郎さんは懐中時計をわしに見せてくれて、

　——こいつがな、おりんは死んじまってるのに、あいつの帯の中で動いていたっていうんだ、と言ったです。

　——あんたの時計だな。

　——そうさ。お前んとこへ泊めてもらってから、俺はおりんと浜へ行ったんだがな、あいつを浜へ残してくる時、持たしておいたさ、馬車の時間があったからな。それであいつは、うっかり甲府へ持っていっちまった。

　一太郎さんからその時計を渡されたんで、わしはしばらく、いそがしく秒を刻む音を聞いていましたの。それから、気になっていたことを訊いてみたんですに。

　——おりんさんは、別れを言いに五十海へ来たっていうのは、本当ですかい。

——そんなことをだれから聞いた。

——あんたが言ったことだよ。俺んとこへ泊った晩に言ったじゃないか。

——そうか。忘れていたな。

——わしは気が気じゃあなかったよ。本気で言ったんですかい。あてずっぽうですかい。

——本気だろうな。正直いって、おりんと会って、俺も泡をくっちまったんだ。

——焼津でですかい。

——そうだよ。俺にはおりんの状態が解ったんだよ。

——状態がねえ……。

——俺にはそんなことが解るんだ。身におぼえがあったからな。

——身におぼえ……。

——俺も自殺しようとしたことがあったからさ。

——へえ……。どういうわけがあったんですかい。

——どういうわけだったかな。結局、鑑平が助け舟になった。

——そんなことがあったんですかい。

——俺のことはいいよ。俺に自殺の癖があるから、あいつの癖も読めたってことだ。

——へえ……。

——いいか、濱藏、気持ちが崖のほうへなだれを打ち始めるんだ。そうなったら止らないもんだ。

——死ぬことばっかり考えちまって、他のことは考えられなくなるってことですかい。

――そういうことだ。何を見たって聞いたって、そっちへ結びついちまって、結びつくとホッとする。解散の号令が聞えたようにな。

聞いているうちに、わしは怖ろしくなって来ましたの。聞きたくない、と言いたい気もしたですに。だから、

――もういいよ、その話は、やめとこう、と一太郎さんが言ってくれた時、わしはホッとしましたです。

それから、後で思い当ったことですが、おりんさんを焼津駅前で見かけた時、あれほどきれいに見えたのは、あの人のおかげで、わしにまで死が見えたからかなとも思えたんでさ。……あの姿のよさは何とも言えんですに。着くずれていたのも、目の下に細かな皺があったのも、油っけがない髪がほこりをかぶっていたのまで、目に残っていまさ。まじりっ気のない本当の女がいると思ったですに。

――一太郎さん、おりんさんの写真を持ってるかね、とわしは言ったです。あの人の束の間の姿を確かめなきゃあならん、と思ったからでさ。

――持ってるよ、一枚だけどな。

――いつごろの写真だね。

――さあ、二、三年前じゃあないかな。

――俺に十日ぐらい貸してもらえないかね。

――いいよ。いく日だって持っていな。仕事が終ったら俺んとこへ取りにきな。

鷺坂濱蔵さんがここまで話して、口をつぐんだので、わたしはたずねました。

——明治のことなんですよね。

——そうでさ。わしが一目だけおりんさんを見たのが明治三十九年八月十一日だっけです。あの時分、紅林鋳造所は景気がよかったですの。わしは調車をおとくいさんに届けに行きましたもんで、二日めはあの人と会うことができないっけですに。

人攫い

——恒策さんも人気があったです、と濱蔵さんが言うもんですから、わたしは、

——まだ赤ん坊なんでしょ、と言いました。

——まあ、かわいい子だっていうことですかの。みつという子守りがいて、得意そうにおぶっていましたですに。それで、馬車の停留所まで恒策さんをおぶって行くと、人攫いにあっちまったです。

——え。

——知らなかったですかの。

——知りませんでした。

——わしもびっくりしたっけな。後になって、わしは子守りにきつく言って、しゃべらせましたんで、一部始終わかりましたがの。

濱蔵さんはこんな風に続けました。……子守りの娘は背中の恒策さんに、テト馬車へ行こうね、としょっちゅう言っていましたの。テト馬車へは恒策さんも行きたがって、せがんだし、子守りは子守りで、自分も行きたかったんですに。十三か四の小娘ですで、馬とか車とかラッパが好きでしたし、何よりか、乗り降りのお客さんを見るのが好きでした。知っている顔が見える

と、大満足だっけです。一生懸命見つめていると、

——みっちゃん、かわいらしい子じゃん。わたしにもおぶわせてちょうだいや、と声をかけられたそうでさ。

見ると知りあいのもみじだったもんで、背中から恒策さんをおろして、もみじにおぶってもらったそうでさ。するとその娘は、子守歌の節でテト馬車テト馬車と繰りかえしながら、要領よく恒策さんをゆすって、

——かわいいね、坊や。みっちゃんより、わたしのほうが好きでしょ、と言ったそうです。

——人が変ったもんで喜んでるだけだよ、とおみつが応じると、その娘は丁度入ってきた馬車を見ながら、

——みっちゃん、在所へ行ってきたらどう、わたしがこの子をあずかってやるから、と言ったんだそうでさ。

——行きたいけど、一時間もかかるもん。

——いいよ、それだって、わたしはここにずっと待っているから、在所の衆と会って、おいしいものを食べてくるさ。

——あんたも一緒に来たらどう。その子も連れて行こう。

——お金がないもん。みっちゃんは持ってるでしょ。

——五銭ならね。帰りのお金は、むこうで借りるけど。

——それじゃあ、ひとりで行ってくりゃあいい。坊やはわたしがあやしているで。

こうして相談がまとまったんでさ。おみつの在所は、小一里北にあって、そこの終点のわきの

蹄鉄屋だったんでさ。それで、到着すると、悪いことに、馬車屋が自分の馬の蹄鉄をとり代えてほしいというので、おみつの父親が仕事にかかり、一時間半で戻れるはずだったのに、三時間近くかかっちまったっていうんでさ。おみつは気が気じゃあなかった。泣くに泣けない気持で、夕日を浴びて羽目によりかかっていたそうでさ。それでいて、自分が恒策を友達にあずけてきたとはだれにも言い出せなくて、後悔が腹の中をかけめぐっていたっていうんでさ。何のために在所へ行ったんですかの。ようよう馬車が動き、元の停留所まで戻ると、もう広い夕闇が立ちこめているだけで、赤ん坊も友達もいやしません。お客が去り馬車も去った幾波街道にしゃがんで、大声で泣いていましたっけ。この哀れなおみつを見つけたのが、わしだっけです。わしが肩を叩いて名前を呼ぶと、掌から濡れた顔をはなして、すぐにたずねたですに。

——坊やはもう家へ帰っているのかしらん。

すがるような言いかたでしたの。わしが恒策さんのことで駆けまわっているのは、あの娘は、聞かなくたって、わかっていたですに。

——帰っちゃあいないって。どっかへ行っちまったのさ。

——おっかないよ、わたし。

そう言うと、おみつはガタガタふるえ始めましたの。

——お前、どうしたっけだ。いいからな、落ち着いて話してみよ。

おみつはたかぶる胸をおさえながら、ようよう声をつないで、顚末《てんまつ》をしゃべりましたです。

——泣かんでもいいじゃないか。それだったら、もみじのとこへ行こうじゃないか。家を知ってるんだろ。俺を連れて行けや、とわしは言いましたです。

おみつはふるえっぱなしで、

——おっかないや、わたし、とつぶやきながら歩きましたっけ。

なんぼも行かないうちに、向うからもみじが来ましたです。小走りになっておみつに身を寄せて、

——何していたの。こんなおそくなって、と言っていましたっけ。

——お前もみじだな。紅林さんちお子さんをあずかったんだろう、とわしはすぐさま訊いたですに。

——あずかったよ。

——どこにいるのか、その子は。

——それがの、わからなくなっちまったじゃん。

——なぜわからなくなったのか。

——家の軒で恒策さんをあやしていての、木馬で遊ばせてやろうと思って、木馬を探していたら、その間にだれかが連れていっちまったじゃん。

他あいない嘘を言ってる、問いつめてやれ、と思いましたの。すぐに勘が働いたですに。わしは兼松のとこの納屋で木馬を見たことがありましたです。ペンキで塗って、脚の下に四つ小さな車がついたやつでさ。

——お前は兼松の何だ。

——何だって……。

——兼松って知ってるだろうが。

――知らないよ。

それからは、赤子の手をねじるようなもんでしたの。呆気ないくらいでしたの。

――お前、嘘つくんじゃないぜ。

――知らないものは知らないもん。

おみつとは大違いで、もみじは生意気にもキツい目でわしを睨みかえして、ひよっ子のトサカを振りたてるんでさ。

――そうかい。それじゃあ、これから兼松に会って聞いてみるからな。

――勝手にすればいいじゃん。

――このいんちきアマ。

そう言って、もみじを殴りますと、奴はよろけながらもわしを睨んでいて、

――いとこだよ、と言ったんでさ。

――赤ん坊を攫ったのは兼松だろうが。

――そうかもしれない。

――手伝ったのはお前だ。

――手伝った……。なんでわたしがそんなせんでもいいことをするのかや。

――いつまでシラを切る気か、えらそうに。お前が赤ん坊を兼松に渡したんだろうが。最初から兼松の命令でやったことだろうが。

脅しは利きましたでさ。もみじは黙っちまったですが、自分のやったことを認めていたですに。それで、わしはおみつともみじを連れて兼松の住みかへ行ったです。びっくりしちまったで

す。兼松は自分の夜具のなかに恒策さんを寝かして、しかも枕元に玄米パンや煎餅や葛湯なんかが置いてあるんでさ。車つきの木馬もころがっていましたっけ。ままごともいいとこだ。恒策さんの寝顔を見つめて、うっとりしていたんでしょうよ。

——お前、これは一体何のまねだ、とわしは言ってやったですに。

——勘弁してくれや、と奴もひけ目を感じていましたっけ。

——お前はこういう手合いだっけのか。思いもしなかったっけな。

——こうさせてほしかったもんで……。気が済んだら家まで連れて行こうと思っていたさ。

——気色が悪い奴だ。

——そうだろうな。しばらくこの子と二人きりにさせてほしかったもんで……。

——下へおりろ、と奴をうながして、藁や飼葉桶や農具のかたわらで、わしは責めたでさ。

——二度とやるんじゃないぜ。

——鑑平さんとおすみさんにゃあ済まないと思うんだが、ついこういうことになっちまって。

——ついってことでもないだろう、いとこを抱きこんだじゃないか。

——もみじか、もみじは関係ないよ。

——お前が関係ないと言うんだから、関係ないんだろうがな。

——夢を見ていたようなもんだ。

——困った奴だな。夢を見るのは眠っている時だけにしろや。

——するよ。

——いいか、絶対こんなことはやるな。俺は黙っているが、いくら俺が黙っていたって、ことがおおっぴらになっちまえばしょうがないぜ。

本当言って薄気味悪かったですの。何だってしたいことならやっていい、というわけにゃあ行きませんがな。奴はふらふらとやっちまったと言うんでさ。わしに解ることといえば、奴もわしも鑑平さんを仰いでいたこと、おすみさんを慕っていたことですがの。とにかくこらえ性がない奴でさ。特におすみさんの話になると、それを聞くだけでハアハア息がはずんじまうこともありましたさ。だからかわいらしい恒策さんに胸をえぐられるってことも、解らないじゃあないですがの。とにかく、わしはすぐと恒策さんを兼松の寝床から引きだして、おぶって連れもどしたんでさ。納屋の外にはもみじはもういませんでしたの。おみつが、おっかない、おっかない、とふるえ声でつぶやきながら、わしについてきましたっけ。

鷺坂濱藏さんがこの話をした時、

——人攫いの兼松さんて冗談だと思っていました、とわたしは言いました。

——そのものでしたの。この世にいない人間のことを今更あれこれ言っちゃあ悪いがの……。

——親切な人でしたのに、とわたしは濱藏さんの言いかたについ笑ってしまいました。

——親切でしたです。それに、頼りになるとこもありましたからの。わしだっていつも奴に対して、えばっていたわけじゃあないし、あいつだっていつもひけ目を感じていたわけでもなかったですに。しかし、わしは立ち合いましたからの。(わしはいつも立ち合う役回りになるんでさ)。奴には気がゆるせないっけです。そういう気持はずっと残りましたです。

——当座、兼松さんはひどい目にあったんでしょうね。

——そうでもなかったでさ。わしも鑑平さんとおすみさんに、ぼかして報告しましたからの。

たまたま兼松のとこへ立ち寄ったら、坊やが遊んでいたんで驚きました、兼松がこっちへとどけようとしている矢先だっけです、と言ったんでさ。意外だったのは、鑑平さんとおすみさんが怒らなかったことでしたの。苦情を言うでもなかったし、兼松のとこへ押しかけるでもなかったですに。兼松は紅林鋳造所に手伝いでいたことはありましたが、あの一件を起こした時には、近くの山へ入って木出し人足をしていたですに。それで、三年後には、鑑平さんは何事もなかったかのように、奴を鋳造所の本雇いにしましたからの。

鷺坂濱藏さんは、子守りのおみつさんのことも話しました。……おみつはその後おかしかったですに。一ヵ月ばかりは普通じゃなかったですに。夜中にうなされちゃあ、寝ぼけて泣いたこともあって、おすみさんが心配していましたっけ。自分はひどい目にあった、と思いこんじまって、その気分が抜けなかったんじゃないですかの。おすみさんが、しばらく居場所を変えてみたらどうか、在所に帰ってみたらどうか、と言うと、おみつは、首を横に振って、そんなことは言わないでおくんなさい、と言ったそうですに。それで、おすみさんは、おみつのお仕着せをはずんで、呉服屋で丹念に物色して、喜ばせようとしたってことでさ。……そう話してきて、濱藏さんは突然言いました。

——おすみさんは、奉公人にもよくしてくれましたの。こっちが病気になってみると、ことに身にしみたでさ。おみつだって、あたしは幸せだ、この世におすみさんがいてくれたから、と言いましたよ。

濱藏さんはまたおみつさんのことを話しました。……おみつは、その後も恒策さんの子守りをしたがったですに。するとおすみさんは、従来通りにさせておいたんでさ。おみつもうれしそう

でしたの。鑑平さんなんかの弁当を運んで工場へくる時には、大抵恒策さんをおぶっていたっけです。それで、

――おみつ、お前乳は出ないのか。出たら赤に吸わせるといいな、とからかう工員もありました。

さすがに馬車の停留所には懲りたのか、恒策さんをおぶって行くことはないっけですが、幾波街道に沿った小川の堤にいて、

――テト馬車来るよ。ほら来た。万歳、などと背中の子供に言っていたです。

紅林鋳造所も近くに見えていたんで、安心できるってことでですかの。おすみさんのいる屋敷か鑑平さんのいる工場が見える場所に、いつもいる癖がついちまったようでしたの。

わしは、弁当をとどけにきたおみつと話したことがあったですに。

――お前、あの晩、おっかない、おっかない、と言い続けたっけな。おぼえているか。

――おぼえているよ。

――何がおっかないっけのか。

――影が気味が悪いっけ。大きな木とか竹藪とか、それから、川の中とか、暗くて見えないとこが気持悪いっけ。虎狼《とらおおかみ》がかくれているって思えてきたもん。

――今もおっかないのか。

――そうだよ。今は昼間もふるえそうになるもん。

――おっかながりだな。俺はおっかないか。

――濱藏さんはそうでもない。

——そうでもない……。

——ホッとするのは、恒策さんをおぶっている時だよ。わたしの背中を温めてくれるもん。

——恒策さんはお前のお守りさんか。

——そうだよ。恒策さんがいなくなっちまうと、寒気がして、ふるえてくるよ。夢で、恒策さんを攫って行った人があってね。追いかけたら、その人が廊下にいて、こっちを向いたもんで、返して返してって叫んだけど、あたしに見せないように、手を引いてね、外へ出て行った。それからわたしは浜へ行ってみたよ。そっちへ逃げたような気がしたもんだから。でも、だんれもいなかったもんで、舟で行っちまったのかと思ったよ。目がさめたら泣いていてね。恒策さんはいるかしら、恒策さんを見せて、っておかみさんに頼んだりしたよ。

涙ながらに、おすみさんにむしゃぶりついたんだそうですに。

鑑平崩れ

——大正二年の秋でしたの、一太郎さんがお万さんと仁吉を甲府から呼びましての。わしも馬車の終点へ迎えに行きましたです。二人とも緑に唐草の木綿の風呂敷包みを背負っていての。仁吉がとてもかわいかったですに。とんでもないとこへ来たんで戸惑っちまって、口をつぐんで、お万さんのうしろにかくれるようにしていましたです。

鷺坂濱藏さんは続けて、こんなふうに言ったんです。

……わしはお万さんの荷物を持ってやろうとしたです。しかしあの人は、

——わしんのはわしが背負いますで、とことわるんでさ。

——いいから、俺に持たせておくれ。ここからまだ歩きでがあるから。

——それじゃあ、子供の荷を持ってやっていただけませんかの。

俺たちはまず鋳造所へ行って、荷物を置いたですに。

——これで全部かい、と一太郎さんが聞くと、

——身軽だろうが、とお万さんは言ったです。

——まったくだ。小ぢんまりした引越しだな。

お万さんは財産を処分して、札束を腹に巻いていたそうですに。ガラクタはひとにくれてやっ

た、鉄瓶なんか値打ちもんもあったが……、と言っていましたです。

それから一太郎さんの家へ行って、お万さんと仁吉は疲れをやすめましたの。鑑平さんも二人が来たことを知っていたんで、翌日、歓迎会をやってやる、と言ったんでさ。それを聞くと、お万さんは、

——鑑平さんに迷惑をかける筋合いはないですに。わしがみなさんを招びますに、と言ったそうでさ。

一太郎さんが、

——おっかさん、お前がご挨拶だって、おこがましいことを言うじゃあないか。お前なんか、枯っ葉がまぎれこんできたようなもんだ、と笑ったそうですに。

——枯っ葉の……。その通りだの。

歓迎会は鋳造所の工員控所でやりましたです。おすみさんが女中を一人連れてきて、働いてくれましたの。料理は大方家から運びましたし、あそこでは干物を焼いたり、酒の燗をつけたり、炊きだしもしましたの。鑑平さんはいつものように静かに飲みましたが、いつもより多少口数が多かったです。

——元にもどったようだな。お万さん、五十海はどうだい。気にいりそうかな、と言ったです。

——いいところですの。せいせいしますに。

——魚はうまいよ。若布もうまい。これははばめっていうんだよ。噛んでみてくれ。

——こうばしいのう。

――のんびり住んでくれや。

お万さんは紅林鋳造所に住みこんで、お茶番をする手筈になっていましたです。その時までは工員が交替で宿直をしていただけでしたがの。鑑平さんはお万さんのために建て増しもしましたです。古材を使ってですがの、六畳一間つけ足しましたです。

――鑑平さん、あんたは大した徳人ですの。

――そんなもんじゃあないが、親方に鋳掛屋の手ほどきをしてもらったからなあ。

――あんたも一太郎も家の子飼いでしたからの。それで、わしはあんたらの行く手を見とどけっか、と思ってここへ来さしてもらったです、とお万さんが言うんで、

――見とどける……。おっかさん、わしらよりかお前のほうが先に燈明がきれるんじゃないのか、と一太郎さんは言いましたです。

――何年生きられるか。心臓だってテンデンバラバラに打っていますもんの。なるべく長く身内と一緒にいたいもんだ。

お万さんはかなり酔ったようでした。それでも、鑑平さんをはばかって、あの人が席をはずした時、声をひそめて一太郎さんに言っていました。

――おりんの骨はここへ置くわけにはいかんのう。

――その話は今は出すな。俺がいいようにはからってやるから。

お万さんは、おりんさんの骨壺を唐草の風呂敷に包んで背負ってきたんでさ。それで、その前夜、一太郎さんは壺の蓋を開けて骨をしばらく眺めていて、蓋を閉めて壺を撫でたんだそうですに。それからわれに返って、ものがものだけに仕末に困る、と思ったというんでさ。

骨は一太郎さんがあばらやに引きとったですに。押しいれに入れて、そのわきに線香立てを置いたり、花瓶を置いて花を差したり、写真を立てたりして、鑑平さんとおすみさんに隠しておこうとしたんでしょうがの、早晩判っちまうことでさ。鑑平さんは知って知らないふりをしていたんでしょうよ。わしは拝ましてもらい、泣きそうになりました。

鋳造所でお万さんの評判はとびきり良かったでさあ。掃除をせっせとするもんだから、食堂に艶がでた、とりわけ便所に照りがでた、と言った職工もありましたっけ。それと、あの人は薬を大きな箱に入れて持っていましての。風邪だ腹痛だというんで、お万さんに相談に行くと頓服を出してくれて、必ず茶碗に湯を注いでくれましたです。お湯をたっぷり口に含んで薬を飲むように、って教えたもんです。怪我や火傷の手当てもお手のものだっけですに。それに、みんなびっくりしたのは、馬を楽々と曳きまわしたことでさ。あの人は馬力の馬も車も手ぎわよく扱うことができたですに。

鑑平さんは、やること成すことうまく行っての。しかし、そのことが、芯《しん》が気むずかしい一太郎さんには気にいらんですかの。昔の鑑平のほうがマシだっけな、とあの人は言ったりしましたっけ。こんなこともあったですに。お万さんに燗をつけさせて、わしら三人で控所で酒を飲んだ時に、

——一太郎、お前名刺を刷らんか、と鑑平さんが言いましたです。

——あんたは持ちたいだろうがな。俺はああいうペラペラした紙っきれは好かねえ。

——ペラペラした紙っきれ……。

——あんた、嘘っぽい肩書きを入れて、勿体つけた紙っきれを持ってるだろうが。

——持ちたくて持ってるわけじゃあないがな。要《い》るんだよ、と鑑平さんは笑って言いましたです。

——人様に会ったり、外交に出たりした時、名刺があったほうが工合がいいじゃないか、と鑑平さんは続けたですに。

——あんた社長なんだろ。

——まあ、そういうことだ。

——俺は何だい。

——工場長さ。

——笑っちゃうよな。落ち着かねえよ。

——わからずやの工場長だよ。

——俺はわからずやの一太郎だ。

——そういう名刺をこしらえてみるか。

——名刺に刷らなくたって、顔に書いてあるじゃないか。

——いいか、一太郎、今じゃあ、どこの工場にだって、社長と工場長ぐらいはいるんだ。他との釣合いってこともあるじゃないか、と鑑平さんは言いますと、手帖を出して、紅林鋳造所、工場長桑原一太郎と書き、工場の電話番号や住所も入れて、

——これでいいか。お前の名刺を刷らせておくからな、と言いました。すると、

——気が済むようにしておくんなさい、と一太郎さんは捨てぜりふを言いましたの。

翌日鑑平さんは相良の活版屋へ行って、一太郎さんの名刺を百枚注文してきたです。手刷りの

機械で一枚一枚紙を押すやりかたでさ。一太郎さんとしちゃあ、自分がだれかを決められちまう気がしたかもしれませんです。それにしても、一太郎さんは中途半端なタチで、鑑平さんにそむくことはできんのですよ。

こんなことと関係するんでしょうかの、お万さんが鑑平さんに、怨みっぽい調子で言ったそうです。鑑平さんが若い職工とお万さんのとこで一杯やった時のことだそうです。その若い衆はわしに話しましたです。

——わしが五十海へ来た時歓迎会で、昔に戻ったようだ、とあんたは言ってくれたっけのう、とお万さんが言いますと、

——いい気分だっけな、と鑑平さんは応じたってことでさ。

——あんたはえらくなんなすった。

——そんなことはないよ。

——五十海へ来て、やり直したってことでしょうの。

——泥に足をとられていたからな。

——出世なすって、結構ですの。

——お万さん、あんた何を言いたいのか。

——何でしょうの。

——本当言って、何だい。

——自分でも解りませんの。

——おりんのことだろうが。

――そうでしょうの、きっと。ひとりで考えていると、気が狂いそうになりますもんの。

――じゃ思いきり言ってくれ。俺は聞くよ。

――あんたに言うのはやめたですに。

――なぜそうからむのか。

――からむ……。あんたさっき、自分は泥に足をとられていた、って言いなすった。甲州の泥は一番困りもんですの。

――遠まわしに言うのはやめろ。

――遠いも近いも、何も言いませんに、わしは。

――いいからおりんのことを言え。

――口がしまっちまったです。

――言え。

――言えませんに。

――そうか、それじゃあ聞かん。

そう言うと同時に鑑平さんは席を立ったってことでさ。

第二、第四の日曜日には、鑑平さんも一太郎さんもよく釣りに行ったもんですに。鋳造所で支度をして、餌もこしらえ、鑑平さんとわしは釣り場へ行きながら、一太郎さんを誘おうとしたことがありましたっけ。歩いているうちに、鑑平さんは、突然思いついたことがあったようで、

――濱藏、先に行って釣っていろ。わしと一太郎はぼちぼち行くから、と言いましての。

わしはその通りにして、大井川の川尻の南で一人で石持を釣っていますと、ゆっくりと二人が来ましたっけ。二人とも話に気をとられていて、釣りはどうでもいいようでしたの。鑑平さんはロクに釣りをしなかったです。

一太郎さんが、ずっとあとになって、こんなことを話してくれたです。

……鑑平は俺んとこへ入ってくると、すぐに、

——嘉一が来ていたな、と言ったっけ。

——来たよ、と俺が応えると、

——用事があったのか、と訊いた。

——おっかさんにな。おっかさんの甲州の畑が売れたといって、代金を半金とどけに来たさ。

——そうかい。

——俺のとこへ来たんじゃないよ。来るなとも言えないじゃあないか。

——お万さんがここにいる以上、仕方がないのか。

——そうだろうな。嘉一のほうがおっかさんをアテにしているようだっけよ。地代をとどけて、その中から百円借りて行ったもんな。残りの半金が手に入ったら、また来るって言ってたさ。そうなったらまた百円ねだって行くんじゃないのか。結局、金に困んなきゃあ来ない野郎だ。

——お万さんはどうだったのか。

——またおいでよ、と言っていたっけよ。

——お前はどうなんだ。

――俺か……、俺は別にどうってこともない。シラミみたいな、小うるさい手合いだって思っているだけさ。

――何か喋っていたか。

――その畑が売れたってことと、百円用立ててほしいってことだけだな。ほかに、鑑平ってやつは大したやつだって褒めていたっけよ。お世辞のつもりかなあ。

――いいか、一太郎、やつとは切れるほうがよかりそうだ。

――切れる……。

――口もきかないほうがよかりそうだ。

――俺はつっぱねたっていいさ。相手にしていると噛みついてくるかもしれんからな。

――自分とこへ泊めてやったんだろう。

――仕方がなかったさ。野郎、急に来たんだ。

――俺に言わなかったじゃあないか。

――あの野郎、きのうの晩来たんだ。お前に報告するひまがなかったよ。今日は第二日曜だろうが……。

釣り場につくと、鑑平さんは釣りを始めましたが、五、六回仕掛けを投げただけでやめてしまったですに。鑑平さんは、仲間うちで名人と言われるほどで、糸も十五間も出しましたし、獲物も多かったですが、その夕方は一尾も釣らないで、早々にやめてしまったです。それで、一太郎さんのそばに坐り、時々話しかけていましたっけ。一太郎さんは半分釣りをして、半分話をしているといった案配でしたの。日がかげると、流木を燃やして、二人の男が火の番人をしているように見えましたの。わしは釣りで夢中でしたっけが……。

……鑑平は時々溜息をついていたな、と一太郎さんは、あとでその時のことを話しましたです。……俺はな、また鑑平の病気がでてきているな、と思ったさ。あいつは影におびえる時がある。他愛ないことが頭を離れなくなっちまうのさ。そうなると、普段のおうような鑑平は消えちまって、気の毒に落ち着きをなくしちまうのさ。

――一太郎、先が読めんな、と溜息をつくのさ。

――釣りがかい、と俺は冗談を言ったさ。すると、

――釣りはどっちでもいいがな、とまじめに応えるんだよ。

――先のことなんか読まんでもいいじゃないか。

……わしはお万さんが好きでしたの、と濱藏さんは言いました。……気のいいおばさんでしたです。釜の底のこげためしを、掌に醬油をふりかけてにぎってくれたもんです。うまかったし、楽しかったです。十二月の日曜でしたが、わしは宿直室で昼寝をさせてもらったことがありましたっけ。お万さんは火鉢に赤くなったタドンをいけてくれたです。仁吉もやってきて、わしと一つ蒲団に寝ちまったです。目を醒ましたら、もう夕日が射していたですが、風に揉まれる竹藪を通すもんだから、壁にも畳にも橙色の炎のようにゆれていたっけです。わしは寝呆けて、火事だ、と思っちまったです。すやすや眠っている仁吉を抱えて、宿直室を飛び出そうかと思いましたの。なんだか叫び声を聞いたような気がしたです。泡をくっていたら、鑑平さんの声が聞えてきたんでさ。いつもの低い声でさ。それで、わしは正気にかえったですに。

――お万さん、嘉一をここへ入れんでくれ。

――ここってどこかの。工場のことかの。

――この村だよ。

――嘉一が来るにゃあしょうがないじゃあないか。

――相手にするな。

――鑑平さん、嘉一はわしの身内だよ、縁を切れって言うのかい。

――かかわるなって言ってるんだ、一切。

――嘉一に落度があったわけじゃなし。そんなことまで鑑平さんの指図は受けんに。

――お前さん、嘉一のどこがいいんだい。

――嘉一が立派だなんて言ってやしないに。わしはの、お前さんと違って、駄目な手合いほど好きさ。

――講釈を言うな。

――講釈じゃないよ。

――俺がこう言っても聞けないのか。

――いくら鑑平さんでもの。

――お万さん、俺はお前さんちを味方だと思っているから甲州から呼んだんだぜ。

――呼んだのは一太郎じゃないのかえ。

――俺だって呼んだ。

――気にかけてくれて、ありがとうっけの。

——ここから出てもらうかもしれんぞ。

——鋳造所からかい、いつだって出るよ。

——村からだ。

——鑑平さんはいつからそんなえらくなった。

——叩き出すぞ。

わしはそれを聞いて、悲しかったでさ。昔村のならず者に言われた同じことを、今は当人が言ってるですもん。あの人らしくもない子供っぽい言い分だ、と思いましたの。それにしても、お万さんの強《づな》いのにはびっくりしたです。負けちゃあいないどころか、言い争いに勝っちまったと思えましたもんの。

——鑑平さん、あんたも一っぱしの商売人になったの。お面をかぶるじゃあないよ。あんたはもうわしらの味方じゃあないによ。わしらから離れて行くわね。あんたの頭にあるのはおすみさんだけだ。それと、坊ちゃんとお嬢ちゃんだ。

——お万さん、いい加減にしろよ。

——嘉一がいやなら、昔みたいに河原でぶっ飛ばせばいい。もう一遍血まみれにしてやればいい。そうすりゃあ、怯気《おじけ》をふるって、寄りつかなくなるだろうさ。

——それじゃあお前さん、俺の言うことに不承知なんだな。

——不承知だの。

——そうかい、考えさせてもらうよ。

鑑平はそう言って、戸をガタピシさせて開け、また手間をかけて閉め、帰って行きましたの。

わしはの、あんまり激しいやりとりなんで、聞いていて苦しくなっての、やめてほしいと思ったですに。終ったんで、勝手場に出て行くと、お万さんは案外平気な様子をしていて、こう言いましたっけ。

――鑑平さんもなんだか気が小さいの。

――そうかなあ、太っ腹だと思うがな、とわしは言いましたです。

――おすみさんが支えて、あの人を男にしたですに。おりんはかわいそうだっけの。

――おりんさんか……。骨を拝ませてもらったよ。

わしはその名前が出たんで、胸がつまるような気がしましたっけ。

――おりんじゃあ、おすみさんには敵《かな》わない。鑑平さん、鑑平さんと言って、随分つくしたがの。自分のことは忘れて、あの人をかばっていたがのう。

――いつかその話をしてくれや。

――わしに聞いたってしょうがない。骨に聞いておみ。

――お万さん、あんたここに居る以上、もうちっと折れたほうがいいと思うぜ。

――鑑平さんにか。折れんでもいいよ。子供のころから知っているんだし。

――ここに居づらくなるんじゃないか。

――大丈夫だに。わしは居るよ。一太郎と鑑平さんを見とどけに来たんだからの。それに仁吉に鋳掛けを教えてもらわなきゃあならん。一太郎も鑑平さんも腕っこきだからの。

わしは、お万さんと鑑平の折り合いを良くしてやりたいのさ。そうならなければ、わしの気持はぎくしゃくしちまう。鑑平はとにかく、お万さんが、この五十海に住みにくかろうと思ってな。それには、昔を思い出せばいい。手がかりは昔にある。わしはそう思って、鑑平にもそう仕向けたし、お万さんにも説いた。

ことが走っちまったら、あと戻りはきかんのだろうな。とにかく、お万さんには、寸志を差しあげなきゃならん。わしの新築の家と多くもない貯金を桑原お万に相続してもらうよ。お万さんが、相続しないと言うんなら、桑原仁吉の名義にしてやりたい。継いで困るもんじゃあないが、意固地の手合いだ、ああのこうの言ったら、濱藏さん、一肌ぬいで、どうかその向きに収めてくれ。

春の浜行きの時だが、わしの頭に甘い考えが湧いちまったことがあった。だれかが、お万さんと飲みたくなったよ、と言うのを聞いて、わしはお万さんのあばら屋へ急いだ。昔がよみがえり、みんなが笑って手打ちをしている様子が見えた。

お万さんのあばら屋の敷居をまたぐと冷っとしたな。解りきったことが解った。お万は組みしやすい女じゃあないってことが……。戦さをするような気持だっけな。おかしな戦さだっけ。言うに言われぬことになっちまった。

――鑑平さんの酒盛りに招ばれていたのかの。もう終ったのかい、とお万さんは、内職の白いテーブル掛けのレースを刺しながら、手を止めもしないで聞いたさ。

――そうさ、お前も一杯どうかと思ってな。

――わしかい、わしは飲みには行かないよ。鑑平をやっこめに行くに。

――そんな気なら、行かないほうがいいだろう。

――なんだい、呼びにきたんだろうが……。

——酒はどうかと思ってな。おとなしく好きなものを飲めばいいじゃないか。口喧嘩したって、みっともないだけだ。

——口喧嘩だって取柄があるによ。お前さんは一生懸命主人を護衛すればいいじゃないか。

——護衛……。

——犬は吠えるもんだに。

——俺は犬か……。

——犬だよ。ここでも、いいから、一声吠えてみな。

わしは突然おかしな気持になって、思ったっけ。ののしられているのか、からかわれているのか……、両方だ、いいように、踏みつけにされている。しかし不思議なことに、もっとやられてみたいと思えたさ。どうかこの成りゆきが尻切れトンボにならないように……。それで、わしは苦が笑いしてから、わざと大きな声で犬の遠吠えを、息の続く限りやってみせた。お万さんのかたわらにいた仁吉が、うれしそうにキャッキャッ笑うのが見えたっけ。お万さんは、ばかばかしいというふうに笑ったな。それから、

——犬は嗅ぐもんだ。嗅いでみなよ、と言うもんだから、わしは上りがまちに鼻をこすりつけて、嗅ぐまねをした。習ったこともないのに、意外と自分が犬そっくりになったので、感心したよ。

——どうだい、いいにおいがしたかね。

——しないな。

——そうだろうよ。ここにはいいにおいはないからの。おかしなにおいばっかりだからの。お

かしなにおいを嗅ぎ当てるからこそ犬だもんの。

――犬も酒をくらっているもんで、今日は鼻がばかになってらあ。

――ばかになっちゃあいないよ。一太郎、あんたの鼻は。

――そうだろうか。

――安心しなよ。あんたは、どれがおかしなにおいで、どれがまともなにおいか嗅ぎ分ける。おかしなにおいは山ほどあるが、まともなにおいは一つしかないのさ。それが何か解っているかね。

――解らないな。

――あんたほどの犬でもかね。

――解らないよ。

――あんたには解っているはずだ。たった一つのまともなにおいは鑑平とやらいう飼い主のにおいだに。

――そうだろうか。

――犬だからの。思いこんじまったら疑うことはできないんだに。

――そうか。

――なるほどと思うかい。

――思いそうだな。そうだろうな、きっと。

わしはとりあえずうなずいた。お万さんは人をその気にさせる霊を持っている。お万さんに犬だと言われれば犬になる。猫だと言われれば猫に、鴉だと言われればくちばしが生えてくるだろう。わしは、この女のおかげで、しばらくだっけが、犬のようなものになっちまった。それで合点が行ったことがあったのさ。

わしは私書箱の鍵をあずかっていましたです。それで、その日も郵便局へ行って開けますと、他の手紙に混じって、内藤嘉一さんからの葉書が二通ありましたっけ。桑原一太郎さんと桑原お万さんあてでした。紅林鋳造所気付になっていたのは、嘉一という人が鑑平さんのことをそれほど気にしていなかったからでしょうかの。文面は簡単な礼状だっけです。わしは二通を腹巻に差しこんでおいて、まず一通をお万さんに手渡しましたです。お万さんは目を通して、袂に入れましたです。それからわしが工場へ行くと、一太郎さんが新式の碇の木型を、図面をにらみにらみ、こしらえていましたが、煙草をくわえながら、わしをうながして外へ出て、

——鑑平に見せたかい、と葉書をあおぐように動かして言いましたです。

——見せやしませんよ。

——見せたっていいがな。なにしろ、こいつと鑑平は喰い合わせだからな、と一太郎さんはおもしろそうに笑ったですに。

——内藤嘉一さんってどういう人ですかの。

——おっかさんの親類だがな。大したやつじゃあないって。感心に字だけはうまいな。

——…………。

——なんだ、気になるのか。

——気になりまさ。鑑平さんがおかしくなっているですもん。

——嘉一のカの字を聞くと、頭へ血が昇るんだろうよ、と一太郎さんはまた笑いますでさ。わしも釣られて、調子に乗って、

——並み大抵な昇りようじゃああありませんぜ、と言うと、

——お前には関係ないよ、と一太郎さんは言いましたです。

——一太郎さんとは関係あるんですかね、と訊きますと、

——お節介だな、手前も、と一太郎さんは急に荒っぽい言っぷしに変ったんでさ。

——その嘉一さんて人に会ってみたいくらいでさ。

——差しでがましいことを言うもんじゃないぜ。

——悪いのかなあ、こういうことを言っちゃあ。

——悪いなあ。思うんでもないぜ、余計なことを。

——余計な……。俺は考えた末に言ってるんですに。

——やめとけ、この馬鹿が。ひとの尻をつけ回すと、こっぴどい目に合うぞ。

わしは、この時が一度だけです、一太郎さんに向って手をあげそうになったのは……。敵わなくたって、とっ組み合いをやってみろ、と自分の中で自分が言っていましたでさ。しかし、始っちまった胴ぶるいをおさえて、やっとのことで声を出しましたです。

——あんたにならずもんの言い草をされたよ。俺は情ない。

——そうかい。俺も鑑平もならずもんだろうからな。関係ないことへ手前ら素人《しろうと》は首をつっこまないようしろや。

そう言って一太郎さんは、身をひるがえすようにして、仕事場へ入って行きましたっけ。わし

は茫然としていましたです。それから、しゃっくりと一緒にこみ上げる震えだけを気にして、夢中で家まで歩いたです。仕事はほかし出してしまったですに。

　部屋で気持は落ち着いてきても、なかなか震えは止まりませんでしたの。わしは一太郎さんを憎んではいないっけです。しかし、一太郎さんが二人いるみたいな気がして、悲しかったでさ。鑑平さんなら違うだろうか、いや違わないだろう。結局、あるところまで行くと、あの二人は俺をはねつける、仲間にしてくれないのさ。それからわしが考えたのは、こういうことだっけです。鑑平さんはわしにとって神様だっけのに、ここへ来て、調子が崩れて来ちまった。するとその波紋をくらって、一太郎さんもお万さんもおかしくなってきちまった。もしかするとお万さんだけは崩れていないのかもしれん。こうなることも勘定にいれていたのかもしれん。あの人だけは、別にうろたえてはいないんだろうな。あの人が一番したたかか……。しかし、所詮一族だ。みんなで一族の泣きどころを持っているんじゃあないのか。秘し隠しにしていることがあるんじゃないのか。

　翌日も工場を休んじまいました。わしの神経はよっぽどびっくりしちまったでしょうの。まだ胴ぶるいが残っていましたです。朝めしを済ませてからも、寝床の上に坐って壁を見つめていましたっけが、身をもてあまして釣りに行ったでさ。谷へ入って行って、鮒や鮠を釣って遊ぼうと思ったもんですからの。落ち着いて来ると、考えがはっきりしてきましたっけ。内藤嘉一さんって人と会ってみようと思いましたです。それで、家へ帰って、手紙を書きましたです。

　自分は鷺坂濱藏という者で、紅林鋳造所の職工です。紅林鑑平さん桑原一太郎さん桑原お万さんには親切にしていただいて、ありがたく思っております。六日前、あなた様は当地へお越しくださいました。その際お目にかかれるとよかったですが、次のご予定はありますか。自分としては、貴地へおうかがいして、紅林さん桑原さんのことをいろいろうかがいたいのです。お世話になったお宅のことを、どんなことでもいい。それを知るのが自分の務めだと思えてなりません。是非お笑いくださ い。妙な手合いだときっとお思いでしょうが、お願いです。

内藤さんの住所は簡単でしたんで、葉書を見たのが、目に残っていましたっけ。常永というところでしたの。

しかし、拒りの返事をもらったのでさ。

お手紙拝見。折角お申し越しですが、小生は紅林家とは絶縁いたしております。桑原家とも、事情があって、向後行き来を断念いたしました。両家に関しては、一切言及を避けるつもりですから、おいでくださるのは無駄です。なにとぞ悪しからず。草々。

なんだかこしらえたような文面でしたの。しかし拒り状としては、そっけなくて効き目がありましたです。

それからは、内藤嘉一さんが村へやってきた形跡はなかったですの。鑑平さんの言い分は通りましたです。それで、内藤の名前はもう出ませんでしたがの、鋳造所はガタピシしたまんまになりましたです。思いが一旦波立つと次の波を呼んで、収まらなくなっちまったみたいでしたっけ。

おりん幻

——実際言って、わしはおりんさんのことを滅多にしゃべりゃあしなかったです。自分の気持を見すかされる気がして、恥かしかったですに、と鷺坂濱藏さんは言うんです。

——恋のことですか。

——また、それを言う。あきれられるような気がしちまって、とあの人は本当に恥かしそうな気振りを見せるのです。

わたしは黙ってしまいました。濱藏さんが何を言いたいのか、大体わかりましたが、それがなぜ恥かしいのか、わかりませんでした。すると、濱藏さんは言いました。

——わしは異常ですからの。本当のとこをしゃべっちまって、一太郎さんにからかわれたことがあったですに。

それでも、あの人は続けました。……酔っぱらった時に、つい口に出してしまったっけです。わしは、今まで八年もおりんさんを想い続けている、今だっておりんさんが目に浮んでくることがある、とつい言ってしまったですに。すると、一太郎さんはおもしろそうに、目をキラキラさせて、乗り気になってたずねるですに。

——しょっちゅうか。

——今でも毎日でさ。わしは弱気な人間だもんで、毎日のように、淋しくなったり、気落ちしたりするんでさ。そうなっちまったら、女を呼ぶんでさ。

——女を呼ぶ……。

——思い出そうとするって意味でさ。

——なるほど。すると、おりんが出てくるのかい。

——出てきますって。

——いつもおりんか。

——何を言いたいんですかい。

——他の女が出てきちまうことはないのか。

——それはない。

——おりんがどういう姿で現われるのか。

——わしはあの人を、正味三時間くらいしか見ていないんだもん、あの時のおりんさんでさ。いろいろな姿で出てくるなんてことはない。最初会ったのは真昼間で、焼津の駅前だっけが、今もわしに出てくるのは、薄暗がりにいるあの人で、それでも、顔かたちだけはとてもよく見える。しかも、あの人だけでさ。そばにはだれもつき添っちゃあいない。

——俺もいないのか。

——あんたもいない。

——要するに、濱藏さんと二人だけで向き合っているってことか。

——そうでさ。しかしな、わしに話しかけたりはしない。愛想よくしてくれてはいるが、悲しみをこらえているようでさ。

——なるほど、これはもう信心だな。おりん教だ。

——普顕とは違いますぜ。おりんさんは生きていますもん。

——お釈迦さんだって生きてるそうじゃあないか。

——そう言うがの、わしにはそうは感じられない。おりんさんみたいに、息もしていないし、ぬくくもないし。

——よくそれだけ慕ってくれたな。おりんに聞かせてやりたいな。

——薄気味悪がるでしょうの。

——大喜びするだろう。

——好きでもない男に好かれてですか。

——あの女がお前のことを知ったら惚れたろう。知らなかったというだけのことだよ。

——そんなことがあろうはずはないでしょうが。せめて濱藏ってヤツが想ってくれたと思って、いくらか辛《つら》さの埋め合わせにしてくれればいいがの。

——お前もしおらしいことを言うじゃあないか。

——本当のとこでさ。

わしがそう言うと、一太郎さんはわしの肩を抱いて笑いましたの。わしは〈せめて濱藏が〉とつぶやきましたの。おめでたい野郎だって思われたって、一向かまわなかったですに。

——明子さん、わしは一太郎さんに〈これはもう信心だな〉と言われて、気がついたことがありましたでさ。わしはひどく惚れちまったと言うだけのことで、こうまで思い出すのも、お前さんの勝手にやっていることだと言われたって、こっちから文句を言う筋合いはありませんですがの。それにしても、おりんさんて人にはどこか並みじゃあない怖ろしいとこがあるらしいと、のちのち気がついたでさ。

——やさしい人なんでしょ。

——おっとりしていて、とてもいい性質だっけ、と一太郎さんも言っていましたです。とりわけ甲州で鑑平さんに入れあげるさまは、一太郎さんもほとほと感心した、と言っていましたの。一太郎さんも妹はようやっていると思って、大満足だったそうですに。しかし、悲しい結末になっちまって、おりんさんが汽車の車輪につぶされて死んじまうと、のちのちまで、おかしなことが尾を引いたですに。あんたも大かたは心得ていなさるかもしれんが……。わしにはの、おりんさんがやさしい人で、みんなに惜しまれたからこそ、そうなったと思えますでさ。

そう言って、濱藏さんはお万さんから聞いた話をしてくれたんです。……お万さんは言っていましたの。お万さんはここへ引っ越して来て、翌年の春からシラス鰻をすくいに行くようになりましたです。夜なべをやって、小づかい稼ぎをしようと思ったからですの。大正の三年でしたで、うようよとシラス鰻が来ましたでさ。コツなんか知らなくたってすくえるような時代でしたし、お万さんはもともとはしっこいんで、近在の稼ぎがしらになっちまったですに。三輪川のいいとこへ陣取ってすくっていると、一緒にいた仁吉が、

——母ちゃんがいる、と叫んで、自分のタモをお万さんに押しつけたんだそうでさ。

お万さんはすぐに水面から目を離すと、水しぶきを白く飛ばして堤にかけあがる仁吉が見え、それから、蜘蛛みたいな影になって、どんより濁った空の中に現れ、またどっかへ行っちまった

ってことでさ。お万さんは狐につままれた気分になっちまって、仁吉が踊りあがってすぐに消えたあたりを、見つめていたそうですに。

——おかしな子だの。夢でも見たのか。こっちまでその気になっちまうじゃあないか。不意をつかれちまったんでの、とお万さんは、あとから言っていましたっけ。

アセチレン・ランプをたよりに、水の中ばかり見つめて、黙りこくっていたから、余計おかしな気持になったんでしょうかの。やがて、しょんぼりした仁吉の影が堤の上に見え、未練げにあっちこっち見ながら、お万さんのところまで歩いてきたんで、

——お前、母ちゃんを見たのか、と訊いたそうでさ。

——見たよ。

——わしには見えなかったがのう。

——まだここら辺にいるよ。俺は探さあ。

——探さなくたっていいに。母ちゃんは、キー坊とばあちゃんがどこにいるか知ってるで、向うから来てくれるに。

——そうかなあ。迷っているんじゃないか。

——そんなことはないって。ちゃんと道を知ってるに。

——本当か。

——本当さ。さあ、今夜はこれで帰る。家へ帰ったら、静かにして寝るだよ。あしたは学校があるからの。

その年の十二月に、お万さんが仁吉と二人で、火の用心の夜回りをしていると、風の中の田圃道で、仁吉がまた、母ちゃんがいる、と叫んだんだそうでさ。お万さんが立ち止まって、

——わしには今夜も見えんがの。お前には見えるのかい、とたずねると、

——今見えたっけよ。あっちのほうを歩いていたっけ、と仁吉は少し離れた水路のほうを指差したってことでさ。

水路に沿って、榛《はん》の木が一列に植えてあって、痩せこけた人間のようでもあったんで、

——木ばっかりじゃないか。お前見間違えたんじゃないかえ、ときいたそうでさ。

——木じゃあないって。お月さんに照らされて歩いていたもん。

——鴨が舞ったんじゃないかえ。

——鴨じゃない。着物を着た女の人だっけよ。

——だんれもいないじゃないか。

仁吉は榛の並木のほうを見つめていたけども、お万さんは、いつまでもこうしてはいられないと思い、拍子木を鳴らしながら、予定の道を続けたそうですに。しかし仁吉は一緒に来なくて、榛の木の列のほうへ駈けて行ったたってことでさ。月が高くにあって、明るく冴えた寒気の中を、蜘蛛みたいな仁吉が自分の影ともつれ合って、走っているのを見て、お万さんは、この子は、母ちゃん母ちゃんで、自分の行きどころもわからずにさ迷っている、と思ったっていいまさ。仁吉をそのままにして、お万さんは定められた道を歩き続けたんだそうですが、乾いた拍子木を鳴らすのが、ばあちゃんならこっちにいるから、と合図を送ってやるように思えたってことですの。

——それで、仁吉さん、どうなったんですか、とわたしはたずねました。

——紅林鋳造所へ、二時間もしてから、がっかりしてもどってきたそうですに、と濱藏さんは応えました。

——夢うつつの中にいたんですね。

——自分がこしらえた芝居を、本気にしちまって、その中で生きていたんですに。

——主役はおりんさんなんですね。

——おっしゃる通りだ。しかも、仁吉は、自分がその気になっていただけじゃない。まわりの衆も捲きこむんですに。とりわけ、お万さんと一太郎さんは片足を突っこんでいましたっけ。両足かもしれん。

——それ、どういうことですか。

——おりんさんの幻に振り回されていたってことでさ。そりゃあ、実際におりんさんの幻を見たのは仁吉だけかもしれんが、仁吉の、母ちゃんが来た、って叫ぶのが掛け声になって、みんなが、おりんさんは自分たちの身近にとうとうやって来た、つまり五十海村にその気配があるって思うようになったってことでさ。

——おりんさんのお骨も、お墓もここにあるんでしょ。

——お万さんも仁吉も骨を抱いて旅をしているようなもんですでのう。

——そういう人が、昔はいたんですってね。

——昔はの……。明子さん、考えてみておくんなさい。おりんさんは甲州で生まれ育った人でしょうが、生涯に一度だけ五十海の土を踏んで一晩泊って行っただけでさ。どうしてなじみのない土地の墓に入れられたんですかい。

——鷺坂濱藏さんが恋したからじゃあありませんか。

——からかわんといてくださいよ。わしだってあの人を呼び続けたけど、五十海へ来てほしい、って言うわけじゃあない。わしなんかが呼んだって、だんれも来ちゃくれはしませんよ。せいぜい、胸の中へおりんさんの幻を飼っているくらいなもんでさ。それで本望としなきゃならんですに。ところが、実際に、あの人は甲州からやってきた。

——実際に……。

——お万さんと仁吉にくっついてやってきたんでさ。とりわけ、仁吉にとっちゃあ、この村に実際におりんさんはいるようなもんでさ。

——……。

——今となると、仁吉は結構一っぱしの悪《わる》ですがの。悪にはどのようにしてなるもんか……。仁吉を見ると合点できまさあ。どうしようもなくてなるんですに。あの手合としちゃあ、おりんさんのことを思い過ぎたですに。それを思いとどまらせようと思ったって、できやしません。

聞きながら、わたしには、濱藏さんの言うことがよく解りませんでした。でも、おりんさんという人には惹きつけられていました。わたしも、一度でいいから会ってみたかったと思ったほどです。

濱藏さんは続けてこう話しました。……仁吉が小学校六年の時ですの、学校で鉦策さんと会って、こんなふうに言ったんだそうですに。鉦策さんは二年生でしたです。

——母ちゃんが俺のとこへ来たっけよ。

——キー坊ちゃんのお母ちゃんは死んでるだろ。

そうきかれると、仁吉は鉦策さんの目を覗きこんで、コクリと頷いてから、

――この間も来たさ。夜だっけが、鋳造所の垣根のそとへ来て、俺を呼んだっけ。俺がそっちへ行くと、キー坊、ばあちゃんの言いつけをよく聞いているかね、と言ったっけよ。それから、すぐと行っちまうもんだから、俺はついて行った。

――一緒に歩いたのか。

――そうだよ。軽便の駅へ行ったっけ。

――軽便へ乗ったのか。

――うん、吉永のほうへ行っちまった。

――どこへ行ったのか。

――それはわからん。

――聞かないっけのか。

――聞くのを忘れちまったさ。俺も一緒に軽便へ乗りたかったもんで、乗ろうとしたら手で押されたもんで。連れてって、と言ったけどな、軽便は行っちまった。

――知らせたかないのかな。

――行く先をか。

――うん、自分のいるとこをさ。

――お墓だと思うけど。今度は聞いてみるよ。

――軽便の切符を買うのかなあ。

――それも今度聞いてみるよ。

——今度っていつだ。

——あしただよ。あしたは日曜だろ。次の日曜にまた来るって、歩きながら言ってたよ。あしたの夕方だ、雨が降りそうだから、塩積みの倉庫へおいでって。

——あんなとこへか。

——丁度いいよ、あそこが。ゆっくり話したいで……って言ってたっけよ。

鉦策さんは夢中になってこの話を聞いたそうですに。おそろしい気もしていたら、塩積みの倉庫と言われて、余計薄気味悪くなった、と言っていましたっけ。……そう言って濱藏さんは、

——明子さん、あんた、この話をご主人さんから聞いたでしょうに、と言いました。

——いいえ、聞いておりません、とわたしが応えますと、濱藏さんは、

——なるほど、わしもこの話は、無理して鉦策さんから聞きだしたんですに。鉦策さんは、無口なかたですがの、特に仁吉のことになると、話したくもないと思っているようですの。勿論、口に出しちゃあまずいっていうひけ目なんかない。あいつの名前を聞くだけで気分が悪くなるからですに。

そうことわってから、濱藏さんは、おりん幻の一件ですがの……、と先を続けました。……次の日曜日が来ると、鉦策さんは夕方になるのが気になって仕方なかったといいますの。時間がたつにつれて、頭の中はそればっかりになっちまって、とうとう塩積みの倉庫へ行ったそうでさ。しっかりした木造の相当に大きな建物で、ほったらかしになっていましたっけ。

——わたしも見覚えがあります。盛り土をして作った倉庫でしたね、とわたしは言いました。

——荷物が湿気を嫌う塩でしたからの。それに、馬力に積みこむのに、ああいう建てかたのほ

うが都合がいいってこともあったですに。

……それで、鉦策さんが重たい戸をあけると、中に仁吉がいて、

――なんだ、お前来たのか、と言ったそうでさ。

もの好きだと思われているらしい、と鉦策さんは気にして、

――寒いな、と両手をこすり合わせたって言っていましたです。

――お前家から来たのか。時計見たっけか。

――今は四時半だろ。

――俺はまわりを見てくらあ。

そう言うと、仁吉は戸をあけて外へ出て行くんで、鉦策さんも一緒に出て、あたりを眺めたそうですに。軽便の駅へ行く幾波《いくなみ》街道は家々や木立ちでさえぎられて、見通しが悪いので、しばらく歩いて見回ったりしているうちに、風花が舞い始め、とても寒かったっていいまさ。重く暗ぼったい倉庫の羽目をこする白い流れが、どことも知れず消えて行くのが不思議でしたでしょうよ。風花だって幻のようなもんでさ。塩積みの台にもどってからも、二人は吹きっさらしにいて、一面の絣模様の奥を見張っていたそうですが、人影はないし、冷えちまったもんで、建物の中へ逃げこむことにしたそうでさ。

――俺は母ちゃんを探してみる、とやがて仁吉は言いだしただそうですに。

――ここへ来るって言ったのにな、キー坊ちゃんのお母ちゃんは。

――ここへ来ようって言いだしたのは、俺かもしれん。母ちゃんはここへ、自分じゃあ来れないかもしれれん。

——……。

——俺、軽便の駅を見てくる。お前、待っててくれや。

そう言うと、仁吉は、屋内からまた出ていったそうですに。戸をあけ、風花を浴びて閉めながら、

——飛んで行くからな、すぐだよ、と言ったといいます。

鉦策さんは暗がりに残されちまって、自分も行けばよかった、と気がついて、仁吉を追いかけようとしただそうです。しかしの、戸が開かないっけ、というんでさ。重い戸ですが、自分に動かせないということはないと思い、桟に手をかけて力一杯押しても、動かなかったというんでさ。そのうちに、ちょっぴりなら動きはするが、戸車が欠けちまったように思えただそうです。ギシギシいうだけだってことでさ。鉦策さんは何度も力んじゃあ、同じ動作をくり返し、掛け声もだんだん情ない呻きに変り、なぜこんなことになったのか、と考えたっていいまさ。それでも、すぐに仁吉が、自分の母親を連れてもどってくる、と信じて待っていたそうですがの。とうとう、仁吉はもどらなかったんでさ。それで、鉦策さんは、土間にへたりこんで泣きだし、泣きながら眠っちまったそうでさ。目を醒ますと、まっ暗で、自分は本当に目を開いているのか、ここは一体どこだ、と思ったっていいまさ。随分寒かったでしょうがの。感じなかったってことですの。そのうちに天窓に青い光が射したんで、きのうのことを思いだし、もう一度戸を押して、やっぱり駄目だとわかると、羽目板にはすかいに渡してある桟によじのぼり、梁をつたい、天窓のガラスを割って屋根へぬけ出したっていいまさ。風花はもうやんでいたそうですが、とても寒かったって言っていましたの。霜を踏んで、軽便の線路づたいに家へ帰ったそうですに。枕木づ

たいに大井川を越えてですに。よっぽど夢中だっけですの。

その時の様子を、おすみさんが一太郎さんに告げたそうですに。一太郎さんはこう話していましたの。……苦情を言いにきたんだろうがな、あの人のことだな、そんな素振りは見せないっけよ。おすみさんが言うにはな……。

——あの子が朝八時ごろになってもどって来たんですよ。ズボンが鉤裂きになっていて、脚に傷があるもんですから、聞いたら、塩積みの倉庫の屋根からおりる時に、樋の止め金に引っかけたんだそうですよ。なぜ塩積みの倉庫なんかへ行ったの、って聞くと、遊びに行ったと言ってたんですが、じゃあなぜ朝まで帰らなかったの、って聞いたら、戸があかなくなっちまったもんだから、って言うんですよ。はっきりしなくてね。だんだん問いただしたら、仁吉さんと、仁吉さんの亡くなったお母さんに会おうとして倉庫へ行ったと言うんです。仁吉さんはもどっていますか。

——俺、工場へ来る時、すれ違いましたよ。学校へ行くって言ってね。

その時俺は、何が何やらわかりゃしないっけ。でもハッとしたな。すぐとお万のとこへ行くと、竈《へっつい》に火をくべて湯をわかしていたもんで、

——仁吉はいつもどって来た、ときいたさ。お万はきょとんとしていたな。

——きのうのことをきいてるのさ。あいつは何時ごろにもどってきたか。

——ここへかい。暗くなってからだの。まだ宵の口だっけがの。

——あいつはまだ、おりんが来るなんて言ってるのか。

——しょっちゅうだよ。言ってるよ。

——しょうがないガキだな。

——そんなふうに言わなくたっていいじゃないか。おりんは母ちゃんだもん。

——自分だけがそう思っていりゃあいいじゃないか。

——何だい。何かあったのかい。

——あったどころじゃないよ。まあいい。仁吉は三時には学校から帰ってくるだろうな。

——帰ってくるかもしれんの。

俺はまたおすみさんのとこへ行ったさ。おすみさんだから、俺は泡をくっていたな。ああいう穏かな言いっぷしの女には、俺は弱いんだよ。

——二人で、おりんに会いに行ったたって言うんですかい、とおすみさんに念を押したさ。

——そう言っているんですよ。

——もうどこにもいないのにな。ギャアギャア言やあがる、仁吉の野郎。

俺がそう言うと、おすみさんは俺をたしなめるように、頰笑んだっけな。

——感心ですよ、お母さんのことを思って。

——それにしたって、ひとまで引きずらなくたっていい。あの野郎、悪い癖だ。

——癖っていうんじゃあないでしょう。本当言って、鉦策もたあいないから、その引きずられるのが、心配なんですよ。すぐその気になっちまいますんでね。

——おかみさん、鉦策さんにね、仁吉なんかの口車に絶対乗るなって、きびしく言ってやってくださいよ。俺はこの際、仁吉を折檻しますで。

——折檻……、駄目ですよ。言いきかせてくださいよ。怒らないように……。

――何て言いきかせるんですかい。死んだ人間が現われるだなんていい加減なことを言い回るな、と言ってやったらいいだろうかね。

――そんなふうに言っちゃあ駄目ですよ。どこへ行くにも、行く先を言って、おばあちゃんか一太郎さんの許しを得るように、それに、自分より小さい子は、かわいがってやんなさい、と言ってやってください。

実のところ、俺は、おりんの姿が見えるの見えないの、ということよりも、仁吉が鉦策さんをひどいめに合わせたことのほうが、頭が痛かったさ。鑑平やおすみさんの手前というだけじゃあない。もっとそら怖ろしいことだったさ。

案の定そうだっけ。おすみさんと別れるとすぐ俺は塩積みの倉庫へ行ってみた。すると、何もかもわかったのよ。大きな戸は閉まっていて、その環《かん》と、柱に打ちこんだ対《つい》になる環に、錆びた二番線の針金が通して、からげてあった。中にいた鉦策さんは錠をかわれちまったようなもんだ。倉庫の持主は兼松だが、兼松がこんなたあいない戸閉りをするはずはない。大体あいつはほったらかしで、空家に戸閉りなんかしやしない。仁吉の仕業に違いなかったよ。

あいつは甲府で同じ目にあったことがあったんだ。おりんの親父の法事の時、仏さんの前でぐずぐず言ったというんで、おりんが怒って、物置きへ入れちまったことがあったが、あの時、中から戸があかないように、これと同じように、おりんは針金をからげたっけ。仁吉は暗がりで泣き叫んでいたさ。鑑平と俺が、勘弁してやれや、と言って、おりんにことわって、針金をといてやったっけ。……俺がそんなことを思いだしていると、仁吉がこっちへ歩いて来るじゃあないか。俺はヤツに見られないようにして、待っていたさ。一時半ごろじゃあなかったかな。学校が終るのを待ちかねて、やって来たんだろう。

——お前なんでここへ来た、と俺がきくと、

——遊びに来てみたんだ、とヤツは言うのさ。

——ここへ針金をからげたのはお前だろうが、と俺は環を叩きながら言ったよ。

——そうだよ。

——いつからげた。

——ゆんべだよ。それで、ほどこうと思って来たさ。

——ほどけ。

仁吉が肩をすくめて、戸の前へ登り、針金をほどいたので、

——あけろ、戸を、と俺は言ったよ。

ヤツは戸をあけたさ。中に鉦策さんがいないのを知って、どう思ったろうか。

——お前な、鉦ちゃんが死んじまったら、どうする気か。

——死んだのか。

——生きているがな。一晩中苦しんだんだぞ。お前な、鉦ちゃんを苦しめたかったのか。

仁吉は俺の目をジッと見つめていたさ。怖くてかえって目を離せなくなっちまったのかもしれんが、それだけじゃあないだろう。いい度胸だな、と俺はその時感じたっけ。しかしそんなことを言っちゃあいられない、ちゃんとぶん殴っておかなきゃあならん、と思ったさ。顎を殴ると、ヤツは一旦宙に浮いて、倉庫の中を泳ぐ恰好でよろめいたっけ。

——いいか、ひと様を苦しめようなんて思うな。こんなことは二度とするんじゃないぞ。もし

やったら、ただじゃおかんぞ。

ヤツはやっぱり俺の目をまともに睨んでいるのさ。目の力はだんだん強くなるようだっけ。俺はなんだか中途半端な気持だっけ。だが、これ以上何と言ったらいいのか、何を言いたいのか、自分で自分がわからなかったな。それで、

——いいか、二度とやるな。やったら、半殺しのめに遭わせるからな、とつけ足しただけだっけ。

——伯父さんですからの、手加減があったんでしょうよ。一太郎さんは子供の折檻なんかには向かないタチの人でさ。それにしても、あの時とことんこらしめたところで、結局悪は悪でしょうがの、と濱藏さんが言いますので、

——決まってることなんでしょうか、悪って、とわたしはきいてみました。

——決められちまった道ですの。仁吉は線路ばたに転がったおりんさんを見ちまったんだそうですに。乱ごくにつぶれていたっていうです。見せちゃあならんとみんな思っていたでしょうがの。偶然見ちまったんでしょうよ。それに、鑑平さんとおりんさんがいい仲だったころ、仁吉は鑑平さんの子供になるはずでしたからの。しかし、鉦策さんがとって代っちまった。

——お万さんがそう言ったんですか。

——そうでさ。お万さんはまた、わしは間違っていた、鑑平さんのとこへ仁吉を奉公させようとしたりしちまって、と言っていましたっけ。お万さんは結局鑑平さんが好きでしたからの。それでうまく運ぶと思いましたでしょうよ。一太郎さんは、お万さん以上に鑑平さんが好きでした

しの。

——わたしね、おりんさんがとても好きです。どんな魅力のある人でしたか。

——魅力の……。ありましたの、と濱藏さんはまた恥かしそうに言いよどみました。そして続けました。

——わしが焼津駅前で会った時、やつれていましたし、どっか崩れていましたんで、なつかしかったですに。こういう人なら、いくら別嬪でも、わしのようなもんが好きになったっていいだろう、と思えたですに。鑑平さんは他の女に鞍替えしたんですで、別にしても、他の衆はだれも彼も、おりんさんを好いていましたの。だからの、だれにも多かれ少なかれ幻が現れたですが、幻ってものは見る人によって違うもんですに。仁吉が見たおりんさんの幻は、仕返しをしてほしいとでも言ったですかの。鑑平さんとこへアタをしてほしいとでもの。仁吉は間違えて思いこんだですに。一本気な子供でしたで。

反抗心

わしがドキンとしたのは、それから十五年もして、藤枝へ行った時だっけです。古鉄や光り物の業者があって、そこへ出張して買付けをしていると、聞きずてならんことが耳に入ったですに。言ったのは、わしには新顔の人足で、いい加減なことをポンポン口に出すような手合いですがの。


——あんたのとこの大将は人をバラしているんじゃないのかね、と言ったですに。

——知らんな。お前、その話はだれから聞いたか、とわしが訊くと、

——だれが言ったっけかな。だれ言うとなく……、と言っていましたっけ。


わしはの、出どこは仁吉だ、とすぐに見当をつけましたです。根も葉もないことだ、と最初は軽く考えましたっけが、仁吉に会いに藤枝駅の操車場へ行き、薄の株のかたわらで夕日を浴びて、虫みたいにのろのろと貨車が這っているのを見ているうちに、こいつは何かある、と思い始めたですに。


そのうちに、その日の労働を終えて、仁吉がやってきましての。

——待たせて悪いっけな、濱藏さん。小屋へ来てくれや、と言いましたです。

——腹がへっちまったから、弁当喰わしてくれや、と仁吉は言って、弁当箱の蓋に冷えたお茶

を注いで、めしばかりぎっしり詰まった弁当をパクついていたっけです。

夜勤の仲仕連中が入ってきて、カンテラや鶴嘴なんかを持って出て行っちまうと、わしは改めて、めしを食べ終った仁吉と向き合いましたでさ。仕事のせいで、肩の肉が盛りあがったように見えたですに。重たいもんを肩で押しますからの。ただやっこさん顔色が悪くて、どこか内臓にでも言うとこがあるのか、と思えるほどだっけです。風が出てきて、ガラス戸が鳴るし、薄も騒いで、落着かなかったですが、かえって好都合だっけです。もしシンとしちまったら、声がまぎれなくて、工合が悪いっけでしょうからの。

——鑑平さんが人を殺したことがあるってか。お前言っただろう、とわしは訊きましたです。

——よくわかったな、濱藏さん。俺は言っちまったさ。

——お前、本当にそうだと思っているのか。

——思っているさ。俺のばあちゃんも、黙っちゃあいるがそう思っている。一太郎さんだって、そう思っているんじゃないか。

——お前にそれを吹きこんだのは、内藤嘉一って手合いだろうが。

——そうだよ。

——内藤は何て言ったのかい。話してくれんか。

——鑑平は間違いなく人殺しだって言ったさ。カアゾウとかいう兄貴を、気に喰わないと言って、富士川の河原でやっちまったというんだ。

——カアゾウってだれだ。

——知らんよ。その筋の同類じゃあないのかな。

――気に喰わないからやったんだって。

――そう言うのさ。だから俺も訊いてみたよ。

――なんて。

――気に喰わないからやったんですかね、と訊いたよ。

――………。

――鑑平ってそういうやつさ、言うに言われんようなやつだっけよ、癇癪《かんしゃく》持ちでな、と嘉一さんは言っただけだっけ。

――確かな話かなあ。

――確かだろうな。嘉一さんはな、その夜二人が一緒にいたのを見たんだってよ。ところが、鑑平の野郎は、警察で調べられた時、カアゾウなんかとその晩は会っちゃあいない、と言ったんだって。おりんという女と一晩中自分とこの納屋にいたと言ったんだってさ。嘉一さんはそれは嘘だと言ってたな。

――嘉一さんの言い分はどうなったんだい。

――嘉一さんは黙っていたそうだよ。わしはたれこんだりはせんよ、と言ったな。お前のお袋は警察に呼ばれてツケツケ調べられた、ボロは出さなかったんだな、と嘉一さんは笑っていたっけ。

――嘉一さんは鑑平さんの肩を持っていたんだろう。

――そうだろう。しかし今は鑑平の味方じゃあないよ。鑑平のことをひどい手合いだと言っていたよ。

——仁吉、その話はいつ聞いたのか。

——嘉一さんから、いつ聞いたかってか。

——そうさ。

——はっきり聞いたのは、おととしの暮れさ。

仁吉が紅林鋳造所を飛び出た時でしょうの。仁吉は鑑平さんと折り合いが悪かったですに。波紋は仁吉にまでかぶってきていたですに。仁吉が廃品の発動機の殻を大ハンマーで割っていたら、鑑平さんが手本を見せようとしたですの。仁吉のハンマーを取って、割ったことがあったです。その時、仁吉が不満たらたらでしたもんで、

——お前そんなとこに立っているな。怪我するぞ、と鑑平さんは、ハンマーを振るいながら言いましたでさ。

仁吉ははかばかしく動きませんでしたの。それで鑑平さんは、

——どけ、この野郎、と言ったたっけです。

すると仁吉はスッと身を退《ひ》いて、そのまんま鋳造所を出て行ってしまったですに。その足で内藤嘉一さんのとこへ行ったのかもしれませんの。藤枝までもどって、駅の仲仕になったんでしょうよ。

——濱蔵さん、俺のことを怒っているだろうな、と仁吉は言ったですに。

——お前、あることないことを暴くのはやめろ。

わしは財布から手早く五円札を出して、仁吉に押しつけたです。

——まだロクに喋っちゃないから……。

——これからやめろよ。約束だぞ。

——濱藏さん、あんた、この話は気になるだろうな。

——利《き》いたふうなことを言うな。貴様の出放題なんか信じちゃいないよ。

——そうかい。俺の言ってることが出放題だといいがなあ。


——こんな話をあんたに聞かせて、悪いっけですの。あんたがの、家の歴史だ、何でも喋ってほしい、と言うもんですから、その気になっちまったです、と鷺坂濱藏さんが言うものですから、わたしは訊きました。

——それでね、濱藏さんは内藤嘉一さんって人に会ったんですか。

——是非とも会おう、と思った時もありましたですよ。迷いましたがの。そのうちに会えなくなりましたです。大正十四年に嘉一さんは死にましたからの。なぜわしがぐずぐずしたかといいますと、鑑平さんのまわりを嗅ぎまわるようなことはしたくなかったからでしょうの。わしが鑑平さんのことなら何でも知りたいと思ったのは、鑑平さんを立てたかったからでさ。だからへたな刑事みたいになっちまうのは、しのびなかったってことでしょうの。しかし、人間て勝手なもんで、とんでもないことも考えていましたっけ。もし鑑平さんにひけ目があれば、そのおかげで、わしのような者もあの人と釣り合えるだろう。だからの、とりあえず何だっていいから、あの人にひけ目があってほしいと願いましたでさ。

——今はそんなことはないでしょう、とわたしが不思議に思って訊きますと、

——今も尾をひいていますですが、大正十二年、震災のあとでしたのう、そういう気分になり

きっていました、と濱藏さんは言いました。

――そのころ成岡兼松さんはブローカーだったんですか、とわたしは訊きました。

すると濱藏さんは言いました。

――そうですに。あいつ、商売人の素質はありましたの。小樽に鋳物の古物が出たことを耳にしましての。どういう筋から聞いたんですかの。確かな話らしいんで、現地へ出向きましての、物を見てきたってことです。ダムから出たタービンとか、貨物船のエンジンとかで、したったか集めてあって、値も安かったっていうんで、ヤツは意気込んじまいましての、北海道からとんで帰ってきて、七千五百円都合してくれるように、鑑平さんに頼んだってことですに。

――大きな取り引きだったんですね。

――兼松としちゃあの。若かったですし、のぼせていましたっけ。馬力とか港人足の費用とか船の運賃とか、箇条書きにして、一カドの商売人のつもりだったんでしょうよ。ところがの、鑑平さんはこう言ったらしいですの。

――お前な、請け合ってきたのか。

――へえ。

——駄目だよ。業界には海千山千がウョウョしているからな。

——お宅さんの得《とく》になると思うんですがの。

——向うさんが何を考えているかだ。

——自分ら、合意で書きつけまでこしらえましたですに。数量は、小樽港の検量で行こうってなっているんですに。固い話じゃないですか。

——乗れないな。

——わしはどうしたらいいですかい。

——小便しなよ。

——したかありません。一滴も出ませんよ。

——それじゃあな、もう一遍北海道へ行って、清水港へ荷物をつけるように、話をまとめろや。清水で検量して、こっちで値をつけるってな。

——費用はどうするんですかい。

——こっちで払うがな。一先ず立てかえとけって言えや。

——通りゃしませんよ、そんな言い分は。

——通しな。

——旦那さん、小樽へ行ってください。

——行きゃあしないよ。そんな遠っ走りへ行くなんて、世話だ。

——濱藏さん、兼松さんから相談受けたでしょうね、とわたしは訊きました。

――わしですか……。受けませんでしたでさ。相談されたって、しょうがありませんがの。とにかく、兼松は鑑平さんと二人でやり合っただけで、黙りこんじまいましたです。そのあげく、見さかいがなくなっちまったですに。……牧之原へ行くと言って、猟銃を持って、鉦策さんを自転車のサドルの前に乗せて、出たんですに。わしも見かけましたがの。鉦策さんにせがまれて、相手をしてやるのかな、と思いましたです。しかしの、そんなことじゃあなかったですに。二人して三日間行方不明だったんで、わしにも摑めたですに。誘拐だな、こいつは……。二日半考え続けていたら、兼松の胸の中が見えてきましての。

――何が見えてきたんですか。

――小樽の一件じゃあありませんぜ。そのことは知りませんでしたで……。しかしの、勘が働きましたんでさ。また困った病気が起きちまった、と思ったんでさ。ヤツの妄念でさ。鑑平さんの家族と抱き合いたい、鉦策さんを強く抱きしめたいという妄念でさ。

――小樽の件はキッカケでしたんでしょうかね。

――なににしろ、兼松ってヤツには、やたら導火線が集っているようなもんでさ。

――濱藏さんには、兼松さんの心の中がよくわかったんでしょうね。

――相当にの……。似た者同士だったからでしょうよ。明子さん、長くつき合ったって解らない人間ているもんですに。しかし、ロクにつき合いはなくたって、困るほど解っちまう人間もいるもんですに。そしての、わしはの、解っちまう人間に対して、カッとなるタチですの。遠くにいる人間の胸ぐらをとることはできないってことですかの。兼松の野郎、出すぎた真似《まね》しやがって、と思ったですに。

——濱藏さんって怖い人だったんですね、と言って、わたしは笑いました。

——昔はの……。大正三年のことでしたです。


……わしは土坡《どは》の甲二郎のとこへ行って、なに喰わぬ顔で言いましたでさ。

——お前の銃を三日ばかし貸してもらいたいんだが。

銃は以前はわしのもんだっけです。都合で、甲二郎にゆずってやったもんでしたです。

甲二郎は顎を引っこめて、目を見張りましたんで、わしは、余分なことに気づかれてはまずい、と結構気を使いましての。

——お前が要るんなら、仕方がないがな。ちょっくらなつかしいもんでな、と言ったんでさ。

——三日でいいのか、と甲二郎は言いました。何も疑っていないことがはっきりしましたの。

——礼は鴨でいいかな。

——一本持ってこいよ。ついでに味醂もな、と甲二郎は笑うんでさ。

——俺が射ってやったほうが、銃もうれしがるかもしれん、とわしは言いましての。

——お前が射つ弾丸《たま》に当るのは、どうせ日射病の鴨ぐらいのもんだろうが、やってみるさ。どうだい、犬は使いもんになるかい。

——大丈夫だろうよ。もう五年前の威勢はないが……。

わしは銃を手離してからも、イングリシュ・ポインターを一匹飼い続けていたんでさ。

——ポインターの仔を二匹貰えんもんかな、と甲二郎は言うんでさ。

——安く世話してやるよ。心当りがあるからな。

——頼むぜ。

——早めに秋仔をとるだろうから、そうしたらすぐに、お前に明かすからな。生まれたらすぐと見せてもらって、選《え》ればいいじゃあないか。

——それはそうと、濱藏さんよ、決して派手に立ち回るなよ。お前がとっつかまれば、俺がえらい目にあうんだからさ、と甲二郎は真顔になって言うんでさ。

ヤツは鑑札のことが心配だったですに。それでわしは、

——絶対にヘマはやらんから、と言いましたです。

甲二郎は二階へ行って、銃と弾丸を持ってきましたです。水平二連散弾銃で、なじみの手触りでさ。そいつを、何気なく空射ちしてみましたの。しばらくの間、わしはいい気なもんでした。以前の猟のことを思い出していたりしましての。しかし、突然われに返って、自分が今銃を提げている理由《わけ》を考えちまったですに。危険な場所へ踏みこんでいる、あと戻りはきかん、と思えましたでさ。自分がままならなくなっちまいましての。わしの馬鹿さ加減も兼松といい勝負だっけですに。


わしは水平二連散弾銃を提げて、県道を歩きましたです。猟の時には、ニッカボッカをはいたりしていての、銃は友達みたいなもんでしたっけが、しかしの、こうなると、わしが気にしちまったのは、着流しでこんな道具を抱えちまっていたことですの。固くて冷たいお化けと一緒にいるような気持でしたっけ。今後の出ようによっちゃあ、人殺しだってないとは言えやあしない。だからといって、お化けを棄てちまうこともできやしない。わしの肌に吸いついたみたいになっ

ているんでさ。

影が気になりましたの。こんな自分の影は見たことがなかったですに。夢ならいいがな、と思いましたですが、そんなごまかしは利くわけがない。風があればいい、と思いましたの。でも、歩いているわしの影以外は、葦も榛の木も槙もゆるぎもしやしない。まるで、申し合わせて、黙って哀れな人間を見つめているようでしたの。あばき出しておきながら、あざ笑って、ままっ子扱いにして、一切邪魔は入れないで、ただ泳がせているんですに。

わしはその家の冷んやりした土間に入りました。目の前が暗くなり、それから、羽目や鋤鍬や勝手場、へっついなんかが浮かびました。もみじは水底でうろたえている魚みたいに動いていると思ったら、こっちをはっきり見ました。わしは昔を思い出しちまって、この女は必ず、この目で俺に歯向ってくる、と思いましたでさ。

――兼松がいるだろうが、とわしは言ったでさ。

――いたらどうするの。そんなもんで射つ気かね。

――兼松も猟銃を持っているから、俺も持つことにしたさ。ヤツの出かたによっちゃあ、ブッぱなすかもしれんがな。今んとこ恰好だけだよ。まだ弾丸もこめちゃあいない。

――油断しているね。

――油断……。そうかい、油断しちゃあよかないな、とわしは言い、銃身を折って弾丸をこめたんでさ。気がつくと、笑いながらそうしていましたです。夢の中で笑っていて、それなり目を醒ますと、自分という泥沼にガスが湧いたような気がして、薄気味が悪いもんですが、ちょうどあんな工合でしたの。

——すぐにも射つ気じゃあないの、ともみじは言いました。ガタガタ顫えていましたです。

——そんなバカをするもんか、とわしは言いましたです。

もみじは黙ってわしの目を見ているんでさ。歯の根も合わないほど顫えていながら、それでも精いっぱい気を張っている。

——話をつけたいだけだよ。

——……。

——いいから兼松と会わせろや。

——……。

——このやりとりを兼松はどっかで聞いているんだろうに。

——そりゃどっかにいるでしょうけど、ともみじはとぎれとぎれに言うんでさ。

——だからよ、どこにいるんだ。

——知らないよ。

——手前、しらを切るのは得意だったな。それじゃあ、調べるぜ。

——アタけるのはやめておくれ。いくらならず者《もん》だって。

わしは草履をぬいで、あがり框に跳びあがりました。家中を回ってみましたです。押し入れや戸棚もあけてみました。納戸にはもみじのお袋が、痩せこけて眠っていましたっけ。お袋は黙ったまんま、穏かな目でわしを眺めていましたんで、おかしな気分になったですに。

とにかく、兼松はいませんでしたんで、わしは自分が間抜けで、手間取っているうちに、ヤツは逃げてしまったのではないか、と思いましたです。

わしが元のあがり框に戻ると、

——兼さんいたかね、ともみじは土間にいて訊きました。

体は逃げ腰で、よじっていましたが、目はわしの目をしっかり見ているんでさ。

——いなかったな。

——あてがはずれたねえ。これで帰ってくれるねえ。

——帰るよ。

——早く消えてちょうだい。

——消えるがな。わしは今だって、お前が一枚嚙んでいると睨んでいるさ、と何気なくカマを掛けてみましたです。

——睨みたきゃあ睨んだっていいけど。

——化けの皮をひっぱがすぞ。

——一体、いつまでバカ言ってるつもり……。

——なんだ、その言い草は。

——言っておくけどね。あんた、そんな物騒なもんを持ってうろついていると、警察に目をつけられるよ。闇でしょうが。鑑札もないんでしょうが。坊ちゃんのことは、旦那さんが自分で始末をつけるでしょうに。あんたが出しゃばらなくたっていいでしょうに。

もみじがそう言うのを聞いて、わしはもう一遍合点したんですに。この女は渦中にいる、とね。符節が合ったとはこのことでさ。それで、わしは、

——そうか、と言いました。

——あんた地狂ったんだ、ともみじは追い打ちをかけてきましたです。それで、わしは、この女はめざましく、いい度胸しているが、やっぱり毛が三、四本足りない、と内心つぶやきましたです。

——うっとうしい人だね。

わしは、おとなしく外へ出ましたです。結局見当はずれで、空しく引きあげて行くように見せかけたんでさ。それからも長い間、猫をかぶって歩きましたの。背後からもみじの目がからみついてくるような気がしたからでさ。三丁も街道を行ってから、浜の松林にまぎれこみました。それから三輪川の洲をつたわって、葦の茂みに分け入りましての。浮き島に乗って、またもみじの家の近くまでもどったですに。水の中に踏みこんじまうこともあっての、鯰をたまげさせたでしょうよ。草履は重くなりましたっけ。夕日もなんだかけたたましく、葦の葉にしみこんでいましたがの、とうとう暗くなっちまって、蚊が湧いてきたでさ。

——かゆかったでしょう、とわたしは訊きました。

すると濱藏さんは応えました。

——それほどでもなかったでしょうよ。おぼえていないくらいですからの。それよりか、忘れられないのは、葦の根の匂いでさ。なぜですかの。甘いようなあの匂いが立ちこめていたのが、鼻につきましての。犬みたいに、クンクン鼻を利かせすぎていたからでしょうかの。

そう言って濱藏さんはニヤリと笑い、先を続けたのです。

……五時間も待ったと思えたですに。もみじの家には赤っぽく電気がついていましたっけ。風がないんで、チラチラもしません。そのまんま夜明けまで行きそうだっけです。しかし、やっぱり待った甲斐がありましたです。一軒家の戸が開き、奥が見えたですに。わしはよっぽどムキになったんでしょうの、そこに蜜が一滴したたったような気がしましたっけ。そこに男の影が動いたですに。想像をしていたものが、そのまんま見えたんで、まるで二度目に見るようだと思えましたです。わしはすぐと葦をガサつかせて跳びだしましたです。獲物を見つけた途端の鼬とはあのことですの。

——動くな、手前、とわしは水平二連散弾銃を構えて、言いましたです。

兼松は小便をしていたですに。それが甕にしたたる音は、それからもしばらく続いたんで、太い野郎だ、とわしは思い、改めて癪にさわりましたの。ヤツは待たせてから、何だ、と言わんばかりに、こっちを振り向いたんでさ。

——このまんまな、貴様、鑑平さんとこへ出向いてもらうからな、とわしは銃身でヤツの胴体を叩きました。

ヤツは土止めの石をまたぎ、軒から外へ出ました。肩を振って、ふてくされていましたっけ。

——俺と一緒に歩け、俺の前を歩け、とわしは言ったんでさ。

——バラしてくれたっていいんだぜ、とヤツは言いました。

——バカなことは、やる気はないよ、安心しな。

——バラせや。濱藏、手前オッカが憑いてるのか。こっちが頼んでいるんだぜ。

——生意気言うんじゃあないよ。

――バラせって言ってるんだ。

――手前、なぜ自分で死ななかったのか。死にたかったんだろ。

――……。

――オッカが憑いてるのは、どっちだい。

――そう言うんなら、ちゃんと始末をつけて見せらあ。銃を貸せや。

――虫のいいことを言うんじゃないよ。

わしら、こんなことを言い合って、家の大戸でぐずぐずしていたんでさ。すると明けっぱなしの障子の奥から、もみじの影が出てきたんでさ。あのアマは猟銃をぶら下げていて、こっちに向けて構えましたです。わしは冷っとして、われを忘れちまって、もみじに向ってすっ飛んでいきましたからの。自分じゃないだれかが、大戸を転がっているような気がしましたの。すぐと、左足の親指のあたりが灼けるように痛みましたの。そこんとこが熱くて、赤い火が見えるようだっけです。それでもわしは、もみじのとこまでたどり着いて、思いきり殴りつけたんでさ。あいつは手応えもなく、ボロ切れのように舞いましての、見ると、羽目板の腰にうずくまって顫えていましたの。身体は腑抜けでしたが、あの目ばかしは正面きっていて、こっちの目に喰いこんでくるんでさ。

わしは一応ヤツの散弾銃を土間から拾い、肩に懸けましたの。ヤツから目を離しゃあしません。

――あんた射つ気……、ともみじが訊きますんで、

――いいから、お前立てよ、と言いましたです。

——なんで立つの……。

——お前も鑑平さんとこへしょっ引いて行くんだよ。

兼松がわしのうしろにいて、こっちをうかがっているのを、わしは知っていましたです。もみじがこんな苦境に落ちちまった以上、兼松が見はなして逃げちまうなんてことは、考えられなかったですに。結局はかすり傷でしたがの、とにかく射たれたことで、かえってわしは腹がすわりましての。峠を越えて、その先へ行くと、気持が変っちまうような工合いでしたです。

もみじは顫えていて、両手を土間について、年寄りがやっとこさ立つ恰好をしましたっけ。兼松ともみじは嘘みたいにしんみりして、銃口の前を歩きましたの。ヤツらは何を思っていたのか、二人とも観念しちまったからでしょうの。わしはわしで、とても落着いていましたでさ。のぼせていた時には一旦わからなくなっていた、広い景色が見えてきましたです。上首尾……、とでも思っていたんでしょうよ。

——間違ってもどてっ腹へかましゃあしないから、気楽に歩けや、とわしは言いましたです。

——逃げてもか、と兼松が訊きましたっけ。

——逃がしゃせんよ。

——弾丸は当ったのかね、ともみじが訊きますんで、

——足へ当ったよ。痛くてたまらんぜ、とわしは応えました。

それほど痛いわけでもなかったんでさ。その時はまだ傷の様子を見てなかったんで、本当に軽いのか、今んとこ、この程度の痛みで済んでいるのか、見当がつかなかったんでさ。しょっちゅう動いている親指に、小さな燠火《おきび》が嵌まっているようでしたの。

――鉦策さんはどこにいるのか。

――地下蔵だよ。

――嘘っ八じゃあないだろうな。

――嘘じゃあないだろう。疑うなら、一緒に行ってみようか。

――ひどいことをしやがって。

――電気だってつくよ、あそこには。うまいもんもあてがってあるし、おもちゃだって渡してある。

――お前、どこまで馬鹿か。いい年してまるで子供じゃあないか。

これが兼松だと知っていながら、血迷っちまった自分も利口とは言えませんの。それというのも、犠牲になったのが鉦策さんだったからですに。鑑平さんだっておすみさんだって千恵さんだって、わしには宝物でしたがの、事が鉦策さんのことになりますと、わしはまともじゃあいられないっけです。その人を、男とはいえない兼松が狙ったから、わしも前後の見境いがなくなっちまったですに。それにしても、三人で道行きをしていた時には、わしは落《まと》ち着いていて、苦が笑いがこみあげてきましての。銃口はブラブラしちまって、もうだれも的にはしていませんでしたの。それでもわしは、紅林の屋敷へ着くと、

――この野郎ども、ふん縛りますか、と鑑平さんに訊きましたです。

――鉦策は無事だったんだな。

――大丈夫ですに。とりあえず鉦策さんから離しちまったほうがいいと思って、連れてきたんでさ。

鑑平さんもおすみさんも、わしの持っている二丁の銃に、ジッと目を注いでいましたです。

——一応立ち回りもあったもんですで、とわしはバツが悪くなって、つい言っちまいましたです。

——鉦策はどこにいるんだ、と鑑平さんは訊きましたです。

——この女の家の地下蔵でさ。県道をくだって行って、三輪川のたもとを左に折れて、堤を行くと、左手に見えますがの。

鑑平さんの摑みかかるような気配にタジタジとなって、わしはそう言いましたでさ。すると鑑平さんは、玄関から引っこみ、自転車に乗って出かけましたの。わしに念を押すでもなく、いつ出て行ったのかもわかりませんでしたの。兼松ももみじも、それにわしさえも、ほっぽり出しちまってですに。それでわしは、おすみさんにことわって、二匹の疫病神を暗い裏庭へ追いたてて行きましたです。

——濱藏さん、俺を警察へ突き出せや。だれが見たって、そうしてくれて当り前だよ、と兼松が言うんでさ。

——さしずがましいじゃないか。

——警察へ電話したっていいじゃあないか。しろよ。しないのか。

——黙ってろ。

——それじゃあ、俺が電話しようか。俺は赤い着物を着てみたいんだよ。この屋敷にいるよりか、警察へ行きたいのさ。

——なるほど。ノシにも恥かしいって気持があるってか。

——俺はもう鑑平さんと会いたくないよ。

——おすみさんには会いたいんだろうが。

——会いたいな。

——鉦策さんにも会いたいんだろうが。

——とても会いたいよ。

——虫のいいこと言やあがって。

——俺はな、自分で自分が扱いにくいんだ。手こずっちまって……、自殺するかもしれん。

——生意気言うんじゃない。もっとおとなしくしていろ。いい気になって、与太飛ばすんじゃないぜ。

——あんたが訊いたから言ったんじゃないか。

——俺が聞きたかったのは、そんな言い草じゃあないよ。

——どういう言い草だい。

——自分で考えろ。

——解らんよ。

——いいか、わっしはカスみたいなもんだ、唾をかけるなり、踏みつけるなり、簀の子巻きにして海へほかし出すなりしておくんなさい、とそれだけ言え。だれに会いたいの自殺するのなんて、偉そうなことを言うな。

——そうかい。解ってきたよ。ありがとう濱藏さん、あんたが教えてくれた通りに言うよ。

わしはなんだかおかしくなって、笑ってしまいましたの。とにかく、兼松の身の振りかたは、鑑平さんが決めればいいと思っていましたですが、鑑平さんがヤツを警察送りにすることは、間違ってもあり得ないと思っていましたの。その通りだっけです。鑑平さんって人は、とてもうまく忘れることができる人でしたの。自分にふりかかってくる悪事だって、だんだんに毒を抜いて、立ち消えにしてしまう人でしたの。名人だっけです。だからこそ、いく人も人を救ったんですに。しかし、そういうさっぱりした性質のせいでひどい目に逢うこともなきにしもあらずでしたがの。

ところで、この鷺坂濱藏は、もみじを警察に突き出してもよかったかもしれん。鉄砲で射たれたんですからの。

わしと兼松が話しているのを、あの娘は聞いていましたです。長屋とよばれている物置の台石に腰をおろして、うつけたように、見上げていましたです。ひどく疲れていたでしょうに、体だけは引き緊った鳥みたいで、すぐにでも舞いあがりそうな恰好でしたの。

——濱藏さん、足痛いでしょ、と言うんですに。

——痛いな。

——わたしら逃げないから、濱藏さんお医者へ行ってよ。

——行くがな。お前はなにもそこにいなくたっていい、出て行けよ。

——行くとこないもん。

——家へ帰って、お袋の面倒をみろや。

——母ちゃんは身仕舞いくらいできるもん。それに自分の食べ料は自分でこしらえているもん。

――いいから、家へ帰れ。

――帰らないよ。濱藏さん警察へ突き出してや。ウチも警察へ行かなきゃあならない。

――そんなとこへ行かんでもいい。家へ帰れ。

――帰らないよ。

――とにかく、ここから出て、どこへなりと行けや。

――それでいいのかね。

――いいよ。

――それじゃあ、行くけどね。濱藏さんは早くお医者へ行くさ、ぐずぐずしてないで、傷が病むようなことがあっちゃあ、困るもん。

――自分で射っておいて心配しているのか、世話はないぜ。

――ウチが射っちゃったんだから、心配しているじゃん。

そのうちに、玄関に騒ぎがあって、事情がわかりましたです。鉦策さんが戻ったんでさ。鑑平さんが自転車に乗せて、連れてきたに違いなかったでさ。どっと喜びが湧いていましたです。わしもそっちへ行って、一緒にうれしがったほうがよかったかもしれませんです。しかし、事がうまく行ったとわかっただけで充分だっけです。

――兼松、お前鑑平さんに詫びろや、と言いました。ヤツはわしの足もとにうずくまっていたっけです。体をビクッとさせ、それから、口をあけ放して、うろうろと宙を見てるんでさ。

――立て、この野郎、行くんだよ。

――濱藏さん、あんたはついて来ちゃあくれんのか。

――俺は行かん。

――あんたも行ってくれよ。

――ひとりで行け。

わしは銃床でヤツの背中を突き、勝手場にいた女中に言いましたです。

――この野郎を旦那さんとこへ連れてってくれ。なんだか詫びたいことがあるんだそうだ。

それからわしは、もみじを追っぱらって自分は医者へ行こうと思いましたです。門を出て、一旦はわしは右へ行き、もみじは左へ行ったんですが、わしが道を歩いていると、うしろに人影があって、もみじがついてくるじゃあありませんか。

――なんだい、犬みたいに。

――お医者までウチも行かせてや。

――つき添いか、要らんぜ。

――随分びっこを引いてるもん。ウチ気が済まんもん。

――医者へついて来りゃあ、気が済むのか。

――濱藏さん、痛いでしょ。

――痛いよ。言ったじゃあないか。

――……。

――どうせ痛いんだから、ノシは家へ帰れ。

もみじとわしは、五メートルも間をおいて、話したんでさ。それからわしが歩きだすと、あの娘は、もっと間をおいて、ついてくるんでさ。どうしようもない、とつぶやきましたです。

医者は遠いっけですからの。途中でわしは家に寄って、二丁の銃を、鍵のついた箪笥の曳き出しに投げこみましたです。

診てくれたのは、今の蛭間先生の親父さんでしたがの。診察室の電気で、わしは初めて足の傷を見ましたでさ。大したことはありませんでした。こびりついた黒い血を洗いますと、丸薬のような散弾が出てきましたっけ。骨の前で止まっていましたです。

蛭間さんはねんごろに手当てをしてくれましたの。麻睡を射ってくれましたんで、痛くはなくて、わしは外科の細工をずっと見ていましたです。木型や鋳掛けの職人と似ているんで、わしはおもしろがっていたんですに。三個とり出し、開いた傷口は小さなカスガイでふさいでくれました。

——破傷風の予防注射もしておくよ、と蛭間さんは言いましたです。

——三輪川の浮き島からずっと歩いて来たもんですで。

——一体、何があったんだい。

——一緒に行った連れが水平射ちをやっちまったもんで、わしの足へ来たんでさ。

——鴨を狙ったのかい。

——そうでさ。

——とんでもない鉄砲射ちだのう。

十日ほどは、左の親指を動かさないように、と言われ、念のため松葉杖を借りて、わしは医者んとこを出てきたんでさ。すると、随分明るくなった月の光を浴びて、もみじが立っているじゃありませんか。

——おい、お前、まだうろうろしているのか、とわしは言いましたです。

——どうだっけ……、と訊くんで、

——かすり傷だよ。十日ぐらいで済むって、と応えましたの。

——濱藏さん、ごめんね。ウチは詫びるよ。

——わかったよ。

——赦してくれる……。

——赦すだろうな。

——ウチは、濱藏さんが兼さんを殺すって思っただもん。

——……。

——よんどころないと思っただもん。

——どいつも、のぼせあがったもんだな。

——お願いがあるけど……。兼松さんが警察へ突き出されるんなら、ウチも警察送りにしてや。必ずそうしてや。

——ノシも感心な女だな。

わしはもみじを見直しましたです。その時までは、この女と何を話したって、お互いに言い分がはね返っちまって、相手の耳の奥に沁みて行かなかったでさ。だから、この女も大声出したし、わしもわめいたんでさ。しかし、ここへ来て、はじめて話らしい話ができる、と思えましたですの。

——兼松はまともな男じゃない。お前、そういうヤツでいいのか。

——まともって……。

——お前、わからないのか。

——わかるような気がするけど……。

——兼松はな、女を見てどうこうしようって気にはならない男なんだ。女には冷いってことだよ。

——濱藏さんの言ってることは半分わかるけど、兼松さんは冷かないよ。

——そうかい。それでお前は、兼松に入れあげているんだな。

——そう言われたって、ウチは困るけど……。

——そんなふうに畳みこまれても困るってことか。

——畳みこまれるって、どういう意味……。

——ポンポン聞かれるってことだ。

——そうだよ。そんなふうに聞かれちまったら、ウチらわからなくなっちまうよ。


——明子さん、もみじとわしは、蛭間医院の近くで、こんな工合に話し合っただけですがの。あの娘が兼松に夢中だってことが、わしにはわかったですに。相手が冷くないから好きだ、なんてことがあるわけはない。いい人間だから好きだ、なんてことも嘘でしょうな。もみじのヤツ、兼松が好きだからわたしは解らなくなっている、とだけ言っていたんですに。

——恋ですものね。

——恋だからでしょうの。兼松が燃えあがりゃあ、もみじも燃えあがるし、ヤツが溺れりゃあ、もみじも溺れちまうって思いましたの。まったくのとこ、わしも感心しちまったですに。

——わたしだって感心します。しかも、もみじさんはそういう気持を持ち続けて死んだんですから。

——ともかくの、一旦感心しちまうと、もみじがいい女に見えてきましての。もうバカにはできない、と思いましたですに。覚悟ができているというか、とても落ち着いていましたです。生まれ変ったようでしたですに。月の光を浴びていましたんで、余計でさ。器量も十人並みですしの、鳥みたいに堅っていての、滅多にいるような玉じゃない、と思ったりしましたでさ。

——玉……。

——いや、わしがあの娘に気があったってわけじゃあありませんぜ。もみじを外に立たせておいて、自分は紅林さんの屋敷に入って、くぐり戸を閉め、しんばり棒をかったんでさ。屋根裏の部屋に二燭の電気がついていたんで、登って行ってみると、兼松がポツンといましたです。それで、わしも、おすみさんにことわって、そこに寐かしてもらうことにしたんでさ。

——警察沙汰にはならなかったですに。鑑平さんが、黙って丸く収めましたからの。さすが鑑平さんだと思いまさ。一旦は大荒れに荒れた兼松が、荒れたせいで悟ったんですもん。迷惑をかけたからっていうんで、ヤツは一生、鑑平さん一家に——とりわけ鉦策さんに尽しましたもんの。そのことは、明子さん、あんたも見て、知っていなさる。わしが特にうれしかったっけのは、鉄砲騒動から二年ばかしして、ヤツがこう言ったことでさ。濱藏さんよ、あんたはよくぞ俺って人間を見つけて、鑑平さんのとこへ連れもどしてくれたけな、あんたが仲に立ってくれなかったとしたら、俺は戻れないっけかもしれん、と言っていましたの。それで、わしも言ったんでさ。あの日は俺も疲れきったよ。今だって俺は、三輪川の洲へ釣りに行くと思い出しちまう。草履がぐしょぐしょに濡れちまったっけな。浮き島からだんだん水が上ってきて、足をとられちまうんじゃないか、と思ったっけ。葦の匂いも沁みついたっけ。釣りをしていてな、あの時は、この俺もまるで鼬だっけな、走り回ったっけな、と思ったりしたよ。そうわしが言いますと兼松は小さな声で、悪いっけな、と言いましたでさ。

——聞いていて、さっきから考えていたんですが、葦の匂いってあるんでしょうか。わたしにはわからないんですけれど、とわたしは訊いてみました。

するとと濱藏さんは笑いながら応えました。

——あんたは良家の出ですからの。わしみたいな鼬でないと、わからないかもしれん。根の匂いですかの、染《し》みだす水に融けていますの。甘い匂いですに。

——そうなんですか。今度浮き島へ乗って嗅いでみます。

——わざわざ嗅ぎに行くほどのもんでもありませんでさ。

——それから、もう一つ訊こうと思ったんですけれど、北海道との取り引きは兼松さんが始めたんですか。

——そうですに。そのことになると、兼松はいくらか得意そうでしたでさ。赤根谷商店ってありますでしょうが、あそこと先ず渡りをつけたのは兼松ですに。小樽の荷物の話は流れちまいましたがの。やがて赤根谷さんがしっかりした商売人だってことがわかりましての。いく度も、あっちから荷を曳いたことがありましたっけ。向うから来たこともありましたし、こっちから出向いたこともありました。その赤根谷って人には、わしも会ったことがありましたがの、自分は紅林鑑平さんの子分の末です、と言っていましたでさ。

——今も赤根谷さんとは取り引きしていますね。

——大正三年からですもんの。鑑平さん鉦策さんと二代、もう長い関係ですに。

女よりも楽しい人

君は女よりも楽しい人でした

旧約聖書　弓の歌

鷺坂濱藏さんは言いました。

……夢を見ましてのう。兼松がジタバタしながら崖を転がり落ちていくんでさ。そのうちに、岩の溝へ入っちまうと、なにもかも投げちまったのか、死んだ烏賊みたいになって滑っていましての。一旦躍ねたと思ったら、谷へ吸われていったでさ。わしが谷底へおりてみますと、あっちこっちに岩が突きでているばっかりで、奴はいなかったですに。水は枯れていて、白っぽい洲もありましたっけ。わしはあきらめ切れなくて、念を入れて探していましたでさ。すると、しゃくりあげたり、小ぎたなく鼻汁をすすったりする音がしてきましたんで、耳のせいかな、と思わずつぶやきましたの。それで、結局、自分の声で、目を醒ましましたです。すると、二燭の裸電球の下で兼松が本当に泣いているじゃあないですか。わしは寐たまんまで、しばらく見ていたんでさ。奴は敷布に正座していて、膝に涙がポタポタこぼれていましたでさ。

——いい恰好だな、と声をかけてみましたです。

——濱藏さん、足は痛かないか、と奴は濡れた顔をこすり上げて言いましたの。

——痛いよ。

——悪いっけな、眠ってくれや。

——都合よく、眠れるもんか。

——俺もな、黙って泣きゃあよかったっけが。

——黙って泣く、……。

——蒲団かぶって泣きゃあさ。

——暑いだろうが、それじゃあ。

——暑いなんて言っちゃあいられないよ。

——お前は何を言いたいんだ。

——俺はな、気がついたら、こうして泣いていたっけ。あんたに声をかけられるまで、自分が何をしているのかわからないっけ。

——いいさ、泣くぐらいは。泣きたいだけ泣いて、寐ろ。

——濱藏さん、よく言ってくれるなあ、それじゃあ、遠慮なし、泣かしてもらうからな。

——兼松、湯飲みに水を持ってきてくれや。

松葉杖をついて勝手場へゆくのが面倒でしたんで、そう言ったんでさ。すると兼松は立って、階段を下りてゆき、水を入れた薬缶と湯飲みを二つ持ってきましての。わしに水を注《つ》いでくれ、自分にも注いで飲んだんでさ。うまかったですの。兼松もわしも、喉を鳴らし、犬にでもなったようだっけです。

——濱藏さん、俺はこれでも人間かな、と奴は小さな声で訊いたです。

――人間だろうな。

――……。

――いちにんあるのかないのか……。

――俺は自分がいやになった。ヤダよ、こんなもの。俺は濱藏さんが羨ましい。

――そうか、そう言ってくれたのはお前だけだ。俺だって自分がいやになってるさ。気分は良かないがな、とにかく眠るよ。お前も寐ろ。

眠気が急に襲ってきて、それだけが救いのような気がしましたです。しかし、足の傷も気になりましての。

――小便したくなったら困るだろうな。杖をついて階段を下りるのか、厄介だな、と半分眠りながら言ったですに。

すると兼松は、

――物置へ行って、桶を持ってくるからな、桶で用を足しなよ、と言っていましたです。

朝になって明るくなっても、兼松は屋根裏部屋から出ませんでしたの。桶に溜った小便を始末してから、二人分の蒲団を畳んで、着物を着なおして、部屋の隅《すみ》に正座しましたっけ。涙枯れて、木彫りのようでしたの。わしは杖をつきつき降りていって、まずおすみさんに挨拶しましての。

――兼松が二階で謹慎してまさ、と言ったです。

その時のおすみさんの受け応えには、正直言って、驚きましたです。

――しょうがない人だね。ごはんを食べさせておくから、と当り前のことのように言うんでさ。

こんな人間は他にいませんぜ。おすみさんはとんでもない迷惑を受けたんですし、得体の知れない手合いを屋敷の中に置いて、餌まであてがうて言うんですから。どうして、あんなにあっさりしたもの言いができるのか、とわしは感心しましたです。

鑑平さんと、五人の住みこみの職工と、わしは朝飯《めし》を食べて、工場へ行きましたです。仕事は休ませてもらって、椅子に坐って腕組みし、午《ひる》まで動かずにいましたでさ。家へ行って飯を済ませ、工場へ戻って、鑑平さんと話しましたです。鑑平さんは兼松のことをこう言うんでさ。

――あいつは鋳物屋へ入りたいんだろうな。

――今更どうしようもないじゃないですか、とわしは言ったですに。

――そうかな。

――剣呑な男ですし、また厄介をかけないとも限りませんし。

――殺して使えばどうかな。

――殺してねえ……。殺しきれるかどうか……。自分が何をしでかすか、自分が解らんて言っていますもんの。

わしがそう言っても、鑑平さんは笑っているんですに。

――それで、お義父《とう》さんは、兼松さんを雇ったんですね、とわたしは言いました。

すると、濱藏さんは言いました。

——雇ったんでさ。だから、わしはその時思いましたです。解らんのは兼松だけじゃあない、鑑平さんのほうがもっと解らん、とね。狐につままれたような気分でしたです。

——でも結果はうまくいったんでしょ。

——結果はの……。しかし当座は、わしには解りませんでしたの。まったく解りませんけ。世間ではこんなふうには絶対しませんからの。警察へ突き出す代りに、自分の事業所へ雇ってやるなんてことは。

——お義父さんは世間並みじゃないってことですね。

——そうでさ。

——お義父さんはなぜそんな危険を冒すんでしょうか。

——なぜでしょうかの。わしにもだんだん見えてきたのは、鑑平さんは悪事って何かを知っていなさったんじゃないかってことでさ。

——だから悪事を無闇に怖がらなかったってことですか。

——いや、鑑平さんは悪事が好きだったたってことでさ。

——悪事が好き……。

——河豚が好きな人は、舌がピリピリするような味を欲しがるでしょうが。

——……。

——うまいのは毒の味ということでさ。兼松自身がこんなヤツは嫌いだと言った兼松が、鑑平さんにとってはお気に入りだってことでしょうの。

——濱藏さんにとっても兼松さんはお気に入りでしたか。

——わしのことはこの際どっちだっていい。鑑平さんにとって兼松が魅力だったのは、兼松が鑑平さんを救いだと思っていたからでさ。滅多にあることじゃあない。きっと、早くから、鑑平さんはこのことを見抜いていたに違いないですに。兼松という悪《わる》は、追いつめられ、自分にはお宅しかないから受け容れてほしいと言って、縋《すが》っていましたでさ。鑑平さんというお人は、自分を呼んでいるそういう声にはとても甘かったですに。わしは、事を世間並みに判断したんですの。わしなんか、鑑平さんの爪の垢でも煎じて飲まなきゃならん。

——そう思っているんですか、本当に。

——冗談言ってやしません。……それで、兼松は非の打ちどころのない奉公人になりましたですに。

そう言って濱藏さんは、兼松さんがわたしの主人にとてもつくしてくれた話をしました。

……鉦策さんは小学校の成績も良かったがの、運動も得意で、運動会にはいつも選手だっけです。鑑平さんが喜んでの、応援に行くと、兼松も運動場へ来ていたっていうんでさ。それで、鉦策さんが走る時には、兼松は夢中になっちまって、競《せ》ったりする時には、お祈りでもするようだったそうですに。まともに見ちゃあいられなくて、目を伏せちまったそうでさ。鑑平さんが笑って話していましたっけ。

午後から雨が降るような日には、学校へ傘をとどけるのは兼松か、兼松に指図されたもみじだったそうです。だれに言われなくても、天気を見て、傘を持っていったそうですに。おすみさんが、そういうことには頓着なかったんで、兼松がやったんですの。おすみさんのことだ、やらせておけ、とでも思っていなさったでしょうよ。

鉦策さんは、割にほったらかしにされていましたの。弁当のおかずも、梅干だけとか、漬物とか鰹節とかで、貧乏人の子の弁当と変っちゃあいなかったそうですし、いつもツンツルテンの小倉の服を着ての、家へ帰ると、野良着に変えていましたです。

紅林の家は質素だっけです。しかし、それだけかというと、そうでもない。海軍のお偉がたが見える時なんかには、立派なものを着せましたっけ。サージの服に変えさせて、白い靴下をはかせ、帽子も革靴も新品で、ご大家のお坊ちゃまに変るんでさ。お父っつぁんもそうでしたです。りゅうとした背広を着こんで、靴もピカピカでしたです。おすみさんも千恵さんも値が張った衣裳で着つけをしていましたの。料理もそうでしたの。お偉がたが、奥さんのお手なみは一流ですな、と褒めたもんですに。昼めしは大抵おすみさんがこしらえていましたの。

――どういうものでした、とわたしは訊きました。

――豆腐のあんかけとか、蒲鉾と三つ葉のおつゆとか、野菜のうま煮なんかでさ。てんぷらの時もあったし、鰈《かれい》の刺身をとり寄せたこともあったです。酒も出しましたです。

――本式ですね。

――おすみさんの献立でさ。あんたも知っていなさるでしょう。

――海軍は大事なお得意さんですものね。

――特別でしたの。取引先というだけじゃあない。中年のころ、鑑平さんは海軍に惚れこんでいたですに。それで、一太郎さんは腹を立てましたです。なんだ、鑑平らしくもない、あの野郎正気じゃあない、海軍のどこがいいんだ、いい加減にあしらっておけばいいじゃないか、と言ったりしましての。

——激しい人ですから。

——一太郎さんはお偉いさんが好きじゃなかったんでさ。鑑平だってもともと好きじゃなかった、どこでどう変ったんだ、と言いたかったんでしょうよ。

……鑑平さんの気風は長男に伝染《うつ》ったようですの。鉦策さんも偉くならなきゃならん、と思ったようですの。学校の勉強をようやって、中学へ行くようになっても、成績は一番でしたです。兼松がお節介なぐらいつくしましての。明日は代数と地理と漢文の考査があるという夜、鉦策さんに頼まれて、漢文の参考書を探しにいったんですに。あいつ、自転車で闇の中を走って、焼津の近くまで行って、ようようその本を借りたって言いましたっけ。それで、十一時近くなって鉦策さんの勉強部屋へやってきて、

——大変だなあ。何時まで勉強するんですかい、と訊いたそうでさ。

——あと三時間くらいかな、と鉦策さんは応えたってことです。

——まだ風呂へ入ってないでしょうが。鉦策さん、風呂へ入ったらどうですかい。元気が出ますに。俺が加減を見ますに。

鉦策さんがうなずくと、あいつは風呂場へいって、さめた残り湯に手を入れ、それから焚き口へ回って、薪をくべたって言うんでさ。それから、風呂をつかっている鉦策さんに、話しかけたそうですに。

——なんか夜食を食べますかの。

——ありあわせのもので食べるよ。

——味噌汁を飲みますかの、わしがこしらえまさ。

——ありがとう。自分でこしらえるから。

——わしにまかせてください。ほかのもんも見つくろってておきますで。

鉦策さんは、この時のめしの味が忘れられない、と言っていましたの。じゃが芋の味噌汁だけでなくて、竹串に刺した鮒に火を入れたり、古根の生姜をおろしたりしてくれたって言いましたの。

おすみさんは、そのくらいのことは自分でおやり、という心持でしたでしょうの。そうかといって、実《じつ》のある女中のような兼松にどうこう言うでもなかったでさ。ただ兼松にはよくしてやっていましたの。財布や草履を買ってやっていましたの。

鉦策さんは兼松の夜食に五、六回ありついたってことでさ。

あんたも知っていなさるでしょうが、鉦策さんが東京の高等工業を受けた時には、鑑平さんも一緒に行って、試験場になった校舎の外の羽目に貼りついていたってことですの。それで試験が終っても、鉦策さんがしばらく出てこなかったもんですで、心配して廊下まで入って行って、そこで息子と出会うと、どうだ、できたか、と訊いたそうですの。親父が摑みかかるようだったけなあ、と鉦策さんが笑って話してくれましたでさ。その時には、東京から戻る汽車の時間がわかっていたもんですで、兼松は藤枝の駅まで迎えに出ましての。鞄は三コとも自分が持って、鑑平さんと鉦策さんのうしろについて、五十海の停留所へ降りてきましたっけ。わしは自転車の荷台へ鞄をくくりながら、

——高等工業が、もしも眼鏡違いで鉦策さんを落すようなことをしたら、俺が教師どもとっち

めてやりまさ、と景気づけに言いましたっけ。

――大丈夫、四月から鉦策さんは東京へ行くよ、と兼松は言っていましたの。

鉦策さんは中学四年で受けて、東京高等工業へ合格しましたの。それで、帰省の時には、癖になったみたいに、兼松が藤枝駅に迎えに出るようになったですに。東京から帰るという電報がくると、兼松が喜んじまいましての。二人連れだって五十海へ現れる様子は、いつもうれしくてたまらんという顔でしたの。その当時はまだ、本当言って、兼松がいそいそとしているのが気色が悪くての。思い出し、顫えが来たこともありまさ。

鉦策さんは造船を勉強したってことでさ。海軍が頭にあったからでさ。卒業の時には、優等生だけがもらう記念品をもらいましての。しかし、徴兵検査で甲種合格でしたもんですで、一応一年志願の少尉になったでさ。それで済南事変ってことになって、召集されて、向うへ渡ることになったですに。その時でしたの、鑑平さんは静岡へ出て、長船《おさふね》の刀を買って軍刀にこしらえましたっけ。

わしは兼松に言いましたです。

――お前、まるで好き合った仲だからな、戦地へ行きたいだろうな。

――正直言って、行けたらなあ。

――鉦策さんもお前がいないと不自由するだろうさ。

――そんなことはないよ。将校には兵隊がつくんだから。

――お前だな、至れり尽くせりの従卒は。

――……。

——そうだろうが……、とわしは追い打ちをかけたんでさ。

——無事で戻ってきてほしいな。

——兼松、心配なことがあるんだが。お前に訊いてもいいか。

——なんだい。

——訊いてもいいかって思って。

——いいよ。

——鉦策さんはお前と似たような男か。

——……。

——鉦策さんはちゃんとした男か。

——……。

——男を欲しがるような男じゃないだろうな。

——ああ、そのことか。心配するなよ。

——大丈夫か。

——大丈夫だよ。

わしはそれ以上尋ねませんでしたの。兼松の言いっぷしに嘘はないと思えたからでさ。でも、おかしなもんでして、時が経つと、あの時は早合点したんじゃないか、と思えてくるんで、困りましたの。疑いがまといついてくるですに。野郎、鉦策さんを狙っているんじゃないかと思うと、ムカッ腹が立ってきて、また顫えてくる始末でしたの。

――鉦策さんが山東半島から帰ってきた時には、鑑平さんとおすみさんが千恵さんを連れて、藤枝駅へ迎えにでましたでさ。わしらは仕事を早仕舞いして、五十海停留所で待ちかまえたですに。軽便から降りてきた鉦策さんはやつれていましたの。荒れたようすもあって、わしは、戦地はキツかったんだろう、ゆっくり休んでもらいたい、と思いましたっけ。

――その時、わたしも停留所へ行ったんですよ、とわたしは打ち明けました。

――え、明子さんも……。初耳ですの。

――行ったんです。父が村の在郷軍人の会長だったもんですから、鉦策さんが帰ってくるのがわかったんです。こっそり行ってみたんです。

――どこにいたんですかい。

――あの日ですか。合同運送の倉庫の蔭です。鉄道草がいっぱい波を打っていましたね。カナカナの声が風に乗って頭の上を通りすぎていて……。

――鉦策さんは見えましたかい。

――見えました。

――どうですかい。以前より瘠せていましたでしょうが。

――出征する前のあの人を見ていませんから、比較できませんでした。こういう人だったかしら、と思ったぐらいのものです。

――そうですかい。……どっか悪いんじゃないか、と兼松が心配していましたでさ。軍服もダブついていましたし、軍刀もなんだか重たそうでしたからの。顔色も悪いし、出迎えの連中の万歳がカラ胴間声でしたっけ。しかしの、屋敷へ着いて、宴会が始まっちまうと、わしの心配も消えていったでさ。鉦策さんは、酒の飲みっぷりも悪かないし、いっぱしの男になったようでしたからの。鍛えられたな、とわしは思いましたでさ。のぼせちまったのは兼松でしたの。野郎黙っちまって、うっとりしていやがるんですに。目は鉦策さんに釘づけでさ。

——うれしかったんでしょうね。

——一生の思い出になったかもしれんですの。翌日には、夕方になると早速、わしらは鋳造所の宿直室で鉦策さんを招《よ》んだですに。あの人は酒を飲みながら戦争の話をしてくれましたです。きちんとした話しっぷりで、いかにも青年将校でしたの。兼松のことをどうこう言う権利はない、わしらみんな、多かれ少なかれ鉦策さんにのぼせていましたでさ。

こんな調子の集会が五夜も続きましたです。

——集りにはだれとだれが来たんですか。

——兼松とわし、それから、若い職工が五、六人と、それから、一太郎さんも来ましての。楽しかったですの。電気もいつもより輝いていましたでさ。

——そんなに楽しかったんですか。

——わしらは杭にしばられた犬みたいなもんだ、思えば、よくもひとつ所をグルグル回っていたもんだ、と言ったりしましての。日本人もこれからは、広い世界と渡りがつきそうだ、人殺しだって許される場所が目の前に開けそうだ、ってわけでさ。

——殺されることだってありますよ、戦争なら。

——だからの、ただ血が騒いだってことでしょうの。それだけでさ。わしら、いい年して、五日ばかし夢を見ていただけでさ。

——主人は戦争が楽しいって言ったんですか。

——そんなことは言わなかったでさ。しかし、楽しくないとも言わなかったです。ただの、鉦策さんはわしらに夢を見させたですに。あの人の横つらを弾丸がかすめたことがあったそうですの。耳たぶのあたりに傷が残っていましたの。その時、あの人は悟ったと言うんでさ。

——その話ならわたしも聞きました。そんなに怖くなかったって言っていました。

——わしらにはの、オッカが砕けて落ちたと言いました。

——オッカって臆病のことですか。

——そうですに。それがの、カサブタがはがれるみたいに落ちたって言ってましたでさ。わしはの、大したもんだと思いましたでさ。だれだって生きていたいと思っているですが、そのせいで縮かんでしまうもんですがの。鉦策さんは豪気だなあ、と感心したもんですに。

——濱藏さんだって銃で射たれたんでしょ。

——あれは左足の爪さきですに。顔とは違いますに。

——弾丸ですもの、顔や頭へ来たっておかしくないじゃありませんか。

——まあ、大昔の話はどうでもいい。山東帰りの鉦策さんは、帰ってから五日目に、会合を兼松のとこで開いたですに。かます御殿ですの。もみじがとりもってくれて、鰤《ぶり》を大根と煮てくれたり、若布と葱のぬたをこしらえてくれたりしましたっけ。鰹の膾を味噌煮にしたりの。それで、酒を飲んで、鉦策さんは兼松のとこへ泊ったですに。第二日曜でしたからの、午過ぎ、二人で牧之原へ遊びに行ったそうでさ。兼松は自分の自転車で鋳造所へ行って、鉦策さんの乗る分をひいて戻ってきたってことですの。その時のことを、兼松は言いましたでさ。

……大井川からわかれて坂を登っていると、鉦策さんがおくれちまって、ペダルをこぐのをあきらめ、自転車を押して登ってきたっけ。俺はもう登っちまっていて、下の様子を眺めていたさ。鉦策さんとしちゃあおかしいっけな。随分瘠せちまっていて、なんだか、じいさんみたいだっけ、杉林の蔭から出て、まだらな日向へ来てさ、自転車を地面へ倒して、その横につっ立っていたっけ。俺は自転車に乗って走ったな。急ぎすぎちまったし、ブレーキの利《き》きも悪いっけから、行きすぎちまったよ。道のまんなかへ自転車を倒して、鉦策さんのほうへしばらく登ったさ。

——無理だっけか、と訊いても、返事をしないっけな。

見ると、何かを含んだ口をもごもごやってるじゃないか。鼻だけでしている息が苦しそうだっけ。どうしていいかわからなくて、俺はただうかがっていたな。すると、これだ、と見せるように、鉦策さんは血をほき出したさ。湯飲み一杯くらいあったかもしれん。乾いた地面に染《し》みたっけ。日向だっけもんで、きれいに、まるで赤い芥子の花だっけ。透《す》けるような色さ。俺は泡を喰っちまった。まわりが暗くなったみたいで、とてもいやな気がしたな。肺病だとすぐにわかったもん。

——横になってくれや、と俺は言い、羊歯《しだ》の多い林の下草を手で倒したさ。寝床をこしらえようとしたさ。

——いいよ、帰るよ。

——駄目だ、動いちゃあ。血を吐いたんだもんな。動くもんじゃない。

俺は鉦策さんを抱えるようにして、羊歯の寝床へ横にした。鉦策さんは目をカッと開いていたっけが、体の力は抜いていて、ゆっくりと俺の言うままになったよ。なぜこんなことになっちまったのかと思ったな。

——頼むから動かないでな。血が出ているんだから、と俺は言い聞かせるように言ったさ。

それから、自転車にまたがって、紅林鋳造所へかけつけたさ。……外から見ると普通に見えたって、当人にとっては、鉛みたいに重い体もあるし、スがすっかり通ってしまったような軽い体だってある。どうであれ、当人はだるくてだるくてたまらん、それが肺病だ、などと俺はうわ言《ごと》をつぶやきながらペダルを踏んでいたっけ。

鋳造所からリヤカーを引っぱりだして、一太郎さんの家へ行ったが、あの人は釣りに行ったそうだっけ。それで、お万さんに頼んで、蒲団を三枚借りたさ。羊歯の寝床へ行って、鉦策さんを紅林の屋敷へ運んださ。思いきりゆっくりリヤカーを曳いたな。鉦策さんの体にはヒビが入っていて、裂け目から血が滲《にじ》みでようとしている、もしたて続けに喀血があったら大変なことだ、と思っていたからな。

——兼松さんは自分の家を主人の療養所にしてくれたんですね、とわたしが言いますと、

——そういうことですの。鉦策さんは三年七ヵ月あそこにいて、とにかく、全快しましたの。結構なことでさ、と濱藏さんは応えました。

——兼松さんは恩人です。主人やわたしのためにずっと骨折ってくれましたもの。

——わしはの、鑑平さんが、兼松は殺して使え、と言ったのを今になって思い出すですに。その通りになったですに。鑑平さんに殺されたのか、それとも、兼松が自分で自分を殺したのかわかりませんがの。

——濱蔵さん、それはどういう意味ですか。

——奴が自分を捨てて、何もかも、紅林一家のために生きたってことでさ。とりわけ、鉦策さんのために生きたってことでさ。見事なもんだ。

——主人は運がよかったんです。

——兼松の糖尿が重くなったころですがの、わしが見舞いに行きますと、夢の話をしましたです。烏帽子《えぼし》山へ行って、一生懸命黄鉄鉱を探していたそうでさ。金槌でどの岩を叩いても、黒い割れ目ばかり見えるんで、がっかりしていたんですって。そのうちに、ある岩を割ると、一面に光っていて、蒔絵みたいだったというんでさ。躍りあがるほど喜んじまって、一番光の多いカケラを拾って、山を下りようとしたが、足が利かなくなっちまったんで、腹ばいになって、岩や木の根を越えようとして、あせっていたというんですの。何のことだと思いますかの。鉦策さんが子供のころ、黄鉄鉱が大好きだっけです。それで、兼松は、鉦策さんの喜ぶ顔が見たくて採っていたですに。あの男が亡くなった年ですからの。六十二で、まだこんな上合いだっけですに。

かます御殿

——兼松、俺をお前の実家へ行かせてくれんかな、と恵吾さんは言ったんだそうでさ。

——俺の実家へ行って何するのかね。

——住みたいってことだよ。

——あんな草ぼうぼうのお化け屋敷にかね。

——悪いとこじゃあないよ。わしは好きだ。それに本があるだろうが。存分読んでみたいしな。


恵吾さんと兼松が気が合ったのは、二人とも本好きだということもあったようでさ。とりわけ寐こんでしまってからの恵吾さんは、兼松に頼んで、しょっちゅう本を借りていましたの。まるで兼松は注文を受ける古本屋のようだっけです。恵吾さんが、この本はあるかい、とききますと、その本はないが何々ならあるとか、半七捕物帳は味があるってか、俺もそう思うよ、などと兼松が応じていたもんでさ。それで、兼松は、

——恵吾さん、住みたきゃあそうしなよ。わしは賛成するぜ。藪枯しが畳の上にまで這いあがってるかもしれんがな。恵吾さんがその気なら掃除して、一通り恰好つけとくがな。

——追い追いでいいさ。

——追い追いでいいってか。そうも行かん。掃除はともかく、まかないはどうする気だね。

——お前のお袋に面倒はかけん。

——面倒かけたっていいけどな。

——おぜんにやらせるよ。

——話はついてるのかね。

——ついてるようなもんだ。

——あの女なら実直にやるだろうがな。

——お前には家賃を払うから、いいじゃないか。

——そんなものはいらん。

こんなやりとりがあって、恵吾さんの引越しは決まったそうでさ。しかし、兼松はなんだか狐につままれたような気分だったってことですの。首をかしげながらも、ともかく、うれしがっていたんだそうでさ。先々代がこしらえて、今は無用の長物になっていたかます御殿に、一羽の鳥が舞い降りてくれるように思ったに違いないですに。

恵吾さんは鑑平さんにもこの話を切りだしたってことでさ。すると、

——恵さん、それはいかん、考えなおしてくれんか、と鑑平さんは応えたっていいます。

その一言で、恵吾さんは義弟の気持を見すかしたに違いないですに。〈鑑平はなんにも驚いちゃあいないっけ。むしろ、腹の中じゃあほくそ笑んでいる気配もあったっけ〉と恵吾さんはわしに話しましたです。しかし続けて〈だから鑑平けしからん、なんてわしは露ほども思ったわけじゃあない〉と恵吾さんは言いましたの。

いか。

——鑑平さん、あんたはな、沖家の惣領が家を出て行くなんておかしい、と言いたいんじゃないか。

——そうですよ、と鑑平さんはきちんと坐り、体を将棋の大きな駒を立てたみたいな恰好にして応じたっていいまさ。

——世間体だよ、そんなことは。

——わしは世間体なんかどうだっていい。身内としてシンからつらくなるんですに。

——世間体でないんなら、あんたの一存で、俺のしたいようにさせてくれや。

——静岡の病院へ入院してくれないですか。

——やだよ、病院なんか。

——……。

——どうだい、わしは我儘だなあ。いいかい、鑑平さん、兼松の実家じゃあ、これから秋になりゃあ、お月さんの光がしぶきになって舞うよ。

——そんなもんなら、どこにいたって見られますよ。

——どこにいたってってことはない。わしはあそこと決めたんだよ。土地もんでないとあの屋敷のよさはわからんかもしれん。それに、あの家には本がどっさりあるじゃないか。

——ほしい本を言ってくださいよ。探して買ってきますよ。

——やっぱりあそこで読みたいなあ。子供のころからの癖だあね。鼠に引かれそうになって、暗がりで読んだもんな。

——恵吾さん、わしらがこの家を出ますからね。

——それはお前さんの勝手だ。俺は行くよ、行きたいとこへ。

わしは、こういういきさつを恵吾さんの口から聞くことができて、この人は立派だな、と思いましたです。この時もう恵吾さんはこの世の人じゃあなかったです。黴菌をまき散らす自分が、いかに家族に迷惑か、わけても、八つの鉦策さんと五つの千恵さんのことをいかに鑑平夫妻が気づかっているかを察していたですに。そのことをきっかけにして、自分が一番行きたい場所を探したですに。どう思いますか、明子さん、兼松の実家は、鑑平さんが言ったように〈どこにいたって見られる〉って屋敷じゃあないでしょうが。兼松の奴は粗畧に思っているかどうか知らんが、わしですら恵吾さんと同じ趣味で見ていますがな。

そりゃあ立ち腐れて行くご大家でさ。兼松の祖父《じい》さんが塩田で一儲けして建て、後継ぎが、〈性抜けの庄さん〉と陰口をきかれながら、見事につぶしちまったんですの。兼松はどう始末しようと思っているのか、もうそろそろ家の寿命は終りでさあね。

鑑平さんの指図で、戸板を二枚並べて、二本の棒にゆわえ、その上に恵吾さんの蒲団をのべましたです。わしら、なんだか死体を運ぶようだな、と縁起でもないことを思っちまって気がひけましたっけ。でも恵吾さんは笑いながら、オットットと言ったりして、その上に仰向けに寝ましたの。あの人は瘠せこけちまっていて、蒲団の襟から出ている顔は、鷗や鴫の骸骨に似ていましたっけ。落ちて干からびた鳥は、大井川の川尻にしょっちゅう転がっていましたし、これから恵吾さんはそっちに行くわけですから、わしら、変な気分にはまっちまいましたの。幾波街道を行き、テト馬車のわきで、病人に起きてもらって、乗ってもらいましたでさ。恵吾さんは部屋で寝ている時と違って、遠足の子供みたいに浮き浮きしているようでしたの。

馬車が大井川を越えている時には、橋の真中あたりへさしかかると、恵吾さんは腰を浮かせて、

——今まで山のほうを見ていたから、ここから海を眺めるかな、と言って、向いの席へ移りましたっけ。

流木みたいな骨が、わしにぶつかりましたよ。それから、わしらは並んで、川尻の白い波のひもを眺めていたんでさ。別にめずらしい眺めじゃないが、晴れあがった日で、わしだって、これだけきれいな景色は滅多になかろうと見直したもんです。恵吾さんもうっとりしていましたっけ。

おすみさんもつき添っていたですが、あの人は心苦しかったですに。甲斐甲斐しく働いて、兄さんを御殿に寐かしましたの。それからも、よく世話をしましたよ。毎日のように、御殿へ出向いて、炊事や洗濯をしました。それに、消毒ですの。昇汞水を入れた金盥、特別な前かけやゴムの手袋を置いておいたり、茶碗や皿を大きな鍋で煮たりしたんでさ。潔癖な人ですもんの。兄さんが一家の犠牲になっていると考えていたんでしょう。どうか直ってほしいという思いが感じられましたの。それで、わしもそんな気になって、おすみさんの供をして、よく御殿へ出向きましたっけ。しかし、わしには解っていたんでさ。恵吾さんはそれほど直りたがっているわけじゃあないってことが……。

あの人はこう言ったことがありましたの。

——濱藏、ここへ来る時川尻で釣りをしていた人があったっけな。

——ありましたっけね。

――縞鯛だろうが。お前と行ったけな。結局獲物らしい獲物はなかったけが。

――そんなことはない。恥かしくない漁だってありましたに。

――俺はもう一遍やってみたいよ。

――病気を直しちまって、やりましょうや。

――お前ひとりでやれ。

――ひとりで……。

――俺は早晩骨になるから。

――そんなことはありませんて。

――いいか、濱藏、俺は釣りをしたいって考えるだけだ。俺にだって、まだ何かをしたい気持だけは残っているって言ってるだけだ。

これが恵さんの、わしに対する遺言ていやあ遺言でしたの。それから二日して、あの人は呻くばっかりになりました。生きることには不熱心で、ぼそぼそものを言っただけの人が、呻き声はびっくりするほど大きく、たて続けでしたの。

あの人はかます御殿に移って一年と一ヵ月して、四十三でこの世を去りましたですに。あの人の叔父さんが、

――恵は、寐床にいて、自分のやってきた自堕落を思いだしていたようだの。つまらん人生だったと思っちまったんじゃないか、と言った時に、おすみさんは涙をこぼして、

――こだわらなくてよかったのに。博奕なんか悪いことじゃないのに、とおすみさんにはめずらしく、口惜しそうに言いきりましたの。

――……。

――明治四十四年の秋でしたの。それから十七年して、おすみさんはもう一度、御殿へ通うことになったわけでさ。鉦策さんが血を吐いちまいましたからの、と濱藏さんが言いましたので、

――主人はなぜ御殿へ転地したんですか、とわたしは訊きました。

――恵吾さんと同じような気持だったからでさ。自分は黴菌をまき散らすと思ったからですの。沖の家には、千恵さんもいたし、そのころ若い職工が五人、女中が二人住み込みでいましたし、人の出入りが多かったしの。それで、おすみさんは横浜の医者に相談したですが、先生は見はなしちまっていて、入院させたって無駄だ、自宅へ寝かせておけ、隔離と消毒だけはちゃんとしろ、と言ったそうですに。おすみさんはガッカリしたでしょうよ。それでも気力をしぼって、他に受けいれてくれる病院を探そうと思っていた矢先き、鉦策さんが言ったっていいますの。

――俺は兼松のかます御殿へ行くよ。

――兼松さんが来るようにって言ったのかね。

――そうだよ。

――それで、あんた行きたいのかね。

――行きたいな。

そう聞いただけで、おすみさんは来るところまで来てしまったな、と感じたんじゃあないかな。兄さんだって、兼松の実家へ行くと言った時には、もう半分以上あきらめていた。今度は息子がそんな気持になっていると感じたんじゃあないかなあ。わしにはそう思えたし、兼松もそう思ったと言っていましたよ。

——主人も、結核だって解った時には、もう長いことはないと思ったと言ってました、とわたしは言いました。

……しかし、その時、おすみさんはひるまなかったですに。必ず直してみせる、と心に誓ったって言ってましたです。鑑平さんでさえ、そんなおすみさんの気持を頼りにしたほどだったそうですに。

それで、二人は朝家を出て軽便に乗って大井川を渡り、かます御殿へ行き、鑑平さんはその足で工場へ行き、おすみさんは午後の三時ごろまで残って、病人の世話をしていましたの。兼松もよくやりましたです。あいつは肺病やみが好きだ、あの世へもお供しそうだな、と笑った馬鹿な職工もありましたっけ。そのころ兼松は御殿の母家に住んでいましたです。鉦策さんは、あんたも知っての通り、離れに寝ていましたです。

——兼松さんって、ありがたい人ですね、とわたしが言いますと、

——それが並み大抵じゃあないですに、と濱藏さんは言いました。そして続けたのです。

——しかし、あいつはあいつで別の考えがあったですに。ずっと後になってからですが、こんな工合いに話したことがありましたでさ。

知りたがりの鷺坂濱藏さんは成岡兼松さんにお酒をふる舞って、話を引き出したんだそうです。

……おすみさんが、いいって言うことはなんでもやりたい、と言うもんだから、俺は、蛇の粉はどうですか、と言ったんだ。おすみさんははっきりした返事をしなかったがな。俺は俺で準備しておこうと思って、屋敷の中で蛇を探していたさ。だがな、脱け殻があるばかりで、姿は見え

ないっけ。そのうちに、人参ソップの壜を五本見かけたさ。何だ、これは、と思った。庭のすみに転っていたから、俺には思い当るフシがあったよ。それで、鉦策さんに言ったさ。

——あんた、おすみさんに内緒で人参ソップを飲んだのか。

——内緒ってことでもないが。さし入れがあったもんだからな。

——ありがたい人がいるな、心配してくれて。女だろうが。

——そんなとこだよ。

——俺はいいことだと思うぜ。

濱藏さんはそこまで話して、

——明子さん、兼松はあんたと鉦策さんのことをおおかた知っていたんでさ、と言いました。

——その話はやめてください、とわたしはさえぎりました。

——まあ、聞いてくださいよ。わしは何も明子さんのことを喋ろうと思っているわけじゃあない。兼松ってどういう手合いか、あんたに解ってもらいたいと思っているんでさ。

そう前置きして、濱藏さんは続けました。ほろ酔いの兼松さんは濱藏さんに話したんだそうです。

……その時鉦策さんはうっすらと顔を赤らめたっけ。いつも土色だったせいかな、ドキッとするほどきれいに見えたっけよ。恋がきれいなような気がしたし、本当の気持を俺にも見せてくれたとも思ったさ。それで想像したよ。相手の女も、鉦策さんの本当の気持を見たろう。見ればきっと、俺とは違うだろう。俺はひがみっぽいし、とりかえしのつかない負い目もあるから、どんなに鉦さんに尽したって、見返りをねだる筋合いはないが、俺じゃあなくて、女だったとしたら、一人しかいないこんなにきれいな男を目の前にしたら、欲しいと思うだろう。当り前じゃあないか。しかし、鉦さんはもう直らないそうだ。だからきっと、別のやりかたで手にいれたいと思うだろう。一緒に死にたいと思うだろう。もうそこまで行ってるさ。俺にはわかる。

——鉦さん、頼むから嘘は言わんでおいてな。筈見の子連れの女でしょうが、と俺は聞いたさ。

すると鉦策さんは、俺がなぜ念を押すのか、気持がわかってくれて、

——そうだよ、とただちに返事したよ。

——なるほど、大したもんだ。

——……。

——あの女だったら、会ったほうがいいと思うんでさ。会わなきゃならん。遠慮なんかいりませんに。

そう兼松は言ったそうですの。それを知って、わしは兼松を見直しましたです。こいつは相当な男だ。鉦策さんを救ってくれるかもしれん、と思ったですに。

——この話は、あんたのおっかさんにも話したことがありましたっけ、と鷺坂濱藏さんはわたしに言いました。そして、

——明子さんは張り合いのある人ですの。わしの言うことに耳を傾けてくれましたもんの。わしは宝の持ち腐れにならなくて済みましたよ。

——自分の家のことですもの、聞きたかったんでしょ。

——そうとだけはいえませんに。例えば、鑑平さんは、わしの話なんか、聞きたがったためしはありませんです。おすみさんだって、わしが喋っているのに、居眠りをしているんでさ。それで、わしが工場へ六十燭光の電気をつけたと言ったら、パッと目を開いて、職工さんは六十人なんていませんでしたよ、と言うんでさ、と濱藏さんは笑っていました。

わたしも、おばあちゃんのことを思い出して、笑ってしまいました。

——そこへ行くと、あんたのお母さんは熱心に聞いてくれましたです。それから、あんたですの。あんたも話し甲斐のあるお人だ。わしの声があんたの耳に吸いこまれる気がしまさ。

——お母さんやわたしにとっては、家の歴史ですもの。濱藏さんに感謝しています。

——なるほど、歴史ってことですか。それで、あんたは、お母さんのことを知っていなさるでしょうの。

わたしには、濱藏さんは何を訊いているのか解りました。それで、

——ええ、大体、と応えました。

母は幾波村の筈見家の長女です。東亜煙草会社の社員と結婚して、満州の奉天へ行きましたが、向うで気分がすぐれない日が続いたので、静養のために、しばらくのつもりで実家へ戻りました。わたしの兄を連れていました。帰って一月もすると、紅林鋳造所の長男のことを好きになってしまったのです。一緒になろうなどとは思っていなかったのですが、結局は、奉天にいる主人と離婚して、紅林鉦策と結ばれる成り行きになったのです。

——くっついたなんて言われましての、と濱藏さんが言うものですから、

——くっついちゃあいけないんですか、とわたしは言いました。

――いや、わしが言ったわけじゃあない。そう言った人もいるっていうことですに。兼松なんかは、明子さんだったら会わなきゃいかん、と鉦策さんに言ったんですからの。それを聞いて、わしは、兼松、お前相当なもんだな、言うじゃあないか、と思いましたからの。

――……。

――亭主を変えることに賛成したんですよ。

――なぜですか。

――あんたには、その時の明子さんの気持が想像できますでしょうが。だから、解っていて、なぜですか、と確かめているようなもんでさ。

――……。

――そうでしょうが。

――そうですけど……。

――その通りですよ。明子さんは、子連れであることもほとんど忘れるほど、捨て身の恋をしたんすに。兼松は、それを感じて、女は怖い、しかし、羨ましい、と思ったって言いましたです。あいつは本をしたったか読んでいるもんだから、うまい文句も言ったですに。ふたって深い闇におりて行くのを感じた、と言ったですに。心中したって仕方がない。それほど悪いことじゃあない、と思ったってことですが、しかし、兼松の本心は違っていましたですに。駄目だろうと思っていた鉦策さんの容態に一縷の望みが見えた。これは鉦策さんをこっちもんにする手がかりになるかもしれん、と考えたでさ。それで、わしは、兼松って相当なもんだ、と感心しましたですに。あんたは、兼松を相当なやつだなんて思いませんでしょうな。

——相当な人でしょうけれど、わたしにはよく解りません。兼松さんが亡くなった時、わたしはまだ小学校四年でしたから。

——そうでしたの。

——顔やものの言いかたは、よく覚えています。

——鉦策さんを思って、無我夢中でしたの。わしにこんなふうに喋ったことがありましたっけ。

……おすみさんは、鉦策さんの看病しながら、良いことはみんなやってみる、と言っていたんで、俺はそれを受けて、研究したよ。肺病の本を十五冊は読んだな。《私の闘病日記》《結核全快への道》《大自然の中の命》《正しい自然療法》《結核患者の百の心得、三百六十五日の献立》《肺病患者は如何に養生すべきか》なんかだ。しかしな、読めば読んだで余計解らなくなっちまったりしてさ。肉や卵をたっぷり食って牛乳を飲めって書いてあるかと思うと、別の本には、肉や卵、牛乳は禁じてあって、魚を少々と穀類と野菜だけで行けとしてあったりするさ。日光浴は汗ばむくらいやったって害はないと言うかと思うと、直射日光は避けよと言う。運動はいつも適当にやれと言うかと思うと、絶対安静でなければいかん、と言っている本もある。熱も平熱ならよろしいと書いてあったり、三十五度台にまで下げよと書いてあったりな。いちいちその理由も書いてあるし、成功した患者をあげてあるけど、どれで行ったらいいのか困っちまったよ。療法をあれこれと一番知っていたのは俺だ。しかしまとまりがつかないから、結局はおすみさんのやりかたに従ったさ。おすみさんって不思議な人だな。迷いがないのさ。鉦策さんの好物で消化のいいものを食わせ、つとめて安静にさせ、日に五回検温させて体温表につけていたさ。熱は朝は三十六度スレスレで、だんだん昇り、夕方からは三十七度五分を越えた。褒められた容態じゃあないよな。しかし、おすみさんは心配そうな顔をしやしない。病人はそれに輪をかけて平気な顔をしているさ。ビクビクして、やたらと神経使っているのは俺だけか、と思っちまったりしたっけ。

——それから、兼松は藤枝へ行ったんでさ。人参ソップ屋が藤枝にあったからの。五十海や幾波には配達はなかったから、明子さんが藤枝へ買いに行っていると見当をつけたんですの。こういうことにかけちゃあ、やっこさん、やけに勘がいいんでさ。鉦策さんが一日一本飲んでいるのを知って、日数をくったのかもしれんですがの。

——人参ソップっておいしいんですか。

——結構うまかったですに。冷えたのを飲むと、すっきりしましたでしょうよ。鉦策さんの舌は熱を含んでいたですからの。

——なぜ兼松さんは藤枝へ行ったんですか。

——明子さんがまわりに気を使って、痛々しかったからでしょうの。向うで会ったほうがじっくり話ができると思ったからでしょうの。

——兼松さんて優しいんですね。

——やつはそういう男でしたです。

兼松さんはこんなふうに濱藏さんに話したのだそうです。

……藤枝のソップ屋から明子さんが出てきたんで、わしはうれしかったな。ここまで出向いた甲斐があったってことでさ。なんだか明子さんは光に包まれているみたいだっけ。ソップの壜が

六、七本包んである木棉の風呂敷を提げているのが似合わなかったがな。俺はあの人をやり過ごしたさ。それからも臆していて、まだぐずぐず考えていたっけ。それであの人は軽便の駅のほうへ行っちまったから、もし俺が駅に着かないうちに、列車が出るようなことがあって、あの人だけが帰っちまったら、俺は一体何のために藤枝へ来たのかと思ったりして、泡を食っちまったな。だが俺が駅へ着いたら、あの人は待合室にいたっけ。すると俺はホッとして、改めて気おくれが湧く始末さ。しかし、思いきって声をかけてみたら、明子さんは包み隠しはしないっけ。正直に返答をしてくれたよ。

――筈見さんのかたですね。

――はいそうです。

――わしは幾波のもんです。成岡といいますが。

――幾波のかたですか。

――鉦策さんが静養しているとこは、わしの屋敷でさ。

――そうだったんですか。知りませんでした。

――来てくれたんでしょう、わざわざ、あんなとこへ。

――はい、寄らせていただきました。三回まいりました。

――寄ってやってくださいよ。お願いでさ。鉦策さん、待ちかねていますもん。

――ありがとうございます。

明子さん、顔を赤くするのさ。俺に気をゆるしてくれたのがわかったんで、うれしいっけ。

――鉦策さんの家の衆とはち合わせしちゃあバツが悪いでしょうで、あの人だけの時には縁側に白い幕を引いておくようにしますで。

——お宅のかたと会ったってかまいません。

——二人だけのほうがいいと思うんでさ。

——そんな……、と明子さんは下を向いて、蚊の鳴くみたいな声になったさ。

——鉦策さんのことが心配でしょうの。

——とても心配です。

——あんたをびっくりさせて悪いが、あの人は血を吐いたもんですからの。わしは見たんでさ。

——肺から血が出たっておっしゃっていました。

——そうですかい。聞いていなさるんですか。それならいいが、わしとしちゃあ、あんたに何もかも言っておいたほうがいいと思うもんですで。鉦策さんは医者に見はなされたそうでさ。だれにも言わんといてください。

——自分でも重いっておっしゃっていました。

明子さんがそう言った時、駅員が改札へ出てきたっけ。列車が出ると言うんだ。

——一汽車遅らせてくれませんか、と俺が頼むと、明子さんは頷いたよ。

一遍俺の目を見て、あらぬかたを見ていたな。その目が泣いているんだよ。俺はあんまり言っちゃあ悪いと思ったな。

——ずうっと鉦策さんに人参ソップを飲ませてやってください、と言った。

それから、これだけは是非言っておかなきゃあ、と思って、

——子供さんには気をつけてくださいよ、と言ったさ。

俺は風呂敷包みから、分厚い《肺病患者は如何に養生すべきか》を出して、

——これを読んでおいてください。一応硫黄で消毒しておきましたで、と言ったさ。

俺は珍妙な人間だな。前の夜、この本を読み直して、あっちこっちへ鉛筆で傍線を引いたんだが、やっているうちに、おかしなことになっちまった。寝床で病人の相手をする時にはあんまり激しく抱き合わないように、その仕方はほどほどにして、終りまでは行かないように、という指南のページに傍線を引いたりしたさ。それで明子さんに本を手渡す段になって、恥かしくなり、

——中に鉛筆で線を引いたですが、失礼と思わんでください、とつけ足したっけ。

それからかます御殿の略図を渡して、少し説明したよ。

——裏木戸のここに環《かん》があって、犬釘が差してありますがね、こうすれば楽に抜けますで、と言ったりしたな。

兼松はこう話したんでさ、と濱藏さんは言いました。そして、

——明子さんから聞いたわけじゃありませんがの、あの人は身をきるようにつらかったと思うんでさ。死は甘い誘いだったでしょうの。しかし、肝腎の鉦策さんがむくむくと生きる気持を起こしてくれたんで、明子さんだってそれを受けて、とにかく、この人を全快させなきゃあならん、それが自分に与えられた務めだ、と考えてくれたんじゃあないですかの。鉦策さんが直りきるまでには三年半かかりました。すっかり元気になって、工場へ来ましたでさ。昭和六年の春でしたの。

夢のような遺書

高等科一年の時に、そのころ青年団にいた石神成吉に殴られたことがあった。俺はお前をはり倒したいが、受ける気か、とあいつが言ったんで、わしはなに気なく、受けるよ、と言った。すると、いきなりみぞおちを突かれちまった。立っていられなくて、しゃがんじまった。成吉は念押しにわしの横っつらを蹴ったんで、横倒しになっちまった。まるでちぢかんだ蝦さ。息が止まりそうだっけ。鳩が鳴くような呻き声を出して、草のなかでもがいていると、ゲロがこみあげたんで、そのまんま吐いた。ゲロにまみれて、息をついていた。薄目を明けていると、夕日が涙に映ってキラキラ波立っていたっけ。痛みがだんだんおさまり、だるくなってくるのさ。ウトウトして、知らん間に眠っていたよ。目が醒めると、高い空には針でとめた羽虫みたいに星が光っていた。悲しいっけ。ひとりうっちゃられたように思っていたが、そばに鑑平がいるのが見えた。鑑平は土に半分埋まった石に腰かけて、わしのほうを見ていたのさ。それでわしは起きることができた。みぞおちの奥はまだぼんやり痛かったが、それには代えられないっけな。鑑平の服がわしの上に掛けてあったんで、それを返した。

——悪いっけな、俺のゲロがついたろう、とわしは言ったさ。

——ついちゃあいない、と鑑平は、見もしないで言い、

――お前、寒かないか、ときいた。

――寒かないよ。

――そうか。

鑑平はその服を着た。

――俺らヘマをやっちまったさ、とわしが言うと、

――あの野郎、手が速いな、と鑑平は言うのさ。

――なんだ、見たのか。

――お前が土手の上で成吉と向きあっているのが見えたっけよ。それで、来てみたさ。アッと言う間にやられたっけな。

暗くてよくはわからないが、鑑平はなんだか笑っているようだっけ。わしは恥かしかった。

――いいじゃないか、成吉にはこんだ礼をすりゃあ、と鑑平は言った。

――ただじゃあおかんぞ、あの手合い。

わしがそう言うと、鑑平は笑った。おもしろ半分のようだっけ。それで、わしは余計ムキになって、

――いいか、その時もお前、見ていろや、と言った。

わしは結構、鑑平に甘えていたが、助太刀してもらう気はないっけ。自力で成吉にやり返すつもりだったさ。

――お前、立てるのか、と鑑平がきいた。

わしはいくらか無理して立ちあがった。

け。

——それじゃあ、帰らざあ、と鑑平は言うのさ。

わしらは並んで歩いた。晴れあがった空には、星がでていた。賑かに、星の総出だ。透明で、きれいな夜だ。わしは興奮するとこんな感じになることがある。喧嘩や恋のせいじゃない。あの時は、鑑平はとりわけ大《いか》く見えた。特に肩幅が広くて、動く小山のようだ、とでも言いたいっけ。

——このことは、お父さにもお義母《かあ》さにも言わんでくれや、とわしが頼むと、

——言やしないよ、と鑑平は言った。

みぞおちの奥は、五日ばかり病んだ。痛みの塊りが居すわっていた。しかし、ひどくはなかったんで、わしは普通にしていた。鑑平は手の甲でわしの胃の上を叩いては、

——どうだい、ここは、と言った。

なんだか医者みたいだっけ。それをやられるたびに治って行くような気がしたが、からかわれている気もしちまうもんで、

——痛いよ、痛くてたまらん、とわしはだだっ子じみた言っぷしをしちまった。

——大事にしてなあ、と鑑平は笑うのさ。

成吉から一発くらったことにそれほど関係があるわけじゃあないが、わしは青年団が嫌いになり、あとあと、まずいイザコザを起こしちまった。結果は、青年団の模範といわれた男に怪我をさせちまい、二年喰らいこんだ。それで出てきた時、着物を持って迎えに来てくれたのは鑑平だっけ。肩肘張るでもなく、小さくなりもしないで、甲府の刑務所を眺めていた。その辺の学校か倉庫を見るようにな……。

——どうだい、とりあえず蕎麦をすすっておいて、今夜は俺んとこでメシを喰えや、と鑑平は言ったさ。

わしがうなずくと、

——大したもんはないぞ、と言った。

鑑平のとこでよばれた夕飯はとてもうまいっけ。塩出しした塩鱒を焼いてくれたさ。いい匂いがした。自分がこしらえた鋳物の平鍋に昆布を敷いて、真白に豆腐が並べてあった。大男のくせに、そこは職人だな、きれいに賽の目に切ってあった。鰹節はその場でけずった。からみは葱と生姜だけじゃなく、蕗の薹もあった。油揚げと若布の味噌汁、鳥を入れた茶碗蒸しまで器用に、こしらえてくれたさ。

——全部お前がこしらえたのか、とわしがきくと、

——お万さんもやってくれた。だがな、茶碗蒸しは俺さ。俺が喰いたかったからな、と鑑平は言った。

鑑平は、刑務所の暮らしぶりのことはきいてきたが、事件のことはほとんど言い出しゃしない。運が悪かったのさ、それだけさ、と思っているかのようだっけ。酒もあったから、ほろ酔いになってから、

——これからヘマやるなよな、と言ったのが関の山だ。

わしは好きで鑑平のとこに身を寄せた。だからと言って、身内を憎んでいたわけじゃないよ。親父は冷いとこもあったが、それもわしの身から出た銹だ。迷惑をかけている、と思っていた。おりんはかわいくてたまらなかったし、お万さんはありがたい人だっけ。わしのことをしょっち

ゅう気にかけてくれた。毛嫌いされたって仕方のない与太にさ。

わしは、お万さんと鑑平の折り合いを良くしてやりたいのさ。そうならなければ、わしの気持はぎくしゃくしちまう。鑑平はとにかく、お万さんが、この五十海に住みにくかろうと思ってな。それには、昔を思い出せばいい。手がかりは昔にある。わしはそう思って、鑑平にもそう仕向けたし、お万さんにも説いた。

ことが走っちまったら、あと戻りはきかんのだろうな。とにかく、お万さんには、寸志を差しあげなきゃならん。わしの新築の家と多くもない貯金を桑原お万に相続してもらうよ。お万さんが、相続しないと言うんなら、桑原仁吉の名義にしてやりたい。継いで困るもんじゃあないが、意固地の手合いだ、ああのこうの言ったら、濱藏さん、一肌ぬいで、どうかその向きに収めてくれ。

春の浜行きの時だが、わしの頭に甘い考えが湧いちまったことがあった。だれかが、お万さんと飲みたくなったよ、と言うのを聞いて、わしはお万さんのあばら屋へ急いだ。昔がよみがえり、みんなが笑って手打ちをしている様子が見えた。

お万さんのあばら屋の敷居をまたぐと冷っとしたな。解りきったことが解った。お万は組みしやすい女じゃあないってことが……。戦さをするような気持だっけな。おかしな戦さだっけ。言うに言われぬことになっちまった。

――鑑平さんの酒盛りに招ばれていたのかの。もう終ったのかい、とお万さんは、内職の白いテーブル掛けのレースを刺しながら、手を止めもしないで聞いたさ。

──そうさ、お前も一杯どうかと思ってな。

──わしかい、わしは飲みには行かないよ。鑑平をやっこめに行くに。

──そんな気なら、行かないほうがいいだろう。

──なんだい、呼びにきたんだろうが……。

──酒はどうかと思ってな。おとなしく好きなものを飲めばいいじゃないか。口喧嘩したって、なんにもならん。

──口喧嘩だって取柄があるによ。お前さんは一生懸命主人を護衛すればいいじゃないか。

──護衛……。

──犬は吠えるもんだに。

──俺は犬か……。

──犬だよ。ここでも、いいから、一声吠えてみな。

わしは突然おかしな気持になって、思ったっけ。ののしられているのか、からかわれているのか……、両方だ、いいように、踏みつけにされている。しかし不思議なことに、もっとやられてみたいと思えたさ。どうかこの成りゆきが尻切れトンボにならないように……。それで、わしは苦が笑いしてから、わざと大きな声で犬の遠吠えを、息の続く限りやってみせた。お万さんのかたわらにいた仁吉が、うれしそうに目を輝やかしたのが見えたっけ。お万さんは、ばかばかしいというふうに笑ったたな。それから、

──犬は嗅ぐもんだ。嗅いでみなよ、と言うもんだから、わしは上りがまちに鼻をこすりつけ

て、嗅ぐまねをした。習ったこともないのに、意外と自分が犬そっくりになったので、感心して、本望だと思った。

——どうだい、いい匂いがしたかね。

——しないな。

——そうだろうよ。あんたみたいな犬が嗅ぐのは、おかしな匂いばっかりだからの。おかしな匂いを嗅ぎ当てるからこそ犬だもんの。

——犬も酒をくらっているもんで、今日は鼻がばかになってらあ。

——ばかになっちゃあいないよ。一太郎さん、あんたの鼻は。

——そうだろうか。

——安心しなよ。あんたは、どれがおかしな匂いで、どれがまともな匂いか嗅ぎ分ける。おかしな匂いは山ほどあるが、まともな匂いは一つしかないのさ。それが何か解っているかね。

——解らないな。

——犬でもかね。

——解らないよ。

——あんたには解っているはずだ。たった一つのまともな匂いは鑑平とかいう飼い主の匂いだに。

——そうだろうか。

——犬だからの。思いこんじまったら疑うことはできないんだに。

——そうか。

——なるほどと思うかい。

——思いそうだな。そうだろうな、きっと。

わしはとりあえずうなずいた。お万さんは人をその気にさせる霊を持っている。お万さんに犬だと言われれば犬になる。猫だと言われれば猫に、鴉だと言われればくちばしが生えてくるだろう。わしは、この女のおかげで、しばらくだっけが、犬のようなものになっちまった。それで合点が行ったことがあったのさ。わしはここで、鑑平の信徒からお万さんの信徒に変るかもしれん、と思えてきたっけ。

お万さんは意固地な人だ。わしと一緒に住んでくれなかった。なぜかときくと、あんたも鑑平のように出世したがっているからだ、あんたの邪魔にはなりたくない、と言うのさ。

バカ言うな、とわしは笑ったが、だんだんに、さすがお万さん、と思うようになっちまった。見抜かれていたのかもしれん。家を新築しながら、加代さんと二人で暮すことばっかり夢見て、楽しんでいたもん。家の恰好がついてくるのを、毎日眺めながら、二人住いの未来を楽しんでいた。わしは、お万さんのことも仁吉のことも考えはしなかった。

新築祝いの日に、三ヶ尻鉄屋の旦那が早くから、加代さんを連れてきてくれた。おすみさんは都合がつかなかったんで、女中をよこしてくれ、お万さんと二人で働いていたっけ。三ヶ尻の旦那はそれを見て、加代さんに、手伝いなさいと言い、加代さんは立って、かいがいしく働いてくれた。わしはそれじゃあ悪い、とは言ったが、うれしいっけ。夢のようだっけな。加代さんは煮物もこしらえてくれたし、宴会をとりもってくれたし、洗い物までしていってくれたさ。家の中の立ち居振る舞いが身についていたな。普段やっているからだ、と思ったな。

それから七日して、わしは幾波の教会へ行った。あの人は静岡の和仏英女学校卒業だったんで、日曜には幾波の教会へ行っていたから……。わしは門の前の樟の蔭にかくれて、門の中を盗み見していた。しかし加代さんは見えないっけ。そのうちにお祈りが終って、みんながゾロゾロ出てきて、最後になって、加代さんが出てきたが、驚いたことに、まっすぐわしのほうへ来るじゃないか。打ち合わせたわけでもないのに……。わしは年甲斐もなくどぎまぎしちまった。自分の不《ぶ》様《ざま》をどう言い訳していいか、苦しまぎれに考えたよ。だが加代さんは、わしがもがいているのとは関係なく、

――この間は招んでいただいて、ありがとうございました、と言った。

――こっちが手伝ってもらっちまったんで……、とわしは言った。

――木の香がして、気持がよかったわ。それに畳もいい匂いでした。

――ああいう匂いの中で酒を飲むと、不思議とうまいです、とわしは余分なことを言っちまった。

――お父さんもそう言ってました。

――またお父さんと一緒に来てくださいよ。お待ちしていますで。

――桑原さん、しばらくあそこへ坐っていていいでしょうか。軽便へ乗るんでしたら、道が同じですから、一緒に行きませんか。

あそこ、と言うのは、少し離れたところにベンチがあったから……。わしらはふたってそこへ

行って並んで坐ったっけ。加代さんが屈託ないのにたまげていた。わしみたいな、酒臭い、獣みたいな手合いに向って……。

わしらが坐るとすぐに、神父さんが自転車に乗ってやってきた。

——やあ、三ヶ尻さん、こちらはお友達ですか、ときいた。

（お友達という歳でもない。）

——父の知り合いのかたです。桑原一太郎さんってかたです。

——クーザ神父です。

——どちらへいらっしゃるんですか、とわしはきいた。

——藤枝です。藤枝へ帰るんです。向うに住んでいますから。ここへは巡回にくるんです。

——大変ですな。軽便で来たほうが楽じゃないですか。

——自転車も気持いいですよ。

——これはどこの国の自転車ですか。

——フランスです。少し背が高いでしょう。

——少しくらいじゃありません。随分大きいですね。いい自転車ですね。

——そうですか。よく走ります。

——しっかりできていますね。

お世辞抜きで、わしは感心していた。それに、神父さんのいでたちも良かった。ズボンの裾は金具の輪でくくっていたし、猟師のように、きっちりした革の上っ張りで身を固めていた。

——神父さん、どうかわしの家へお立ち寄りください。

――今日は少し無理ですが、この次そうしていただいていいですか。あなたは親切ですね、と神父さんは本当にうれしそうだったな。

――来かたは、三ヶ尻さんにきいてください。

――わたし、ご案内しますよ、と加代さんは言ったよ。

――小さな家です。それでも、詰めこめば七、八人なら入れるでしょう。他のかたも連れてきてください。

神父さんはお辞儀をして、いそがしくペダルを踏んで走って行った。わしには日本人離れしたい気持があるのか、そんな神父さんにあこがれたのさ。

加代さんは信徒じゃあないが、わしがキリスト教に親しみを持ったことを、めっけもんだと思ったようだ。

それから、神父さんはわしの家へ三度寄ってくれた。いつも加代さんと信徒を連れてな。それより別に加代さんは、手みやげを持ったりして、四回も来てくれた。悪びれたりはしなかったな。それで、この家に住みたい、と言った。無邪気な人だからな。あの人は二十四だったさ。わしは、あの人に釣られちまって、年甲斐もなくその気になったさ。

神父さんはお祈りの文句をわしにも聞かせてくれた。聞えてきたのさ。どうか、自分を悪い誘いに遭わせんで欲しい、とか言うんだ。それから、自分は涙の谷にいて、あなたのお名前を呼び続ける、とか言うマリア様に対するお祈りだ。加代さんは神父さんに従《つ》いて、すらすらとなえていた。無邪気なもんだ。このごろになってわしは、これはわしらぐらいの歳にならんと解らん祈りだと改めて思うのさ。そんなことを考えて、眠れなくなっちまったことがあった。それで、明けがたにウトウトして、夢を見た。

わしは水を含んだ重たい伝馬を押していた。海は見えてはいるが、ばかに遠いっけ。わしが伝馬を押しているというより、わしの体が勝手に押しているようだっけ。

大変だのう、手伝うによ、というお万さんの声がしたんで、見ると、お万さんも一緒になって押していた。

ようよう伝馬に波がぶつかった時、ハズミでお万さんの顔が見えた。泣いてるんだ。しぶきがかかったのかもしれん、とわしは思った。しかし、舟をうまく波頭《なぐら》に乗せて、わしが跳び乗り、お万さんと水でへだてられた時に、お万さんが手拭いで顔をおさえているのが見えた。わしは腰で平均をとって、しばらく浜を見ていた。するとお万さんが、まるで子供みたいにわめいた。

とうとう、お前を向うへやっちまった、と顔をくしゃくしゃにした。

それでわしには自分が一人で伝馬に乗る理由がわかった。高い波が来て揺れたが、わしは立っていた。浜をよく見ておきたかったからだ。わしはしばらくぐずぐずしていたんだろう、少し漕いで振り向くと、お万さんは砂の高みにあがって、こっちに目をこらしていた。

ばあさん、もういいぜ、俺を追うな。あのあばら屋へ帰ってな、仁吉がグレないで育つようにしろ。俺の二の舞いはよかないぜ、とわしは言った。

濱藏さん、これがわしの書き置きだ。気が向くままに、あらまし書いた。頼んだぞ。わしのケチな財産は桑原お万に行くように骨を折ってくれ。

ついでに、ゆうべ見た幻を書いておこう。わしは高等科の生徒にでもなったようだっけ。色気づいたころのことだが、一旦浮んだ幻をしつっこく追いかけた。しまいにはわれながらもてあまして、断ちきりたくなったもんだが、それもままならないっけ。

この瀬にきて、わしは急に若がえったのさ。

加代さんとふたって伝馬へ乗って沖へ出て行った。烏賊舟の間をかき分けるようにして行くと、アセチレンの臭いもして、水の上で祭りをやってるようだ。舟が行くと光が縒《よ》れ、波を透かして見ると、烏賊がビッシリ来ていたな。

——烏賊は海の蛾だあね、とわしが言うと、

——きれいですね、と加代さんが言う。

——はじめてかね、烏賊がこんなふうになっているのを見るのは。

——はじめてです。烏賊も蛾もきれいですけど、気味が悪い。生きてるからかしら。

——そうでしょうよ。

海の祭りをあとにして、灯が波の間に見えたり見えなくなったりして、空の一ヵ所がポッと明るいだけになって、それから自分らは岬へ着いたさ。そこに沼があって、真暗な中で、肌を葦がこするのがわかるばっかりだ。ここはどこかって加代さんが聞いたんで、

——よくわからんですがね。大丈夫、お宅へは帰しますから。

——帰してくださいね。

——帰しますよ。おっかなくて、お腹が痛くなりましたか。

——そんなこと、ありませんよ、と加代さんは声をたてて笑いながら、

——一太郎さん、なぜここへ来たのかと思って、と言うのさ。

——わしにも解らんです、とわしが言うと、加代さんはまた笑った。響きのいい笑い声だな。加代さんは、わしよりか器用に足を運んでいたな。

——つまらないことをしちまって。

——何がですか。

——こんなとこへあんたを連れてきたりして。

——つまらないなんて……。おもしろいわ。

夜が明けてきた。葦が葉尖から緑色に見えてきて、光は根にまでしみ込んで行った。わしらは葦の根がからみ合ってできた浮島を歩いていた。

こんなとこだって、これは道だ。俺だけの道だ、とわしは自分に言い聞かせていた。たわ言だよ。

夜が明けきって、気持よく波打つ葦の原を抜けちまうと、おりんがいた。おりんは、そこに一軒家を建てて住んでいた。前に木があって、何の木だっけか、枝から軒へ紐を渡し、洗濯物が干してあった。それで、加代さんとわしはおりんの前へ出て行った。おりんは頬っぺたに掌を当てて、加代さんをしげしげと見ていた。そして、

——お嬢さんは、この男のことを調べたんでしょうか、と加代さんに聞いたんで、わしはドキッとした。胸がはずんで、どうしようもなかった。

——お嬢さんはどっちでもいいんだ、俺のことなんか。

——桑原さんはとても優しい人です、と加代さんが微笑みながら言うと、

——さあ、どうでしょうか。一本気でしょうけど、とおりんは言った。

わしはおりんに腹を立てていた。おりんが生きていたころから、たあいないことでわしはおりんに腹をたてる癖があった。兄貴のわがままだ。

——お前は行儀が悪い、とわしはおりんに言った。

——ごめんなさい、行儀が悪くて。

——ふてくされるな。

——そんなふうに言わないでよ、兄さん。

——なぜ仁吉をほったらかして、一人でこんなとこへ住んでいるんだ。

——悪いことをしちまったよ。

——鑑平のせいか。

——鑑平さんのせいじゃない。そんなことはないよ。自殺って自分のためにするのよ。

幻はこんな工合いだったさ。随分のめりこんじまって、ふけったんだが、書いちまうとまるで脱け殻だな。しかし、書こうとしてとりかかったことだから、一応このままにしておく。それにしたって、ひっくるめて出来の悪い書き置きだ。恰好のつけようがない。わしは、鋳掛師の腕は腕っこきだ。濱藏さん、その点は認める、とあんたも言ってくれたな。しかし他のことはからっきし駄目だ。これ以上へたに書くのはむつかしいほどだ、とあんたも思うだろうよ。

実は、書き出す時には、鑑平にあてて書こうと思ったんだ。曲りなりにも筋道をつけてな……。ところが、途中で、鷺坂濱藏さんあてにしようと心を変えた。濱藏さんあてなら、たどたどしくったって、すなおな文が書ける。あんたは海綿のような人だ、と思ったもんでな。それに、あんたに、俺の気持を含んでもらいたかったたし、こんな書き置きだって、うまく扱ってくれるに違いない、と考えたからだ。とにかく、まかせるよ。わしは兄貴づらをして、随分とあんたをぞんざいに小突いたりした。その濱藏さんに、今は後見人になってもらおうと思っている。迷惑だろうな。

大正三年八月二十六日夕方

——亡くなる前、一太郎さんは三日ばかり家を空けていましたですに。仁吉に聞いたことですが、まず小学校へ行ったようですの。その時仁吉は体操をやっていたそうでさ。見ると一太郎さんが運動場の隅でブランコに乗っていて、立ったまま微かにゆすっていたと言うんでさ。伯父さんがさびしそうで、とても疲れている様子だったんで、何かあったのか、と心配だったけど、体操の時間を抜けだすわけにも行かんし、と仁吉は言っていましたの。俺に会いに来たんだ、とも言っていましたが、それはその通りでしょうよ。仁吉はとてもよく覚えていましたの。土埃がふらつきながら、ブランコのほうへ寄せていたとか、赤犬がもの欲しそうに一太郎さんの足もとにまといついたとか。……異変を感じたんでしょうかの。伯父さんは、俺が四年の時分から、勉強しろ、さぼるな、の一点張りで、ロクに喋っちゃあくれないっけが、結局あの時も、向うからこっちを見ていただけで行っちまったさ。ブランコが、そのあとしばらく揺れていたっけが、今思うと、俺はブランコみたいなもんで、黙って突きはなされちまった。置いてきぼりにされちまった。伯父さん、そのまんま、永久に黙ることになるんなら、せめて二言か三言話したいっけ。仁吉はそう言うんでさ。もっともですがの。一太郎さんはそのころ、もう黙んまりに入っていましたでさ、と鷺坂濱藏さんは言いました。

——一太郎さんは口をきかなくなっていたんですか、とわたしは訊きました。

——そうでさ。一太郎さんは、ここへ来て急に幻にふけるようになった、と書いていますがの。黙っちまうってことは、目の前にある娑婆と行き来しないってことでしょうが。

——一太郎さんほどの人が、加代さんのことでそんなに打ちのめされたなんて……。

——わかりませんの、わしは自殺しようと思ったことはありませんですで。明子さん、あんたのほうがこういうことは知っていなさるかもしれん。

——そんな……。

——性質もあるでしょうがの。それにしても、あの人は旅はしているんですに。仁吉の見おさめになったのは、軽便の駅のほうへ行く一太郎さんの背中だったってことでさ。伯父さんは藤枝へも行ったろう。それから甲府へも行ったに違いない、と仁吉は言っていましたが、わしもそう思いまさ。自分と関係のあった土地を旅をしながら、この遺書も書いたんですに。準備が終ったんで、フッ切れて五十海へ帰って来たんでしょうの。それから、今度は、伝馬に乗って海の旅に出たんですに。

——無人の舟は伊豆の波勝《はがち》へ寄ったところにあったんですね。

——そうですに。ここの浜から十七、八里も先ですに。やるもんですの。

——一太郎さんらしいですね。力強いし勇気がありますもの。

寅の年、秋

一太郎さんの遺書には、こう書いてありました。

もともと鑑平が好きだ。あいつは陰気だとか、まともに人の顔を見ないとか言われたが、そんなことは知ったこっちゃあない。なにごとも鑑平でなきゃあ、と思っていたな。いい兄貴に恵まれたってことだよ。俺の目はいつも鑑平をさがしていた。どうもあいつがひとを殺したようだと思えた時、びっくりしちまって、顫えが来たが、しばらくして思った。やってくれるじゃあないか。きっと殺された野郎がどうかしていたからだろう、どうあっても隠し通さなきゃならん、それで当り前だ、と思ったよ。鑑平のお袋も俺と同じように思ったんじゃあないかな。

鑑平のお袋というのが、坐る時には立て膝、歩く時にはふところ手をして、錦魚が泳ぐように身をゆする女さ。竜王って町で妾をしていた。鑑平はその亭主を殺したようだ。ぬしやの甚三郎ってヤツだ。人死にが出ると、鑑平のお袋も口を閉じちまったが、それまでは、時々こぼしていたよ。あの二人は男同士折り合いがつかないもんか、と言っていたっけ。頭が痛いよ、と言ってた。鑑平のお袋はお万さんの遠縁だったし、親しくしていたから、甲府へ訪ねてきて喋ったさ。自分の亭主と鑑平と大喧嘩しちまって、鑑平が相手をぶん殴ったんだそうだ。実の親父じゃないからそんな工合いになるんだろう。土地のことで揉めたりして、鑑平は実の親父のかたきと思ったようだ。殺しかねないよ、と鑑平のお袋は笑いながら言ってたな。

しかし喧嘩の最中に、鑑平のお袋は仲へ入って、お前、なぜそんなとんでもないことをするんだ、いい加減におしよ、おっかさんも愛想が尽きた、縁切りだ、親じゃない子じゃない、と言ったそうだ。鑑平はふだんそんなことを言われたことがなかったのかな。こたえたようだ。それから四日して、人死にが出て、鑑平のお袋は黙っちまった。死んだ甚三郎は、少しは名の通ったやくざだっけよ。あとから聞いたことだが、甚三郎も鑑平に向って聞き捨てならんことを言ったらしい。手前がおかしいのは、親が脳梅だったからだろう、と言ったのを聞いた人がいるそうだ。俺に言わせれば、そんなことをほざく手合いは殺されても仕方がないよ。

濱藏さん、遺言にしろ、こんなことまで書く俺は狂っているだろうか。たしかにおかしいな。俺は三日ばかし正気じゃないんだよ。こんなふうに考えなくてもいいのかな。しかしな、考え始めちまうともう止まらないのさ。濱藏さんに、ここでぶちまけておかなきゃいかん。お前さんが知らないでいちゃあいかん、と思えるんだよ。結局、あんたは俺の身内の後見人になるんだ。(いやだろうが引き受けてくれ)。それから鑑平の後見人になってくれ。鑑平も承知だと思う。それから紅林家の後見人になってくれ。もしあんたが尻ごみしちまったら、代りはないぞ。それで、俺は考えたさ。後見人になってもらう以上、なにからなにまで知ってもらって、腹に置いてもらわなきゃあならん。どうかあんた、長生きして紅林の家を子孫まで守ってくれ。それで俺は、思い出すままに、包み隠ししないで書いておく。

俺は鑑平の大恩を受けたから、あんたに頼んでいるんだが、濱藏さん、あんたはなぜ鑑平に尽すのか、理由がわからないよ。理由なんかないのか、好きなだけか。ただありがたいことに、あんたは変らない男だ。

鑑平はまじめに働いたよ。俺の親父はお天気屋だっけが、その下でろくに苦情も言わず働いた。仕事を身につけて金を儲けようと思っていたんだろうな。それは見えていたよ。それというのも実のお袋さんに楽をさせたいと思えばこそだったのに、縁切りだと言われちまった。どういう言いかたをしたのか、聞いた息子は悲しくて、前後もわからなくなっちまった。お袋さんの一言が、鑑平の背中を押したと俺は思うな。それが解っていたんだろうな、お袋さんは、事情を警察に訊かれても、すかしちまったそうだ。鑑平と義理の親父とのいがみ合いは、鍛冶屋のケラのようで、箸にも棒にもかからないっけと言うが……。

俺は、訊かれもしなかったから、へたに埃を立てないようにただ黙っていただけだ。

おりんは警察で調べられて、大嘘をついたさ。とびきりの大嘘をな。あとで刑事が言っていたが、おりんはその夜を鑑平と一緒に桑原鋳掛屋の納屋で過ごしたと言ったんだ。蠟燭はあったのか、と訊くんで、ありませんでした、と応えたそうだ。暗いのにどうして見えたのか……。月の光が天窓から射しましたから。男が先に階段を登ったのか……。いいえわたしです、ゆかに坐ってあの人を待っていました。どっちが先に衣類を脱いだのか……。あの人です。着物はお前自分で脱いだのか……。あの人が脱がせてくれました。一度に全部脱がせたのか……。全部って言いますと……。下着まで全部かって聞いているんだ。いいえ、その時には、肌襦袢とお腰はつけていました。お前は、一応、やめてくれって仕草をしたか。しませんでした。なにか言ったか。わたしがですか……。どっちにしろ、なにか言ったか。二人ともなにも言いませんでした。相手が先に横になったのか。おぼえていません。横にならなかったかもしれん、ということか……。いいえ、二人とも横になりました。どっちが先に手を出したのか。わたしは手を出しません。お前の手はどうなっていたんだ……。あの人の背中に回っていただけです。そうしていただけか……。きっとそうです。相手は紅林鑑平なんだな、間違いないな……。なんで間違えるんですか。それで、紅林はお前の下着をのけたんだな。はい。襦袢と腰巻とどっちを先にのけたのか。お腰です。それから、紅林の手はどう動いたか。おぼえておりません。よく考えて思い出すんだ……。どのように寝ていたのか。どのようにって言いますと……。腰掛けから立って、最初からやってみろ、最初横になるところから……。ここで……、ですか。そうだ、そこでやってみろ、手をどうもって行ったかも……。納屋のゆかも板張りなんだな。はい。それで蒲団はなかったんだな……。ありませんでした。そこで体を動かしてみろ。紅林に抱えてもらっているものと思って……。こうです。長くかかったのか。長くはかかりませんでした。紅林は終ったんだろう。はい、終りました。お前はどうだったか……。どうって言いますと……。終ったのか。終りませんでした、この時は。この時は……、ということは、二度目もあったのか。ありました。明けがたです。その時は体はどう動いたのか。一度目と同じだと思います。紅林は終ったのか。終りました。お前も終ったのか。終りました。お前は終ったことを相手に言ったか。言いました。紅林は自分が終ったことをお前に言ったか。言いませんでした。でもあの人は一度とも確かに終りました。二度目が済んだ時、外は明るくなっていたか。朝日が射していました。雀は来ていたか。いました。ちゃんと覚えているか。います。樋の中を動いているのがわかりましたから。それに、鳴き声もしていました。それで別れたんだな。はい。別れぎわに紅林はなにか言ったか。言いました。今日は天気がいいぞ。昼はひじきと油揚を煮たのを食べたい、と言いました。わたしが職人衆のまかないをしていたもんですから。まかないはお前一人でやっているのか。おっかさんと二人でやっています。

事件があって四年半して、その刑事が酔っぱらって話したさ。連隊に勤めていた叔父貴と仲がよかったヤツなんだよ。俺はひとつこいつから聞きだしてみようともとから思っていたのさ。よくもぬけぬけと、これだけの大嘘がつけたもんだな、大したアマだな、と思いながら、俺は薄ら笑いして、酒を飲んでふんふん言ってたさ。その夜、明治二十三年の九月十七日だが、おりんは俺たちと一緒に母屋にいたんだ。どこへも行ってやしない。

おりんもおりんなら鑑平も鑑平だ。おりんが訊かれている間、鑑平は同じことを、別の部屋で問いただされていたのさ。それで、双方の言い分を照らし合せたら、ぴったり辻褄が合ったというんだ。嘘でもぴったり合うとは、どういうことか、と舌を巻いたよ。鑑平の入れ知恵に違いないが、やるじゃあないか。下着をどう脱がせたとか、ヒジキと油揚の煮つけを喰いたいとか、警察のジャリついた板の間に別々に寝た恰好も、まるで割り符みたいに抱き合っていたんだろう。

お万さんもこの大嘘を……、つまりは嘘の無罪を見すかしていたが、お万さんは口も固いし、ヘマはしやしない。しかし、気がかりな人間が一人いたさ、嘉一って手合いだよ。あんたも名前だけは知ってるな。あんたが気にしていたヤツだ。やくざで、甚三郎や鑑平の連れだったが、どっちかと言うと霞んでいる男だっけ。こいつがその夜の鑑平を見ていたんだよ。常永ってとこにある自分の家の近くで、通りを連れだって行く鑑平と甚三郎を見かけたんで、お節介にも追いかけたと言うんだ。

それを嘉一に問いただしたのはお万さんと俺だっけ。

なぜ追いかけたのか、と俺は訊いたよ。すると野郎は、なぜだか解らんな。気がつくと自分は畑の中の一本道を歩いていて、前のほうを甚三郎さんと鑑平さんの肩がゆれていたっけよ、と言うんだ。月夜だったからな、よく見えたろう、と俺は言った。そんなことはない。行く先は山で、山の影の中へ吸いこまれてゆくもんだから、とヤツは言うのさ。俺は訊いたさ。様子が険呑だったからじゃないのか、お前が追いかけたのは。ヤツは応えたよ。そんなことはない、もし険呑だったらもっと追ったよ。俺は訊いた。穏かだったのか。さあ、穏かだったかなあ。気安く声をかけたいくらいだっけ。声をかけたのか。かけやあしない。なぜ声をかけなかったのかい。さあ、なぜだかなあ。わからんなあ。ヤツは言った。わしはふらふら歩いていただけだよ。嘉一がそう言うから、俺は言ったさ。そのまんま山の中へ入って行くんだろう。そのうちに見失ったんだ。俺は訊いた。一本道だろうが、その噛んでるって疑ってるのかね、と嘉一は顫え声になるんだ。一太郎さん、わしは知らないんだよ。お前さん、わしも一枚噛んでるって疑ってるのかね、と嘉一は顫え声になるんだ。その時お万さんが口を挟んで、一太郎、お願いだに、ここで話は打ちきりにしておくれ。そのほうがみんなの得だに。この話は伏せちまって、二度と口にしないほうがいいに。やくたいもない。

結局俺は、お万さんはいいことを言ってくれたと思っているよ。あの人はきっぱりしている。とかく評判の悪かった甚三郎が消えてくれただけだ。消えてくれて良かったと思っている人もいただろうからな。お万さんは長持に錠でもかけるように、嘉一、お前このことはだれにも喋るじゃないによ。わしの言いつけをお聞きよ、とズンを押したさ。

鷺坂濱藏さんはぼくに言いました。

——今はこの胸のなかに収まっている話ですがの。初めてこの遺言を読んだ時には、びっくりしましたです。うろたえましたの。

——もう五十年も前の事件でしょう、とぼくが応じますと、濱藏さんは言いました。

——そうですの。目鼻が流れちまった石の地蔵さんのようなもんですの。もう一太郎さんが遺言に書いておいてくれませんでしたら、本当のことはわからなくなっていたでしょがの。

——僕の家の歴史ですがね。

——あんたは自分の家の歴史を知りたいと言いましたがの。しかしの、しまいになっちまった事でしょうかの。あんたはお祖父さん子だっけでしょう。お祖父さんが好きだっけでしょう。

——好きでした。本当の祖父以上でした。

——そのお祖父さんが一生苦しんだことですに。察してやってくださいよ。だからこそ鑑平さんは前を嫌って、この土地へ移りましたです。ここで怪しい渡世人と言われたって、そんな言い草はなんでもなかった。本当のことを言われるのにくらべれば、へのかっぱでしたでしょうよ。

——濱藏さんのように、いい人ともめぐり会えましたしね。

——いい人はおすみさんです。おすみさんと一緒にいられることが、お恵みだっけですに。

——模範の夫婦って、また言うんですか。

——なん度でも言いますに。だからわしは、自分の家はそっちのけで、鑑平さんとおすみさんのためを思って働き通しましたでさ。紅林家のためにの。

——ありがとうございます。今まで通りに鷺坂家のことも思ってくださいよ。

——鑑平さんとおすみさんはわしの手本ですからの。あの衆のことを思っているだけで、万事が工合いよく運びますに。

――買いかぶりじゃあありませんか。

――そんなことはない。鑑平さんは小言を言わない。ひとを縛らない。ひとのためを思ってくれる。おすみさんというお恵みを受けたから、そういう性質になったですに。そういう器量があったから、仕事も手広くやったし、財産もできた。やっとの思いで、自分のしでかした事を忘れていられるようになったですに。

――人をあやめたことをですか。

――そうでさ。しかしの、結局はだめでしたでさ。お万さんが折角蓋をしめ、錠をかいましたのにの、もう一人、仁吉という小僧がいるってことを忘れていましたでさ。仁吉が鑑平さんを脅して、へとへとにさせちまった。やっちまった事からは逃げられないと観念したかもしれませんの。もがいて亡くなりましたもんの。

――濱藏さんは確かにそうだと思っているんですね。

――確かに……。仁吉に脅されたことがですかい。

――そうです。

――確かにそうでしたです。残念ですがの。

――……。

――まあいい、あんまり言うのはよしましょう。ところで、あんたはまるっきり墓参りに行きませんでしたの。

――家に位牌がありますし。

――学課の宿題や教練が手ばったでしょうからの。わしは年寄りですし、鑑平さんのお墓が好きでさ。あそこへ行くと夢のようですの。うっとりしているんですに。あんなに気持が休まるとこは、他にはありませんですに。

一太郎さんの遺書には、続けてこう書いてありました。

俺の当て推量だが、嘉一は甚三郎と組んでいたと思う。二人がかりで鑑平をとっちめようとしたんだろうよ。しかし結局は鑑平にやられちまって、甚三郎は崖から富士川へ落されちまって、嘉一は逃げたってことじゃあないかな。

それにしても、死んだのは義理の親父だからな。因果なことさ。もともと鑑平はやくざの家に生まれちまった。ひどいことだよ。それであいつも、小学校出ると長いことヨタっていたが、考えちまって鋳掛屋へ奉公したいと言い出した。俺の親父が言うには、あいつは十五、六のころから家へよく遊びに来たが、背が高くて、そのころからわしはあいつの肩までしかないっけ。それでも子供だのう、うずくまって、炉の中やわしの手元をジッと見ていたっけ。タタラを踏んでみたりしてな。それから、おじさん、俺はこの家へ奉公したいが、使ってくださいよ、と言いだしたさ。鑑平が家へ入ったのは、十八の時だっけな。

濱藏さん、甲府の桑原鋳掛屋のことも少しばかり知ってくれや。俺はお前さんにあんまり話したことはなかったからな。俺の家は四代とか続いた鋳掛屋だそうだ。俺の親父は鍋釜ばかりこしらえていたわけでもない。自分の楽しみに刀の鍔を作ったりした。錺屋《かざり》と相談して夢中になってやったりしていたっけ。お寺さんにおだてられて凝った茶釜をこしらえていたこともあったし、うれしそうに鉄瓶を眺めていることもあったっけ。鑑平もそうだっけ。若いのに結構そんな道楽にも乗り気になって、親父に気にいられていたさ。おかしな工合いだなあ。在所がやくざの鑑平さんが固い職人仕事が好きになって、鋳掛屋の家つきの一太郎さんが、やくざになって行ったんだからな。

おりんが連れっ子をして出戻ってくると、すぐと鑑平にポッとなっちまった。あの女が二十一で鑑平が二十五の時だ。親父はもう死んでいないっけよ。二人が藪っ田のなかで蛇みたいにからみ合っていたなんて言う職人もいたから、俺は、お前妬いてるのか、お前もどっかでからみつく雌を働いてこいや、とそいつを馬鹿にしたっけ。俺はうれしいっけのさ。おりんのことは俺も好きだったから妬いてないわけでもなかったが、鑑平がそのうちに俺の身内になるかもしれんと考えるとぞくぞくした。おりんとしては上出来だ。鑑平もいい加減な女を相手にしたわけじゃあない。兄貴の俺はいい加減な男だがな。

親父の三年の法事のとき、仁吉が行儀が悪かったから、親戚衆が帰ってから、おりんが怒って、蔵へ入れちまったことがあってさ。仁吉が暗がりで泣き叫んでいたもんだから、鑑平が戸をあけて出してやった。おりんは、それが気にいらなくて、鑑平さん、甘やかしちゃあだめ、もう一遍入れてちょうだい、折檻は薬なんだから、と言ったっけ。薬はもう充分きいたよ、俺が連れて遊んでくるから、と鑑平が言うと、おりんは、だめ、だめ、と言いながら仁吉の手くびを持ってひったくって、また蔵へ押しこんじまったっけ。格子のある内戸を閉めて、カンヌキの環を合わせて針金でからげたさ。にが笑いしている鑑平に聞えるほどに、お節介はやめてね、わたしの子供なんだからね、とつぶやいたっけ。俺もにが笑いして眺めていたが、すぐと言ったさ。おりん、なんて言い草だ、手前、口のはたをぶん殴られたいのか。するとおりんはへらず口を叩いたっけ。それわたしのこと……、わたし、なにか悪いこと言ったかしら。それで、俺は駈け寄って、おりんをひっぱたいたんだ。環に差した針金をのけて、仁吉を外に出した。おりんは黙っちまって、顔にかかった髪もそのままにして、蔵の壁によりかかって、こっちを見ていたっけ。俺は鑑平に合図して、仁吉を連れて三人で、川の土手へ行ったよ。なんだかうれしくなって、言ったさ。いいか、鑑平さん、ああいう生意気な女はな、どやしつけるか、ねじ伏せなきゃあだめだ。すると鑑平はきょとんとして、(それとも、きょとんとしたふりをしたのか) 一さん、どういうことだ、一体お前、なにを言わっかって思っているのか。

　この騒ぎがあって四日めだな。甚三郎が富士川で殺されていたのは。俺たちはひけめを感じてはいたが、本当はイキが良かった。イキが良すぎたんだよ。

一太郎舟出

――加代さんの婚礼には鑑平さんと一太郎さんが沼津へ招ばれたそうですが、詫びて出席しませんでしたの。そのあとで、嫁さんの実家で祝いをやりましたんで、二人は紋附で出かけましたです。わしまで招ばれちまって、三人で行きましたです。一太郎さんの家で落ち合い、連れだって新道を歩いたですに。わしはうれしがっていました。三ヶ尻鉄屋の旦那がわしまで勘定に入れてくれたんで、気をよくしていたんでさ。しかし一太郎さんは、途中で、

――俺は帰るよ、と言うもんですから、

――いいじゃないか、おめでとうござんすと言って、飲むだけ飲みゃあ、とわしは言ったです。

――四十男だしな、と一太郎さんは言うんで、

――なんだか喰っつかない理屈だな、とわしは笑いましたです。

わしには一太郎さんの気持がよくわかりましたです。それにしても、あの人はいつもに較べて優柔不断でしたの。普段は白黒をはっきりつけるんで、こうと決めたら、わしなんかが何言ったって相手にしない人でしたでさ。

――人間は一人だ、と一太郎さんは言ったです。

——まあ、嫁入りってことも、昔からあるんだし、と鑑平さんも、苦しまぎれみたいなことを言いましたです。

一太郎さんは辛そうでした。酒を四、五はいあふって、正座して肩で息をしているだけでしたの。鉄屋の旦那はよく気のつく人だっけです。わしらのところへ酒を注ぎにきて、

——祝ってやってくださいよ、とだれに言うとなく言いましたの。それから、声をひそめて、

——女の子は割りが合わない。女学校まで出して、あっさりひとにくれてやっちまうですもんな。わしだって嬉しかないが、仕方がない。景気をつけてくださいよ、と言ったです。

——とてもいいご縁だって、自分ら思いますです、と一太郎さんは神妙に言ったですに。

——わしだって、婿をぶん殴ってやりたい、と鉄屋の旦那は言いましたの。

荒れ気味だな、とわしは思いましたです。鑑平さんはまぎらそうとして、曖昧に笑っていましたがの。一太郎さんはひたすらに、旦那を見守っていましたです。なんだか、よく聞えない蓄音器の声に耳を澄ましているような工合いでしたです。砕けることができないで、まるでそこに石炭のかたまりが置いてあるみたいでしたの。鑑平さんも困っていたらしくて、長居しないで、女中さんに頼んで料理を葉蘭《ハラン》に包んでもらい、土産と一緒に持ち、わしらもそうして、三人で三ヶ尻鉄屋を出てしまったですに。後になって、鑑平さんはこんなふうに言ったことがありましたです。

——加代さんもな、あの坊ちゃんと一緒になるよりか、一太郎のほうがどんなにいいか。三ヶ尻の旦那は何を考えたのか。自分じゃあ娘を大事に考えたつもりのようだが、将来とか、有望とかと、言ったって、人間はそんなもんのために生きているわけじゃあないよ。

——一太郎さんは加代さんと結婚の約束をしていたんでしょうか、とわたしは鷺坂濱藏さんに訊いたんです。

——わしは知りませんがの。ひょっとすると加代さんから申しこんできたかもしれんですの。

——一太郎さんはなんて返事したんでしょうか。

——わしは知りませんがの。一太郎さんは遠慮したでしょうの。

——辞退したってことですか。

——そうです。

——なぜでしょうか。

——想像して言ってるんですが、たとえば、加代さんのように一本気になれない、そんな歳じゃあ、もうないし、とでも言ったんでしょうよ。

——なぜそんなふうに言ったんでしょうか。

——加代さんなしで、漕ぎ抜けられると思ったからでしょうの。

——…………。

——一太郎さんはうっかりして、自分がどれほどあの娘さんに惚れているか、気がついていなかったんですに。

——そうなんでしょうか。

——わしはそう思いますの。加代さんが自分に惚れていることは解っていたでしょうがの。加代さんは一太郎さんの家へ通ったですもん。几帳面でしたです。掃除もしましたし、雑仕だってしましたです。家のまわりも掃いたし、水も撒いていましたでさ。

——加代さんは一太郎さんの家へ入りたかったたってことでしょうか。

——一緒に住みたかったんでしょうよ。しかしの、加代さんの親が反対でしたです。そのむね三ヶ尻さんの奥さんから告げられると、一太郎さんは何も言わないで身を引いたですに。あの人にはその道の気風がありましたからの。良家にご迷惑がかかっちゃあならない、とでも思ったんでしょうよ。根は奥ゆかしい人ですからの。

——奥ゆかしい……。

わたしは首をかしげてしまいました。

——加代さんが自分のことを好きだと解っていたんなら、加代さんの気持を受けいれたほうがいいんじゃあありませんか。

——しかしの、もし自分がそうしたら、加代さんは不幸になる、とあの人は思ったんでしょうよ。並み大抵なことじゃあないですに。あんたは知っていなさるかどうか、あの人は傷害で二年喰らいこんでいるし、刑務所から出てから、自殺しようとしたこともあったですし、四十になったって日陰へ入っちまって、死体みたいになることもあったそうですし、それにポツリと、河童が俺の足を引っぱって、泥の中へ持って行こうとするとか、鑑平は俺のお守《も》りじゃないよな、当り前なことだとか、わしに言ったこともあるんでさ。

——………。

——その時には、わしは、この人は子供みたいだ、と思いましたがの。

そう言った時、鷺坂濱藏さんは語尾を顫わせ、ツと黙ってしまい、涙ぐんでいました。そしてわたしは、そんな崩れやすい一太郎さんだから、加代さんは魅かれたんだ、と感じたのです。しばらくして、わたしは濱藏さんに訊きました。

——加代さんは一太郎さんの家にどのくらい通ったんですか。

——三月でしたよ。その五年も前から一太郎さんは加代さんのことを知っていましたがの。わしも知っていました。なぜかというと、一太郎さんもわしも、用事があってちょくちょく三ヶ尻鉄屋へ行ったからでさ。年始に行ったこともありましたっけ。加代さんは地味な女学生でしたが、卒業して二、三年すると急に目立ちましたです。恐れ多いような娘になりましての。

——きれいな人だったんでしょうね。

——そうでさ。小がらで、ひかえめな様子だっけです。家事が好きだってことでしたの。三ヶ尻の旦那がそう言いましたっけ。一太郎さんの家へも、なんとなく、忍びこむように来ましたです。

……三ヶ尻鉄屋を出ると、三人は新道を歩き、それから工場まで戻って、鑑平さんが少し前に手に入れた空地へ入り、そこで落ち着いた気分になりましたです。

——ここんとこストーブをこしらえてみようじゃないか、と鑑平さんが言いましての。新しいストーブの注文があって、鑑平さんは一太郎さんの技術をアテにしていましたです。

——俺はもう下りるよ、と一太郎さんが言うもんですから、

——一さん、困ったことを言うじゃあないか、と鑑平さんは腕を組みましての。

——俺はまるで幽霊だよ。

——俺もなんだか、生きているふりをしているような気がする。

——鑑平、お前は生きなきゃならないがな。

——成程、一さんはもう生きなくてもいいのか。

——鑑平、五十海はお前の生きがいだな。良かったじゃないか。

——そうさ。良かったんだろうな。五十海へ来なかったとしたら、地獄行きだったろう。

——俺はまずいよ。まずいことになりっぱなしだ。

——それにしたって、お前は四十で三千円の家を建てた。下を見ろよ。上を見ればキリがないから。

——上を見れば、鑑平って野郎がいるよ。鑑平、貴様威張っているのか。

——威張っている……。そうだろう、お前の兄貴だもんな。

——ふざけるな。もっと昔を思い出せ。

——思い出しているよ。

——俺はいまだに昔の中に生きていらあ。お前と出会ったころのことを、忘れちゃあいない。もう一度だって二度だって繰り返したいのさ。

——よく言ってくれた。

——本気で言ってるんだぞ。

——いい夜だな、今夜は。お前が昔のことをしっかりおぼえていてくれるから、俺にも昔が見えてくる。

聞いていて、最初は、酔ったようなことを言い合っている、と思いましたでさ。あきれちまっていましたが、だんだんに身に堪《こた》えるものがあるのを感じましたです。時々感じることですがの、鑑平さんと一太郎さんの二人組が、わしをはじき出してしまっているってことでさ。二人は根っこがつながっているんで、わしは身を寄せたって、よそ者でいるしかないと思えてきて、口惜しい気持が湧いてくるんでさ。羨ましかったでさ。

——お万と仁吉のことは、もうお前肩代りしてくれや、と一太郎さんが言うと、

——しょうじゃないか、と鑑平さんは応えましたです。

——いや、そんなことまでお前には頼めないな。いいよ、俺があいつらの面倒見らあ。

——一太郎、言うことがはっきりしないな。

——そうだ、頭がはっきりしないからな。

——ロクに飲んでもいないくせに。

——そうだ、飲んだほうがいいな。鑑平、追加と行こうじゃないか。濱藏、お前もつき合えよ。

——言われなくたって、つき合うよ、とわしは言いましたです。

三人は事務所へ行って、土産の酒を飲みましたです。それはすぐと終りましたんで、戸棚から一升瓶を出してきて飲み、それも終りましたんで、わしが家まで一升瓶をとりに行って、それを飲みましたの。それも終りましたんで、一太郎さんの家へ行って、飲みましたです。新築の家だっても、一太郎さんには寒々としていたでしょうの。頻繁に来てくれた加代さんが、これからは来ないですもんの。それに、お万さんも来なくなっちまったでさ。押しかけてくる娘がいるんで、遠慮しちまったですに。一太郎さんがそうして欲しいと言ったわけでもないのに、お万さん

もかたくなな人ですの。

鑑平さんはめずらしくはしゃぎましたです。一太郎さんの気分を引きたてようとして、漁師の歌を口ずさんだり、ふざけて岡釣りの話をしているうちに、すっかり酔っぱらっちまって、――恋しおもいは、ももなみ、ちなみ、一さま、一さま、泣かんでおくれ、などと勝手なフシをつけて歌ったりしましたです。

鑑平さんがあとの二人を捲きこんだですに。わしらはその気になっちまって浜へ行き、無断で伝馬に乗って、海へ出ましたです。浜を左手に見て北へ行ったですに。鑑平さんはうれしそうに漕いでいましたの。玄岩《くろ》の近くまで来ますとの。一太郎さんが裸になって水に入り、岩めがけて泳いで行ったですに。あの人の頭はまるで鵜みたいで、すいすい波を切って進みましたです。見る見る岩に近づいて行くのが、とても気持よかったですに。わしも釣られて海へ入って、あの人のあとを追いましたです。


――酔っていたんでしょ。危いでしょ、とわたしは言いました。

――危いでしょうの。しかしの、酔って海へ入るほど気持がいいことはありませんの。こたえられませんでさ。ひんやりしますし、体が軽いんでさ。人間、鳥のように空を舞うことはできませんがの。あざらしにならら、変れますでさ、と鷺坂濱藏さんは言いました。

――酔っていないと駄目なんですか、と訊いて、わたしは笑ってしまいました。

――酔ってるに越したことはありませんでさ。シラの時の何層倍もいいんでさ。海と一体になれまさ。

――楽しそうですけど、大丈夫なんですかね。

――しかし、浜へ戻った時には、体が冷えきっていましての。歯をぶつけ合いながら、急いでわしの家へ行って、風呂を立てましての。それで、人心地がつくとまた飲み始めたんでさ。わしはの、とてもいい気分でしたんで、婚礼のモヤモヤはとれちまったと思いましたがの。一太郎さんはそうは行かなかったんでさ。あの人が一番飲みましたがの、酒は体のどっかへ入っちまうようで、赤ら顔になるわけでもなく、ロレツはかえってよく回るようになって、声は冴えた感じになりましたです。

――俺とは関係なく薬が効いてきたな、とあの人が言ったもんですから、

――何のことだ、一体、と鑑平さんが訊きかえしましたんでさ。

――滅入っちまうのさ。

――そうかい、そうかい、と鑑平さんは突き放すように言いましたです。癇《かん》にさわったような言いかたでしたの。ゆっくり杯をあけてから、

――沼津へ行ってさ、あの女を一回手ごめにしてくるさ、と冗談みたいなことを言ったんでさ。

――いい加減なことを言うな、と一太郎さんも声を荒げましたです。

――あんないい女はいないぜ。

――止めろよ、鑑平、お里が知れるぞ。

――そうかい、それは困るな。貴様以外の相手には言わないようにするよ。

――つつしめ、この野郎、そんなことを、考えるんでもないぜ。

――何を怒ってるんだ。

――鑑平、お前は俺に死ねと言ったことがあったっけな。今夜もそう言え。

――言えって言われてもな……。

――言え、この野郎。

わしは、正直言って、ど肝を抜かれましたです。鑑平さんにこんなぞんざいな言っぷしをする人間がいるなんて、思ったことがありませんでしたでの。だれだって、一太郎さんだって、鑑平さんにはいちもくおいていると思っていましたもんの。

――死ねだなんて、社長は言わないでしょうや、とわしが口を挟みますと、

――黙ってろ、この素馬鹿、と一太郎さんは怒鳴るんでさ。

わしもムッとして、

――今夜だってお前さんたちは海でじゃれ合っていたんだろうに、と言いましたです。

一太郎さんはわしを無視して、鑑平さんに迫りましたでさ。

――これ以上お前と働いたってしょうがない。我慢して働いていたんだぞ。

――あしたから遊んでいろよ、と鑑平さんはうそぶいていましたの。

――社長、頼みまさ、これで帰ってくださいよ、とわしは鑑平さんに言いましたです。

わしは初めて、あの人に指図がましいことを言ったんでさ。

鑑平さんは立ちあがり、フラつきもしないで帰って行きましたです。それからしばらくして、一太郎さんが千鳥足で帰って行きましたです。もう夜なかの二時でしたの。

……翌朝、鑑平さんもわしも時間通りに工場へ出ましたですが、一太郎さんは来ませんでしたの。それで、わしは昼休みに、あの人の家へ行ってみたですに。あの人は畳の上にジカにうつ伏せになって、枕を抱いて眠っていましたでさ。わしは押入れから蒲団を出して、かけてやったですに。工場が終って、わしがまた行ってみますと、あの人はまだ眠っていましたの。起こそうか、どうしようかと迷っていますと、おすみさんが来ましたです。

——少し前に、仁吉さんが家へ来て、一太郎さんが眠ったきりだって言うもんですから、心配になって、来てみたんです。随分飲んだんでしょ、と言いますんで、

——浴びるほどの、とわしは言いましたです。

一太郎さんの眠っている部屋には、徳利と杯がありましたんで、あの人は更に寝がけの追加をしたんでしょうの。おすみさんは、それをかたづけて、おかゆを煮ました。

——濱藏さんも食べてください。

——貰っていいでしょうか。

おかゆの煮えるにおいがして、わしの腹はしきりと鳴っていましたです。生きかえった思いでしたの。改めて酒も欲しいと思ったですに。夕方にもなりゃあ、ゆうべの酒はもうあとかたもなかったですに。しかし、一太郎さんには深酒の祟《たた》りが残っていましたの。目の下の色が変っていて、一気に十も年をとっちまったようでしたの。それでもやっぱり、わしと同じで、おすみさんが真白なおかゆを茶碗によそってくれるのを、ひもじそうに待ちかねていましたっけ。

——ご亭主はどうでしたか、と一太郎さんがおすみさんに言いますと、

——ようよう工場へ出ましたけど、行くのが苦しそうでしたに、とおすみさんは応えていましたです。

——そこへ行くと、自分は意気地がないですの。

——鷺坂さんだって工場に出ましたよ。

——自分が一番駄目だでさ。

——主人のおぼえじゃあ、一太郎さんはしたったたか飲んだんですってよ。

——鷺坂、そうだったかな。

——そうだったよ。あんたが一番飲んだ。

——お前もおぼえているんだな。おすみさん、自分は事実はきれいさっぱり忘れちまったです。そのくせ、夢は相当におぼえていまさ。鑑平さんが部屋を出て行って、月夜の蟹みたいに遠ざかって行ったっけな。そんなことは本当にあったのかな。

——あったよ。

——それじゃあ、鑑平、行っちまうのか、待てよ、居てくれよ、って俺は頼んだか。

——…………。

——実際に頼んだかどうか、俺は訊いているんだよ。

——頼まなかったよ。

——そうか、それじゃあ、それは夢だ。

——一太郎さん、何のためにそんなことを訊くのか。

——何のためにってか……。どっちでもいいことなんだがな。

――…………。

――なんだか気になったもんでな。

わしらがおかゆを食べ終って、濃いめのお茶を飲んでいますと、

――また来ますね、と言って、おすみさんが立ちあがりましたです。

一旦勝手場へ行って、

――土鍋を置いて行きますからね。とりあえず、梅干とはばめと鰹節をここへ置いときますから。椎茸はどうしますか。自分で煮ますか。

――自分で煮まさあ。ありがとうござんす。

――ひじきと油揚げの煮っけもとどけますからね。

――いろいろと、どうも。

おすみさんが出て行ったあとで、梅干に熱湯をかけて、二人ですすりましたです。汗が湧いて、とても気持よかったですの。わしは一太郎さんに向って、おすみさんのことを褒めたんですがの、あの人はなま返事をするばっかりでした。それで、話がとぎれちまったです。わしも帰ると言って、立ちますと、

――鷺坂、お前に手紙を書くからな、と一太郎さんが言いだしたでさ。

――毎日顔を合わせているのにですかい。喋るんじゃあ工合いが悪いんですかい。

――まだ決っちゃあいないんだよ。

――喋ってくれりゃあ済むと思うけどなあ。

――何を書こうか決っちゃあいないってことだよ。

——そうですかい。とにかく、手紙を書いたらわしにくれるってことですの。

——お前にあずけるってことだ、四、五日したらな。

——そう一太郎さんは言いましたっけ。何のことだと思いますかの、と鷺坂濱藏さんは言ったんです。

それで、わたしは言いました。

——遺書のことじゃありませんか。

——そうですに。それから五日して、一太郎さんは自殺しましたです。大正三年の夏でしたの。日本軍が山東省に上陸した日でしたの。わしは考えちまって、死にたいんなら死にたいと一言くらい言えないもんか、と泣きながらつぶやきましたでさ。

——言わないんでしょうね。本当に死にたい人は。

——婚礼のあくる日に話したのが最後でしたです。それから、あの人は黙んまりに入っちまったです。あの人の家は雨戸が閉ったまんまでした。わしはの、日に三回は雨戸を叩きましたに。しかし、会えませんでしたでさ。

——一太郎さん開けなかったんでしょうね。

——いや、わしが叩いたり引っぱったりした時には、あの人は留守でしたでしょうよ。息をひそめている気配がありませんでしたからの。わしは十二回も訪ねたんでさ。その都度いなかったっていうことは、あの人は家をぬけ出て、どっかをさまよっていたんじゃないですかの。

——どこへ行ってたんでしょうか。

――人目につかないとこでしょうの。五十海じゃあないかもしれん、もっと遠いとこかもしれん、わしはの、一太郎さんがおかしいと鑑平さんやおすみさんに明かしゃあよかったって、あの人が自殺しちまってから考えたですに。鑑平さんは出張していましたがの。なぜおすみさんに報告をしなかったのかっての。

――鷺坂さんが何したって、一太郎さんを救うことはできなかったって思えますけど。

――それはそうでさ。しかしの、鑑平さんやおすみさんが、わしと一緒になって心配したほうが良かったって思えましてな。

――鷺坂さんはだれにも言わなかったんですか。

――言いませんでしたです。

――なぜですか。

――わしにだってなぜかわかりませんがの。一太郎さんがそれほど思いこんだんなら、好きにさせてやりたいって思っていたかもしれませんですの。

――…………。

――ただの、わしのように心配している人が、他に一人いましたでさ。お万さんでさ。わしはの、お万さんと出くわしたことがありましたです。閉めきった雨戸の前でしたです。その時、この家《や》の亭主はどうなっちまったのかや、おかしな人だ、困った人だ、とお万さんは言っていたですが、わしは勘づきましたでさ。お万さんは、義理の息子は自殺するんじゃないか、と思っている、疑いが消せないでいると察しましたでさ。

……その朝、お万さんは明るくなるのを待って、起きたんだそうですに。路地へ出て、常夜燈の台石に坐り、豌豆の筋をとっていたっていいますの。そこへ、一太郎さんが通りかかったんで、

――どうしたのかえっ、こんな早くに、と訊いたそうでさ。

――舟を漕いで、その辺を回ってみようかと思ってな。くさくさするからよ。

――舟はあるのかえ。

――善さんの舟を借りらあ。善さんと話がついてるからよ。

――お茶でも飲んでお行き。

――よばれようか。

一太郎さんはお万さんのあばら屋に入って、お茶をうまそうにすすったそうでさ。手が茶碗につかみかかるようで、ブルブル震えたんで、

――こぼれるに、とお万さんは笑ったってことでさ。

――ゆうべ眠れなかったもんでな。

――眠れなくて、そんなふうになるかのう。

――親父も震えたっけな。

――親子だのう。それにしても、一さん、あんた若いのに、ちっと早いんじゃないかえ、酒毒が回るのがさ。

――まともだとは、自分だって思っちゃあいねえよ。

――用心せんとのう。よいよいの若年寄になるによ。困るじゃないか。

――とっとくたばればいいってことかな。

あの人はそう言いながら、またひどく震える手で、茶碗を口へ運んだそうでさ。

一太郎さんが路地へ出ると、お万さんと仁吉がついて行ったというんでさ。海には白い波が目立ったっけが、路地は静かで、貝殻の道がザクザク鳴るのが、耳についちまってのう、とお万さんは言っていましたです。

舟寄せへ着くと、一太郎さんは繋索杭から善さんの伝馬をほどいて、ここへ来て急きたてられるようになって、押したっていうんでさ。……まわりでわしらが見ているのも忘れちまったようでしたの、とお万さんは言っていましたです。それで、舟に入って竿をとった一太郎さんに、お万さんは言ったっていいますの。

――お前、海へ出て回ってくるのか。

――そうだが……。

――そんな着流しでか。

――ああ、これか。

そう一太郎さんは言って、手早く着物をぬぎ、その黒いガス糸の布をつかねて、舟寄せの枕木の上へ投げたんだそうでさ。お万さんは拾って抱え、

――なにも丸腰で沖へ出んでもええじゃないか。話があるで、おかへ上るさ、と叫んだそうですに。

しかし、一太郎さんは黙ったまんまで、竿で舟寄せを突き、しゃがんで、艪を嵌めていたっていうんでさ。それから、川口へ向って漕いだもんで、お万さんと仁吉は岸を走りながら、

でさ。

——一さん、お戻り。

——伯父さん、戻るさ。

そう叫び続けたってことでさ。一さんは舟からこっちを見ることもあっての。笑ってるようにも見えたっけにのう。ええ体格の中年男だといったって。わしには、昔のいたずら小僧の顔も浮かんできちまって、やたらと宙でもがいているようだっけ……。そうお万さんは言っていましたでさ。

——一太郎さんはそれきりだったんですね、とわたしは言いました。

——そうでさ。死体がないのが辛い、とお万さんは言いましたです。お万さんが泣いたのを見たのは、あの時が一回きりでしたです。仏さんをほしい、と言いましての。そりゃあ縋るものがほしかったんでしょう。主人を亡くし、おりんさんを亡くし、一太郎さんを亡くしたんですもん。たとえカケラだって残ってほしい、と思ったでしょうよ。

——鷺坂さんもさぞがっかりしたでしょうね。

——わしはの、善二郎さんの伝馬を見たですに。烏賊舟が見つけましての。知らせがあったもんですで、そこへ行ってみると、水舟になっていましたでさ。随分沖でしたの。一太郎さんがあそこまで漕いだのかなあ。駿河湾のまんなかよりか伊豆寄りでしたからの。わしは焼津の曳き船を手配して、一旦は五十海まで持っていきましたです。鑑平さんが善二郎さんから買いとって、浜で燃やしましたです。

ばば垂れ鑑平

鑑平さんが大阪のみやげだと言って、かきもち煎餅をどっさり持ってきて、わしらに振る舞ってくれたことがありましたがの。そいつを一袋持って、いさをを見舞いに行くと言いましたでさ。自転車にまたがって、お前、一緒に行かんか、と言うもんですで、わしも自転車に乗って、ついていきましたです。軽便の踏切を渡りながら、

——血痰が外の流しに引っかかっていたそうだ、と言いましての。

——いつですかい。

——昨日だよ。お鶴さんが言ってたっけよ。

——やつも第三期ですかな。

わしら道に自転車を置いて、土塀の崩れを越えて、中へ入りましたです。その時分には、あの家もいく分か屋敷の恰好がついていましたです。

そう濱藏さんが言うもんですから、

——今だってお屋敷ですよ、とわたしは言いました。

——その時分には庭もありましたです。

——今だってお庭がありますよ。

――半分埋まっての。池らしいもんがの。

――土塀がまだあったんですか。

――七分がた残っていましたです。

濱蔵さんは十六年前の話を続けました。

いさをは籐椅子に腰かけていましたっけ。つぶれかけた籐椅子にの。鑑平さんはやつの向いの籐椅子に腰かけ、わしは縁がわにジカに腰かけましたです。丁度軽便が通りましての、しばらくはやかましくて、話もできませんでさ。煙が土塀を包んじまって、それからこっちへ流れてくるんでさ。

――油煤が床の間にとどくじゃないか、と鑑平さんが言いますと、

――風向きによっちゃあ、そうなるんですに、といさをが言うんでさ。

――災難だな。

――もうびっくりもしませんです。

――お前な、転地しろ。金は俺が出すから。

――今さら転地しなくたっていいですよ。

――今さら……。

――ここで治りますよ。それに、金ならありますもん。

――お前な、この病気はゆっくり養生しなきゃあ治らんぞ。とにかく、金はやるからな。何もかもほかし出して、いい空気のとこに行けや。

――ここに居るのが、一番ゆったりするんですに。

――本当か……。転地する気はないのか。

――ありませんでさ。

話はこんな工合でしたです。あんたも聞いていなさるでしょうが、いさをの妹も早くに肺病で死んでいましたしの。鑑平さんとおすみさんは、兄貴まで手遅れにならないようにと、やつが発病して熱が高かった時に、静岡の病院へ入れましたでさ。その時の費用は、あんたのお父さんが払いましたですに。山東戦役に出征したんでいただいた国債を、お鶴さんにあずけましたです。

――そうか、お鶴さんと話をつけておこう、と鑑平さんが言いますと、

――いいですよ、旦那、といさをは笑っていましたでさ。

生意気だ、とわしは感じましたの。なんだか鑑平さんが下でに出て、頼んでいるようでしたもんの。

それから、わしが立って、勝手場でお茶をたて、かきもち煎餅を食べましたです。また軽便が来て、いさをの屋敷を煙でまぶしましたです。

鋳造所へ戻ってから、鑑平さんは言いましたの。

――強情だな、いさをは。

――強情ってことですかの。

――遠慮するのかな。

――遠慮っていうですかの。あいつはあの家で寝ていたいんですに。住み馴れたとこですし、ご先祖がいるような気がするんじゃあないですかの。

――そうだろうな。

——案外執着しているんですに、あんな屋敷に。

——濱藏、お前おぼえているか。一太郎と俺が五十海へ来たばっかりのころ、貴様らのような渡世人が入りこんで、この村を穢す、と言った手合いがあったのを。

——おぼえていますよ。それを言ったのは弘法さんでさ。

——そうか。弘法さん、よう言ったもんだ。

——社長、何を言いたいんですかい。

——今となると、俺にも弘法さんの気持が解るってことだ。

——そんな……。あの手合い、でたらめを言ったんですに。

——濱藏、軽便は渡世人よりか理不尽だな。

——軽便ですかい、恥知らずですの、とわしも思いきったことを言いましたです。

鷺坂濱藏さんは続けました。

あの時、鑑平さんとわしの頭にあったのは、似たようなことでしたでしょうよ。わしが鑑平さんに釣られて、同じようなことを思ってしまったですに。わしは、いつだってそんな工合いになっちまう人間でさ。

東海道本線の駅が藤枝へ来ると定った時に、遠い田圃へ追いやって、藤枝町ではない隣村に藤枝駅をこしらえたのに、それから、三十年経って敷かれた軽便の線路は、好き勝手なところを走っていますでさ。町場では、家の軒先をかすめていますし、庭へ入りこんでいるように思えるとこだってあるですに。長年にわたる苦情の種になっちまいましたでさ。

あんたも想像できるでしょうが、あんたのお祖父さんは、軽便を歓迎して、鉄道会社の大株主になったお人ですに。それで、自分の賛成しちまったことを、ここに来て、しまったと思ったんでしょう。しかしの、この鷺坂濱藏に言わせれば、しまった、なんて思わなくたっていいことですに。軽便なんて、どこにだってあるもんですし、せいぜいチンピラが思いつく金もうけですに。

そう濱藏さんが言いますので、わたしは言いました。

――わたしには解りません。

――わしにだって、うまく説明できませんがの。このことがあって、鑑平さんは本当に崩れて行ったと、わしは思ったんでさ。

――……。

――お嬢さん、わしは変なことを言っとるでしょうか。

――わたしが訊きたいんです。

――ですからの、これから話しますです。しかし、あんたには、聞き苦しいと思いまして。

――………。

――つらいと思いましての。

――お祖父ちゃんが崩れて行く話だったら、つらい話でしょうね。

――それでも、あんたは聞きますか。

……軽便の線路を敷き直せと言ったって、敷き直す鉄道会社じゃあないだろう、そんな世の中じゃあないだろう、とわしは思いましたの。しかし、鑑平さんは正義だと思っているもんですで、わしはその気になって、研究しましたです。駅の場所を変えたらどうか、と考えてみましたがの。運送会社の倉庫までこしらえちまって、恰好つけたものを、会社が、左様ですか、と言いそうもないし、石炭を焚かないようにと言ったって、あそこは勾配ですから、これだって、左様ですか、とは言うことはできなかろう、それで、この際思いきって、線路を敷き直せ、で押し通す以外にはなかったですに。そのくらいのことは、鑑平さんもわかっていたから、突っ張ったんでしょうよ。

わしらがいさをの家にいました時、鉄道会社の庶務課長が来ましたでさ。鑑平さんは、判断のできる人間をよこせと電話で言ったんですがの、その人が来ましたでさ。鑑平さんをまともに見ることができなくて、ビクビクしているようでしたの。わしら三人で、いさをのとこの縁側に腰かけていると軽便が来ましての。行っちまうと、鑑平さんが立ちあがり、わしが立ちあがり、それから気配を察して課長が立ちあがったですに。いさをの家の土塀を越えると、鑑平さんは黙ってしばらく線路わきを歩きましたんで、課長は、何を言い渡されるやら、と思っているようでしたの。踏切のとこで、

——かなりなもんでしょうが、と鑑平さんが言いますと、

——煙ですか、かなりなもんですな、と課長は言いましたでさ。

——そう思いますでしょうが……。線路を敷き直すように骨折ってくださいよ。

——軽便は一日何本通るんでしょうか。

——あんたの会社が通しているんでしょうが。

――上り下り合わせて二十六本ですに、とわしは言いました。

――わしはの、見るに見かねて言ってるんでさ、と鑑平さんは課長に言いましたです。

――あのくらいの煙で、病気に悪いですかな、と課長は声を顫わせて言いましたの。

相手の言うなりになってはいられない、と決心したんでしょうよ。

――あのくらい……。

――あれっぽっちてことじゃあありませんです。煙が原因で病気になったのかな、と思いますんで。

――それじゃあ、何が原因で病気になったんですか。

――当人は何て言ってるのか。医者は何て言うか。

――結構な煙です、と言うとでも思っているのか。

――…………。

――お前さんとは話ができん。

――社長、いいですか、宗方いさをさんは社長の工場に何年いたんですか。

そう言って、課長はわしのほうを見ましたでさ。

――七年ですかな、とわしは言ったです。

――それで肺病になったんでしょうが……、と課長は言うんでさ。

――それで……。

――いや、七年勤務したあとで、ってことですが。

――わしがコキ使ったってか。

——コキ使ったとは言いませんがな。しかし、社長んとこの仕事はキツいでしょうが。社長のように丈夫な人ばかりじゃないですもん。

課長がそう言うと、鑑平さんが顫え始めたのがわかりましたの。一気にひどくなって、目に見えるほど顫えたですに。

——解ったようなことを言うな、と怒鳴ったでさ。

見ると、鑑平さんの唇が白くなっていましての、嚙みつくようでしたの。この時だけは、鑑平さんとわしはバラバラになりましたでさ。あの人に釣られて、一緒になって怒る気にはなれませんでしたの。怒るよりも、胸を突かれたでさ。悲しくなりましたでさ。あの人はいつも黒光りする鉄のようにガッチリしていたのに、銹びてポロポロと欠け落ちて行くような気がしちまいましての。それでわしは、鑑平さんのためを思って、柄にもなく課長を脅しましたです。相手の肩を叩いて、道のはたに呼んで、言ったんでさ。

——わしら、いさをがなんで肺病になったのか知らんよ。療養しているんだから、油煤は毒だと言ってるのさ。そのくらいのことはお前だって解るだろうが。差しでがましい口を利くんじゃないぜ。

——口が滑っちまって、悪かったですね、と課長は神妙に言いましたの。

——お前じゃあ駄目だ。帰れ、と鑑平さんは顫え声で、顎を横になびかせて言うんでさ。

——あんたじゃあ駄目だってよ、帰んな、とわしも言ったでさ。

課長がコソコソと、急ぎ足で行っちまおうとすると、

——社長に来るように言え、と鑑平さんは怒鳴りましたの。

……鑑平さんは癇癪持ち、とお万さんが言ったことがありましたがの、その当座は、わしは首をかしげたです。しかし、お万さんにそう言わせるようなことは、あったかもしれませんですの。そう思いましたです。わしは初めて見ましたがの。

——お祖父ちゃん、自分を見失ったんですね、とわたしが言いますと、

——そうですに。しかしの、そうばっかりも言えなかったです、と濱藏さんは言いました。そして、昔の話を続けました。……その翌々日に、鉄道会社の専務が来ましたです。社長の息子でさ。その時わしは、近回りの外交に出ていましたがの、工場へ戻ると、事務所で、その専務と鑑平さんが話していましたですに。鑑平さんはいつもの鑑平さんに戻っていましたの。安心して聞いていられましたでさ。わしは欅の板の衝立をはさんで、立ち聞きしたです。

——計画をたてた時に、なぜ文句をつけてくれなかったですか。役場に図面はとどけてありましたですよ、と専務が言っていましたの。

——わしも見たんですよ、路線図をね。迂闊でしたな。酔っぱらっていたのかもしれん。

——困りましたな。

——わしも困っていまさ。わしにだって責任がありますもん。

——紅林さんに責任はありませんよ。

——現場は地獄でしょうが……。

——地獄ってことはない。機関手やなんかによく訊いて、研究してみますから、しばらく待ってください。

——そんなこそぐり仕事じゃあ、どうもなりませんですに。もともとやかましいし、煙を吐く

もんですからの。

――紅林さん、わたしらの立場も考えてみてくださいよ。苦情を受けつけ始めると、きりがなくなるかもしれん。営業できなくなるかもしれん。

――わしが言うのは軽便は遠慮しろってことでさ。

――遠慮ねえ……。

――あそこは敷き直しなさいよ、線路を。どこもかしこも直せなんてことは言っていないんだから。

――紅林さん、うちの別荘が熱海にあるんですがね、病人にそこで、しばらく休んでもらったらどうでしょうか。

――転地はしないそうですに。

――転地がいいと思うんだがな。

――ご先祖から受けついだ家屋敷をいい加減にできないんですに。

――なぜ、もっと早く言ってくれなかったのかなあ。

――それはわしの責任ですよ。それと、病人のお袋さんで、お鶴さんというんですがの、この人も当座は文句をつけずにいたんですに。

――それで今になって、おかげで娘を亡くしたと怨みを言う気ですか。

――そう言いたいかもしれんですの。

――紅林さん、今日はこれで引きとらせてください。帰って相談してみますから。

――相談次第じゃあ、わしにも考えがありますぜ。

——…………。

——念押しですがの、どうあろうと敷き直せって言ってるんですに。

……大体おだやかな話しぶりでしたがの。そのあと、やっぱり鑑平さんは、たっちていたようでしたの、と濱藏さんが言うものですから、わたしは、

——たっちていた……、と訊きかえしました。

たっちる、とは興奮するって意味らしいんです。

濱藏さんは続けました。

鑑平さん、顫えていましたの。それが照れくさかったんですかの。手もとにあったコックの見本を握って机を叩きましての。結構、喧嘩の道具みたいで、見る人によっちゃあ、ゾッとしますでしょうよ。しかしわしは、やっぱり良かない、と思っちまいましての。鑑平さんの貫禄がなくなっちまったように思えましての。正直言って、気の毒だっけです。

コックを握って、まるでメリケンサックみたいにゴトゴトやっていたですが、それもおさまって静かになりましたです。椅子に坐ると、すぐにうつけたような顔になっちまったですに。

——落ちつきましたですかい、とわしが訊きますと、

——やっとなあ、と元気のない苦が笑いをしたですに。

それでわしは、仕事のことを報告しましたでさ。焼津の鉄工場から発動機の外殻の注文があって、設計図も渡されましたからの。しかし、鑑平さんはいい加減に聞いていましたっけ。あくびばかりしていましたっけ。

——疲れていなさるの。体が保《も》ちにくいですかの、と訊きますと、

——頭が重くてな、と言って、机の向うにフラフラと立ちあがり、安楽椅子に移りましたでさ。

話には反応しやしませんで、

しかし、そこでも同んなじで、たて続けにあくびをして、顔を何度もこすりましたの。わしの

——さ湯を持って来てくれ、と言いましたでさ。

わしは、今日は仕事どころじゃない、休ませなきゃあいかん、と思いながら、さ湯をとりに行きましたです。それで、戻ってみると、安楽椅子からズリ落ちそうに、伸びているじゃあないか。下顎のしまりがなくて、よだれが垂れていましての。わしはさ湯をやってみましたが、受けつけなくて、よだれと一緒になって垂れちまうんでさ。それで、社長、社長と呼びながら平手で頬を叩いてみたんですに。反応はさっぱりで、いきなり、いびきをかいて寝がえりを打ったりしましての。それで、お茶番に宿直室へ蒲団を敷かせて、そっと横にして、おすみさんに電話しましたです。若い職工に言って、自転車で迎えにやりましたに。蛭間医院にも電話して、そっちにはタクシーを回しましたです。気ばかり急きましての。良くなりそうな兆しはなんにもなくて、いびきだけが、つっかえつっかえ高まって行くんですに。お先真暗でしたの。鑑平さんがどんどん遠くへ行っちまう、と思いましたからの。

鉄道会社の専務は帰って、社長の親父さんなんかと話し合ったんでしょうの。三日目に電話で、決定の返事をしてきましたです。線路を敷き直す、それで、どこを通したらいいか鑑平さん

のご意見もうけたまわりたい、ということでしたさ。専務は鑑平さんの知り合いで、鑑平さんを怖がっていましたし、尊敬もしていましたからの。それにしたって、この決定の知らせを、鑑平さんは聞くことができなかったでさ。中風で倒れちまって、意識がありませんでしたからの。それから十五日もして、ようようロレツが回り始めると、気にして、早速鉄道会社へ礼の返事をしたですが、たいしたことは言えやしません。悪いっけなあ、ありがとう、と言っただけですに。それから、一しきり、わしの名前を言おうと一生懸命でしたがの、ワオワオと言うばっかりで、相手の専務に通じないもんですで、おすみさんが電話をとって、鷺坂濱藏という人間が、紅林鑑平の代理となって、話し合いに応じるむね、伝えましたですに。

こんな工合いでしたがの、とにかく、鑑平さんの言い分は通りましたでさ。線路を敷き直す工事が始りましたでさ。さすが鑑平さんの威力だと思いましたです。お宅のお祖父さんは、いつだって、わしらの頼りがいのある親分でしたです。

わしも責任がありましたもんで、何度も敷き直しの工事を見に行きましたですに。人足が七、八人いましての、泣く子も黙る鋳掛けの鑑平、と言ったりしたのが耳に入ったこともあったでさ。やがて鑑平さんとわしが連れだってそこへ行きますと、連中怖れちまって、本当に黙っちまって、こっちを見ようとさえしませんでしたの。鑑平さんは別人みたいにやつれていましたがの。

倒れてから五十日ぐらいして、鑑平さんは動き始めましたです。工場へも来ましたが、口出しはしませんでしたの。鉦策さんにまかせちまったです。それから、俺は余分だな、と言って、顔を見せなくなったですの。姿を消しちまいましたの。わしは、おすみさんの言ったことを思い出しましたです。

——あの人はひとっているのが好きなようですね。できたら、みんなから逃げていたいと思うんじゃないですかね、とおすみさんが言ったんで、

——そうでさ、森の奥にいたがる鳥みたいなとこがありまさね、とわしは言ったんですがの。中風の自分を恥じていたのかもしれませんでさ。おかしなことでさあ。自分でこしらえた会社ですもん、大威張りで来りゃあよかったですに。そのうちに、わしは幾波街道であの人を見ましたです。まだ八月でしたで、土埃があがって、暑かったですに、命令を受けた使い走りみたいに、前かがみに一生懸命歩いていましての。なんだか、子供じみていましたの。

——社長、どうしたですかい、とわしは声をかけましたでさ。

——散歩だよ。

——口を出して申しわけありませんがね、ゆったり歩いてくださいよ。

——そうするよ。

——根つめて歩いているように見えたもんですで。

——そうか、それじゃあいかんな。

——ああこう勝手なことを言って済みませんです。

——ゆったりな、わかったよ。

——疲れないようにしてくださいい。頼みますです。

——疲れないようにな、わかったよ。

そのあとで、おすみさんと会って、訊いてみたんでさ。

――旦那が暑い中、意外と遠くまで行ったんで、心配になりましたもんで。

――どこにいたんですか。

――玄洞院のそばですに、土埃の中を歩いていたもんですで。

――好きでやり始めたことなんですよ。散歩は、忘れるからいい、と言ってね。

――忘れたいことがあるってわけですかい。

――だれにだってあるでしょう。

おすみさんは頓着しない人でさ、とりわけご亭主のことや子供のことはほうっておくんでさ。ですから、こっちが余計なお節介しているように思えてくるんでさ。

わしは鑑平さんの散歩を遠目に見ていましたです。見ようとしなくたって、見えちまうような塩梅でしたの。お節介はしませんでしたよ。泳がせている気分でしたでさ。しかし、出会っちまって、よんどころなく話をしたこともないわけじゃあない。そんな際に、

――いさをのとこへ行ってみようかなあ、とあの人が言うんでさ。

――わしも連れてっておくんなさい。

――来いや。

わしら、いさをの屋敷へ行ったんでさ。わしはいい気分でしたです。鑑平さんは、正直言って、ガタガタ崩れていましたですが、そんなあの人に、お鶴さんもいさをも精一杯感謝の気分を示したですもんの。わしは晴れ晴れした気持になったですに。

――旦那さん、こんなもんですが、食べてくれますですか、とお鶴さんがところてんを出しましたですがの。

鑑平さんは箸がうまく使えなくて、そこら辺にばらまくばっかりで、ロクに口に入らんもんですで、

——旦那さん、申しわけないっけです。こうしてお上がんなすってください、とお鶴さんは言って、ところてんを丼から三コの茶碗に小分けにして、茶碗に口をつけてすするようにしてくれたですに。

——俺はらんごくしちまうで、と鑑平さんが言いますと、

——結構ですよ。旦那さんが散らした分はわしがいただきますで、と言いながら、お鶴さんは畳からところてんをひろって食べたですに。

わしも笑ったし、鑑平さんも笑ったですがの。泣いてるような顔になるですに。なんだかガキに戻っちまったようで、わしは、ここまで来ちまったんだな、と感じましたです。

お鶴さんは言いましたの。

——今じゃあ、あの騒々しい軽便が遠く汽笛を鳴らしていますです。せいせいさせていただいて。これも旦那さんのお蔭です。ありがたいことでさ。

言いながら涙声になるですに。いさをも、その時は寝ていましたがの、

——ありがとうございます、とかたくつぶった目尻から涙を一筋垂らしましたです。

——いさを、ゆっくり養生してな、治すんだよ、とわしが言いますと、

——そうだ、養生してな。治ってな、俺んとこへ遊びに来い。早くな、全快祝いをな、と鑑平さんも言っていましたです。

秋になりますとの、鑑平さんは目に見えて立ち直りましたでさ。散歩は正しかったってことでしょうな。夏の間のような危っかしい感じはなくて、鑑平さんが歩いている、と思えましたもんの。夏のころには、だれかに背中を押されて、よろけているようでしたからの。時候が冷え冷えしてきたって、あの人の体には、かなり力がありましたんで、わしはホッとしたですに。薄の穂を分けて泳いでいるように、ボサボサの白髪が進むんですに。風がかまって、赤っぽく光る桜の枯れっ葉がドッと吹きつけたっても、突っきって行きましたの。その時分には、鑑平さんの道筋は定まっていて、自分が敷き直させた線路に沿って行き、烏帽子山のゆるい勾配を登り、しばらく行って降り、踏切を渡って、三輪川の堤をたどって、家へ戻るってことでしたの。

——お祖父ちゃんがそういうところを歩いていたのは、わたしも覚えてます。わたしにとっては、それがお祖父ちゃんなんです、とわたしは言いました。

——なるほど。それがあんたのお祖父ちゃんでしょうな。真佐代さん、当り前のことですが、わしにとってはそれだけじゃない、と鷺坂濱藏さんは言いました。

——濱藏さんは、いろいろなことに立ち合ったんですものね。

——その通りですがの。しかし、最後が近づいたからといって、鑑平さんが崩れて行くのを見ていたってわけじゃあない。

——どういう意味なんですか。

——わしはの、最後へ来て、一番いい鑑平さんを見たって思ったですに。

——………。

——他の鑑平さんだって悪いわけじゃあありませんがの。最後の姿もとても良かったたってことですに。娑婆に生まれたら、結局こうならなくちゃあいかん、とあの人は教えてくれましたでさ。

——だって黙って歩いていただけなんでしょ。

——そんなふうに言っちゃあいかん。鑑平さんは言葉をなくしちまって、カラになったわけじゃあない。あれは諦めなんですに。贔屓めもあるかもしれんですがの。鑑平さんはとても勇気があって、出会った苦労に負けなかった。中風にも負けちゃいない、とわしは思ったですに。

——本当……。そんな偉い人っているんでしょうか。

——わしにとっちゃあ、〈いる〉ってことでさあ。

散歩の道筋に石切場がありますでしょうが、今もうっちゃらかしになっていますが、その当時もうっちゃらかしでしたです。あそこで休憩をとったんでさ。鑑平さんは海を見たがったと思いますよ。海岸の崖へも登りたいけども、あっちは自分の足じゃあ無理だと思ったんでしょうな。石切場から海を見ていたんでしょうよ。わしは三回ばかし散歩につき合ったことがありましたがの、そのたびに、わしは邪魔にされましたでさ。自分は押しかけだってことは、自分でよう知っていましたですに。わしとしてはただあの人と一緒にいたかっただけですに。三回目の時でしたがの、嫌われているのは承知でついて行きますとの……。

そう濱藏さんが言いますので、わたしは口を挟んで、

——嫌われていたなんてことはありませんでしょう、と言いました。

——わしはひがみっぽい人間ですでの、と濱藏さんは子供みたいな笑顔を見せました。

……とにかくの、石切場まで行きますとの、我慢ならぬという感じで、

——悪いけど、お前、どっかへ行けや、とわしに言いましたでさ。

来たな、とわしは思いましたでさ。それで、鑑平さんを置いて、自分は坂を降りて行きましたがの。その日はそれだけだったでさ。しかしの、あとになって合点したことがあったです。三日たって、工場が休みの日に、なに気なく石切場へ行ってみたですが、そこに便がしてあったんでさ。鑑平さんのものかどうか、その時はきめつけたわけじゃあなかったですがの。さらに十日ばかりすると、臨時で工場へ来ている女が、笑いながら、旦那は石切場の穴の中で用を足してるだによ、と言っているのを耳にしましたでさ。もっとあとになって判ったことには、石切場の近まわりのやつらが、ばば垂れの鑑平、と悪口を言っているとのことでしたです。工場にいてさえも、耳に入ってくる悪口でしたんで、わしは堪えきれない気がして、夜になると石切場へ行って掃除をしましたです。その便は平らな石の上にしてあったですからの。わしは下の川から水を汲んできて、草を丸めてゴシゴシこすったりしましたでさ。便をだれがしようが、不思議なことじゃあないが、外聞をはばかると思ってしまったもんですで、おすみさんにだけ報告したっけです。するとおすみさんは、まるで小娘みたいに笑いこけましての。いつまでも笑っていますもんで、この時だけはわしも気を悪くしましたです。黙りこくって後始末したわしのことを笑っているように思えたもんですで。

——真佐代さん、さっきも言った通り、わしはひがみっぽい人間でさ。

それで、恩人に対して当り前のことだと思い直して、それから三日めの夕方、わしは石切場へ行きましたでさ。その際、びっくりしちまったですが、おすみさんが来ているじゃあありません

か。わしは石油缶のバケツと軍手を持って行き、おすみさんはセメント袋と十能を持ってきていましたです。ふたって働きましたの。おすみさんはおかしいんでしょう、時々吹きだしていたですに。明るい性質の人ですの。

わしら始末を終えて、三輪川の堤へ降りて行ったですが、途中で、

——迷惑な話ですね。主人に言って、やめさせなきゃあね、とおすみさんが言うもんだから、わしは言いましたでさ。

——そんなことをするもんじゃありませんぜ。ここへ来ると便をしたくなるというんなら、結構なことですぜ。毎日ちゃんと通じがあるってことは肝腎なんですで。

——そうなんでしょうがね。

——わしは平気でさ、このくらいのことは。苦になりませんぜ。鑑平さんには借りばっかりですで、お役に立ちませんとの。

そう一応のことを言ったですが、本心は違っていましたでさ。厄介なことだが……、なんて気分じゃありませんで、これで鑑平さんやおすみさんと、余計昵懇になることができた、と思いましたもんの。うれしかったですに。

——鷺坂さん、ありがとうございます、と言って、わたしは頭をさげました。

——わしのほうで、礼を言いたい気持でさ。わしは滅多に出会うことができない人に、出会ったですに。

——お祖父ちゃんも、お祖母ちゃんも、それに、お父さんもお母さんも、鷺坂さんに出会えて、本当に幸運でした。滅多にありませんよ、こんなことは。

——まあ、わしもおおかた一生懸命でしたで、そう言ってもらえるかもしれませんが、しかしの、鑑平さんはわしらとは違って、値打のあるお人でした。

——そんな……、買いかぶりです。

——まあいいですに。真佐代さんにはまだ、わしの本当の気持は解ってもらえんのかな。

わたしは答えることができませんでした。すると濱藏さんは言いました。

——いさをが尽しましたでしょうが。いさをのまごころも解りますでしょうが。

——解ります。お祖父ちゃんは幸せでした。

——幸せだったのかの。それは鑑平さんから聞いてみなきゃあ解らんですに。いさをは間違いなく幸せでしたがの、と鷺坂さんは声を顫わせて言いました。

今から十二年前、昭和十二年の秋、わたしの祖父は散歩中に倒れました。そして、いさをさんのお屋敷に寝かされました。発作が起ったのがあのお屋敷の近くだったからです。お鶴さんといさをさんが一生懸命看病してくれました。祖母はあちらに泊りきりでした。わたしも、学校が終るとその足で様子を見に行き、夜おそく父や母に連れられて帰宅したものです。祖父は苦しそうにいびきをかいていました。しばらく静まることもあったのですが、やがて、だんだんにいびきが大きくなり、どうにもならないという感じに、もがき始めるのです。険しい山や谷を、追いたてられて、越えているようでした。ですからわたしは、静かな時間が来るのを待ちかねました。そして、それが来ると、苦しみの時間が始るのを怖れました。静かな時間は余りに短かかったのです。今日の鷺坂濱藏さんの話に、遠い汽笛という言葉がありましたが、わたしも不安の中に、その音が走っているのを聞いていたのです。

にかわのような悪

内藤嘉一さんは、こういうことも言っていましたの。

……それからもちょくちょく顔を出したですに。わしは仁吉が好きじゃあないっけ。一癖あるやつだって思っていましたでの。それでも、来りゃあ来たで、ふたって酒をくらっていたですに。しかし、あいつは一癖や二癖じゃあない。性根がの、とんでもない悪《わる》ですに。まるでにかわみたいな野郎でさあ。

そう嘉一さんが言うもんですで、

――にかわねぇ……、とわしも言ったんですに。

――くっつくと、離れない手合ですのう。三月前にも来ましての、聞きたくもない話をして行きましたでさ。

話っていうのは、仁吉が鑑平さんを待ち伏せしたってことですに。鑑平さんが、足を引きずって散歩しているのが見えたんで、石切場の穴の奥にひそんでいたんだそうですに。鑑平さんが裾をまくって用を足していると、現れての、

――じいさんよ、話があるんだがな、と用足しの最中の相手に向き合ったっていうですに。自分もしゃがんでの。

――なんだ、仁吉か。なんでここんとこにいるのか。

――あんたと話をしたいんで、来てみたさ。

――話だってか。

――金を恵んでもらいたいと思ってさ。

――金なんかないよ。

――何を考えているのかい。それじゃあ俺の言うことを聞いてみな、これから。

――仁吉な、俺は今糞をしているんだぞ。

――そうだっけな、悪かったな。もうちっと待たなきゃあな。

仁吉はもう一遍奥の暗がりへ引っこんで、鑑平さんが苦しそうに力《りき》んでいるのを聞いていたんだそうでさ。それから、また出てきて、鑑平さんのまん前にしゃがんだんだそうでさ。

――何をしているんだ。まだ済まんのか。糞づまりか、と言うんで、

――馬鹿野郎、と鑑平さんは中腰になることもできないくせに、手をだして、相手にびんたを喰わせようとしたっけが、手はふらついているんで、仁吉はいなして、

――何しやがる、と鑑平さんの肩を突いたんだそうでさ。

自分の糞の上へ尻餅をついちまってな。それでも、さすがだな、昔っからの鑑平の目で、俺にガンをつけているのさ、と仁吉はあざ笑いながら言っていましたの。それで、仁吉は、この野郎、生意気だ、と思ったって言うんでさ。

――お前な、一遍立てや。困ったもんだな、と仁吉は手を差しだしたんだそうでさ。

――何を言ってやがる。

――そうかい。それじゃあ、自分で起きな。尻腰《しっ》も立たんくせに、肩肘張るもんじゃあないよ。

鑑平さんは立って、着物の前を合わせるのが精一杯だったってことですに。

――そんなふうじゃあ、とても俺は殺せんな。

そう仁吉が言うと、鑑平さんの目のくぼがガクンと引っこんだそうですに。そうしての、水をかけられたみたいに顔を振ったってことでさ。案外正直だな、結構こたえているのに、と仁吉はまたあざ笑ったそうですに。

――あんたも昔は強かったがな。甚三郎って人も相当な腕っぷしだったろうに。何が気にいらないっけのか。甚三郎さんは、あんたの親父のことを脳梅と言ったそうだがな。

――……。

――いいさ、人を殺したって。

――いい加減なことを言いやがって。

――いい加減なことじゃあないだろうが。

――だれに聞いた。

――おりんさんだよ。おりんさん警察で、目の色を変えてあんたをかばったんだろうが。しまいには、悲しくて悲しくて、俺にさえ明かしたさ。気が狂ったようだっけよ。結局は汽車につぶされちまったがな。

――俺のせいか。

――さあ、知らんな。とにかくな、俺は怨みっぽくて、向う見ずだからな。俺はそこらじゅうでバラしちまうぜ。

――バラせ。金は出やせんから。

――おりんさんの息子が頼んでもか。

――金をやる筋合いはないよ。

――銭をくれや。そうとでもしておかんと、あんたの孫子は肩身のせまい思いをするぜ。

鑑平さんは石切場を出て、坂道を降りていったそうでさ。三輪川の堤をトットと歩いたってことでさ。そこまでは、気が立っていたでしょうの、勢いがあったそうですが、パタリと立ちどまっちまって、行きくれたように川を覗いていたっていいまさ。すると、仁吉がゆっくり坂をくだって、追いついて行ったそうですに。

――今日は何曜だ、と鑑平さんが訊くんで、

――金曜だよ、と仁吉は応えたってことでさ。

――それじゃあな、仁吉、火曜にここへ来い。

――次の火曜日な。今ごろでいいかね。

――仁吉、悪いっけな。

――何が悪いっけだね。

……。

――長いっけな。

――何が長いっけだね。いがみ合いがかね。銭さえ俺によこしゃあ、終るよ。

仁吉がそう言っても、鑑平さんは応えなくて、火曜に来い、ともう一遍言って、行っちまった

って言うですに。仁吉の野郎は、これで大方話はついた、金額によっちゃあ手を打とうと、先を読んでいたそうですに。鑑平さん、自分のばばを着物にくっつけて一旦家へ帰って行ったよ、と笑うですに。

與志《よし》さん、あんたのお祖父さんははがゆいお人ですの。仁吉に少しは、金をくれてやったっていいかもしれんが、そんな出かたをした以上、一銭だってやる必要はありゃしない。おりんさんはまれに見る女でしたがの、息子は言うに言われぬ悪ですに。おりんさんが秘密をバラすわけがない。わしは心配にとっつかれちまった鑑平さんを見ましたがの、煤でもかぶったような顔色だっけです。まぶちなんか朽葉色で、腐っていると言いたいほどでしたに。足だってフラフラで、舵を流しちまった舟でしたの。おすみさんも、ここんとこ調子が悪そうだから散歩はやめてくれと頼んだってことですが、いくら言っても、出て行っちまうというんでさ。最後の二十日ばかしは、まるで散歩をするために生きているようでしたに。それを見て、わしはすぐさま思ったですに。これは仁吉と関係あるっての。なぜかっていいますと、そのころ、仁吉が五十海へ姿を現したのは、わしも見たからでさ。

——仁吉って人は五十海に住んでいたんじゃないんですか。

——あの当時、仁吉はどっかへ行っていましたでさ。家は五十海にあったですが、そこには女房と子供の三次を住まわせて、自分は行くえ知れずのようなもんだっけです。女房に訊いたって、どこへ行ったか知らない、と言いましたもん。本当に知らなかったのかもしれませんの。

——今仁吉さんはどこにいるんですか。

——満洲にいるんでしょうよ。あんたのお祖父さんをゆすりに来て、お祖父さんが亡くなってからも、三回きましたかの。チラッと見るたびに腹が立って、あばら骨をへし折ってやりたかったですに。

——わしはの、正直言って、こんなことまであんたに話したかなかったでさ。

——ぼくにせがまれましたからね。

そう言って、ぼくは笑いました。

——聞き辛らかったでしょうの。わし自身も、こんなことは知りたくなかったですに。ただの、最後になって、鑑平さんが散歩している恰好は、見るに見かねましたからの。地獄をさ迷っているようでしたもん。

——それで、どうしてこういうことになってしまったのか、突きとめようとしたんですね。

——そう言ってもらえると、わしも気が楽になりまさ。好きこのんで調べたわけじゃあないですに。鑑平さんが苦しんで死んだ、その気持が解らなきゃあいかん、と思っちまったでさ。わしなんか、鑑平さんには及びもつかない人間ですで、あの人のようには成れませんがの、せめてあの人に親身な人間でなきゃあならん、と思っていますでさ。

——今もですか。

——今もでさ。鑑平さんが生きていたって死んでいたって、わしのこの気持は変らんでさ。

——……。

——こうなったのも、わしが十六の時、鑑平さんに感心しちまったからですに。

——しかし、お祖父ちゃんにガッカリしたことだってあるでしょうに。

——ありませんの。

——気の毒な姿っていうのは……。

——鑑平さんなら、いくら弱くたっていい。それで結構ですに。仁吉にゆすられて、鑑平さんは何をしたと思いますかね。おすみさんに黙って、銀行へ二万円下ろしに行ったんですに。おすみさんはご亭主が亡くなってから、帳面を見て知ったんでさ。大金ですでの。銀行に問い合わせていましたの。でも金の行くえは解りゃあしません。

——お祖母ちゃんは死ぬまで、そのお金が仁吉さんとこへ行ったのを知らなかったんですか。

——あとになって知りましたですよ。しかしの、どんな一幕があって、仁吉のとこへ行ったかは知らずじまいだっけです。

——どんな一幕があって……、それを知ってる者は、紅林の家にはいないってことですか。

——いませんの。

——知ったのはぼくだけなんですか。

——そうですに。與志さんが明かさない限りは、無かったたってことになるでしょうの。

——ぼくは喋っちゃあいけないんでしょうか。

——成るべくの。しかし、あんたの考え通りにしておくんなさい。随分年月もたっていますし、わしが喋っちまったってことは、あんたにまかせたってことですから。

濱藏さんは、夢を見ているのかもしれない、その夢が壊れるのはいやなのかもしれない、だれにとっても、家族にとっても、鑑平さんはもう夢ではないのに、濱藏さんだけは、まだ夢に魅せられていたいのかもしれない、とぼくは思いました。

――鑑平さんが線路ばたに倒れていたのを見つけたのは、軽便のお客でしたです。知らせを聞いて、おすみさんとわしらが駆けつけましたです。わしはリヤカーを引いて行ったです。いさをの家へ運んで、介抱をしましたが、生きていたのは、それから四日でしたの。

――寝ていても、重いものを引きずっているみたいでしたね。

――心臓が強かったんでしょうの。しかしわしは、仁吉のせいだ、あの野郎が憎らしい、と思うばっかりだっけですに。

――仁吉さんが波を立てたんでしょう。

――波……、それどころじゃあありませんです。渦へ巻きこんじまったですに。鑑平さんほどの人が、子供に戻っちまって、とめどもなく怯えたんでさ。

後になって、わしは考えたですに。人間ってものは出身地に縛られる。鑑平さんだって、そこから逃げようとしたのかもしれん。しかし前が追っかけてきちまった。仁吉だって甲州から追って来たんですからの。あやしたり、遊んでやったりした子供だっけのに、結局こんな悪になった。鑑平さんは逃げようたって、逃げられなかったですに。

そう濱藏さんが言うもんですから、

――逃げきった人だってあるんでしょうがね、とぼくは言いました。

――鑑平さんは人情がありましたからの。逃げきれなかったんでしょうの。

——お祖父ちゃんが生きていたら、仁吉は鬱性《うつしょう》のキッカケになっただけだ、と言うかもしれませんよ。

——とんでもないキッカケだの。

——……。

——わしがなぜこんなことを考えたかというと、おすみさんが菊を作っているのを見たからでさ。

——菊……、ですか。

——おすみさんは梅の実をつんで梅干をこしらえたり、蚕を煮たりしていましたがの。お庭のすみで菊作りを始めたんでさ。鑑平さんが死んで、二年目でしたの。砂の苗床に芽を差していた時ですの。おすみさんは、結局、五十海村の女に戻ったな、とわしは思いましたです。

——本当に好きなことをしたんですね。

——もう紅林鋳造所のおかみさんじゃあない。嵐は過ぎたってことでしょうかな。

——でも悲しかったでしょう。

——穏かでしたです。落ち着くとこへ落ち着いた様子もありましたでさ。悲しくたって、あの人には、やりたいことがありましたからの。よかったたってわしは思いました。それで、つい、わしを紅林さんのじいやにして、使っておくんなさい、と言ったんでさ。

——お祖母ちゃんなんて言ってましたか。

——結構ですよ、濱藏さん器用だから、一緒に品評会へ出す菊を作りましょう、と笑っていましたの。わしもの、久しぶりで五十海村がなつかしく思えたですに。おすみさんはたしかにいい女でしたし、笑わんで聞き流してくださいよ。わしは若いころ、この人が不幸な境遇に落ちてほしい、そうなったら、わしだって駆け落ちしてもらえるかもしれん、と考えたことがありましたからの。

——……。

——ばかばかしいでしょうが……。

——そんなことありません。

——鑑平さんを支えていたのは、きっとおすみさんだ、だから、鑑平さんはいなくなりはしたが、おすみさんはちゃんと立っている。悲しんではいるだろうが、この人は気丈な人だ、と思いましたでさ。わしには、鑑平さんがいなくなったんで、今度は、おすみさんに仕えたいって思いがこみあげてきたでさ。じいやにしてほしいって言ったのも、嘘じゃあなかったですに。それでも、工場へ出れば、仕事に打ちこみましたの。体だってまだ言うことをききましたからの。

そして、別の日に、濱蔵さんはこう話したんです。

そのころ、鉦策さんは《洋式造船術》という本に身をいれて読んでいたですに。勉強好きな人でしたからの。高等工業の時の友達が遊びに来て、話しているうちに、そっちへ傾いたって言っていましたの。読みながら溜息をついたりしての、楽しいような苦しいような工合でしたの。それで、わしにも伝染しちまって、わしも《洋式造船術》って本を研究したくなって、出版元へ注文しましたでさ。読んでみると、大よそは解ったですが、ピンと来ないところもあって、鉦策さんに質問をしたですに。英語の名称があって、漢字の訳がついているんですが、双方とも解らなくて質問したですに。半年ばかりすると、焼津へ神戸の商船学校の先生が来て、造船の講習をするという話になったもんですで、鉦策さんは出ることにしたんですに。夏でしたの。一夏七、八回やるということでしたの。本業の鋳造も結構いそがしかったんですが、鉦策さんは、そのたびに、いそいそと出て行きましたの。それで、向うで青島亀市さんと仲良くなりましての。

そう濱蔵さんが言うものですから、

——その話は聞いたことがあります、とぼくは言いました。

……わしは鉦策さんに質問する、鉦策さんは亀市さんに質問するということでしたの。そのうちに、鉦策さんがわしを誘ったですに。出張をかねて、清水の造船所へ行ってみよう、と言うですに。わしは連れてってもらいました。すると、亀市さんがいて、造船所の中を案内してくれたですに。本に書いてある通りでしたの。

それで、ぼくは訊いたんです。

——お父さんは自分で造船をやりたかったんですね。

——そうですに。あこがれていたんですに。鉦策さんには資力《もとで》がありましたからの。鑑平さんが鋳造所をやっていた時には、浮き沈みがあったですがの。鉦策さんは悪いとこで継いで、それからぐんぐん成績が良くなって行ったですに。それで、造船に踏みきろうと思っていましたです。

——濱蔵さんも大変でしたね。

——わしはいい計画だと思っていましたです。鉦策さんとしちゃあ、長年考えていたことでしたからの。それで、亀市さんを引っぱりこみたいと思っていたんでしょうよ。

——濱藏さんも乗り気だったんですか。

——わしは、こうでしたの。

そう言って濱藏さんは、右手を胸の辺に上げて、ただようように動かしてみせました。

——年でしたもんの。心配もないわけじゃあないっけが、鉦策さんを力づけたいっけですに。

それに、もし青島亀市さんが浮わついた人間なら、待ったをかけませんとの。亀市って人間を見きわめなきゃあならん、と思いましたでさ。

——それで清水の造船所へ行ったんですか。

——そうですに。

——どうでしたか。

——しっかりしていると思いましたでさ。無口の青年でしたがの。最初、うまい説明はできそうもありません、と言って歩きだした時には、線が細いかな、と思ったんですがの。丁度、竜骨と船主材を合わせているとこへ行った時に、船大工に、貸せ、と言って、かけやを手にすると、振りたくって、とてもうまく継手を嵌めこみましたでさ。しかも、ロクに息をきらしてもいないっけです。それから、すぐにまた内気な青年に戻るんでさ。

数日して、青島亀市さんは五十海に遊びに来ましたそうですが、接待した千恵さんのことが好きになったというんですに。そして、七日後に、亀市さんはまたやって来たそうでさ、自転車に乗って……。清水から五十海まで、四時間はかかるでしょう。しかも、女学校一年生の妹さんを荷台に乗せてきたんだそうですに。……兄貴も大変だったでしょうが妹も大変だったでしょうの、と言って濱藏さんは笑っていました。

――なぜ妹さんと来たんでしょうか、とぼくは訊きました。

――一人じゃあ恥かしかったんでしょうかの、それとも応援を頼んだんでしょうかの。

――妹がぜひ連れてってほしいとせがみました、と亀市さんは言いましたの。どっちにしろ、千恵さんと逢いたくて来たんでしょうから、わしなんかしゃしゃり出たってしょうがないっけですが、礼も言わなきゃあならんし、わしは、亀市さんと居たかったですに。それで今度は、紅林鋳造所を案内しましたでさ。

――ぼくはお宅の、前の社長と会ったことがあります、と亀市さんは、案内が一段落すると、言いましたの。

――清水の造船所でですか。

――そうです。少し気むずかしそうなかたでしたね。しかし、好きになりました。

――気むずかしくはなかったでさ、何か話をしてみたですか。

――口なんかきけませんでした。新米でしたから。ただ、うちの社長が、紅林さんは自分の子供が生まれる時に、海をジッと見ていた、と言っていましたんで。

――変った人ですの。しかし、楽な人でしたでさ。それでいて、人を変えちまうようなお人でしたの。

――人を変えちまう……。

――鑑平さんと一緒にいますとの、けち臭い考えなんかは消えるですに。

――わたしも教えを受けたかったですね。

——教えを受ける……。あんたなんかに、そんなことを言われたら、鑑平さん、目を白黒させたでしょうよ。

それからも、亀市さんは自転車でたびたび五十海へ来ましたです。千恵さんが妹を連れてきてほしいと頼むんで、よく連れてきましたに。妹だけが遊びにくることもありましたの。

亀市さんに四十トンの船の試運転に連れて行ってもらったこともあったですに。亀市さんが舵輪の角《つの》を持って、清水の港を出て、あっちこっち走らせましての。わしも感心しましたでさ。船がザブザブ波を切って、のたうつですに。試運転ですからの、カーブを切ると、波が湧きましての。わしら、しぶきに濡れながら、白い条に見とれていましたでさ。港も見違えるようでしたの。アメリカの船とか、上海から来た船とか、わしらの船は小さいんで、鼻先にそそり立っていたりしての。鉦策さんと、わしと兼松が行ったんですがの。

——この船は裾さばきがええ、と兼松が解ったようなことを言っていましたでさ。

亀市さんは航海士の免許も持っていたですに。

それから鉦策さんはわしに言いましたです。造船部をこしらえようとの。鋳造部と造船部の二またかけると言うんですに。鉦策さんは、その会社の社長ができるお人でさ。それで、わしは結構な考えだと言ったですがの。濱藏さんな、鋳造部を受けもってくれ、と言われた時に、わしには無理だ、と応えたでさ。鋳造は今まで通りでいいんですで、わしにできないことじゃない。しかし、わしはやる気をなくしていたですに。

——なぜだ、と鉦策さんは訊いたです。

——年ですもんの。

――六十四か。

――そうですに。

――濱藏さん、あんたは監督してくれればいいんだよ。

――駄目でさ、わしは。体から芯が抜けちまったようですからの。

――何を言ってるんだい。自信がないのか。

――自信なら、あるんでしょうがの。そうむつかしい役でもありませんからの。しかしの、鑑平さんが亡くなったことが、だんだんこたえてきたんですに。

――なんだい、悲しいのか。

――鉦策さん、あんたの前ですがの、そうなったですに。静かにしていたいですに。給料は薄くっていいですで、工場のかたづけとか掃除でもやらしておくんなさい。

そう言ったすぐあとで、鑑平さんの言うに言われぬ死にかたを、また気にしてしまいましての。正直言って、やる気をなくしちまったわしですが、このこだわりだけは別でしたです。仁吉をとっちめてやりたかったですに。にかわみたいなものが、こびりついて、離れませんですに。仁吉から伝染《うつ》されたですに。仁吉が執念深いのか、濱藏が執念深いのか……、と考えちまって、胸が苦しくなったほどですに。

――仁吉のやつの仕業を、濱藏さん一人の胸に置いておいたからじゃありませんか、とぼくは訊きました。

――しかしの、與志さん、わしはどうしてもひと様に明かしたくなかったですに。明かそうか明かすまいか、と迷ったことすらなかったでさ。そんなことをしちまったとしたら、自分は一体鑑平さんの何になっちまうのか、と考えていたです。

――……。

――わしの気持がわかりますですかの。

――わかります。

――古い話になってきましたしの。あんたも、どうしても聞いておきたいと言ってくれるし、消えちまうよりか、あんたにゆだねておいたほうがいい、と考えたですに。

鷺坂濱藏さんは続けました。

当座、わしは旭屋のかみさんにもこだわりましての。ことさら睨みつけたわけじゃあないっけですが、向うもいじけていましたでさ。道で出会っても、身を引いて、白っぽい目でこっちをうかがっていましたの。しかしの、かりにわしがあの女に文句をつけたりしたら、必死でこっちを嚙んできたでしょうよ。

――旭屋ってどういう家ですか、とぼくは訊きました。

――五十海駅前のめし屋でしたです。今はありませんがの。そこのかみさんが仁吉の嫁さんのおふくろでしたです。

――そうだったんですか。

――この女は何か知ってる、とわしは思っていましたからの。どのくらい知ってるのか、それが心配だっけです。わしが知りたいのは仁吉の居どころと、二万円の配分でしたです。もしこの女が分け前を貰っているようなことがあったら、ただじゃあおかんぞ、と思ったですの。結局、わしは狂っていましたでさ。

——なぜですか。

——意外だっけですが、おすみさんが、すんなりと訊き出していたんでさ。

濱藏さんは言いました。

おすみさんは菊を作っていましたがの。植え変えする鉢の土を旭屋のかみさんから都合してもらっていたんでさ。それをおすみさんの口から聞いた時、すぐと、旭屋の軒にあった大輪が頭に浮かびましたです。あの女は昔から菊作りをやっていたでしょうよ。それで、おすみさんは教わりたくて、声をかけてみたと言うんでさ。おすみさんは利口ですでの。最初から二万円の行くえを感づいていてそうしたのか、それとも、菊を作りながら感づいたのか、わしは訊いちゃあみませんでしたがの。旭屋の女のほうで、もう隠しちゃあいられないと思ったようですの。すると、おすみさんが誘いをかけたんだそうでさ。それからしばらくして、おすみさんはわしに言ったんでさ。わしが菊の芽を差すのを手伝っていた時でしたの。

——主人から二万円もらったのは仁吉さんですってね。濱藏さんは知っていたでしょう。

——すいませんです。実際言って、知っていましたです。すいません。おすみさんに知ってもらわんほうがいいと思ったもんですで、伏せたんですがの、とわしはおずおずと、曖昧に言いましたでさ。

——いいですよ、そんなこと。知ってみても、仕方ないですもん。

二万円が消えてから、もう三年と二月経っていたんでさ。

——仁吉を訴えますですか。

——わたしはいいですよ、そんなことをしなくたって。主人も仁吉さんにくれてやったんでしょうし。

——わしはの、仁吉の居どころを知りたいですに。

——知っていますよ。満洲にいるんだそうです。大連で、向うの人足たちを使っているんだそうです。班長とか隊長とかになっているって言ってましたよ。

——旭屋は知っているんでしょうの。ちゃんとした居どころを。

——そうですよ。

——おすみさんも知っているんですかい。

——住所までは知りませんが。

——旭屋に聞いてみておくんなさい。

——なぜですか。

——なぜって言ったって……。

——いいでしょう、聞かなくても。旭屋さんもね、仁吉のやつを訴えてほしいって言っていましたですよ。

——……。

——娘さんが満洲で棄てられたっていうんです。それで旭屋さんは怒っているんですよ。わしはムキになって喋っていましたです。いい加減、目ん玉がとび出していたでしょうよ。しかしの、おすみさんは静かでしたの。話よりか如雨露《じょろ》の水のほうに気をとられていましたです。

與志への想い

海江田《かえだ》先生はこのように話しました。

昭和十三年九月のことでした。ぼくが夕方学校を出て、港屋旅館の前にさしかかると、急に雨が降ってきたので、駆けだそうとしました。すると、港屋の女中さんが出てきて、濡れますよ、海江田先生、二階に紅林さんがおいでになっていて、いらっしゃいって、と言いました。二階へあがりますと、あなたのお父さんがお酒を飲んでいました。もう回っていて、くだけた様子でしたが、それでもぼくは気が重かったんです。改ってしまいました。あなたのお父さんは、こんなふうに言いました。

――熊本の幼年学校の生徒から手紙が来たことがありましたです。與志はうれしそうでした。

――いつのことですか、とぼくは訊きました。

――おととしですな。おととしの二月でしたな。わしに見せてくれました。八木さんという生徒からでした。六時起床とか十時消灯とか、自分は幾何と剣道の時間が好きで、楽しみにしているとか書いてありました。最初はキツい毎日だったけれど、馴れるととても気分がいい。グズな自分は姿を消し、いつも何かを獲得して行く自分がいる。それで、君も幼年学校を志願したまえ。君ならきっと合格できる、などと書いてありました。五十海の警察へも通知が行ったようで、お巡りさんが身もと調べに家へ来たりしましてな。わしもうれしくなって、気持がはずみました。しかし数日しますと、あの子は、幼年学校は受けない、と言いだしたです。惜しいと思って、やってみたらどうか、と言ったですが、あの子は案外頑固でした。見送ってしまいましたです。わしも浅はかですから、眠れなくなったりして、この子は、人生は長い、今判断しなくたっていい、と考えているんだろうが、早めにスタートを切っておかないと、競走に負けてしまうのに、と考えたりしましたです。それで、勉強、勉強と言い続けましたです。わしの目から見ますと、その後あの子は順調でしたが、三年になって、学校へ行かなくなってしまいましたです。先生もごぞんじの通りです。

そうあなたのお父さんが言いましたので、ぼくは応えました。

――ぼくはそれほど心配していませんでした。しばらくほっておいてもいい、と思っていました。しかし職員たちはそうでもありませんでした。校長と配属将校はえらく気にしていました。

――わしも親馬鹿で、心配でしたよ。それから、あの子は浜へ行き、浜へ寝泊りするようにもなって、学科以外の本ばかり読んでいましたな。先生にお借りした本も随分あったようですが。

――ぼくも貸しましたが、自分で手に入れた本が多かったんじゃあないですか。お宅の本箱にあるでしょう。

――あの子の部屋にありますです。あの子がどんな本を読んでいるかは、わしにわからんわけじゃあないですが、何を考えているのか、わからんところはありますな。

――本に書いてあることを考えているんでしょう。

――本はあくまでも本だ、実際の人生は別にあるわけだ、とわしなんか考えますがな。

——なるほど。

——與志は現実的なことは考えません。普通の生徒さんとは違うんじゃないですか。摑みどころがありませんです。

——そういう生徒だっていますよ。

——先生ご自身はどうなんですか。現実的なことも考えるでしょうが。

——ぼくは考えますよ。

——それなら、そのように指導なさらんのですか。

——ぼくには與志君の指導はできません。

——與志は先生の意のままにはならないってことですか。

——意のままになるどころか……。

——わしはね、先生ならどうにかなると思っていますがな。

——ご期待に添えませんで……。

——わしはね、與志をどうにかしたいと考えているんです。しかし、わしは間違っているんでしょうかな。それはできないことなんでしょうかな。あの子が学校へ行かなくなった時、まだあの子を変える余地はあると思ったんです。それで変えようとして、失敗したんです。変りませんでした。

——変らなくて結構だと思うんですが。

——まあ、聞いてください。十日前のことですが、夜の九時過ぎでした、わしは浜へ行きました。ふらついているあの子を、叱りつけて、連れもどそうと思っていました。おぼろ月夜で、ボーっと明るい海を、あれは松の影のなかにいて、眺めていました。わしは目が馴れなかったのですが、気配に歩み寄りましたです。


——家へ帰れ。

——帰るよ。

あれはわしのほうを見もしないで、応えました。上の空のようでもあり、うそぶいているようでもありました。

——帰るってか……。それじゃあ、行こうじゃないか。

——あとから行くよ。

——そんなことを言ってないで、俺と一緒に来い。

——無理言わんでくれ。

——無理……。何が無理か。こんなところをうろついていたって、しょうがないじゃあないか。いいから来い。

——行かないよ。

——お前な、家のどこに不足があるのか。

——家を出たのは、だれのせいでもないって。ぼく自身のせいだよ。

——俺に文句をつけたいんじゃないのか。

——そんなことはないよ。

——一体どうなっちまったのか。

——ぼくはこうして、一人でここにいたいんだ。

——いたいというだけか。

——ぼくはここにいたいんだ。それが悪いか。お父さんに、それほど迷惑をかけているのか。

與志の声は、どこか悲しみを含んでいるようでした。わしは、その時気がつきかけたです。あれがわしに迷惑をかけているわけじゃあない、わしはあれに迷惑をかけているかもしれんが……。しかし、勢いで、わしはあいつに摑みかかって行って、左の手頸をとりました。引っぱって行くつもりでした。それをふりほどかれましたから、腹をたて、ビンタをくれました。容赦なかったんで、あれはよろめきました。剣道の要領でしょう、わしがかさにかかってもう一発かませようとすると、あれは払いのけました。わしの腕は軽くはねあげられました。更に数回拳を突きだしたんですが、あしらわれてしまいました。抱きついて、一緒に砂地に倒れ、いっとき取っ組みあいになりました。あの子はたしかに、手加減していました。わしは、これは俺なんかがまともに組み合える相手ではないと思い、手を引いたのです。

わしはしばらくあの子を見ていて、一人でひき返したのです。不思議なあと味が尾を引いていました。わしの息ばかりが耳に残っていて、あの子の息は全然聞えないのです。思い返すと、取っ組みあっても、與志の体は闘ってはいませんでした。だからこちらも争う気がだんだん萎えてしまったんです。あの子の体が触れたのはわしの体ではなくて、わしの心だったんでしょうか。わしはハッとしたんです。あんな触れあいを、わしは味ったことはありません。代替えはない、何だったのでしょうか。先生もごぞんじのように、與志はわしの実子ではありませんが、かと言って、継子《ままこ》とぶつかり合ったというのでもなく、他にはどこにもないような瞬間がおとずれた、と感じましたです。わしはわれを忘れて歩きながら、自分とぶつかったのは一体だれだったのか、と考え続けましたな。

――紅林さん、與志君はあなたの愛情を感じています。取っ組みあいをしながら、あなたが体で與志君を感じたように、與志君も体であなたを感じたと思うんですが……。

――そうでしょうかな。おたがいに手応えがあったんでしょうか。しかし、先生、わしにはまだあの子が解りませんです。あるがままの與志が解るまでには、あと三年は必要だと思うんです。自信ありませんな。いつになったって、先生のようなことは言えそうもありません。

――ぼくが何を言ったと言うんですか。

――先生はさっき、與志君は変らなくても結構だ、とおっしゃった。

――ああ、そのことですか。彼はしっかりしている、自分を動かさない、どう転んだって與志君は與志君だ、とぼくは思っていますから、卒直に言ったまでです。しかし、紅林さん、ぼくは間違っているかもしれません。

――間違ってはいませんよ。

――ぼくだって、與志君がどういう人であるか、摑んではいません。

――いや、あなたはわしよりも正しい。どうか、わしに教えてください。

あなたのお父さんにそう言われて、ぼくは言葉に窮してしまいました。十分間以上沈黙が続きました。胸がはずみ、わけもなく涙がこみあげてくるのです。自分は酔ってしまったのか、だからこんなふうになるのか、と思いました。すさまじい雨の音がしていて、二人は與志君にしばられてしまったのです。ほどけない沈黙のなかに閉じこもっていました。どうにもならないのです。紅林鉦策さんと與志君のことに深くかかわってしまった、こんなこともあるんだ、と思うばかりでした。

——わしは酔ってしまったんでしょうな、とあなたのお父さんが、さりげなく言いましたんで、ぼくはホッとして、

——そんなことはありません、と言いました。

——酔ったようですよ。わしは一升以上飲みましたからな。

——そんなに飲んだんですか。

——あなたが来てくださる前に、ここで四合か五合飲んでいましたからな。

——酔っちまったのはぼくですよ。

——いや、あなたはお強い。酔ってはいません。

——ぼくはどのくらい飲んだんでしょうか。

——五合くらいでしょう。

——それくらい飲めば、ぼくは酔っぱらうんです。

——そんなもんじゃあないでしょう。平気でしょうが……。先生はお好きなようですから、酒を差しあげますよ。払底してきていますが、わしには手に入るんですよ。海軍の筋です。折角手に入るんだから、頂戴しておけばいいと思いましてな。今夜もどうかもっと飲んでください。

あなたのお父さんは、くだけた調子でそういっていたんですが、フッと歪んだ顔になって、胸迫る調子に変り、

——與志は海軍機関学校にも、東京帝国大学にも行くことはないでしょう。それもよかろう、と思いますな、と言いました。

——與志君が行くと言うんなら、どこへ行ってもいいんですが、とぼくは応じました。ぼくは大胆になって、突っ走りそうな自分を感じていました。あなたのお父さんは、半分ひとりごとになって、こう言いました。

——どこの親も子供には身びいきですな。だからこそ、迷うんです。厳しすぎて、虐待になっちまったり、甘やかして、ドラ息子にしてしまったりするんですな。

——おっしゃる通りです。

——海江田總《さとし》先生は、ちゃんとあいつを見ていてくれます。

——そんな、任にたえずです。

——先生のおかげで、わしの目からヤッカイな鱗が落ちますな。

——買いかぶりです。

——與志はしあわせです。先生、ありがとうございます。

今度こそ、紅林さんは本当に酔った、とぼくは思いました。

海江田先生はこうも話しました。

昭和十三年の九月、港屋旅館で、あなたのお父さんはぼくを褒めてくれましたがね。しかし、ぼくはまだまだ怖かったんです。お父さんに反動がきて、もう一度ガッカリしないとも限らないと思えたからです。金筋の父と金筋の子と言われたりして、輝いていた二人でしたからね。ぼくは疫病神みたいに恨まれるかもしれない。與志君の栄光をあきらめてしまったとしたら、お父さんには何が残るのでしょうか。もし、お酒が醒めて、元の立身出世主義者に戻ったとしたら、與志君の脱落が口惜しくて、自分で自分をさいなんで、狂ってしまうだろう、と想像して怖かったのです。ぼくを飲み友達のように言ってくれた人、紅林鉦策さんが大好きになりましたから、彼のことが心配で心配で、忘れることができませんでした。

ぼくが與志君の担任ということは、鷺坂濱藏さんも知っていました。こんなふうに質問してきたことがありました。

——先生、回生舎には粳田《うるちだ》って人がいますの、どういう人ですかい。キリスト教だそうですの。

——キリストを尊敬している人です。人を殺してはならぬ、と教えていますよ。

——当り前の教えですの。

——いや、日本は戦争をしているでしょうが……。戦地では殺したり殺されたりしていますよ。

——戦争もやめなきゃあならん、と言いなさる。

——そうです。結局時勢に盾ついているんですよ。

——先生は親しくしていなさる。

——していますよ。

——與志さんの身の振りかたを心配していなさって、それで回生舎へ行ってくださるんだそうですの。

——まあ、そういうことです。

——信用できる人ですかい。

——粳田さんですか。ぼくは信用しています。

——與志さんもその粳田を信用しきっているってことですの。粳田さんの教えは教育勅語よりか行きとどいてる、と言ったそうじゃあないか。

——行きとどいてる……ですか。

——どう思いなさる。

——行きとどいてるでしょうね。

——困ったことを言うじゃないか。

濱藏さんの言いかたもあって、ぼくの気持ははずみました。いつものような気がねも、言い澱みも忘れそうでした。

早朝の散歩の道で、話し合ったんです。ぼくは毎朝五時に下宿を出て、付近を歩きまわる習慣だったんですが、鷺坂濱藏さんの家のわきを通ると、彼が勝手場でお酒の燗をつけているんです。人なつっこく、話のもちかけかたがうまい人でした。なに気ない感じでしたが、ぼくの通るのを知って、待っていたのだそうです。やがて、濱藏さんは回生舎や粳田さんについてもっと知ろうとし始めたんだそうです。彼が学校へやってきたことがありました。前ぶれもなく、目だたないで、通用門から入り、グランドを横ぎって、いきなりぼくの前に現れました。鳥がいつの間にか来ているような工合でした。うれしかったのは、

——先生にうがいをしてもらおうと思いましての、と言ってお酒の入ったうがい用の薬壜を差しだしたことでした。放課後でしたが、一応グランドのはずれの松林へ行って、茶碗で飲んでは新聞にくるんだ煮干しをつまんで、こんなふうに話しました。

——粳田って人は、ハルビンの陸軍病院に勤務していた時に、夢のお告げを受けたっていうじゃあないですか。真夜中に一人の兵隊が来て、どっかに呻いている仲間がむらがっている、助けにおいでてほしいと頼んだそうですの。

——濱藏さんはその話を本当だと思いますか。

——嘘だと言ったってしょうがない、粳田って人がその夢を見たって言っている以上はさ。

——あてにならない、と思いませんか。

——金儲けの夢だったら、ばかばかしいと思うでしょうがの。粳田さんて人は、そんな夢を見ちまったんで、大損をしたんでしょうが。屋敷や田畑《でんばた》を投げだしたですでの。

——迷いだとは思いませんか。

——すっぱりと迷いを棄てたんじゃないですか。

——いや、マヤカシって意味です。だれかが粳田さんを騙したんじゃあないのか、って意味です。

——だれかってだれですかの。

——たとえば悪魔です。

——悪魔なら、うまい話をもちかけるでしょうに。ところが、幻の兵隊に、大損しろと言われた、よござんす、と答えたってことでしょうが。

――濱藏さんも、回生舎へ入ったらどうでしょう、それほど賛成なら。

――いや、わしはそうはならない。えらい人がいるからといって、今更血道をあげはしませんに。応援したい気持はありますがの。

――見物しているってことですか。

――海江田先生、あんただってそうだ。あんただって、賛成のくせに、見物しているだけでしょうが。だからけしからんなんて、わしは考えはしませんがの。そういうことは、世間にザラにありますでの。見物しているほうがいいってことだって、ありまさ。だからの、與志さんが回生舎へ入ったのはまずかった、とわしは思っていますに。そこまでやっちまうと、さしさわりが出てきますでの。三次だってそうでさ。……先生、三次って若い衆をごぞんじですかの。

――知っていますよ。

――三次だってそうですに。回生舎へは入らなくたっていい。入らないほうがいい。

――濱藏さんの気持はわかりますよ。粳田さんは立派だ。しかし、與志君は粳田さんにならって大損しなくたっていい、と言うんですね。

――そうですに。間違っていますかの。

――ちょっと違うんです。

――ちょっと違うって言いなさる。

――そうです。

――わしには解らんの。先生ほど頭がよくないもんで。

――頭がどうこうじゃありません。この件に関しては、ぼくのほうが多く知っているからです。

――そりゃ先生のほうが知っていなさるでしょう。わしに教えておくんなさい。

――ハルビンで、粳田権太郎《うるちだごんたろう》って人は、夢に見た兵隊の頼みに応じました。応じはしましたが、自分がどうしていいか解らなくなったんです。その後の粳田さんのことを、さすが彼だ、自分を曲げない、と言う人はいます。しかし、彼自身は、自分の勇気には限度があると思っているんです。自分は回生舎を建てようとしているが、それが建つか建たないかは解らないと思っています。全滅してしまったら、もっとその先を信じることができるか、と思っています。あの人は昔も結核でしたが、今はもっと重く、三期に進んでいます。自分ははたして救う人間なのか、実は、呻いている仲間の一人じゃあないか、と考えているんです。

――無理もないがの。だがの、そういう切ぱつまった時のために、キリストさんがいるんじゃないのかの。

――しかし、キリスト自身は来てくれないんです。

――奇蹟があると言っているんでしょうが。

――奇蹟は起らないんです。

――そんな、ばかな、奇蹟はありますに。

――濱藏さんがそう言うのを聞いたら、粳田さんは喜んで、本望だと思うでしょう。

――本望だと……。海江田先生、あんた何をおっしゃるんですかい。わしのような阿呆を小突き回さんでください。

――粳田さんにとって奇蹟は與志君だったんです。

——なるほど。

——濱藏さん、このことを信じますか。

——先生が今言ったことをですかい。

——そうです。

——信じますとも。

強い強い粳田さんの本音は、救いを待ち望んでいたんです。はるかな山を見よ、峠を越えて救援隊がやってくるのが、きっと見えるだろう、と彼は言ったことがあります。與志君は、このころ、黙々と畑仕事をしていました。いわれもなく難癖をつけられて、腹にパンチを入れられ、蝦の恰好で倒れてしまったのも、このころのことです。


鷺坂濱藏さんには、よく朝酒をご馳走になりました。とても気持のいい人ですね。この土地の人にはめずらしく、話し始めると、とぎれないんです。彼が話しこむので、ぼくは学校に遅れるのが心配でしたね。その心配がない時には、畔道に並んで腰をおろして、軽く一杯やるんです。流れに足を突っこんでいたこともあります。軽便鉄道の枕木を渡した橋に徳利や杯を置くんです。ある朝、ぼくが散歩していると、遠くに彼がいて、おおい、先生、と右手をあげるんです。左手には徳利を提げていて、ふところに杯を二コ入れているんですよ。幾波小学校で奉安殿事件のあったころのことですから、昭和十五年の秋でした。

——わしもあきれたり、気を揉んだりしちまっての。先生、どう思いなさる、と彼は言いました。

——五十海って変ったとこですね。三次君のような子はよそにはいません。

——そうですかの。とんでもない子ですもんの。

——濱藏さんはよく知っているんでしょう。

——赤ん坊の時から知っていますです。まさか、あんなことをしてくれるとはの。自分に閉じこもっちまって、出てこいと言ったって、ますます奥へ入って行っちまうようなタチですで。自分の中へ自分用の穴を掘っちまうって言うか。

——救ってやれなかったんでしょうか。

——無理でしょうの。……先生、自殺しようと思ったことがありますですか。

——ありません。

——三次も、死なんでもいいのにの。

——濱藏さんは、自殺しようと思ったことがありますか。

——それが、ないですに。知り合いに自殺した男はいましたですが。女もいましたの。とびきりいい女だっけです。三次は三人めでさ。三人は一統ですに。

——一統……。

——一族って言うか。わしが今自殺したと言ったのは、三次のばあさんとその兄貴でさ。

——え、そうだったんですか。

——自殺の血筋なんて、定められないとは思いますがの。わしには解らん、自殺は苦手でさ。

——ぼくにも解りませんよ。

——ところで、先生、與志さんのことですがの。今度のことでよれよれになっているかもしれん。親父さんに話してやっておくんなさい。心配していますで。

——與志君のことをですか。ぼくは大して知りませんがね。

——いや、先生は相当知っていなさる。

——知りませんよ。

——気が進まんですか、打ち明けるのが。

——打ち明けることなんか、ありませんよ。

——親父さんに会ってやって、相談に乗ってやっておくんなさい。

——ぼくでよければ、喜んで会いますけど。

出勤時間が気になっていました。朝めしを食べないで学校へ行っても、ギリギリの瀬戸ぎわでした。それでぼくは、帰り道に、夕方の六時に紅林鋳造所へ寄る約束をしました。濱藏さんが場所をきめたんです。ぼくは紅林鉦策さんには好意を持っていましたから、彼が会いたいのなら会うし、知ってることはなんでも話そう、と思っていました。進んでそうしたいくらいでした。しかし、あの時濱藏さんと別れてから、聞き忘れたことがあったのに気づきました。紅林さんがぼくと会いたいと言っているのかどうか、会いたければ、会うのはわけないのに、なぜ濱藏さんが仲介するのか、とぼくは思ったんです。しかも意外なことに、ぼくが鋳造所に夕方六時に行くと、あなたのお父さんだけが応接間に坐っていて、濱藏さんはいませんでした。お父さんに言われて、場をはずしたのかもしれませんね。

お父さんは、こんなふうに言いました。

——與志は回生舎から家へもどってくると、四、五日は何も言いませんでしたが、ぽつりぽつり話し始めましたな。向うでは畑仕事をしたし、それから、製材所で船の肋骨をひいた、などと言いましたな。

——ご両親に詫びたんだそうですね。

——詫びたんですかな。たんたんとしていましたな。わしはわしで、こだわりは消えていましたんで、経験を積んだってことかな、と言ってやりましたです。

——疲れていましたでしょう。

——そうですよ。顔が土け色でしたな。医者に診てもらえ、と言ったんです。気弱にもなっている様子でした。自分に言い聞かせるように、これからはまともに学校へ行って、卒業したらうちの工場で働きたい、と言いました。

——大体のところは、彼、ぼくにも報告してくれました。

——先生、骨を折ってくださって、ありがとうございます。

——ぼくは何もできませんよ。與志君が自分の考えで戻ってきたんです。

——先生、ところで、幾波小の一件はどう思いますか。

——奉安殿の一件ですね。あれは三次って子がやったことでしょう。三次君が一人でやったことです。

——與志は何か言っていましたか。

——はあ、いろいろ言っていましたから、それで、結局、三次君が一人でやったって解ったんです。

——家では與志は何もしゃべらないんですよ。とても悲しかったんでしょうが、悲しいとも言いませんでした。先生には話したんでしょうか。

——ぼくにはいろいろ言ってくれました。

——わしにはなにも言いません。わしは信用がないんでしょうかな。

——心配をさせてしまうから、と思ったんじゃあないですか。

——やっぱり、話し甲斐がないと思ったからでしょうな。

——思いすごしですよ。家で話すと家の中が重苦しくなりますが、友達にしゃべると気が楽になるってこともありますし。

——それですかな。とにかく、何一つ言いませんでした。

——特高によび出された時もですか。

——あれは特高なんですか。

——ごぞんじなかったんですか。特高なんです。

ぼくは、紅林さんがこれだけ心配しているんだから、知らせたほうがいい、と思いましたし、それに、父親なんです。でもあなたのお父さんは低い唸り声を発して、しばらく言葉が継げませんでした。それから、声を落として言いました。

——夜おそく、與志が警察署から戻ってきますと、左の頬に瘤がありましたし、唇が裂けていましたです。家内も娘も気づかって、手当てをしようとすると、あれはことわって、勝手場で手拭いをしぼって、顔に当てていましたです。そのまま、わしらの心配をよそに、寐てしまいました。翌朝わしが工場へ出ていますと、口のはたを紫色にして、ふらふらとやって来ましてな。わしに会いに来たんでしょうに、なぜかわしの視線を避けて、敷地の人目のない隅で、しばらくぼんやりたたずんでいて、どこかへ消えましたな。要領を得ませんでした。だれかにしゃべったんですかな、警察署で教育勅語をソラで言わされたってことだけが、あとになって、わしの耳に入りましたけども。

――ぼくには話してくれたんですが、重荷にあえいでいるようで、声がうわずっていました。

――どんなことを言っていましたか。


――あの晩、お前ら二人で奉安殿へ行ったな、なぜそんなことをしたのか、と刑事が訊いたんで、

――あの辺を歩いていて、寄ってみただけです、と與志君は答えたそうです。

――三次は何か言っていたか。

――いくら風が吹いたって星は釘づけだな、この壁もギシギシ鳴ったりしないし、と三次は言っていました。

――他になにか言わなかったのか。

――他には、なにも言いませんでした。

――お前は……。

――ぼくは黙っていました。

――三次のそぶりにおかしいところがなかったか。

――ありません。ただ奉安殿の壁を掌でこすって、なつかしそうにしていました。

――なつかしそう……一体どういう意味だ。

——解りません。でもぼくは、一人になってから、このことを思いだしたんで、ハッとして、奉安殿へひき返しました。三次があそこで死んでるんじゃないか、と思ったからです。

——三次は自殺の場所を下見したのかな。

——そうだと思います。

——お前な、三次がなぜ奉安殿にもぐりこんだか解るか。

——三次が奉安殿が好きだったからだと思います。

——好き……。好きとは何のことだ。

——三次は暗闇が好きでした。小学生の時、うちの倉庫の奥へ入ってしまって、五時間も動かなかったことがあります。暗闇をむさぼっていました。

——暗闇をむさぼっていた……。解らんな。

——ぼくには解ります。

——お前が奉安殿へ行った時だがな、扉は閉まっていたか。

——一人で行った時にですか。

——そうさ。

——閉まっていました。

——ガッチリ閉まっていたか。

——はい。

——鍵が下りていたんだな。どうしてわかったのか。

——触ってたしかめました。

――それで安心したんだろうな。中に三次はいないと思ったんだろう。

――いいえ、その時には、三次は中にきっといると思いました。

――なぜだ。嗅いだって臭わないだろう。

――なぜか解りません。この扉の向う側にいる三次に今夜是非会いたいと思って、焦りました。

――辻褄が合わんじゃないか。忍術使いだってできはせんぞ。

――信じていました。

――信じて……。お前な、与太をとばすんじゃないぞ。鍵をお前が握っていたんじゃあないのか。

――持っていません。

――鍵は見なかったのか。

――見ません。

――探さなかったのか。

――探しません。

――もう一度訊くがな、鍵はどうなったか知らないんだな。

――知りません。

――どうなったと思うか。

――わかりません。

――そうか、今夜は一旦帰れ。また訊くからな、ちゃんと答えるんだぞ。貴様なんかになめられやせんから。

特高の刑事は、こんなふうに訊いたそうです。それから、藪から棒に、教育勅語を暗誦するように言ったそうです。ごぞんじでしょうが、與志君の朗読はよどみがなく、定評があるんです。勅語の暗誦は、特高を感心させたと思います。

ぼくの話が一段落しますと、あなたのお父さんは言いました。

――この前港屋で、海軍筋のお酒をさしあげたい、と言いましたな。壜をブラ提げて、あっちへ移動していただけますかな。あっちへ行って、飲みましょう。

――ここにお酒が置いてあるんですか。味噌かなんかあったら、ここでいいんじゃないですか。

――さかななら、ここにないわけじゃありませんがな。燗もしてもらえますよ。工場の敷地に住んでいる事務員がいて、簡単なもんなら、したくしてくれますから。

そう言って、あなたのお父さんは、その事務員に頼んで、鰹のつくだにとさと芋の煮ころがしと漬けた茗荷をもらい、薬缶で燗をつけて二人は飲み始めたのです。小やみなく湧いている虫の声が、体にしみこむようでした。あなたのお父さんは小がらで、やせていて、作業服を通して骨の動きが見えるようで、大がらで均整のとれた與志君とは違っていますね。しかし與志君のことをいつも考えています。ぼくは申しわけない、と言いたかったんです。なぜなら自分は、この人が息子にかけた夢を無視して、こわしてしまった生意気な教師だから、と思いました。しかし、紅林鉦策さんは、こう言いました。

――先生、解りましたよ。先生とわしは意見一致したと思うんです。先生は、あいつらに與志を殴る理由があるのか、殴る権利があるのかと思ってくださると思うんですが、いかがですか。

——勿論、そう思っています。三次君にしても、どういう事情があったにせよ、思いつめて死を選んだ。随分悩んだと思います。しかし世間は、奉安殿が問題だと言っているんです。それだけしか考えないんです。與志君だけが、三次君につきそってやりました。最後まで友達の身になって考えてやったんです。

——三次って子を、わしはこんな時分から知っています。利発な子ですよ。黙りがちで、彫りもののような子だ、とも思いましたですが。

無に降り

わたしは海江田先生に話しました。

……夏休みに入りますと、日のあるうちは、兄はずっと浜にいるようになりました。お弁当を持って行くこともあって、暗くなるまで家に帰ってきませんでした。九時十時まで帰らなかったこともあります。わたしも午後になると浜へ行き、松林や舟小屋の軒や伝馬のかげにいる兄を眺めていました。杵島というところか、その近くにいましたし、さえぎるものが少い浜のことですから、見つけるのはそれほどむつかしくはありませんでした。でもムキになって探しましたし、見えると、その都度ハッとしました。そのころになって、兄は瘠せたようでした。日によっては、一回り体が小さくなったように感じられたこともあります。日に焼けた顔にも艶がなくて、よごれのような影があるのがわかる気がしました。近くにいると動悸がして見えなくなってしまうのですが、距離をおくと、だんだん衰えて行く様子が見えるようでした。遠目に見ていることは、わたしの秘密だったのです。

父も母も兄が杵島のあたりで毎日本を読んでいることは知っていました。でも行きはしませんでした。父はかたくなで、ほっておけと言ったのです。ただ祖母だけが笑って、変りだねだのう、うちの一統でも初めてだよ、と言いました。

母がお弁当を持って行くようにと言ったことがありました。それで、お弁当を持って浜へ行ったのですが、歩きながら動悸がして、困ってしまいました。夏休みに入る前、不意に兄に会ってしまった時、怖いと思ったことが忘れられませんでしたし、人目も気になったのです。人目など気にしなくてもよかったのですが……。ですからその時には、松の枝にお弁当の包みを懸けておきました。三十メートルも離れた舟の中にいた兄がこっちを見たので、包みを指さして見せたのです。

次にお弁当を運んだ時には、兄は加久浦寄りの岩陰にいました。低い断《き》り岸になっていて、砂浜が終るところです。はみ出ている松の根っこに、舟を一時つないでおくことができるところです。その時、兄はパンツ一つで腹ばいになっていて、かたわらに女の人がしゃがんでいました。目をこらしますと、もう一人五つか六つくらいの男の子が蝦のように寝ているのがわかりました。どこかのんびりしていました。わたしはひとり合点して、これならまぎれこむことができる、と思いました。呼んでみたのですが、兄はこっちを向きませんでした。

わたしは好奇心にかられ、三人のいるところに行ってみたのです。兄は横目で見て何も言いませんでした。女の人は手を頸筋に当てていて、こっちを見ませんでした。二人の視線は男の子に注がれていました。その子は黙ったまま、力のない目を動かしていましたが、

——母ちゃん、と小声で言ってしくしく泣きだしたのです。

——知らん、母ちゃんは知らん、と女の人は頭を痙攣するように振りながら言いました。

スクッと立ちあがり、

——あんたみたいな子は海に投げちゃうから、と言いました。

女の人の顔は晒したように白く、目尻がつりあがっていました。男の子はびっくりして、

——母ちゃん、母ちゃん、と泣き叫びました。

——もうしないか、と女の人は訊きましたが、男の子はわけがわからない様子で、

——もうしないから、これからしないから、と泣き続けました。

——さあ、家へ帰ろう、おれにおぶされ、と兄は言い、上半身を起こしていた男の子に、裸の背中を向けてしゃがみました。

——母ちゃんも来るのか。

——来るさ。

——どうしたの、兄さん、とわたしは訊きました。

——あそこに本があるからな、お前持っていてくれ。シャツとズボンもな、と兄は言っただけでした。

——シャツとズボンはわたし持ちます、と女の人が言いました。

兄が顎で指したところへ行って、わたしは兄の持ちものを拾いました。本は《白痴》の第二巻でした。

この女の人が綾さんで、男の子は亮ちゃんだったのです。後で知ったのですが、亮ちゃんは溺れかけたんです。お母さんと一緒にこの辺に来ていて、亮ちゃんだけが岸にもやっている伝馬に入って遊んでいますと、綱が松の根からほどけたのだそうです。亮ちゃんがほどいたのかもしれません。舟は流され、亮ちゃんはあっ気にとられていました。引き潮でしたし、海は深いのです。何の物音もしなかったのに、兄は感づいたのだそうです。伝馬はもう五十メートルも岸から

離れていたといいます。本から目をあげてその様を見ると、すぐに服を脱いで海に入ろうとしたんですが、子供は岸へ戻ろうとして海へ跳びこんでしまったのだそうです。兄は亮ちゃんの頸を押しあげながら、岸へ引き返すと水を吐かせました。綾さんは声もなく、事が運ぶのを見守っていたんだそうです。

わたしはお弁当と土瓶、《白痴》第二巻と草履を持って、三人を追いました。そして、

——草履はかなきゃあ、と言って、兄の足の前に草履を揃えました。

兄はそれをつっかけて歩いて行きます。松林をはずれますと、砂が焼けているのです。わたしはおぶわれた男の子の背中に、兄のシャツをかけてやりました。兄はすたすた歩いています。子供をおぶい馴れている人のようでした。見ていると、わたしの気持はだんだん和《なご》んできて、笑みが浮んできそうでした。こうして一緒に歩ける時もあるんだ、と思いました。

綾さんの住居は母ひとり子ひとりだったようです。家に着きますと、手速く蒲団を敷いて、

——今日は寝ていなさい、と亮ちゃんに言いました。

——寝るのやだ。

——また言うこと聞かない。今度こそ海へうっちゃっちゃうから。

——海はやだよ。言うこと聞くから。

——そうしてね、じっとしていなさい。

亮ちゃんはしばらく蒲団の上でうごめいていましたが、やがて気持よさそうに眠りました。

——ありがとうございました、お嬢さん、と綾さんはわたしに言いました。

兄は知っていたのでしょうか、わたしは、その時まだ綾さんを知りませんでした。でも綾さん

は、わたしが誰か知っているかのようでした。そんな言いかたでした。

――お騒がせして、済みませんでした。

わたしは、綾さんと兄の間柄を疑ったのでしょうか。それで、それとなく観察してしまったのですが、たしかに綾さんは兄に気があると思いました。子供のことに目一杯だった時間が終ると、それまで沈んでいた恋がこみあげてきたのでしょうか。この人は確かに恋に陥ちている、とわたしは思いました。小柄で、普通なら目だたない女の人なのに、ハッとするほどきれいに見えました。しかし兄は知らん顔でした。まさか……、とさえ思っていなかったのです。妹のわたしにさえわかったことですのに……。

――そいつを食おう、と兄は、わたしが持ってきたお弁当を見て言いました。

綾さんのお宅の裏には、葭簀の陰に小さな縁台がありましたので、兄はそこに坐り、わたしは自家《うち》から持ってきた土瓶のお茶をお弁当の蓋へ注ぎました。兄はおいしそうに食べました。走ったり泳いだりした後でしたから、お腹が空いていたのです。綾さんはサービスしたかったに違いありません。しかし、亮ちゃんのことがまだ心配でしたでしょうし、兄はそっけなかったのです。彼女が家から出てきて、お辞儀をした時にも、兄は食べ続けていました。わたしはもう綾さんに嫉妬していました。だから、兄のことを、小気味良いと感じたのです。

そんなことはどっちでもいい、と思い直しました。あの、青い炎が額に燃えていた兄が、こんなにも自然に人間の世界に戻れるものか、と感じて、涙がこぼれそうでした。

この人助けの日の安らかな気分も、束の間の気休めでした。見る見るうちに逃げて行ってしまいました。兄は結局、元の状態に戻って行ったのです。夏休みが終っても学校へ行きませんでした。父は学校から電話があったことを知ると、急いで夕ごはんを食べました。お箸を投げて、お茶をゴクリと飲むと、スクッと立ちあがりました。母もハッとして、立ちあがりました。玄関で父と話しているのが聞えてきました。

——浜へ行って與志に聞いてみよう、と父が言いました。

——わたしも行きます。

——来なくていい、タイタイで説き伏せて連れてくる。

——来ますかしら。

——連れてくるよ。大丈夫だ。首根っこつかまえても。

——わたしも一生懸命知ろうとしているんですけど、あの子の気持が見えないんです。

——だから当人にただしてみるさ。

——済みません。

——お前が詫びることはない。

この時のことを、わたしは鷺坂濱藏さんに話したことがあります。あの人はこう言いました。

——明子さんは連れ子だってことで、気にしていましたがの。鉦策さん全然差をつけちゃあいませんでしたよ。年ごろになると、連れ子は連れ子になっちまって、親父さんとしっくりいかなくなることだって多いですが、ずうっと実の子以上に考えてやってましたの。そうでしょうが。

——そうです。お父さんはわたしをかまってくれない、兄さんのほうが可愛いんだ、と思ってひがんだことがありましたもの。

――そうでしょうが。それにの、與志さんのほうも親父さんになついていましたでしょうが。親父さんを気に喰わないと思ったことなんか、ありゃしませんよな。

――そうです。仲がいいからひどいことになったんです。

――親父さんに対して当てつけをしたわけじゃない。浜へ行きたいから浜へ行きなすった。浜をうろつくことだって立派な考えでしたでさ。

――え、立派な考えなんでしょうか。


父は六時ごろ出かけて行き、真暗になっても戻りませんでしたので、母とわたしは連れだって探しに行ったのです。父も兄も見つかりませんでした。家に戻っているかもしれないと思ってひき返しますと、そうでもなく、十時過ぎに、父が一人で帰ってきたのです。顔に乾いた砂がついていました。角刈りの頭をこすって、砂を払っていました。母は訊きましたが、父は何も応えないで、客間へ入ってしまいました。母の手がブルブル顫えていました。お茶をいれましたが、お湯がこぼれそうになるのです。お父さんのとこへ持って行きなさい、と言いますので、わたしが、お盆に乗せて運んで行きますと、客間に電気がついていませんでした。わたしが言うと、電気をつけな、と父は言いましたが、それ以上は何も言わないで、テーブルの縁のあたりを見ているだけでした。虫が這っているのを目で追っているかのようでした。テーブルには砂がこぼれていましたので、

――ジャリジャリしている、と言いながら、父の顔を見ました。血の気がなく、緑色に見える

ほどでした。

——兄さんは……、と訊きましたが、父はフーッと大きな息を吐いて、お茶を飲んだだけで、黙ったままでした。

——お風呂へ入る……、お父さん、砂まみれだから、とわたしが言うと、

——俺はこのままでいいから、お前ら風呂を使って、もう寝ろ、とようよう応えてくれました。

わたしは、様子をうかがっているようで悪い、と思いましたから、台所へ引き返しました。すると、母が板の間にいて、泣いていたのです。声はおさえていましたが、肩が動いていました。気を取り直し、顔から手をはがして、

——お風呂へお入んなさい、とわたしを追いやるように言いました。

浜で争いがあったのか、格闘だったかもしれない、とわたしは一旦は疑い、そのすぐあとで、まさか、と思い直したのです。しかし母は、格闘がたしかにあったと感じたのです。だから泣いたのです。わたしもお風呂の中で、やっぱりそうだったのか、と思いました。すると胸が痛み、涙がポタポタお湯に落ちました。

翌日、わたしも学校を休みました。父は黙って工場へ行きました。すると、兄さんと三人で浜でお弁当を食べよう、と母が言いだしたのです。とてもうれしかったんです。そう言ってくれた母に感謝しました。波の高い日でした。兄は夏休み前よりもやつれて、肌がカサカサしていましたから、荒い潮風に負けてしまっているようでした。亮ちゃんを救ったあたりの、断り岸の上に

いました。足の下からしぶきが昇ってきて、霧になって流れていましたから、三人は少し海から遠ざかって、話をしました。

——子供を救ったんだってね、と母は私から聞いた話をまず言いました。

——舟の中にいればいいのに、海へ入っちゃったからな。俺が行かなかったら死んだかもしれない。

——兄さん、偉かったね。

——大した働きだったじゃないか。気分いいだろうね、と母は言いました。

——気分いいな。

——久しぶりにスッキリしたんじゃないかね。

——俺か……、俺はいつもスッキリしているけど。

——家にいてもかね。

——そうさ。

——それなら、家へ戻ってちょうだいよ。随分瘠せたよ。

——俺が瘠せたわけじゃあない。

——だれが瘠せたんだね。

——俺の肉が落ちたっていうだけのことだよ。

——解らないよ、あんたの言うことは。

——命は体以上のものだって聖書に書いてある。

——でも体も大事でしょうに。

ました。

――体は大事じゃあない、一切気にするなって意味だよ。

――大事じゃなくたって、体が丈夫じゃあいけないってことじゃないでしょ、とわたしは言いました。

――めんどくさいことを言うな。

――めんどくさいのは兄さんよ。

――あんた、浜にいても家にいても同じだって言ったねえ、と母は訊きました。

――同じとは言わない。どっちにいたってスッキリしていると言ったんだ。

――それでも家へ戻りたくないのかね。

――外へ出て、外から家のことを感じてみたいんだよ。

――感じる……。

――たとえば、父親とは何者かって離れて感じてみたいんだ。

――あんた、お父さんをお父さんと思えないのかね、と母は声を顫わせました。昨夜泣いた時の声と同じでしたので、わたしはハッとしました。

――あの人は俺のお父さんだよ。あんたは俺のお母さんだ。

――間違いなくかね。

――間違いなくだよ。だからこそ、父母とは何者かって考えることもできるんだ。俺がしたいのは、離れて感じてみるってことだけだ。前からそうしたいと思っていたんだ。

――前からね……。どうして今そうするのかね。

――キッカケがあったからだ。

――どういうキッカケがあったの。

――俺自身が思い立ったからだよ。

――お前自身が大事なんだね。

――そうさ、母さん、よく解ったな。

――自分のことは自分で決めるんだね。

――決めるんじゃない。決まるんだ。

――そうかね。だれだって自分だけじゃあ決められないんだけどね。

――母さん、頼む、俺の思うようにやらせてくれ。俺は今、粳田《うるちだ》さんのとこへ行ってみようと思っているんだ。粳田さんが来い来いって言ってたから。

――学校はどうするんだね。

――学校はいい、いい加減でいいよ。こんな時代だしな、少しは外へ出たほうがいい。それよりか、粳田さんは養ってくれるだろうか。食いぶちを提げて行かなくてもいいかしら。

――向うじゃあ、食糧なんか要らないだろうがね……。粳田さんに行くってこと、お父さんに言っておくよ。お父さんは許しはしないだろうがね。

――学校より大事なことがあるって、俺が言ったって言ってくれ。


海江田先生は言いました。

……ぼくはその粳田さんのとこへ行ってみたんです。與志君を連れ戻そうと思ったんです。バラックが五棟あって、中心に大きな農家がありました。粳田権太郎の表札の下に幾波回生舎と書いた看板がかかっていました。粳田さんと與志君とぼくは、大部屋で会いました。

——與志君に目標を示すことなんか、わたしにはできませんがね。與志君が張りきっているからいいじゃありませんか、と粳田さんは言いましたが、

——ぼくは連れて帰りますよ、とぼくは言いました。

——学校だって與志君に目標を示すことはできませんよ。

——学校もいい加減です。しかしね、少くもこんなとこにいるよりマシです。

——そうでしょうかね。

——あなたは目標を示すことはできないと言いましたが、それならなぜ、箸にも棒にもかからない少年たちを集めたんですか。

——集まってきたんですよ、與志君みたいに。

——それで、どこへ導こうと思っているんですか。

——導くことなんかできません。與志君のように立派な人なら、自分で自分を導くでしょう。

——粳田さんが手助けしてですか。

——手助けはできません。信頼して見守っているだけです。

——粳田さん、あなたは無責任です。

——あなたは、だれかに対して責任を負えますか。

——ぼくは一介の教師です。大きなことは言えませんが、お国のために役に立つ人間を育てようとしています。ですから、親のいない子や不良や感化院から出てきた少年たちをあなたが教育していると聞いて、あなたを尊敬していたんです。

――わたしはね、落伍した連中と一緒に生活しようと思ったんです。わたしの考えたことはそれだけです。

――共同生活だけなんですか、糠田さんの主眼は。

――しかし、與志君は違いますよ。連中と生活しているだけじゃありません。それが喜びなんですよ。彼らを愛しているんです。與志君は、ここで、いきいきと生きています。

――何になるんですか、それが。何もないじゃありませんか。

――何も得られなくても、いきいきと生きることのほうが大事です。

――まるで阿片だ。

――あなたは阿片を吸ったことがありますか。阿片なんかとは違います。海江田先生、與志君はね、先生よりも、それからわたしよりもちゃんと人間を見ています。日本にも世界にもいる不幸な人と共感しようとしています。ここでなすべきことを、彼はやりとげるでしょう。わたしもなんとなく手をつけた事業だったんですが、今はやり甲斐があったと思っているんです。

――與志君は糠田さんの目を開いたんですか。

――そうです。

糠田さんにそう言われて、ぼくは息を呑んで黙ってしまったんです。まやかしにかかった気がして、キョトンとしてしまいました。

すると、糠田さんはほほ笑みながら言いました。

――與志君は、ここへ来て四、五日して、生意気だと言われて殴られました。倒れたところを下駄で蹴られたそうで、頭に怪我しました。それでもここの生活に嫌気がさした様子はありません。強い子ですな。

與志君は飯台に両手を乗せて、黙って坐っていました。滅多に身動きもしないで、静かに話を聞いていました。教室でも毎日この通りにしていました。が、質問したり考査をしてみると、その耳が教師の話をいかによく吸いとっていたかが判ったものです。

——お前いつ怪我したのか、とぼくは與志君に訊きました。

——先おとついでした。ここです。

そう言って彼はコクリとうつ向きました。丸刈りの頭の地肌に血がこびりついていました。五センチほどの傷でした。

——手当てはしなかったんですか、とぼくは粳田さんに訊きました。

——しましたよ。消毒しました。表面が裂けただけですからね。こういう傷は乾かしてしまったほうがいいんです。

ぼくが腑に落ちない顔をしたからでしょう、粳田さんは、

——わたしは満洲で看護兵でしたからね、と言いました。

——痛まないか、とぼくは與志君に訊きました。

——まだ少し痛みます。

——粳田さん、紅林與志を連れて行っていいですか、とぼくは改めて切りだしました。

——與志君に聞いてください、と粳田さんはほほ笑みながら言いました。

——一緒にここを出よう、とぼくが言うと、

——もう少しここにいます、と與志君は応えました。

――もう少し……。どれくらいか。

――しばらくです。今出ると中途半端ですから。

――ずうっといる気じゃあないだろうな。

――そんな気はありません。でも、ここを出たら別のところへ行きます。

――どういう意味だ……。お前な、学校へ戻れよ。卒業間近だぞ。

――先生、ぼくはプールで泳ぎたくはない、海で泳ぎたいんです。

――なるほど、学校はプールか。まだるっこしいんだな。

――まだるっこしいって意味じゃあありません。キリストは、家族に別れの挨拶をしなくていい、すぐさま私に従いなさいといいました。

ぼくは匙を投げました。しかし一応です。何度でもここへかよって、與志君を説得しようと思っていました。すると、先を越して與志君は言いました。

――先生、またここへ遊びにきてください。


わたしは海江田先生に話しました。

……兄が粳田さんへ行って、家に帰らなくなると、母はますます悲しみました。家の南側の軒で、ひとりで泣いていたことがあります。草むらから湧き続ける虫の声にまぎれないで、しゃっくりのような声が聞えてきたのです。十時ごろだったでしょう。まだ白いエプロンを着たままの母が、軒の暗がりにいたのです。とても明るい月夜でしたんで余計、そこは闇が深くて、こっそり隠れて泣いていると、わたしは思ってしまったんです。それで、母に声をかけるのをひかえました。草むらは粳田さんの家の方向にひろがっていますから、母さんは南の軒へ行って兄さんを呼んだんだ、と思ったんです。

杵島で兄と話し合った時、母はよく喋り、気さくで、いくらか軽口を叩いている感じだってしたのに。兄の言いかたに釣られたのでしょうか。……あれは何だったのでしょう。昔に返ったのでしょうか。それがうまく行って、瞬時にしろ、困難な今を忘れることができたのでしょうか。

その翌日でした。わたしは兄の部屋へ行きました。先生もご存じのように、兄は納屋の二階を自分の居場所にしていました。その六畳間はとても散らかっていました。母も落ちつかなかったので、掃除がしてなかったのでしょう。万年床のまわりに、教科書の本立てがあり、勉強机がありました。汗が染みた剣道の防具が網の袋に入っていました。片づけきれないのは、甚兵衛鮫の骨でした。浜で漁師が五、六尾の甚兵衛をさばいたことがあって、骨をたくさん残して行ったことがありました。そこを通りかかった兄が欲しがって、三回も往復して、自分の部屋へ運びこんだのです。おまけに大きな流木までひろってきて、その白い枝に白い骨をからめました。わたしは掃除が終ると骨を並べかえてみました。兄も首をかしげながら、骨の配列を考えたものでした。ですから、兄が不在でも、一緒に遊んでいるような気がしたのです。環のような骨に紐を通して、大きな首飾りをこしらえたのも兄です。

骨のほかに、兄の部屋で目立ったのは、小説と詩で一杯の押入れでした。ドストエフスキーの全集が八冊、ストリンドベルヒが四冊、それとトルストイの《戦争と平和》が五冊、他に《我等何を為すべきか》と《宗教論》がありました。こうした本のまわりに、たくさん文学の本が積んでありました。それで、万年床は押入れにしまうことができなかったんです。

そんなだったんですか、と海江田先生は言いました。……ぼくは興志君のいろいろな姿を思いだしますがね、しょっちゅうありありと浮かぶのは、本を読んでいる時の体恰好ですね。前かがみにならないで、ピンと背筋が伸びます。悠々とページを繰るんです。

本が好きな人って、みんな兄のようにして読むのかな、と思いました、とわたしは言いました。……兄の部屋に入ると本があって、重苦しいんですが、姿勢のいい兄が、うれしそうに読んでいる姿も浮かんでくるんです。きまって、同じ兄を思い出すんです。……あの時もそうでした。掃除をし終って、ぐずぐずしていたんです。すると、母が階段を登ってきました。

――きれいにしてくれたんだね、と言うもんですから、

――きれいにならないよ、このお部屋は。変なものがゴタゴタしていて、片づけられない、とわたしは言いました。

――これ以上は無理だよ。上等、上等、と言いながら、母は押し入れの中を眺めていました。戸があけてあったんです。

――兄さん、全部読んだのかしら、とわたしに訊きました。

――半分は読んだと思う。もっと読んだかもしれない。

――この本があるから帰ってくるだろうね。

――帰ってくると思う。でも、本を取りにくるだけで、欲しい本を持って、また行ってしまうかもしれない。

――そう思うかね。

――解らないけど。

――外に出て、懲りるといいんだけどね。

そう言いながら、母は胸迫ったようです。壁にかけてあるお座敷箒をはずすと、竹の柄で兄の万年床を叩きました。わたしが畳んで、部屋の隅に積んだのを叩きながら、

――ねえ、與志、どうするんだい。一体どうするんだい、と言い続け叩き続けました。


しばらくして、わたしは鷺坂濱藏さんと話しました。

――與志さんは入学すると、成績がいいんで、五十海中学の校長さんが感心して、雛鳳《すうほう》と告げたそうですの。鉦策さんが喜んで、わしにも今夜は飲んでいけって言ってくれたですに、と鷺坂さんは言いました。

――その話、わたしも聞きました。お父さんがスーホーって言うもんだから、何のことかと思ったんです。きっと、尊い宝って意味なんだろうと考えたりしました。

――いずれそんな見当の言いかたですの。学校じゃあ、御曹子と言われていたそうです。紅林家の御曹子はその通りですが、それだけではないようでさ。まわりが一モクも二モクも置くってことでしょうか。鉦策さんが、学校始まって以来だそうだと言って、與志さんの通信簿を見せてくれたことがあったですに、十二科目あって、そのうちの九科目が十点、二科目が九点、一科目が八点でしたっけ。わしはびっくりしちまいました。あんたも見たでしょうが。

――見ました。三年の時の通信簿ですね。

――一科目だけなぜ八点かというと、配属将校に盾ついたからということでしたに。それでも、銃剣術の対校試合で優勝しちまったんで、八点以下にはできない、と鉦策さんは言いましたっけ。

――親バカですね。

――そうかもしれん。鉦策さんが大喜びしているのを見て、わしは考えたっけです。これは鑑平さんゆずりだって考えたっけです。鑑平さんが勉強しろ勉強しろってしょっちゅう言って、成績がいいのを褒めちゃあ、偉いさんになるように仕向けたから、鉦策さんはその通りのお人になった。学校の成績は良いっけです。帝大へは行かないっけが、大岡山の高等工業の優等生でたし、事業を継いで、紅林家を静岡県でも指折りのご大家にしたですからの。

――お祖父ちゃんは海軍も好きだったそうですね。

――そうでさ、それで鉦策さんには海軍兵学校か海軍機関学校へ行くのもいいな、とすすめていましたです。黄海の海戦や日本海海戦の凄みを味ったからの。

――鑑平おじいちゃんがですか。

――そうです。鉦策さんだって海軍へ行きゃあ行ったでしょうがの。行きたかったでしょう。

――お父さんはお祖父ちゃんの鸚鵡だったんですね。

――鸚鵡ってことはない、鉦策さんは鑑平さんと同じことばっかり言ってたわけじゃあない。

――でもお父さんは今度は兄さんに、帝大の工科へ行け、さもなければ、海軍兵学校か海軍機関学校へ行けって勧めていました。

――そうですのう、そっくり鑑平さんの言いかたを受け継いでいますのう。

――そのお勧めを兄さんがことわったんですね。

――その通りでさ。わしら口惜しいですがの。しかし與志さんは大したおかただ。鑑平さん以来の紅林家に大地震をかませましたしの。わしら、うろたえるばっかりでさ。

暴力とは

岸母田欣造《きしもだきんぞう》さんはこう言いましたの。

……與志君は殴る蹴るの仕打ちを受けたことがあったでさ。気配を察して現場へ行ってみましたですが、暗がりにくの字になって倒れていて、立てないですに。腹にパンチを入れられたのが利いたらしいでさ。大丈夫か、と訊くと、コックリとうなずいたもんで、わしは様子をうかがいながら、しばらくつき添っていましたでさ。海洞院の墓地で、暗がりでしたの。與志君は、気持はしっかりしていて、静かでした。そのうちに、忠太という寮生がコソコソと様子をうかがいに来たもんですで、とっつかまえて、手伝いさせて、綾の家へ運んだですに。

——この人がのびちゃってるだ。休ませてやってくれや、とわしは綾に頼んだです。

——どうしたの、喧嘩やったの、と綾が訊くと、

——折檻されたっけだよ、と忠太が言うもんだから、わしは腹を立てて、

——折檻……。一体なにを言う気か、とやつに喰ってかかったでさ。

——俺は知らん、と忠太はわしの見幕にタジタジとなって、逃げ腰でしたの。

——お前がやったわけじゃあないだろうがな、見ていたんだろうが。

——知らんよ。

——知らんじゃあ済まんぞ、いくらのしがうすのろだって。

——岸母田さん、怒ったって、俺は知らんぜ。

——何を知らんのか。

——なんにも知らん。

——おじ気をふるってるな。言え、有賀だろ、やったやつは。

——本当言って、有賀だよ。

——あいつが一人でやったのか。

——そうさ。

——折檻のつもりだっけのか。

——そうだろ、ヤキを入れるって言ってたから。

——生意気抜かすなあ、あの野郎。

——岸母田さん、俺は與志に加勢したんだぜ。有賀がかっくらせた時に、與志が防いだら、手前、受ける気か、と言うもんだから、俺はな、受けてみよ、と言ったんだよ。小さい声だっけが……。

——そんな言いわけは聞きたかない。

——岸母田さん、有賀をやる気か。

——そうだな、折檻しなきゃあならんのは有賀だな。

——やる気か。

——やるかもしれんな。

……それから、わしは、與志君がどんな工合いにされたのか、忠太に問い訊《ただ》しましたでさ。まず三回胃の腑を突かれ、倒れると、胸と頭を下駄で足蹴にされたということでしたの。その通りだっけでさ。腹にも胸にも紫のアザがあったし、頭からは血が出ていましたでさ。綾は與志君の体中を調べて、アザには湿布をし、頭の傷はマーキュロでひたしたです。綾は静かな目をして、綾のするままになっていましたの。綾は黙って介抱していましたの。綾のお袋とわしは見守っていたです。與志君は静かな目をして、綾のするままになっていましたの。綾のお袋とわしは見守っていたです。忠太も面目なさそうに見ていましたです。綾は黙って介抱していましたの。考えたり迷ったりしなかったですに。とてもいい臨時の勤務が舞いこんできたようでしたでさ。わしは、もうその時に、綾は與志君に惚れている、と思ったですに。嫉妬で胸が痛くなりましたもんの。

有賀のことだって考えちまいましたよ。あいつには困ったもんだ、粳田權太郎がだらしがないもんで、あんな根性悪がまぎれこんでくる、こんなことで、幾波回生舎はうまく行くだろうか、と心配しましたです。殴られても蹴られても手出しをしなかった與志君は立派でしたがの。なんてったって、お坊ちゃんだ。なんだかとても脆そうで、悲しい気がしたでさ。

有賀兵七は、愛知県の鑑別にいたそうですがな。普段は暗い土色の野郎で、黙りこくっているんでさ。鶏ガラみたいに瘠せているのに、力があって、有賀の手はペンチだ、とんでもない握力だ、と言ったやつがありましたっけ。何で怒るのかもわからんのに、怒りだすと、闇雲に怒るんでさ。蛇がシューシュー唸るように、体中で怒るんでさ。顔が顫えて、目はギラついて、自分でもどうしようもないんでしょうの。

與志君のことを、気に障《さわ》ると言っていたそうですに。そんな険呑な手合が回生舎にいていいもんか、だれだって考えちまうでしょうに。わしは與志君に、今、回生舎に戻ってもロクなことはないだろう、怪我が治るまで綾の家に置いてもらうように、綾にも頼んでおくから、と言ったんでさ。

わしは粳田權太郎のとこへ行きましての、

——有賀を追放しよう。その責任は俺が負う、と言ったですに。

——責任って何だ、と權太郎は訊きましたの。

——たとえあの野郎が意趣返しに来たって、俺が体を張って防ぐってことだ。手出しをさせやあしない。

——どうしたもんかな。

——追放すれば、かえって面倒が起きそうだってことか。

——そんなことじゃあない。有賀ってやつはどうなっちゃうのか、と思ってな。

——ゴンさん、そこまで気づかいしてやる必要があるのか。與志はひどい目にあっているんだぞ。蛇や蠍と一つ屋根の下に寐ろと言うのかい。

——蛇や蠍か……。

——そうだよ、並みじゃあないんだよ。有賀の野郎。

——俺たちだって並みじゃあない。並みじゃあない同志だ。

粳田權太郎はそう言って、笑みを含んでいるんでさ。

——気楽なもんだな、ゴンさん。有賀の野郎は、暴力にとっつかれているじゃあないか。與志の身にもなってやれや。こんなことを知ったら、あの子の親はどう思うか。お前も責任を負え。

——被害者に聞こうじゃないか。

——え。

——與志はどう思っているか。有賀はどう思っているか、有賀にも聞こうじゃないか。俺たちにも解らないことがあるかもしれん。きっとあるだろう。

——ゴンさん、お前、自分は判断しないのか。

——判断するかもしれれん。早まるなって言ってるのさ。

——優柔不断だな。俺はお前と一緒にやって行けるかな。回生舎を抜けるかもしれん。

——そんなことを言うなよ。俺だっても解らなくなってるじゃあないか。

そう言った粳田權太郎の声が顫えていましたからの、わしはこれには弱い、と思ったでさ。ゲンコツを振りあげんばかりの自分が、浅はかに思えましたっけ。權太郎は結局、自分の囲いの中に入れた若い衆を一人も失っちゃあならん、と思っているんじゃあないのか、きっと、全部が全部、自分のあとつぎに仕立てたいと思っているんだろう、と思ったですに。馬鹿げた目的かもしれん、しかしさすが權太郎だ、とも思ったもんですからの、それで、わしは不承して、しばらく有賀兵七を手もとに置いてみよう、と思ったですに。

——ゴンさんな、ろくでなしを俺んとこにあずけちゃあくれんか。

——いいよ、そうしなよ。雑用をやらせるのか。

——肋骨を引かせてみるさ。

そのころも、わしは船の肋骨を帯鋸で引いていましたからの。手ほどきを受けたころのことを思いだしたんでさ。ひねくれもんだから肋骨のひねりが出ると言われたもんだが、やり甲斐のある仕事だと知っていましたからの。

――與志も貸しちゃあくれんか。

――與志……、静養中だろうが。

――三、四日したらこっちへ顔を出すだろう。

――與志もいいさ。


それから、わしは有賀のとこへ行ったですに。野郎、煎餅布団の上に正座をして、目をつぶっているんでさ。まわりでは同僚が休んだり、話し合ったりしているのに、あいつはまるでとぐろを巻いた蛇で、ジッと動かない。裸電球に照らし出されて、テラテラして、薄っ気味悪いほどでしたの。わしは肩を叩いて、

――話があるから、ちょっと外へ出ろ、と言ったでさ。

やつは黙って立って、縁から植こみのほうへ来ましたの。はだしで来るんで、

――草履ぐらいはけや、と言ったでさ。

――お前な、與志を殴ったり蹴ったりだっけってな。悪いと思っちゃいないのか、とわしは、面と向って言ったでさ。

――思っちゃあいないよ。

――そうか……、いいことをやったつもりか。

――いいこととは言えんが。

――なぜやったのか。

――気に喰わないっけからな。

――與志がいい家の息子で、チヤホヤされて育ったからか。

――さあ、解らんな。やりたいと思ったから、やったさ。

――あいつが恵まれた育ちだからじゃあないのか。

――そんなことは、どっちだっていいよ。

――下駄で蹴ったそうじゃあないか。

――そうだっけかな。

――お前な、明日から岸母田製材に来い。俺が仕込んでやる。

――仕込む……、なにを仕込むんだ。

――帯鋸で船の肋骨を断《き》るさ。

――俺がそんなことをするのか。

――知ってるか。

――やりかたか……、知らんな。

――やってるのを見たことはあるか。

――あるよ。

――それじゃあ、工場のどこで俺がやってるかわかるな。明日岸母田製材へ来い。門番にことわって、有賀だが、肋骨を引いている欣造さんに呼ばれた、と言えばいいからな。

――行くよ。

――お前な、俺の手を握ってみよ。思いっきり握れや。

そう言って、わしは左手をさし出したでさ。有賀も左手を出したので、

――ぎっちょか、とわしは言ったでさ。

――そうだよ。

やつはわしが代ってさし出した右手を摑み、緊めつけましたの。さすが、相当な握力だっけです。

――これでいいのか、とやつが言うんで、

――遠慮せんで、骨っきし握ってみよ。

少し痛かったんで、わしも力を籠めました。こうされると、大抵の相手は、痛がってジタバタしたもんですが、有賀は身じろぎせずに、こらえ通しましたでさ。

あくる朝、わしは設計の主任と打ち合わせがありましたもんで、事務所へ寄りましての。それから主任と連れだって作業場へ行ってみると、有賀兵七はもう働いていましたです。製材の仕事で、原木を置場から出して、トロへ乗せ、鋸の近くまで運ぶんでさ。五、六人でやる力仕事でしたがの、やつは不服そうでもなく、みんなに調子を合わせていたんでさ。上出来だ、とわしは思いましたの。鳶を持った職人に注意されると、一応聞いていましたからの。午前中はその仕事をしていたです。

めしになると、やつは食堂へは行かないで、原木の山のてっぺんで弁当を食べていたです。弁当の蓋にポンプの水をくんでいましたんで、わしは薬缶とアルミニュームのコップを持って行ってやったですに。

——お茶があるぞ、とわしが言いますと、見あげて、こっちを見ましたがの、顔がの、いつもより明るいっけでさ。相変らず不愛想だっけが、大きにいいな、とわしは思ったです。

——半ぱ仕事をあてがわれたっけな、とわしが言うと、

——なんだっていいよ、とやつは言ったです。

——まだ作業やりかけか。

——そうだよ。

——明日から俺が仕込むからな。

——好きにしろよ。

ズボンのポケットに殻つきの落花生があったんで、一つかみあいつにやったです。器用に剝《む》いていましたの。やつの指は細くて、まるで蜘蛛の脚ですの。わしの指と較べたら、ワイヤロープと針金ですに。それで、よくあれほどの力があるもんだ、と思いましたの。

午後になって、しばらくすると、設計の主任に呼ばれて、手伝いをしていましたっけ。主任は百トンの船の肋骨全部の墨を打たなきゃあならなかったんで、大変だっけです。図面と照らし合せたり、型板や定規を使ったり、材木を動かしたり転がしたり、引っぱったりで、力仕事もあるのに、有賀はよくやっていましたの。

——あの若い衆、結構間にあうな。明日も俺に貸してくれや、と主任が言いましたもんの。

製材所がひけると、わしはその足で綾の家へ行きましたでさ。與志君はまだ寐たなりでしたの。腹の筋肉がしこっていて、動かしようによっちゃあ、息がつまるほど痛い、しかし、こうし

て静かに寝ていれば、少しも痛まない、と言いましたでさ。便所に行く段になると、綾が掛け布団をはいでやり、肩にすがらせて、立ちあがらせるんでさ。それから、畳の上を一歩一歩小股に歩いていましたの。

——苦しかないか、とわしが見かねて訊くと、與志君はくびを横に振っていたですに。

綾はのぼせていましたの。わしは、なんだこの後家は、ポッとしやがって、と思っちまって、文句をつけたい気がありましたの。しかし與志君に対しては、一切そんな気は起らなかったでさ。

——溲瓶《しびん》がいるな、とわしは言いましたです。

——あの人、いらないって言うけど、欣造さんとこにはないかしら。

——俺んとこにはないけど、借りられるよ。

——じゃあ、借りてきて。

——お前んとこにはないのか。親父さんが使ったんじゃあないか。

——今、ないよ。

——與志も災難だっけな。

——與志さんは悪かないんでしょ。

——悪かない。

——なぜこんなひどいめに遭ったの。

綾はにじり寄りそうになって、喰いつくような目でわしを見ましたの。そこへ與志君が便所から戻ってきたんで、綾はまた手伝って横にさせました。あの女の気持がたかぶっていて、上気しているのが見えましたの。

——相手がなぜ殴ってきたのかって、俺も張本人に訊いたがな、答えらしい答えはないっけ、とわしは言ったでさ。

——それはだれ、と綾は言いましたの。

——お前知らないっけのか。

——わたしが知ってるはず、ないじゃん。

——俺たちゆんべ喋っていたじゃあないか。

——喋っていたわね。でもわからないっけ。

——與志から聞かないっけのか。

——與志さん言わないもん。

——有賀兵七って言うに言われんやつだよ。あんなのにかかっちゃあな。結局、道を歩いていたら犬に嚙まれたようなもんだ。

——犬じゃあないんでしょうに、その人。

——犬のほうがマシかもしれんが、と言いながら、わしは思わず笑ってしまったでさ。

——犬なら、人をひどく嚙んだりすれば、捕まって殺されちまうじゃないの。

——俺はな、與志に聞いてみたいよ。

——なにをですか、と與志は、半分ひとごとみたいに言うんでさ。

——有賀の野郎が、なぜお前に殴りかかったのかってことだが。

——解りませんが、ぼくが回生舎に入って一週間ぐらいした時に、有賀がぼくを殴ってくるだろうって感じました。

——そんな気配だっけのか。

——はい。

——お前、要心しないっけのか。

——しましたよ。

——怖くはなかったたか。

——大して。

——お前、なぜ海洞院の墓地なんかへ行ったのか。呼び出しを受けて二の足を踏んだら、男がすたると思ったのか。

——そんなこと考えなかったです。

——なぜ行ったのか。

——吸い寄せられるように行ったんです。

——ふらふらと行ったのか。

——そうです。

——解らんな。

——與志さん、あんたって暢気《のんき》ね。ぼーっとしているのかしら、と綾が言いました。

——いいえ、ぼくは神経質です。

——俺はな、絶対に感心していることが一つあるんだよ。お前は殴り返さなかったんだよな。

——腕で受けたり、はね返したりはしましたけど。

――よくそれで通したな。

――守りきれませんでしたけど。

――しかし教えを守った。回生舎の教えに魂を入れてくれたさ。

――岸母田さんも、抵抗しなかったことがあったんでしょう。

――あったけどな。俺は怪我をしたりはせん。怪我をするほどのことじゃあなかったんだよ。

――なんだか暢気な話ね。日本は戦争やってるじゃないの、と綾がまたしゃしゃり出てきましたでさ。

――綾、よく聞け。回生舎がこうしようと決めた教えだ。ご時勢がどうであろうと、ゆずることはしない。

――與志さんもそう思っているのね、と綾は言い張りたかったですに。

――そう思っています、と與志君は言いましたです。

――むかむかしないの。

――大して。

――少しはするの。

――いや、しません。

聞いていて、わしは口を入れましたの。

――俺は当座むかむかしたな。有賀の野郎に仕返しするだけのことはあると思ったさ。

――ゆうべは、欣造さん顫えて怒っていたもんね。

――先手はいかんけども、やり返すのは当り前だと思ったさ。

――みんなそう思うんじゃあないのかしら。

――しかしな、有賀の野郎も、結局は仕返しをしたんだよ。野郎も随分いじめられているんだ。ひとりで血迷っているように見えたって、本当はそうじゃない。あれで仕返しなんだ。

――だれかにいじめられたから、別のだれかに当るってことなの、と綾が言うんで、

――與志を弱いと見たのかな、とわしは言いましたです。

綾は、ご飯を食べて行くように言って、けんちん汁と煎り豆腐をこしらえてくれましたの。わしは與志君と一緒に食べましたです。綾がよくやってくれるとは思いましたです。わしの一存で、與志君をあずけたんですからの。しかしわしの目は、あの女がいそいそとしているのを見ちまうんでさ。

翌日有賀の野郎は、一日中設計主任と一緒にいて、あっちへ行ったりこっちへ来たりしていたです。一っぱしの助手でしたです。そんな様子を見る限りじゃあ、やつも可愛かったでさ。三日目になって墨の仕事もケリになったんで、有賀に肋骨引きを手伝わせてみましたです。こっちも合格でしたの。蜘蛛の脚みたいな指がよく動いて、わしの思わくの先廻りしてくれるんでさ。裁《た》ち落しも邪魔にならないように、手早く仕末してくれましたの。

ひけ時に、設計主任が来たんで、わしは言ったんでさ。

――あんたに言われて心懸けちゃあいたがの、機械をもう一台使ってもやって行けそうですに。

ジャイロ・テーブルという機械ですがの、予備が一台倉庫にあったんですに。

——据える場所はどこがいいかい、と主任は言いましたです。

——トロの線に近いとこがいいの。

わしはよかりそうな場所を言いましたです。

——二台目は伸雄に受け持たせるのか。

——そうですに。

——欣ちゃんな、回生舎から来た若い衆は抜けてくんじゃないか。

——有賀ですか、あいつは続けさせますがの。もう一人は抜けていくかもしれん。

——回生舎からもう一人呼ぶのか。

——そのつもりですに。與志ってのですが。抜けたっていい。困らんように、わしが補いをつけますで。

——二台にしてもらえればな。納期も守れるしな。

主任とわしは倉庫に行ってジャイロ・テーブルを点検したです。錆も来ていませんでしたがの、念のため油を注《さ》したです。それまでも考えないじゃあないっけが、こうと決めると、気持がすっきりしましたの。

それから、知り合いのとこへ寄って、溲瓶を借りて、綾の家へ行きましたです。

——夕食を食べて行ってや、と言ったです。遠慮しましたがの。

——きっと来ると思ったから、欣造さんの分もこしらえたのよ、とあの女は優しいことを言っての、與志君のいる座敷に鮟鱇の鍋を持ってきてくれたです。まだ布団は敷いてありましたが、與志君、起きていて、

——もう一日か二日休んだほうがいい、いいから、ぶらぶらしていなさいって言うもんだから、と言うんでさ。

——戻ったって作業ができるのか、とわしは訊きましたです。

——できますよ。

——ここにいるほうがいい、こんな料理は回生舎じゃあ出ないじゃないか。

——回生舎のめしもうまいですよ。

——豚肉がひとかけら喰えるけどな。

綾が入ってきたんで、わしはあの女に言いましたです。

——與志が喜んでるな、いい姉《あね》さんがいて、待遇がいいもんで。

そう言われると、あの女はドギマギするですに。

——今夜は特別よ。これ夕方舟の衆から分けてもらったのよ。

——俺は與志のお相伴《しょうばん》にあずかるのさ。

——そんなことないよ。

——まあいいさ。與志はひどいめに遭ったんだから。

——欣造さん、お願い、なんにも言わないで食べて。

——食べるよ。ありがとさん。

綾は引きさがりました。勝手場のわきでお袋と息子に食べさせて、自分も食べなきゃあならんからですに。

——なんて言ったって、お前は家へ帰らなきゃならんな、とわしは與志に言ったです。

——そうでしょうね。そう思います。

——糠田權太郎はなんて思っているか。俺自身は心苦しい。

——ぼくがこうしていることがですか。

——そうだよ。

——ぼくは回生舎にいたいんですが。

——なぜだ。

——ぼくは渦巻きの中にいるようですもん。

——それがいいのか。

——そうです。

——與志、お前はどこにいたって渦巻きの中へ入るんだろうに。

——それはわかりません。学校にはこんな渦巻きはないですもん。

——お前、学校が嫌いか。

——回生舎に較べればね、学校はつまんないです。

——うれしいことを言ってくれるじゃあないか。俺たちも渦巻きの中にいるようなもんだからな。回生舎を作ろうと決心した時、その考えに跳びこもうとした時、俺は胸が潰れそうな気がしたもんな。

——心配だっけですか。

——そうだよ。心配で心配で、いく晩も眠れないっけよ。自分よりかはるかにでかい動物を、そこらの蛇が呑もうとして、呑めるかなあと二の足を踏むようなもんだ。

――なぜ呑もうとしたっけですか。

――呑むべきだと思ったからだろうな。だから、体が自然に前に出る。しかし、目ざすものはあまりにでかい。板ばさみだよな。俺はとんでもないことを考えちまったんじゃないかと疑っちまったさ。

――それで、そのでかい動物を呑んだんですか。

――呑めないって。今も呑もうとしているだけだあね。だからこそ心配でな、心が渦を巻いている。この気持がな、お前に伝染したんじゃないかな。お前が渦巻きの中へ跳びこんだと言ったんで、俺は責任を感じちまってな。

――理想を目ざすのは怖ろしいってことですか。

――そうだよ。間違いなくそうだな。

――でも粳田さんってどういう人でしょうか。あの人ってきっぱりしていますね。

――あいつはな。しかし、俺はあいつがいるから不安になっちまうんださ。あいつが渦巻きの原因なんだよ。きっと。あいつは、渦巻きの目だから、ジタバタしないんだろうな。

――そうでしょうか。

――あいつは別だよ。

――別でしょうかね。

――身内の俺にだって解らんとこはあるがな。こいつ一体正気か、狂気か、と思っちまう時もあるが、まあいいさ、おまかせだ、俺はついて行く。ところで、俺には紅林與志に訊いてみたいことがある。お前は有賀ってやつに殴られ蹴られたがな、それだけで済んでいるのか。

――済んでいる……。

――口惜しかないか。

――口惜しくありません。

――そうか。殴られ蹴られていた時のことはおぼえているか。

――忘れられないですよ。

――有賀の野郎を殴ったり蹴ったりしている自分が目に浮かぶだろうに。

――浮かびません。

――夢に見なかったか、綾の家で。

――夢ですか、見ませんでした。

――そうかね。悪いな、俺は戸惑っちまって、お前から心の中のことを訊きだそうとしているんださ。

――なんでも言います。

――もういいんだよ。そう言いながらもう一つだけ訊くがな。お前が本気だして有賀と殴り合い蹴り合ったとして、どっちが勝つと思うかね。

――ぼくが負けるでしょう、と與志君は穏かな言っぷしをするんでさ。わしは右手をさし出して、

――お前、ぎっちょかな、と訊いたでさ。

――そんなことありません。

――お前の右手でこの手をつかんでな、思いきり強く握ってみな。

――こうですか。

――もっと強く。

與志君は体を顫わせて握り緊め、それから緩めて、

――このくらいでいいですか、と言ったんでさ。

――握力は有賀よりかお前のほうが強いかもしれん。悪いけどな、俺の仕事を手伝ってくれや。

――肋骨をこしらえるんですか。

――ただし、有賀もその仕事をするぞ。

――一緒にやるんですか。

――そうさ。

――やりますよ、明日から。


――日本じゅうどこにだってある程度の暴力沙汰ですしの、わしだって血道をあげたこともありましたがの、あのことだけは忘れられませんの。與志君が立派でしたからの。それでわしには解ったんですに。暴力ってどんなもんかって、と岸母田欣造さんは言いました。

――暴力ってどんなものでしょうか、と私は訊きました。

――みすぼらしいもんですに。

――そう見えたんですか。

――見えましたの。與志君を目の前に見ていたからでさ。

――しかしね、岸母田さんだって殴られてこらえ通したことがあったんでしょ。

――與志君は別ですに。落ち着いていましたもんの。わしはの、どっちかっていやあ、有賀兵七の同類だっけでした。体の底に泥があったでさ。澄んでるのは上っつらだけで、いつかはかきたてられて、泥があがってくる、濁っちまうって思っていたでさ。人間である以上、それで普通だ、だれだって、まかり間違えば、殴りたくもなる、殺したくもなるってまだ思っていましたからの。

――紅林與志君だってそうじゃあないですか。

――與志君は別でさ。この人にはもともと泥なんかないんじゃないか、若いのに凄いことだ、こんな人間もいるんだな、と思ったっけです。

――與志君が岸母田さんの力になったってことですか。

――そうですに、力になってくれましたの。妙薬でしたです。えらく効きましたの。有賀にだって、効きましたでしょうよ。與志君が工場にくるようになって、二人とも肋骨引きをやったですがの。最初は有賀の野郎、張り合っていましたがの、すぐとそんな気もなくなって、半月もすると、與志君を慕っていましたもんの。……羨んでもいたですがの。與志君はご大家の坊ちゃんだ、近くに親もいるし、学校じゃあ、海江田先生、あんたのような立派な人が心配してくれる。ところが、有賀は風来坊だ。親のことはどう思っていたですかの。親もとよりか、工場のほうがいい、ここが自分の水だと思っているようだっけです。それで、與志君が抜けると余計、わしに付いてての。

——與志君は製材所へ顔を出したでしょ。

——時々の。しかし、有賀は與志君と一緒に寐泊りしたかったんじゃないかな。なんにも言わない男だっけが、そんな気振《けぶ》りだっけですに。それで、結局、肋骨引きの腕っこきになったのは有賀兵七ってことになったでさ。こんな仕事でも、スジってもんがありますからの。その点、與志君も有賀も申し分なかったですが、職人の道を歩き続けたのは有賀のほうだっけでさ。今は工場でもアテにされているし、まわりを指導していますもんの。今となると、わしとそっくりのやつだと思いますでさ。グレて悪の道へはいり加減だっけことは、わしにもありましたからの。

——岸母田さんは、講習所で洋式造船術をまじめに習ったんでしょ。

——舟大工は好きでしたからの。しかし、まじめというわけにゃあ行かん。仕事を離れると、憎まれっ子だっけです。なにをやっていたでしょうの。

——有賀兵七君は、岸母田さんに会えて運がよかったですね。

——どうでしょうかの。とにかく、わしの跡継ぎになってくれたでさ。

くらがり三次

——兄さんが先生にお借りした本を失くしてしまったことがありましたでしょう、とわたしが言いますと、

——失くなったってよかったんです。気にしなくてもよかったのに、と海江田先生は言いました。

——勘弁してくださったとしても、兄さん、気が済むことはなかったと思います。

——與志君、きまじめだったからなぁ。

——あの時は異常でした。

——盗まれたんでしたね。

——自転車ごとでした。本は荷台に積んであったんです。籠が縛ってあって、中に入れてあったんです。

——聞きましたよ。友だちのところへ寄ったら、軒から乗り逃げされたって。

——それで一週間も探したんです。警察から知らせがあって、止島《とめじま》の崖の縁に自転車はあったんですけれど、本は棄てられてしまっていました。兄さんは崖を登ったり下ったりして三日も探しましたから、わたしも手伝ったんです。でも結局はダメで、兄さんは家へ戻ってきて、門のと

ころにうずくまってしまいました。顔を両手でおおって、寒いのに、長い間動きませんでした。日が暮れてもそのままでしたから、わたしは心配して、兄さん、ご飯食べにおいで、と呼びにいったりしました。でも、動きませんでした。それで、風邪をひいてしまったんです。

——災難だったけども、それを救ったのはあなただったんだ。代りの本は、あなたが見つけたんでしたね。

——そうです。焼津を探して見つからなくて、風のなかを歩き回りながら、わたしも変になった、兄さんほどじゃあないけれど、って考えたりしました。藤枝でとうとう見つけました。

——鬼の首をとった気持だったでしょう。因縁の本でしたね。

——先生、あの四冊、今もありますか。

——あります。大事にしています。

……寒い日でしたが、わたしの体は暖かかったのです。苦しみでもある興奮が、一方で、獲物を追いかける猟師の愉しみをいつも体にこみ上げさせていて、わたしは冷えきることがありませんでした。一軒の本屋が駅のすぐ近くにありました。そこで探しましたが、ドストエフスキーは一冊もありませんでした。仕方なく、店の人に他に本屋さんはないかと聞くと、この界隈には古書屋さんが一軒あると言って、そこも去年までは新刊を扱っていたが、統制で古書屋に鞍替えしたとのことでした。わたしは古書屋さんのほうがかえって望みがあると思い、行き方を教えてもらって、そっちへ歩きました。そう遠くはありませんでした。でもそこにも目ざす著者の本は一冊も見つかりませんでしたので、一人で店番をしていた女主人に、念のため聞いてみたのです。甲高い声で辛うじて名前を鸚鵡返しに言って、首を横に振りました。

少し前に、寒い寒いと言いながら店へ入ってきた中年の男の人があり、平台の縁に軍手をはめた手をついてわたしたちのやりとりを聞いていたのですが、

――ドストエフスキーならかなり持ってるがな、と言いました。

男の人は同業者だったのです。

――たまき堂さんなら、大きいからあるでしょうよ、と女主人が言いました。

男の人は同業者だったのです。四キロ離れた島田から自転車で来たのだそうです。ガラス戸越しに自転車が見え、うしろの荷台には大きな箱がくくりつけてありましたので、わたしは書店同士の商いのためにやってきたのだろうと思いました。冷たい大きな体を女主人とわたしの間に割りこませて、上り框に坐りますと、女主人が火鉢に粗朶《そだ》をくべました。男の人はわたしを見上げて、

――俺んとこには全集の半端ものがある。八、九冊あるかな、と言いました。

――《白痴》はありますか。

――あるよ。二冊本だよ。

――《悪霊》は。

――そいつも、あるな。二冊だろ。

救われたと感じました。いい知らせをもたらしてくれた天使のように、彼のことを思ったのです。わたしを見上げるその顔には牛蒡皺があって、炎が映って、べっこう色に揺れていました。

――今持っていますか。

――今は持っちゃあいん。今度持ってくるよ。

――今度っていつですか。

――そうだな。五日ばかりしたら、俺はまた回ってくるから。

――明日ではダメですか。

――明日だっていいさ。ちゃんと買ってくれればな。

――いくらですか。

――四冊で五円だ。安いだろうが。

――もっと引いてください。

――よく言うよ。四冊まとめて買えよ。これ以上バラ売りは困るよ。

――そんなことしませんから、値段を安くしてください。

――できんって言ったろ。

――運び賃がかかっているからですか。

――その年で、しゃらくさいこと言うじゃあないか。笑っちゃうな。小遣いで追いつかなきゃあ、米だっていいがな。そうだ、おじさんは米のほうがいいな。あんたんとこは百姓家《や》じゃあないのか。

――百姓家じゃありませんが、お米なら、どのくらい要るんですか。

――三升ばかし持ってきちゃあくれんか。親類に田圃持ちはいないかえ。

――いません。

――そうかい。仕方ないな。

――物々交換で、肉じゃあダメですか。

――肉……。

——豚肉ですけど。

——それだっていいけども、どこから持ってくるのかい。

——戦地へ出すのを分けてもらえるんです。

——四冊として、豚肉をいくらくれるか。三百匁《め》くらいは欲しいな。

わたしは承諾しました。そして、明日の夕方五時にここで落ちあうことに決めて、本屋を出ました。……三次さんのことを思い浮かべていたのです。三次さんの家では豚を飼っていました、二年前の二月の中頃仕末したのを、兄さんと一緒に見たことがあります。騒ぎが終ると、寄せてくる透明な夕闇のなかで、ぼーっとしていました。そして、何だろう、人間って犠牲をほしがる、人間が人間を犠牲にすることだってある、と考えました。

三輪川の堤の松林に大きな一匹が連れて来られて、体に木漏れ日が速く滑らかに流れていました。体は勢いづいていて、死の正反対の状態でした。すると青年たちが一本ずつ脚を持って、体をのけぞらせて力一杯引っぱるのです。その一匹は一旦勢いを増して、土を蹴散らかし、けたたましい啼き声が極点に達したと思ったら、すぐに、だんだん穏かになって行き、舟作りでもあるチャンコウというあだ名の中年の男の人がまたがりました。血が飛ぶのでもなく、とても静かな死でした。しかし、わたしのお腹には氷のへらが突き刺さるようでした。

夢も見ました。

三次さんがこっちへ歩いてきて、顎をそびやかすようにして、

——真佐代ちゃん、松林へ行く気か、と言いました。

——行かないよ、とわたしは言いました。

――しかし、あんたはじっと見ていたっけ。目が欲しがっていたっけ。

――三次さん、見たくないよ。

――そうか、おれは変なヤツかもしれん。

――変な……。

――そうだよ、おれは自分の働きをあんたに見せたがっているさ。

――見たくないのに。

――おれは今日初めてな、チャンコウさんがやったようなことをやるんだよ。

――わたしには関係ないもん。

――そうか。これは祝儀だよ。

三次さんはそう言って、白っぽいお皿に入った肉を少しくれました。しっこりと重たく、半透明な桃色でした。それから、その後ろ姿が夕闇の中へ消えて行きました。やがて河口に闇がこめ、目がなれるにつれて、不思議な明るさが来ました。広い水面はゆったりしたうねりで、やわらかな皺が伸びたりちぢんだりするのが見えました。すっかり滑らかになると、あちこちの灯はひそまりました。ほとんど反映が消えるのです。わたしは水面にさざ波が立つのを待っていました。光のカケラがにぎやかに踊り始めるのを待っていました。心が軽くなって、気がまぎれるのを待っていました。

……三次さんが言ったことがあったのです。家では二月の中頃、鬼岩寺の厄払いの日に、豚を仕末することになっている。肉を食べると風邪を引かないからな。

今思い返しても、あの二日間のことは、細かなところまで見せつけるようにして、ゆっくり手繰られて行く絵巻のようです。気持が張りつめていたから、しっかり覚えたんでしょうが、一つには、昭和十八年二月十六日に悪寒がして、わたしは寝こんでしまい、たとえ三十八度の熱が出たとはいえ、うとうとすることもあまりなくて、身近かな過去を何回も反芻したからでしょう。

軽便に乗って五十海へ帰りながら、不安がつのりました。じっくり考えもしないで、三次さんの家に豚肉があるものと決めてしまったのですが、果たしてうまく行くかしらと思えてきたのです。今年はいつものようにやらなかった、やったけれどもう肉は出払ってしまったなどということもあり得ます。もしそういうことだったら、どうにかしてお米を手に入れようとも考えました。

五十海駅に降りると、もう暗かったのですが、まっすぐに三次さんの家へ急ぎました。風が木立を掻き回しているのが、動かない星空の大きさをきわ立たせていました。もう凍り始めた地面を弱い弱いわたしが移動し続ける姿が、今も見えてきます。

三次さんの家は港を南へ遠くはずれて、孤立した五軒のうちの一軒です。波の音に包まれました。路上に揺れる海布《め》のような影をくぐり抜けたと思ったら、三次さんの家の灯がまたたいているのが見えました。

家に入ろうとして豚小屋の奥に目を凝らしますと、白い気配が浮かびあがりました。飼料不足の時代に、三次さんの家では豚を減らさずに育てているというので、表彰されたことがあったのです。裏から入って行きますと、三次さんのお婆さんが、狭い板の間に腰かけて、肉の切りみを数えていました。配るためでしょうか、大きさが揃っていて、お婆さんは大切な小判でも数えて

いるようでした。随分たくさんあったのです。彼女はちょっとわたしのほうを見て、

――よくおいでました、と言っただけでした。

そのまま切りみを数え続けていました。気を散らすことができなかったのです。数え終ると、平たい木箱に入れて、表の戸口へ持って行きました。兵隊さんが二人来ているようでした。しかも一人は、将校の服を着ていました。分遣隊の人たちでしょう。なるほどと思いました。ここに三次さんの家があることは、分遣隊にとってめっけものだったに違いありません。

二人の兵隊さんが帰ってしまうと、家内はさびしくなりました。気抜けしたようでした。わたしは肉を分けてほしいと言いませんでした。へたにきり出してしまうと、取り返しがつかないことになってしまう、と思ったからです。

――おばさん、今晩は。三次さんいますか、と言いました。

――紅林さんのお嬢ちゃまでしたかのう、と彼女は言いました。

――兄さんから三次さんに言伝てを頼まれたもんですから。

――三次は帰りましたか。表にリヤカーがありましたかのう。

わたしは、小屋のわきの庇の下にリヤカーが立てかけてあったのを見ていましたから、

――置いてありました、と言いました。

――それじゃあ、遊んでいるですかのう。向いのお菓子屋でしょうで、お嬢ちゃま、行って覗いて見ちゃあくれませんかの。

わたしは表まで行き、ガラス戸をあけて外へ出ました。そこは幾波新道で、向いといっても、百メートルも南へ行ったところに、そのお菓子屋はあったのです。太い松の幹によりかかるよう

に、砂に這いつくばった形で、表に暗い光を滲《にじ》ませていました。

ガラス戸を開けますと、十ぐらい並んだ壜のうしろに三次さんがいました。上り框に腰掛けて、小さな火鉢を抱えるようにしていたのです。反射的に顔をあげました。昼間なら、わたしと出会うと三次さんは頸をよじるようにして、自分でも取りつくろいようもないといった目つきでこちらを睨むのですが、暗かったからでしょうか、構えないでこちらを見ることができたのだと思います。

お菓子の壜のなかには、ふさわしいものは入っていませんでした。乾き過ぎの干しバナナの他には、煮干しじゃことか若布とかニッキらしい木の皮とかがあるだけでした。でも、そんな、なげやりな店が三次さんには似合っていました。なじんでいたからではないかしら、とても気楽にしているようでした。

——今ね、あなたの家へ寄ったんだけど、お婆さんが、用があるから戻ってくるようにってよ。

そこが狭く、何か言えば家の人に聞えてしまいますから、わたしは嘘を言ったのです。三次さんはどう受けとったのでしょう、すぐに立ちあがって、

——俺帰るんて、おやすみ、と奥に向って言いました。

わたしたちは表へ出て、三次さんの家の方向へ歩きました。

——頼みがあってきたのよ、とわたしは言いました。

——何だい。

——お肉を三百匁今夜欲しいの。

——急に喰いたくなったのか。

——そうじゃないの。

——だれかが喰いたいって言ってるのかい。

——あのね、わたし本が欲しいの。めずらしい本だもんだから、お米かお肉と交換できなきゃあ渡さないいって、本屋さんが言うんだもん。

——何て本か。

——ロシヤのドストエフスキーって人の小説。

——秘密か。

——何が……。

——その小説さ。

——秘密じゃあないけど。

——家の衆は買っちゃあくれんのか。

——わたしね、その本のことをお父さんに言いたくないの。

——そうか、肉を三百匁か、やるよ。

——ありがとう。

——あんまり大っぴらにしてもらっちゃあ困るがな。

——大っぴらになんかしない。お金も払うよ。足りないでしょうけど、一円五十銭なら払える。

——要らないよ。

——今あんたにあげてもいいよ。

——何を、銭をか。よせ、そんなことを言うのは。ただな、肉が俺の家から出てるって言わんようにしてくれや。みんな欲しがっているんて、うるさくなると困るんてな。

そう言って三次さんは、寒いのに、かたわらの古い松の根方に腰をおろしてしまいました。わたしは、どうして今になって坐るのかと思いました。じれったかったのです。そこにはお地蔵さんがあって、三次さんは台座に掛けたのでした。わたしはどうしたのかなと思いましたが、三次さんは自分の家の電灯が暗くなるのを待っていたのでした。表の雨戸はもう閉っていましたから、背戸から流れでている暗い光が消えるのを待っていたのです。お婆さんは、三次さんにはかまわないで、寝てしまうのでしょう。しかし、それまでは、勝手に肉を持ち出すことはできないのでしょう。

三次さんは三百匁以上の肉を家から持ち出してきました。後で本屋の竿秤《さおばかり》で計りますと、四百二十匁あったのです。お目あてのものを三次さんから受けとると、あの人には悪かったのですが、わたしはすぐに家に帰ることを考えました。しかし、あの人が引きとめたい気配でしたので、わたしはお義理に、

——さっき兵隊さんが肉を買って行ったね、と言ってみました。

——買って行ったんじゃない。こっちで恵んでやるのさ。このこともな、ひとに喋ってもらっちゃあ困るぜ。

——言わないよ。

——兵隊は喰わなきゃ疲れるからな。

言いかたもあってわたしは笑ってしまいました。

――おかしいか、と三次さんは訊きました。

――おかしくないかしら。

――兵隊は訓練をやってるだろう。そのことを言ったさ。喰って当り前だよ。

――だれもそうでしょ。食べて当り前でしょ。

――当り前かもしれんけど、喰うのが似合わないヤツだってあらあ。

――食べるのが……。

――近く自殺するって決心して、肉を喰ってりゃあおかしいじゃんか。

――……。

――なんで世間の衆のマネをして、こんなもんを嚙んでいるのかって思うだろうが。

――自殺の決心なんか、わたしには解らない。そういう時はどうすればいいの。

――断食をするさ。

――……。

――腹がへったら、水を飲んで蜜柑でもちっとついばんでおきゃあいい。

――なぜ。

――腹の中がよごれて、仕末が悪くなるからな。

――すっきりしないから……。

――そうだよ。仰山にならんほうがいい。腐って行くもんは少いほうがな。

その時、わたしは怖ろしいことに気がついて、息を飲んで黙ってしまいました。三次さんの言いかたでこうなったのに、その三次さんはいないも同然でした。わたしはひとり取り乱していたのです。自分は今どこにいるのか……、いるのかいないのかさえ解らなくなりました。何かけたたましい音がしましたし、風にゆれるランプのように、点いたり消えたりする光がどこかから照らしている気がしました。そして、こんな状態から抜け出そうとして、余計おかしくなったのです。しかし、しばらくすると、気持が静まったのでしょう、まわりの風景がもどってきました。

その時三次さんは、わたしから離れていました。松林のなかをあっちこっち、歩き回っていたのです。わたしがはじき飛ばしたように思えました。あの人は松の幹の向うがわに行ったり、濃い影のなかへ入ったりして、まぎれました。そして、わたしがアレッと思うと、大きな影から別れる小さな影になって、シルエットを見せるのです。わたしの目は追いかけていました。あの人はまるで、〈いないいないばあ〉をやっているかのようだったのです。三次さんも、それからわたしも、この状態にしばらく身をゆだねていました。おかしな遊びのなかにいたのです。しばらくすると、三次さんは近寄ってきて、

——真佐代ちゃん、怒っているのか、と訊きました。

——怒ってなんかいない。

——本当か。

——なぜわたしが怒るの。

——俺がいい加減だからだ。あんたの気にさわるようなことを言っちゃうからだ。

——そんなことはないって。

——でも、あんたは、あきれていたじゃあないか。

——三次さん、しっかりして。

——しっかりしているよ。俺のことを心配してくれるのか。

——心配している。心配がだんだん大きくなってくる。

——ありがたいな。俺のことなんか思ってくれて。

三次さんの声が変ったので、言いながら胸迫ったのが感じられました。それでも自分をおさえて、遠慮っぽく手を伸ばして、わたしの髪のなかへ指を入れ、しばらく動かしていました。あの人の息は少し荒くなっていて、聞えるほどでした。しかし、わたしの気持は静かで、とても落ちついていました。泳ごうとするでもなく、ただ凪《な》いだ海に身をゆだねている時のようで、二人の今の形を変えようとする気はありませんでした。

——自殺の話なんかしないでね、とわたしは言いました。

——悪かったな、嫌いなことを言って。

——わたしが心配しているって言ったのは、そのことよ。あんたもそう思ったでしょ。

——冗談だよ、冗談だから口に出せるんだ。

——それならいいけど。

——真佐代ちゃんの気を惹こうとしたさ。言ってみただけだよ。

——さあ、いくらなんでも、帰らなきゃあ。今夜はよかった、望みのものがもらえて。

——肉か、いくらでもやるよ。ぶうぶう鳴いてる豚が本に変るんだもん、大したもんだ。

翌日わたしはまた藤枝の古書屋さんへ行き、島田のたまき堂さんが来るのを、しばらく待っていました。ガラス戸の向うで、土埃が小さな渦になってふらついて、乾いた溝に落ちて行きます。女主人はきのうよりも親切にしてくれました。火鉢のそばに坐るように言い、粗朶を燃やしてくれました。それから肉をかすめてくれた三次さんも、兄さんとわたしに味方してくれていると思えました。だから、今日が乾いてジャリジャリしていても、悪い日だなんて思えませんでした。

たまき堂さんが四冊を持って現れると、わたしは胸を躍らせました。わたしがドストエフスキーを読みたいわけではありません。だから、兄さんがわたしのなかにいて喜んでいるのと同じです。自然とそう感じられたのです。四冊を持って帰り、家に着くころには、腕が疲れて痛かったのですが、それも充実感でした。

——何かね、荷物は、と母が訊きました。

——本よ。

——どういう本かね。

——兄さんのお薬よ。風邪なんか逃げてく本よ。

——與志は本が好きだからね。借りてきたのかね、兄さんの命令で。

——ちょっと違うんだけど、この本はね、止島で迷子になったんだけど、生まれかわって、わたしの髪のなかからまた出てきたの。

——何を言ってるんだね。ふざけて。

わたしの気持はとてもはずんでいましたから、こんなでたらめも口をついて出てきたんです。

道具置場を兼ねた離れの二階で、兄は眠っていました。わたしは風呂敷をほどいて四冊を出し、枕もとに置いて、兄を見守りました。おかしな寝顔でした。薄目を開いて眠っているのです。白い割れ目に、釣りあがった瞳がわずかにのぞいていました。

――與志は目を開いたまんま眠る、と母はよく言っていました。

何でもない癖かもしれませんが、わたしは、悲しみを訴えられているように感じてしまうのです。きっと悪い夢を見ているのでしょう。逃げだしたくて足掻いているのでしょう。その半眼は、うつつから夢をうかがう覗き窓で、そこに、とても不幸な消息がありありとあぶり出されてきそうな気がしてしかたないのです。

豚肉を食べさせてやればよかった、とも思いました。たまき堂さんは三百匁でいいと言っていたんだから、余分だった百二十匁を持って帰ればよかった。本が手に入ったので喜んで、気前よくなって、全部あげてしまったのです。こんな当り前なことが、頭をかすめさえしませんでした。

兄さんが目を開いて、だんだんにわたしを認めますと、

――よく眠っていたね、とわたしは言いました。

――何時か。

――四時四十分よ。兄さん、検温してみる。

兄は頷いて、体温計をわきに挟みました。そして、

――水くれ、と言って、私が注《つ》いであげると、喉の音をさせてかなり飲みました。

――兄さんが飢えていたものを、持ってきたよ。

わたしは四冊のドストエフスキーをかかげて見せ、それから枕もとに重ねました。すると彼

は、一冊ずつ手にとって見て行きました。口をかたく結び、時にくちびるを噛んでいるのが、喜びを噛みしめているように見えました。わたしはその様子に釣りこまれました。兄の喜ぶ様子が喜びでした。そして次に、他のだれでもないわたし自身が、その喜びを兄にもたらしたことを感じました。うれしさに酔うほどだったのです。

――お前買ったのか。探して、と兄さんは言いました。

――買ったんじゃないのよ、とわたしはうきうきして言いました。

――借りたのか。

――借りなんかしない。

――貰ったのか。

――くれる人なんかないよ。

――どうしたのか。

――言っちゃあいけないことになってるの。

――盗んだのか。

――そうかな。でも盗んだのはわたしじゃない。

そう言うと、とめどもなく笑いがこみあげてきました。兄さんは戸惑って、

――だれかに盗ませたのか、と訊きました。

――そんなことないって。兄さん、いいから、読んで。

――読むは読むけどな。

――責任はわたし負うから。

わたしがふざけてばかりいたんで、兄さんは匙を投げて、正しく仰向きになり目をつむりました。

わたしが思っているほど、兄さんはわたしのことを思っていません。ましてわたしの言うことなど、重視などしていないのです。おだやかに満ちたりた姿でした。本さえせしめれば、それでいいのです。ありきたりの裸電球の光を幸せそうに、吸収するように、浴びていました。

――紅林兄妹には魅力がありました。そして幸福そうでした。ぼくだってそう思いましたもん。桑原三次さんだってまぶしかったんです、と海江田先生が言いますから、

――まぶしい……。そんなことはありません。幸福でもありませんでした、とわたしは言いました。

――あなたは違った受けとりかたをなさっているでしょうがね、三次さんの目にはまぶしかったんじゃあないでしょうか。それで、われを忘れて羨んだんでしょう。

――羨まれることなんてありませんでした。

――ぼくだって、あなたたち兄妹を羨みましたよ。

――そんな……、先生。

――自殺をほのめかすのは、あなたの気を惹くためだ、と三次さんは言ったそうですね。

――ええ。

――それが本当になってしまったんです。

——でも、三次さんは特別ですね。

——だれもが三次さんのようになることはありませんでしょう。しかし、真佐代さん、ぼくも彼のようになったかもしれなかった。

——先生、違います。三次さんの性質は違います。

——桑原三次は変なヤツですか。

そう言って海江田先生は笑いました。でも、少しもふざけてはいませんでした。

——変な人ではありませんでした。わたし、小学校が同級でしたけど、とても頭のいい生徒でした。おとなしくて、ひとの話をよく聞く子でした。三年生で級長になって、卒業するまで級長でした。算術が特によくできて、いつも褒められていたんです。小学生ですから、あの人が教壇へ上げられて、先生にイガ栗頭を撫でられると、わたし、まぶしかったんです。あの人は照れくさそうに、少し迷惑そうにしていましたけど……。

——羨むのは真佐代さんのほうだったんですか、と言って、海江田先生はまた笑いました。

——はい。わたしも算術は得意でしたから。でも、どうしてもかないませんでした。三次さん、満点ばかりでしたもん。本当に、輝いていました。

——なるほど、頭がよかったんですね。初めて聞きます。

——ただね、あの人は暗いところが好きでした。

——小学生で、ですか。

——ええ、そんな感じでした。よく一緒に遊んだんですけど、一人で倉庫のくらがりに入っていって、隅のほうで三時間もジッとうずくまっていたこともありました。一体どうしたのか、と聞かれても、別に理由も言いませんでした。ひとり遊びにふけっていたようでしたけど、動くこともなく、おもちゃも持っていませんでしたから、どんな遊びができたのでしょうか。

——自殺した夜にも、夜のなかを長いこと歩いていますね。

——わたしも、三次さんと出会うのは、くらがりばかりでした。それ、一度あの人に言ったことがあるんです。

——なぜかって、訊いたんですか。

——そうは訊きませんでしたけれど、夜ばかりね、と言ったんです。すると三次さんはしばらくくらがりに目をさらしていて、人がいてもいないようだし、いなくてもいるようだ、と言っていました。

危険思想

——幾波水産学校のグランドには閲兵台がありました。軽便の駅の貨車積みのホームのようで、草が生えていました。わたしは細谷さんというお友達と二人で登って、兄さんがどんなふうに銃剣術の試合を戦うか、遠くから眺めていたんです。心配しなくていいと自分に言い聞かせているうちに、実際にその通りになりました。団体戦は準決勝で負けてしまいましたが、個人戦で兄さんは優勝したのです。選手は三十人いましたから、個人戦の最後まで残るには、五回も戦わなければならなかったんです。兄さんは相手が変るたびに、だんだん強くなってくるようでした、とわたしが話しますと、海江田先生は訊きました。

——與志君は何年だったんですか。

——三年生でした。それで、なんだか遠慮しているようでした。ようよう優勝した時も、喜んでくれたのはお友達や先生や教官で、兄さんは黙って防具を脱いで網の袋に入れ、芝生に身を投げだしました。ひっそり休んでいる感じでした。それから、試合場の片づけが始って、みんなが椅子や黒板を提げて校舎のほうへ引きあげて行きますと、自分は防具の袋の紐に木銃を通して、肩にかついで学校を出て行きました。わたしが名前を知らないお友達が一緒でしたが、話し合ってはいませんでした。なんだか逃げてゆくようでした。

——うれしそうじゃなかったんですか。

——疲れているようでした。やっぱり疲れていたんです。気持が沈んでいるようでした。細谷さんとわたしは閲兵台を駈けおりて、そのあとを追いました。そして、同じ軽便に乗ることができたんです。混んでいて、坐ることができませんでした。銃剣術の対校試合と、水天宮のお祭りが重なったからでしょうか。兄さんはお友達と車輛の中ごろに立っていましたし、細谷さんと私はその車輛のうしろのほうにいました。連結器のわきでした。それでもわたしは兄さんのほうを始終うかがっていましたから、兄さんが倒れるのがわかりました。姿が消えたのです。防具と木銃も人々の頭の下に沈んでしまったのです。わたしは意識して距離をおいていたのですが、そんな気づかいは消し飛びました。すぐにお客さんをかきわけて、兄さんのいる所へ行きました。車輛の中ごろに乗降のステップがあって、床から一段さがっていました。そこへ兄さんは落ちていたのです。ドアは開きはしませんでしたから、窮屈そうに体が嵌っていました。不幸中のものでした。ひとみは釣りあがって、眼は真白でしたし、防具が、モーターがかかったように顫動していました。そして、歯軋りが聞えるのです。わたしや細谷さんではどうしようもありません。しかしまわりの人々が助けてくれました。われを忘れて手を貸してくれた男の人がありました。それが粳田さんだったのです。防具と木銃をわきへのけ、ステップを下りて、兄さんを抱いていてくれました。わたしが、兄さん、と叫んだのを聞いたのでしょうか。

——お兄さんだね、どうしたっけのかな、と粳田さんは言いました。

——わかりません。

——ほかの家の衆は一緒じゃないのかね。

――いいえ。

――次の駅で降ろすからな。あんたも一緒に降りてくれや。

言いながら粳田さんは腕に力をこめて、痙攣する体をなだめていました。次の駅は東幾波で、無人駅です。粳田さんは兄さんの脇の下に頸を入れて、ホームへ降ろしました。そして、車輛の中にいるお友達に言いました。

――あんたな、この人の家を知ってるか。行ってな、今息子さんが東幾波駅で難儀をしているって言ってくれや。五十海の紅林鋳造所さんだろ。

――そうです、とわたしは言いました。

――息子さんがな、突然倒れたって言ってくれや。一応手当てをしてはいるがって。

東幾波駅のホームに小屋はありますが、病人を寐かすのには適しません。粳田さんは、大きな樟の木蔭に、足でうまく薄の株を均らして、兄さんを横たえました。そして、自分の家にリヤカーを取りにいったのです。

痙攣は続いていました。細谷さんは怖そうに身をふるわせて、頬をおさえて様子を見守っていました。わたしはしゃがんで、すぐそばで喰い入るように兄さんの顔を見ていました。兄さんは、手だしするのをはねつけているようでしたが、このままにしておいていいものか、失神の状態を止めたほうがいいのではないか、大声で呼んで、肩をゆさぶるべきではないか、などと考えました。でも、結局途方にくれていただけです。

……兄さんの寐顔をジッと見ていたことがあります。目を開いたまま眠る人ですから、不思議に思って、見つめてしまうのです。その時にはひとみがギョロリといった感じに見えているのです。溝に黒い魚がいるようでした。ですから、薄気味悪いけれど、なんだかおかしいのです。しかし、東幾波駅でわたしが見た兄さんは、ずっと遠くへ行ってしまったようでした。わたしたちと同じ時間の中にいるのではなく、この世の外に出てしまったかのようでした。青白く、燐が燃えている、とわたしは思いました。

やがて粳田さんが、リヤカーをひいて引き返してきた時には、兄さんの発作はおさまっていました。息づかいが速く、疲れは残っているようでしたが、それも大したことはなくて、何事もなかったかのように、普通の兄さんに戻って行ったのです。なぜ薄の株の中に寝ていたのか解らないらしく、あたりを見回しているうちに、あくびがこみあげてきたりしました。粳田さんはリヤカーにかい物をして、車台を水平に保つと、兄さんに、乗って横になるように言いました。車台には敷布団がしいてあって、毛布も置いてあったのです。兄さんはいぶかしそうに、でも言われるままにしました。こうですか……とでも言いたげでした。

家からはお父さんが来ました。軽便から降りて、つかみかかるようにこっちへ歩いてきました。少し間があったので、その時には兄さんは眠っていました。お父さんは、兄さんが目を開いたまま眠るのを知ってるのかしら、とわたしは思い、

——これで眠っているのよ、と言いました。

——ご心配おかけしましたな。申しわけありませんでした、とお父さんは粳田さんにお礼を言いました。

——びっくりしましたよ。

——そうですか。ひどかったんでしょうな。

――相当なもんでしたが、静かになって、よかったです。

――あなたにいていただいて、ありがたかったです。

――偶然、近くにいたもんですから、ホームへ連れて出て、一応収めたんですが。

――リヤカーも引いてきていただいたんですか。

――このまんまお宅までお送りします。

――そんなにしていただいていいですか。済みません。

――いいどころじゃない。

お父さんは、自分がリヤカーを引くと言いました。しかし粳田さんはリヤカーを、お父さんに渡しませんでした。

わたしたちは三輪川の堤に登り、上流へ行きました。わたしの体には、まださっきの騒動がそのまま残っていました。痙攣とか歯軋りがわたしにこびりついてしまったのです。……でもいつもの夕方が来た、本当に静かな夕方だ、とわたしは思いました。山へ帰って行く鴉の群れの鳴声や、乾いた羽の音まではっきり聞えるのです。リヤカーに寐ている兄さんを覗くと、眠っているのに、空いちめんの鱗雲を眺める目をしていました。燃えながら水にひたっている洲のような雲だったのです。

その時まで、わたしは粳田さんの名前を知りませんでした。お父さんに訊かれて、彼が自分の名前を告げるのが耳に入りました。……ひょっとすると……、と思いました。もう三年になりますが、わたしたち兄妹は満洲から軍事郵便をもらったことがあって、差出人の一等兵の名前が読めなかったので、お母さんに訊いたことがあったのです。

わたしはためらってから、切りだしました。

——粳田さん、満洲から手紙いただいたことがありませんでしたか。

——そうです、お宅へ書きましたよ。

粳田さんはわたしをまともに見て応えました。

わたしたちは、小学校の先生の言いつけで、慰問文を書くことがありましたが、それがだれに渡るかはわかりませんでした。粳田さんからの手紙には、お手紙ありがとう、とは書いてありませんでした。なつかしいからお便りする、とだけ書いてありました。こんな文面だったのです。

自分のいる町は、大きな川の岸にあります。五十海や幾波よりも広々しています。冬になると木も草もまったく枯れてしまって、空気が澄んでいますから、余計広くなります。夕日もさえぎるものはなく、とてもきれいで、おそくまで照らしています。自分は、ひまな時には、いつまでも夕日を見ていて、目で追いかけています。そうしながら、日本のことを思っています。君たちのことを思いだすこともあります。自分は五十海へ時々行きました。小学校の学芸会を見たこともあります。真佐代さんが、山は夕焼という歌を独唱したのを聞いて、とてもいい声なので感心しました。君たちが幾波へ遊びにきたこともありました。その時自分は小川で魚をすくっていました。君たちともう一人の友達が道から見おろしていたので、君たちに鮒やモロゴをあげたかったのです。でも、そんなものはいらない、と言われはしないかと思って、気おくれして、言いだせませんでした。自分が高等科二年の時のことですから、君たちは小学生でしたね。與志君が四年で真佐代さんは二年だったでしょう。君たちはおぼえていないでしょうが、自分はなつかしく思いだします。粳田一等兵とはだれかな、と首をひねっていますか。どうか元気でいてください。きっとまた会えると思います。

兄さんとわたしは、それぞれ返事を書きました。しかし満洲から手紙はもう来ませんでした。表書きを間違えたのかもしれませんし、学校に託したので、どこかでまぎれてしまったのかもしれません。

——再会か、とわたしは思いました。

軽便のなかで、再会をすることになったのです。しかし、なつかしいと書いた粳田さんが、郷里に帰ったら間をおかずに、なぜ兄さんかわたしに声をかけてくれなかったのでしょうか。忘れたのでしょうか。わたしは粳田さんにたずねたことはありませんでしたが、そのまま時が経ってしまうと、理由もなく、なぜこうなったのか解っているような気になってくるのです。


わたしたちが家に着いた時にも、兄さんは眠っていましたので、粳田さんも手伝ってくれて、敷布団ごと座敷へあげて、兄さんを家の布団に移しました。

——試合のほうを一生懸命やって、よっぽど疲れたんでしょうね、とおばあちゃんは言い、粳田さんに感謝しました。

——あなたがいてくださったんで、助かりました。こんなにして連れてきていただいて、ありがとうございました。

お母さんが粳田さんに頭を下げますと、

——いや、ぼくのとこは東幾波の駅に近いもんで、割にうまく運んだんですがね。でも息子さん、すぐになおってよかったですね。すっかり楽になったようですし、と粳田さんは言って、土間へ下りました。上りがまちに腰かけていました。

――どうぞ、おあがりください、とお父さんが言っても、

――ここでいいです、と粳田さんは言うだけでした。

――どうなって倒れたんでしょうか、とお母さんは訊きました。

――自分も息子さんのほうを見ていなかったもんですで。車輛の出入口のわきにいて、外を見ていましたら、斜めうしろからいきなりぶつかってきましてね。こりゃいかん、と思ってすぐと抱きとったんですよ。

――ひどく顫えていましたか。

――当座はね、自分も驚いちゃいました。銃剣術の防具がガタガタ戸にぶつかるもんですからね。

――どのくらい続いたんですか、痙攣は。

――それは妹さんのほうが知っていますよ。

――十分くらいじゃなかったかな、とわたしは言いました。

――銃剣術のほうは、よっぽどがんばったのかね、と祖母が言いますので、

――兄さん優勝よ。随分たくさん勝負をしたよ、とわたしは言いました。

――何度くらいかね。

――八回やったよ、と私は団体戦と個人戦の試合ぶりを思いだしながら、指を折って数えて、応えました。

――そうかい。試合のほうは上出来だったんだの。あとがの、雷さんが落ちちまいましたの。

ご迷惑でしたです。ありがとうございました。

糠田さんはお茶を一杯飲んだだけで、抜け出すように立ち去りました。でも、翌日の夕方またやってきて、工合いはどうか、と訊きました。兄さんはすっかりよくなっていて、学校へも行ったのです。糠田さんに礼を言いました。すると、あの人は二、三日してまた来たのです。その時には兄さんと、満洲からの手紙のことを話したそうです。いつもさっさと立ち去ってしまうので、祖母とお母さんが糠田さんの家へお礼を言いに行きました。すると、三、四日して彼はまた来ました。通うようになって、だんだんと兄さんと話しこむようになりました。彼も本が好きだとのことでした。

――ぼくも本が好きですから、糠田さんとは話が合いました、と海江田先生は言いました。

――あの人と仲が良かったんですね、先生も。

――仲が良かったとは言えません。與志君があの人の結社へ入ってしまったんで、ぼくは連れ戻しに行ったんですからね。ミイラ取りがミイラにならないように警戒しましたよ。

――そうだったんですか。兄さんは糠田さんに心酔していたんでしょうか。

――そうでしょうね。

――先生、兄さんを糠田さんから取り返そうって、苦労なさったんですね。

――そうですよ。……與志君は糠田さんの集会へ入ると間もなく、糠田さんの身の上話を聞いたんだそうです。あれは昭和十八年の夏の終りでしたね。幾波海岸の松林のなかで、ほとんど徹夜して糠田さんは語ったんだそうです。(恐らく)同じ話を、彼はぼくにもしました。

――粳田さん、やっぱり與志君は親元に戻るべきです。そうでしょうが……。ここの仲間から出るように、あなたからも言ってください、とぼくは言いました。

――ですから、それは本人の自由です。

――あなたは引き留めたいんでしょう。

――そうですよ。しかし、自分は干渉はしません。

――干渉しているのは海江田だ、と言いたいんですか。

――言いたいですな。

――繰り返しますが、あなたは與志君の将来に責任が負えるんですか。

――自分も繰り返しますがね、学校は與志君の将来に責任が負えるんでしょうか。

――ぼくらは国の方針にしたがって教育しています。国が責任を負うでしょう。

――国が責任を……、海江田先生、あなたは本気でそう思っているんですか。

粳田さんはそう言って、ニヤリと笑いました。不逞のやからの感じでした。ぼくは胸を衝《つ》かれて、危険思想か……、と思いました。そう言えるかもしれません。しかし、粳田權太郎さんは話の解る人でした。やがて、この人の身の上話を聞いているうちに、そう思うようになったのです。この人の話には、先を聞きたくさせる誘惑があるのです。

……ぼくが四回目に幾波回生舎へ行った時でした。二人は話しこんだのです。粳田さんは言いました。

——自分は知り合いに連れられて再臨派の集会へ行ってみました。十年も前のことでしたが。

——粳田さん、いくつでしたか。

——十八です。好奇心がありましてな、藤枝駅の近くまで行ったんです。それで、とても気にいりまして、続けて通うことにしました。海江田さん、再臨派ってご存じですか。

——知りません。

——藤枝にその派の教会があることはご存じですか。

——知りませんでしたね。

——自分は一遍にその教会が好きになりました。聖書の講読が楽しみになったんです。もともと自分は聖書が好きだもんですから、本懐でした。聖書が好きな連中がこんなにいるとは、知りませんでした。三十人くらいでした。しかも、その中の五人は、幾波村から行った青年で、それまで聖書などロクに読んだことはなかったんですが……。自分は幾波隊の隊長でした。人数も五人からすぐに八人にふえました。

——粳田さん、引っぱったんですか。

——別に勧誘したわけでもないんですがね。それがね、表向きはパッとしないんです。濁った水の中にくすんだ色の魚が寄り合っているようでした。世間は、自分らのことを変りもんと見ていましたし、親父なんかは、酔狂だと言いました。自分がそっちにばかり熱心だと言って、腹をたてて、〈お前は牧師が臍を出せと言えば出すんだろう〉と罵りました。牧師さんはカールセンという白人で、毎週土曜日に藤枝へ出張してきて、聖書をくわしく説明してくれました。新約だけではなくて旧約もです。

――藤枝へ何年くらい通いましたか。

――兵隊へ行くまでですから、三年足らずですね。楽しかったです。しかしお袋も怒りましてね、〈お前は外ヨシの内ワルだの〉と言いました。

――内面《づら》が悪いって意味ですか。

――そうです。家の中ではもめているんですから……。それで自分も反撥して、聖書には、子は親に逆らい、親は子を告訴する、と書いてあるんだ、と言いました。お袋は衝撃を受けたらしくて、そんなことが書いてあるはずはない、と言うんです。それで自分が、いや、確かに書いてある、と言い返すと、お袋は心配そうな様子で、それは教えか、と訊くもんですから、教えかどうか知らないが、人間てそういうものだと言ってるんじゃあないのかな、と自分はうそぶいたんです。

――粳田さん、さっき五人の隊長だったのが、やがて八人の隊長になった、と言いましたね。

――それは自分もいれた人数ですから、自分は七人の隊長だったのです。

――その隊があなたの結社の起こりってことですか。

――違います。この幾波回生舎は別です。もっとも、再臨派時代の仲間は二人、回生舎に残っていますが……。

――再臨派は前身ではありませんか。

――ゼンシン……。

――元の形ではありませんか。

――違います。自分は再臨派とは断《き》れたんですから。関係ありません。

——なぜですか。

——小さなキッカケがあったんですよ。こだわることがあって、思いつめてしまったんです。そのうちに、召集されて、ハルビンに着きましたが、向うでも考えていました。どういうことかといいますと、カールセン牧師が口癖のように、悔い改めましょう、と言っていたことです。そうは言っていましたが、実は、悔い改めなさい、と言っていたんです。本音はそうなんです。人間である牧師に、そんな説教を言う資格はありません。

——それでは、再臨派とつき合っていた数年間を否定したんですか。

——三年ですがね。すべて否定したってことではありません。大事な聖書は体の底に残ったんです。司祭の言っていることは正しい、しかし、司祭のようにふるまってはならない、と聖書にも書いてあります。

——聖書はハルビンへも持って行ったんでしょう。

——新約と旧約の合本を持って行きました。それと、トルストイも持って行きました。《幼年時代》《青年時代》《我等何を為すべきか》です。ハルビンには日本人が多かったから、知り合いのビヤホールにあずけておいて、そこで二度目、三度目を読みました。

——昭和何年でしたか。

——自分がハルビンへ行ったのが、昭和十三年の秋でした。満洲では張鼓峰でソビエト軍と戦闘がありましたが、それも収って、割り合いのんびりしていました。日本の本屋もありましたし、自分はむさぼるように本を読みました。こっそり読みましたから、身になりましたね。藤枝出身の飛行兵もいて、この人は《兵士シュヴェイクの冒険》や《西部戦線異状なし》を読んでいました。悪いことに、自分らは薬《やく》もやっていたんです。

——あったんですか、薬も。

——あったんです。飛行兵が持ってきたんでしょうな。ビヤホールの女があずかっていたんです。五、六人ダメな兵隊が、そのビヤホールに身を寄せ合っていました。木宮という一等兵がいて、岐阜県の出でしたが、一番深入りしていました。

——薬にですか。

——そうです。薬に弱い男でした。この男も本に読みふけっていましたが、ありきたりの勇ましい本ばかり好きでして、しょっちゅう目をさらしていました。《南郷少佐》とか《西住戦車長》とか《亜細亜の曙》とか《大東の鉄人》とか当時流行した読物です。それで、自分は木宮一等兵は素朴な兵隊だと思っていました。ところが彼が変ってしまったんです。動機は便衣隊の銃殺です。


海江田先生はわたしに訊きました。

——真佐代さん、便衣隊って何だか知っていますか。

——スパイって意味でしょう。

……粳田さんは続けました。

——五人でしたかね、逮捕して処刑することになったんですが、木宮一等兵は殺し手にさせられてしまったんです。その翌日、やつれきって、土色の顔をしてフラフラとビヤホールへ入ってきました。目の前のビールを飲むでもなく、長い間椅子に坐ったきりで、動きもしませんでした。それからも四、五回彼のそんな化石のような姿を見かけましたが、まともには応待してくれませんでした。見えない壁の向うにいるかのようでした。自分も声をかけましたが、この男が便衣隊を射つ役になってしまったことを知っていましたから、考えてしまったのです。自分も、この男が義務を果たして平気でいたとしたら、自分はいたたまれない気持になったろう、しかし彼には良心があって、おかしくなってしまったから、この粳田に希望と慰めを与えてくれたんだ、と考えたのです。そうこうしているうちに、思いがけないことが起りました。木宮一等兵が、人目につかないように右手を電車の線路の上に置いて、轢かせてしまったのです。そして、ブラブラした手首を知り合いの満人に切り落してもらって、道路に捨てたというのです。ためらう満人に、俺はどうしてもそうしてもらいたい、自分ではできなくなったから君に頼むんだ、と言ったそうです。それから、木宮とは毎日顔を合わせました。彼はハルビン陸軍病院へ入院し、自分はそこで働く看護兵だったからです。

——気持が乱れてしまって、衝動なんでしょうか。それとも、軍隊から逃れたかったからでしょうか。

——脱走しようか、あるいは、足の甲をつぶそうか、手首を切断しようか、とずっと考えた末に決めたんだよ、と木宮は言いました。一月して、彼は日本に帰されました。俺は成功したと言いました。明るい顔をして、満鉄の貨物列車に乗って行ったでしょうよ。

——明るい顔……。そうでしょうか。考えに考えたあげく、やりとげたと思ったんでしょうか。しかし、それほどまでにしないと、軍隊から抜けられなかったんですね。

――木宮がなぜあんなことを考えたか。自分には解りませんが、ずっと後で、自分は聖書に照らして、これかな、と思ったんです。君の右手が悪事をしたら、切りすてるがいい。たとえその手がなくても、命を獲得したほうがいい。両手が揃っていて地獄に投げ入れられるよりも……。木宮はやった、と自分は叫びました。便衣隊を殺す時に、引きがねを引いたのは右手の人差し指なんですから。

――木宮一等兵は聖書の教えを実行したことになるんですか。

――そう思います。結局は、木宮はえらかったな、と思います。しかし、慰めが得られなかった人間もいます。三度も脱走してその都度つかまってしまった篠井という一等兵もいました。営倉に入れられてしまいました。自分がハルビンから内地に送り返された時にも、篠井は入れられたままでした。

――粳田さんはどうして帰還になったんですか。

――結核です。とてもだるかったし、熱が出てボーッとしましたし、血痰も出ました。自分は結核に期待しました。そして期待通りになったんです。しかし、幾波に帰ってから苦労しました。当座は、死ぬのは少しも怖くはありませんでしたが、それが体に良かったと思うんですよ。ビクビクしませんでしたからね。まっしぐらに養生しました。野菜のスープを壜に入れておいて啜ったりしました。腸にも結核が回っていましたから、固形物はとれませんでした。しょっちゅう豚肉が手に入ったものですから、ビーカーに入れてあぶって、にじみ出てくる肉汁をなめたりしました。

――肉はやはり桑原さんから来たんですか。三次さんのところから。

——そうです。三次君がとどけてくれました。二年半の間、三次君は頼りでした。自分は動けなくてわれながら哀れでしたから、三次君のおばあさんが気の毒に思って、養ってくれたんです。野菜とか煮干しとか、ほかの食糧も、遠いのによく運んでくれたんです。おばあさんと三次君は恩人です。ところで、海江田さんはどうして三次君を知っているんですか。

——與志君の友達ですから。それに、二人は親戚なんでしょう。二人一緒にいるところに出喰わしたこともあって、ぼくは自然と知ったんです。

——二人が友達だってことは自分も知っていましたが、親戚同士だったんですね。三次君もね、この回生舎へ参加したいと言っているんです。来たいんならおいで、と自分は言います。

——そうなんですか、回生舎は脅威です。

——小さな集会ですよ。みすぼらしい。

——みすぼらしい、なんてことはない。與志君を惹きつけたじゃありませんか。

そう言って粳田さんは頬えみました。

——海江田さんね、與志君は海江田總を選ぶのか、それとも粳田權太郎を選ぶのか、見ようじゃありませんか、と粳田さんは得意気にうそぶきました。

ぼくは思わず顔をしかめてしまいました。そして、たあいなく胸をはずませて、

——バカなことを言わないでください、と反撥しました。

粳田さんは調子に乗って、

——與志君は、一時の感情じゃなく、じっくり考えて決めたんだと思います、と言いました。

続けてこう言ったんです。

――一昨日の夜、彼は、戦争は必要悪という人もあるけれど、そうなんでしょうか、と質問したんです。

……自分はこのように返答しました。

――必要悪とはおかしな言葉だけれど、千九百年前、聖書を書いた人が、つまずき（つまり悪）は避けることができない、と考えて、necessaryと書いた、それが語源なんだよ。この語は必須と訳したほうがいいかもしれない。必須の意味は解るだろう。

――はい、解ります、と與志君は応えました。

――それにしたって、聖書を書いた人は、今すぐにでも天の国がほしいと願っている人なんだ。彼が悪は必須だと認めざるを得なかったのは、とても悲しいことだったろう。残念で残念でたまらなかっただろうな。苦しみうめくような声で言っただろうな。今、粳田權太郎にはこの声が聞えてくるし、權太郎もこの声を出している。

自分がそう言いますと、與志君は訊いてきました。

――粳田さん、絶望しているんですか。

――そうだよ。

――だれのせいなんですか。

――人間のせいだ。日本人のせいだ。

――ぼくも日本人ですけど、どうすればいいんですか。

――聖書には、悪は避けられないけれども、悪をもたらす者はわざわいだ。そんな者は石臼を首にしばって海へ沈めるほうがマシだ、と書いてある。

――そんなやつには罰《ばち》を当てろ、と言うんですね。

――しかし、そんなやつにも罰は当たらない。

――なぜですか。

――なぜか解らない。神は何もしないんだよ。それにしても、聖書の言わんとするところははっきりしている。お前だけは何があっても悪をもたらすものになるな、ということだ。

――自分だけは戦争をするな、ということになるんでしょうか。

――たとえ戦争に行っても戦争をするな、ということだ。戦争するフリをしていろ、ということだろうな。

――〈戦争するフリ〉って、どういうことなんでしょうか。戦闘をしないってことですか。

――そうなんだよ。人殺しをしないってことなんだよ、殺さなければ殺されてしまうって場合もあるだろう、その場合には自分が死ねばいい、と考えることなんだよ。

――粳田さん、実行するんですか。

――実行するようなハメには出合わなかったけどな。しかし、実行すべき時が来たら必ず実行しようと心に誓ったんだよ。

――たとえ正当防衛でも人は殺さないってことですね。

――そうなんだよ。

海江田先生は五十海中学のアルバムを、しばらく見ていました。これだ、これだ、と心につぶやいているかのようでしたが、目をあげて言いました。

——職員会議が大変でした。與志君のことばかり話していました。校長は、元へ戻さないといかん、海江田さん、頼むよ、とくり返しました。配属将校は粳田さんのことを、こんなのは病原菌だよ、わしがぶった切ってやる、と言いました。この少尉は、このたぐいのことを言う時には、軍刀の柄《つか》に手をかけて、肩をふるわせるのです。ぼくは粳田さんとの対話をとてもボカシて報告したのですが、それでも、少尉には我慢ならなかったのでしょう。病原菌を日本刀でね……、とぼくはつぶやきました。教師のなかには、紅林與志も脱落か。しかし、こうなっちまう生徒なら、他にもたくさんいますけどね、などと言う人もありました。今考えると、みんな與志君のことを見損っていますよね。ぼくだって中途半端でした。正直言って、解らなくなっていたんです。

——そうですかしら。でも先生は本当に心配してくださいましたね、とわたしは言いました。

——眠れない夜もありました。

——わたしには解りませんでした。女学校の一年生でしたから。

——あなたは解っていたんじゃありませんか。

——解っていたなんて、そんなことはありませんでしたが、気持は割りきれていました。海軍の軍人さんは時々家へ来ましたし、大好きでしたけれど、兄さんがいやなら、海軍兵学校へ行かなくてもいい、高等学校や帝国大学へも行かなくてもいい、粳田さんだって、きっと立派な人なんだ、だから兄さんは仲よくしているんだ、と思いました。ですから、お父さんがとても暗ぼったく見えました。黙ってしまったんです。お母さんも泣いていましたが、兄さんがお父さんの言う通りになってほしい、とそれだけを願っているようでした。家は憂鬱だったんです。

——しかし真佐代さんは一線を画していたってことですか。

——きっとそうです。ただ単純な望みは、兄さんが家にいてほしい、ということでした。それで、幾波回生舎に行ってみたことがあります。自転車で行きました。ペダルを踏んでいるうちに、不思議と悲しみがこみあげてきました。兄さんに対して何も譲歩することもないのに、どんなことでも譲歩したっていい、ただそばへ来てほしい。いっそ遠いところなら気が済むけれど、隣村にいるんだから、そばへ来てほしいと思ったんです。回生舎へ着いたんですが、兄さんは留守でした。どこへ行ったのかわからないし、何時に戻るのかもわからない、夕飯には戻るだろうが……、と言うことでした。わたしは夕飯の時間まで待とうと思って、その辺を走っていました。兄さんはどういう用事だったのか、案外近所にいました。やはり自転車で走っている兄さんを、わたしは見つけたのです。槇の生け垣に肩を擦るようにして、路地から県道——幾波街道へ出てきて、わたしに背を向け、先へ走って行くのです。うれしいと思い、ペダルに力をこめて、追いかけました。兄さんはとても速いので、わたしはムキになりました。あんなにスピードをあげようとしたことはありません。膝の裏側が痛み、道のでこぼこがつのって、もどかしさが先走りしました。それでも距離をつめ、すぐそばに背中を見たのですが、そのまま時間が経ちました。道に意地悪されているようでした。わたしは声が出せなかったんです。足は大活躍しているのに、そっちに体力を取られて、声は出ないのです。兄さんは疲れているようでした。土埃をかぶっていましたが、その下の皮膚も土色だったのです。ようよう並びました。兄さんは前を見たままでしたが、並んでいるのがわたしだと気がつきました。黙ったままでしたが、並んで走ろうと言っているように、スピードをゆるめてくれました。それからもずっと話はしませんでした。

なぜか話をしなくてもいい、という気持になってしまったようでした。でも兄さんはもっとゆっくりになって、

——何だ、来たのか、用か、と言いました。

——用はないけど。

——そうか。

——どこへ行くの。

——製材屋だよ。

——製材屋……。これからどのぐらい走るの。

——あと十五分かな。

——兄さん、元気……。

——元気ないな。

——なんで製材屋へ行くの。

——粳田さんに会いに行くさ。

——わたし、今日は粳田さんと会いたくない。

——そうか、残念だな。

——どっかで自転車止めてよ。

——ダメだよ。

——製材屋の帰りに会ってくれない……。

——粳田さんと帰るぞ。

——兄さん、自分のこと親不孝だと思わない……。

——思ってるよ。

——変りもんだと思わない……。

——だれが……、お前がか。

——兄さんよ。

——俺か、変りもんだろうな。

——兄さんは変ったよ。

——そうか。

——もう一度変ることはできないの……。

——できるだろう。

——元へ戻ることはできないの。

——元へ戻ってるじゃないか。

——今……。

——今さ。

——今が正体なの……。

——正体だろうな。

——ああそうなの。そう思っているの……。

——そう思っているだろうな。頼むよ、めんどくさいことは言うな。

ペダルを踏むのが、もう苦にはなりませんでした。道はそのままで、自転車は小石をはねとばし、大きな石にはハンドルを取られます。それも笑って済ますことができます。理屈はないのです。悲しみは引き潮になったようです。今兄さんと並んで走っている気持だけになるのです。これだけで充分だろう、とだれかがきいたら、うん、いいよ、これだけでいいよ、とわたしは返事したでしょう。とても大切な人と一緒にいる、しかしこの今は長く続くことはない、今、今、今、と自分に言い聞かせていました。

綾

——裁縫の箆《へら》を作ったことがあったんでさ。学校の手工の宿題でしての。縁側で夢中になって竹を削っているのを、綾が見ているんでさ。わしと息を合わせるようにして、見とれていましたの。わしはこういう手仕事が得意でしたんで、見られて気をよくしていましたの。紙やすりをかけて、手を止めると、綾は言いましたっけ。

——できあがり……。
——男にはわからんよ。使い良いかどうか、母ちゃんに訊いてみないとな。
——うまくいってるよ。
——そうかな。
——欣ちゃん、その箆わたしにくれないかしら。
——母ちゃんに訊いてみないとな。
——わたし欲しい。
——濱藏さん、なぜ綾がそんなもんを欲しがったかわかりますですか。

――欣造さんがこしらえたもんだからでしょうが。

――そんなことはない。

――できが良かったってことでしょうの。

――そりゃあ満更じゃあないでしょうがの。そんなことよりか、綾は使いたかったんでさ。

――いくつでしたです、綾さん。

――尋常四年だっけです。わしが高等科二年でしたです。

――なるほど、綾さんはもう針仕事をしていたってことですかの。

――昔は早いっけですに。綾のとこには篦を買う金がなかったですに。

――まさか……。成嶋家はご大家だっけでしょうが。

――暮らした家だったがの。もうスカンピンだっけです。綾はかわいそうでしたよ。お袋の手伝いをしていましたです。お袋と同じようなしょんぼりした顔をしていましたよ。色つばも冴えなくて、いじけていましたでさ。

――早いっけですか、成嶋家が身上《しんしょう》仕舞いしたのは。

――綾が尋常二年の時でしたの。綾は、友達に言いたいことも満足に言えない生徒だっけです。だから、わしを頼りにしましての。道でも学校でも、わしを探すような目をしたもんですに。

――欣造さんも憎からず思ったんでしょうが。

――憎からず……。

――恋をしたってことでしょうが。

——そんなことはない。

——……。

——かわいそうだとは思っていましたがの。小学校の時から、お袋と一緒に内職をしていましたからの。よくレースの刺繡をしていたっけです。おせちの昆布巻をこしらえたり、お節句のちまきを笹に包んでいたこともあったですに。それでいて、貧乏をさせる父親を恨みはしない。大好きだっけですに。

——惣五郎さんは飛行士だっけでしょう。

——中島式五型複葉機を買っちまって、霞ヶ浦かどっかに置いてあったですもん。遠州の発明家とつき合っての、金を儲けることはなくて、使うことだけ知っていた人でしたでさ。絹の首巻きをなびかせている写真を見せびらかしたりしての。家にはロクにいないっけです。わしの親父なんか、あのソラッツカイと言ってばかにしていましたです。ところが、綾はそんなお父っつぁんを慕って慕って、異常だっけです。できの悪い親ほどかわいいのかな、と笑う人もあったっけです。

——綾さん、孝行娘だっけですの。

——濱藏さん、わしが綾に恋をしたって言っていましたの。案外図星かもしれん。わしはの、自分で気がつかなかっただけでしたでしょうよ。

——……。

——綾は優等生でしたで、奨学金を貰いましての、高等科へ入りましたです。高等科二年の時でしたっけ、欣ちゃん、教会へ連れてってくれないかしら、と言ったですに。わしは、綾を藤枝の再臨派教会へ連れていったです。

——お前、なんで教会へ行く気になったのか、とわしが訊きますと、

——ずうっと行くかどうかわからないけど、と綾は言ったですに。

——俺だってわからん。

——欣ちゃんも……。なぜ。

——はっきり言わないほうがいいだろう。教会ってそういうとこだ。

——なぜ……。教えて。

——教会に裏切られれば、もう行かないさ。

——欣ちゃん、裏切られたの。

——そうかもしれん。

——はっきり言ってよ。

——言わないよ。まだ言えないもん。

——おもしろいとこ。

——人によるだろうな。行ってみればわかるさ。お前はなぜ行く気になったのかって思ってさ。

——母ちゃんが教会好きだからよ。

——それなら、母ちゃんが行けばいいじゃないか。

——母ちゃんは人さまに会うのがいやなんだって。電信柱のかげにかくれながら、道を歩いた

りするんだもん。それで、お前行って、いい教えを聞いたら、帰ってわたしに話しておくれって言うの。

——娘は教会を偵察に行くのか。

——そうかもしれない。母ちゃんはね、死にたいって言うの。それでね、わたしは教会でお話を聞いて、母ちゃんに元気をつけてやりたいの。家はどうしていいのかわからないもん。

——綾の母親はおぜんっていいましての。わしの義理の叔母ですで、もっと親身になってやらなければ、と思いましたです。しかし、わしはなんだか浮わついていましたの。綾の言うことよりか、姿がわしの気持をとらえたですに。こんな女がすぐそばで息をしていたのに、わしは何を見ていたのか……。暗くてはっきり見えないっけですで、姿といったって、気配のようなもんでしたがの、まるで胸の前に槍をつきつけられたようになりましたの。なんだか先行きが知れないっけです。

——教会が救ってくださるかもしれんって母ちゃんは言うの、と綾が言うんで、

——真剣だな、とわしは言ったでさ。

——天国へ行きたいって。

——お前の親父さんが行きたがった天とは大分違うな。天は天でも……。

——明るい晩だっけです。どこへ行っても、まん丸い月が追いかけてきたっけです。藤枝の駅

で軽便を降りると、わしらの影がまるで澄んだ水にいる黒い魚のように地面を泳ぎましたの。町の屋根も明るく、瓦も一枚ずつ見分けられるほどでしたに。しかし、集会所へ入ると赤っぽい電気がみすぼらしくての。隠れ家へ入っちまったようなもんですに。もともとは倉庫だったところへ、わしらドライヤーと言っていた厚手の木棉の布を敷いて、正座するですに。みんなが仲間になった気がしましたの。そこへ綾が入ってくれたことが、わしはうれしいっけですに。いい加減うきうきしていましたからの、その夜は牧師さんの説教も身にならないっけです。話が一段落すると、質問が出ましての。


——先生、キリスト様は死ぬ覚悟だっけですか。

——キリスト様は、天のお父様がお召しくださることがわかっていましたです。

——生きて悪人と戦おうとはしなかったんでしょうか。

——キリスト様はこの世に生きていても、召されてあの世へ行っても、いつも悪と戦っています。

——でも殺されたんでしょ。

——殺されたんじゃあありません。進んで死の意味を教えようとなさったんです。

——死の意味……。

——キリスト様の時代に、もう預言した人がいます。キリスト様が生き続けるなら、一つの国にとどまっているけれど、死ねば、世界中にいらっしゃって、永遠に生きることになる、と預言した人がいます。

——どこにそういうことが書いてあるんですか。
——聖書に書いてあります。
——千九百何十年前にそう言った人があったんですね。
——そうですよ。

——わしはの、ありそうもない話だ、なんて思いはしませんでしたがの。はっきり言って、大して身をいれて聞いていたわけでもない。だがの、綾は耳を傾けていましたに。不思議そうに、ムキになっていましたの。わしは綾のことが気になっていましたんで、いやでもあの女のほうを見ていましたからの。……集会が終り、五、六人が軽便に乗り、幾波駅で降りますと、わしはわざとぐずぐずしていたですに。綾もそんな工合でしたの。それで、二人になって歩きだすと、綾は言ったですに。

——わたし、聖書を読みたい。
——お前も熱をあげそうか、とわしは言ったです。
——ひょっとするとね。
——ひょっとするとひょっとするかな。
——欣ちゃんは読んだの。
——読んだよ。
——全部。

――全部ってわけにゃあいかん。半分くらいか。

――よく読んだね。

――お前、聖書を見たことあるか。

――ある。

――俺、二冊持っているから、一冊貸してやるよ。

――借りていいの。

――いいさ。他にもあるから。

――同じ本を二冊持っているの。

――そうだよ。

――なぜなの。

――一冊を読んで、一冊は飾ってあるさ。読んでると大分傷むからな。もう表紙もはずしちまって、中身だけ持ち歩けるようにしてあるさ。寝ころんで読んだりするからな。

――わたしも買うけど。

――いいよ、しばらく持っていろよ。いつか返してもらうけど、いつだっていいよ。

――欣ちゃん、どこで買ったの。

――静岡の葵堂だよ。

――藤枝にはないかしら。

――藤枝か、探すだけヤボだな。もっとも、薄っぺらいのでよければ、教会でも売ってるけどな。

――綾はわしの家へ来ましたです。もっと早ければ、家の中へ入れてもよかったですが、親父もお袋も弟も姉も、もう寝ていましたから、大戸に待たせておいて、聖書を渡しましたでさ。いかつい本ですからの、綾が持つとなんだかおかしかったですに。本の貫禄に敗けていましたです。そこで、わしはまたぐずぐずしていましたです。教会や聖書なんかとは関係なく、生《き》のまんまの綾がいい女に見えちまって、気がひけるほどだっけです。綾が喋ったことにしても、声が体に響きましたもんの。わしは口実をこしらえたですに。

――送って行かっか。

――どうしたの。

――どうしたのって、なんだ。

――そんなこと、今まで言ったことないじゃん。

――言っちゃあ悪いか。

――悪かない。うれしいよ。

――綾、俺はニッキが欲しいんださ。

――そう、それじゃあ一緒に家までおいで。

――わしら、田圃道を行って、幾波街道へ登ったですが、見なれた道が嘘みたいにはっきりと、松の丘を回っているのが遠くまで見えましたの。それで、薄の穂の中へ入って行くと、虫の大軍が勝どきでもあげているようだっけです。

——いいもんですのう。お月夜でしょうが。わしは好きですに。どっかへ保養に行くよりか、よっぽどいいですに。

——それでの、濱蔵さん、わしがたまらなくなって、綾を押し倒したとあんたは思っているでしょうが。

——思っているどこじゃない。正直いって、願ってもない瀬ですもんの。

——なんにもなかったですに。わしは再臨派教会へ通っている青年でしたからの。

——なるほど。

——わしら、無事惣五郎さんの屋敷へ着きましたです。惣五郎さんの松を知っていなさるでしょう。四百五十年とか、あそこへ聳えているんだそうですの。屋敷のまわりには杉林があって、はずれにニッキの木が一本ありましたです。わしは子供の時分からその味が好きで、木の皮をしゃぶりながら大《いか》くなったような人間だっけですで。

——ニッキは口がすっきりしますからの。

——今も嚙みますがの。とにかく、あの時、わしは月の光を浴びたニッキの幹に爪を立てて、皮を剝いでいましたでさ。すると惣五郎さんが来ましたでさ。ガス糸で織った着物の前をはだけてやってきましての、声をかけたでさ。

——欣さん、今晩は。

——おじさん、ニッキを貰うぜ。

——いくらでも持って行きな。

——おじさんは夜ふかしだな。

——お前も宵っぱりじゃないか。よく来てくれたな。教会の帰りかえ。

——そうさ、綾さんと行ってきたさ。

——綾もよくお前について行ったと思ってな。なんだっていいが、宗旨に凝るのはいいことだ。

——わしはニッキをポケットへ入れると、石垣の崩れに坐ったですに。すると惣五郎さんが横に坐り、何気ない言い方で、切りだしましたでさ。

——欣さん、金を貸しちゃあくれんか。

——たちまち綾が聞き咎めて、言いましたの。

——父ちゃん、そんなこと言うもんじゃないよ。

——お前に言ってるんじゃない。

——お金が要るんなら、わたしあるよ。

——そうか、それはそれで都合してもらうか。

——あきれた人ね。そんなこと言う人って、ほかにいるかしら。

――お前、へそくりがあるってか。
――あるでしょう。
――たんと貯めたか。
――たんとってことじゃあないけどね。
――惣五郎さん、いくら要るんですか。

――そうわしは言いましたです。

――欣さん、あんた今、いくら持ってるか。
――悪いよ、父ちゃん。
――俺の手持ちは、二円ばかりだけど。
――そうかい、それじゃあ、そいつを貸してくれや。

――わしが財布を開くと、札は一円二枚しかなかったでさ。ほかに十銭白銅貨三コと五銭が二コ、一銭銅貨が五、六コありましたの。それもわしらには、どうでもいい金額ではなかったですに。とにかく、一円札二枚を惣五郎さんに渡しましたでさ。綾はわしの財布の上に手を置いて、言いましたの。

――欣ちゃん、そんなことをしちゃあダメ。

――しかし、その時には、二枚の札は手の速い惣五郎さんにかすめ取られていましたでの。わしはなんだかおかしくなったですに。それで、思わずいい気持になっちまって、言いましたっけ。

――あしたは、三十円都合つくよ。俺、あしたお午にここへ持ってくるからな。

――わしは惣五郎さんを嫌っちゃあいないいっけです。子供がそのまんま年寄りになったようで憎めませんでしたの。連れそいのおぜんさんともうまくやって行けそうでした。遠慮っぽくて、ひとの目の色をうかがうほどだっけのも、とりえもない若僧を立ててくれるように感じましたです。そのことを粳田權太郎に言いますと、あいつはこう言ったんでさ。

――行く行くは面倒見てやったっていい、と思っているんだな。

――そうだよ。俺のはげみになるかもしれん、とわしは応えたですに。

――いい話だがな。綾は違うぞ。

――どういう意味だ。

――お前が入れあげていいほどしっかりした女じゃない。

――入れあげてなんかいないよ。

――夢中になっているように思えたもんで。

——夢中になっちゃあ悪いのか。

——無理もないがな。

——わしよりか四つも年下の粳田權太郎が笑いながら偉そうなことを言うんで、わしはやつを憎みましたでさ。思わず喰ってかかりました。

——お前妬いているのか。

——本当言って羨ましいよ。俺だって綾に情をかけてもらいたいよ。

——そう言って權太郎は生意気にも依然笑っているんでさ。わしはムキになって言いましたの。

——一体何を言いたいのか。

——欣さんまじめ過ぎるんじゃないか、と言いたいのさ。

——まじめ過ぎてどこが悪い。

——欣さん、綾は教会を棄てるぞ。欣さんにも棄てさせるぞ。

——俺が教会へ引っぱって行くよ。あいつは今夜も聖書を読んでいるんだぞ。

——聖書も棄てるよ。もう棄てているかもしれん。

——そうか。彼女に訊いてみよう。俺がたしかめるから、お前は解ったようなことを言わんでくれ。

——欣さん、せっせと教会へ行くがな。彼女が行くんで、喜んで一緒に行くんじゃないのか。教会と綾とどっちが目的かと思っちまうよ。

——お前にそんな質問をされる筋合いはない。俺は俺の勝手にするさ。

——怒らんでくれよ。


——わしは権太郎と共に再臨派教会に打ちこんでいましたからの。良い連れだっけですに。だから、あいつは、わしが脱落するのを困ると思ったに違いありませんでさ。だからこそ、そう言う粳田権太郎の声は顫えていたです。わしはハッとしましての。あいつの気持が手にとるように見えましたの。

——粳田権太郎は間違っていないっけです。綾は掌を返すようにわしを裏切りましたし、教会へも行かなくなりましたです。海軍の兵曹長の本堂甲子男《きねお》というのと縁組みしてしまいましたです。当座わしはガックリ来て、黙ってしまいましたの。綾と会ってわけをただそうともしないっけでさ。きっと嘘をつかれたり、彼女のバカさ加減が身にしみたりして、わしは更にみじめになるとしか思えなかったもんですで……。彼女はその程度の女だと思い当る気がしたです。夜がふけると、まるで犯罪人のように広い闇にまぎれて、成嶋家の松の木と、その根もとにともっている小さな灯を眺めて、うつけて、電信柱にでもなったみたいに立っていましたの。突然怒りがこみあげて石を蹴とばしたり、榛《はん》の木にすがって涙を流したこともありましたに。それでも黙んまったままで、恨みを言いに行きはしませんでしたよ。……成嶋惣五郎はいい加減な人間以外の何物でもありません。あいつこそ阿呆でさ。昭和のはじめ、三十歳ぐらいでしょうか、なんにも働かなくて、飛行機に夢中になっていたころの気持にまた火がついちまったです。霞ヶ浦からやってきた男が本堂甲子男だっけです。予科練習生の教官をしていましての。幾波へは空から降りてきましたです。大井川海軍航空隊に練習機が五、六機いて、練習生がいましたからの。出張して指導にきましたでさ。颯爽としていたってことですかの、あこがれて、たちまち騒ぎだしたのは村の子供と娘たちでしたが、それ以上にのぼせちまったのがいい年した惣五郎だっけでさ。わしはの、綾がどんな気持で本堂甲子男を見ていたのか知りません。知りたくもない。わかりませんがの。惣五郎がたあいなく舞いあがっちまって、夢中で綾を本堂教官とくっつけたがったのは、手にとるようにわかりましたです。

——惣五郎さんは何と言ってたですか。

——たいしたもんだ、たいしたもんだ、たいしたもんだなあ、と村じゅうに言いふらしていたですに。本堂を賞めての。

——欣造さんはずっと無言だっけですか。

——そうですに。納屋の暗がりにでも入りたいっけ。解らないですかの、わしの気持が。

——解りますよ。

——わしはの、こだわっちまうと声が咽の奥にひっこんじまう性質でさ。自殺も考えましたです。

——自殺も……。

——しかし、本堂にだけは一言言ってやりましたよ。歓迎会の席で突っかかったですに。やっこさんが、男なりゃこそ五千尺空の……、と歌のきれっぱしを大声で唱った時に、言いましたでさ。

——五千尺空へ昇って何をするんですかい。

——偵察とか索敵とか空中戦のためです。その機会が訪れるのを待ちに待つんです。

——うんざりするでしょうな。

——獲物と遭遇する瞬間を、たとえ百年でもあきらめずに待つんです。

——ソラッツカイとはこのことだ。

——ソラッツカイ……、聞いたことがないなあ。

——空へ昇って無駄なことをするって意味です。

——何が無駄ですか。

——ガソリンが要るでしょうが。

——それは心苦しい。ガソリンの一滴は血の一滴ですから。

——それだけガソリンがあったら、もっとマシなことができますよ。

——あなたの言うのは、現代戦は消耗戦ということですな。われわれは痛感していますよ。

——その辺までは本堂甲子男の顔に笑みがただよっていたですがの。わしの悪意を気にしているようでもないっけです。しかし、もうちっとからみますと、険呑な空気になっちまったですに。本堂兵曹長が、幾波からも、どうか予科練へ来てくれ、そのほうが、昔ながらに鯖や烏賊を追いかけているよりも意義深いとか、生けるしるしありとか演説するもんだから、わしは言ったですに。

——鯖か烏賊なら捕捉すれば喰えますでしょう。自分らが今夜喰っているのは古根の生姜を利かせた鯖の煮つけですが、悪かないでしょうが。

——これですか。いい味です。

——空にいる敵なんか食用になりますか。

——食用……。何を言いたいのかね。

——ガソリンがもったいないと言っているんだ。ガソリンも、空で使うよりか魚をとるのに使うほうがはるかにいいと言っているのさ。

——くどいなあ。これで歓迎会か。

——おかしな歓迎会かね。しかし俺に言わせれば、あんたのほうがもっとおかしい。

——まだほざく気か、たわごとを。

——魚を殺しているほうが、人殺しよりも人のためになると思わないのか。

——いつやめる気か。つけあがりおって、容赦せん。

——本堂はわしの前へツカツカと歩いてきて、殴りつけたです。さすが予科練の教官でさ。わしの多くもない頬の肉が引っかけられ、体が浮きあがるほどの一撃でしたの。思わず目をつぶったんで、火花が五、六コ湧き、しばらくただよっていたですに。顔の内側がキナ臭いっけです。しかしの、一時《いっとき》してわれに返ると、わしは目を開き、せばまった視界にいる箱みたいな男に言ったでさ。

——もう一発かませたらどうか、教官。

——貴様、殴るから受けてみよ。

——受けようじゃあないか。

——貴様、顎の骨が割れるぞ。

——そう言って本堂はわしを睨みつけていたですが、なかなか拳を突き出そうとはしなかったです。殴り合えば負けるとばかりは思えなかったですが、わしは忍耐の実感をたとえわずかでも味いたいと思っていたでさ。まわりの物音は一切消えて、人の気配も消え、試みる者と試みられる者しかいないように思えたです。しかし、ひたひたと波が寄せるように人声が聞えてきまして、言っていましたっけ。……まるで小僧っ子だ、本堂さん、折角出席してくれたのに、申しわけないっけ、岸母田、お前がいちゃあダメだ、帰れ、……それでわしは帰りましたです。

——欣造さん、あんたはおとなしいの。わしならやり返すがの。向うから手を出したんでしょうが。

——わしには自然の成り行きだっけです。

——キリストさんの教えかね。

――そうでしょうよ。

――そういうふうにこらえたって、気が済まんでしょうが……。殴られたら殴りかえすほうがいいと思うんだがねえ。

――正直言って、そんな気もあったんでさ。しかしの、ここで暴れちまったら、自分が消えると思ったんですに。

――自分が消える……。

――そうでさ。そうなったらさびしいと思ったですに。

――殴られっぱなしのほうがさびしいんじゃないのかな。

――わしは違いまさ。だからの、家のほうへ歩きながら、口惜しがっちゃあいないっけですに。スッキリしていましたの。大籔を抜けちまうと、青く明るく、広々していますんで、ひとまずしゃがんで、空を見ていましたでさ。一旦は飛び散りそうになった自分が、だんだんと元へ集まってきて、ここに自分がいるとわかりましたの。今夜が澄んでいるように、俺の体じゅうが澄んでいると思ったですに。普段よりかよく見えたです。星は燃えているもんだとわかりましたの。

――そんなもんかのう。

――勝手にそう思っただけでしょうよ。これも教えのおかげだ、とるに足りんことだけども、教えってものは実行しなくちゃあダメだ、と思ったりしましたけども。

――悟ったってことですか。

――どうですかな。あやしいもんですに。わしはその気になって、キリスト様とサシで向き合っていたりしたんですがの。だんだんと、二人の間に世間という川が割りこんできたですに。

——どういうことですかい。わしはキリストは苦手だもんで。

——濁った川の向う岸に、キリスト様のお姿は見えなくなっちまったですに。

——なるほど。迷っちまったってことですかい。

——結局迷っていただけですよ。束の間良いキッカケをつかんだのに、すぐに手ばなしちまったってことですに。

——どういうことですかのう。

——濱藏さん、突然本堂甲子男が死んだという知らせが入ると、情ない話だが、わしは腹の中で喜びましての。これからだ、と思ったですに。

——キリストさんの教えには叛いているかもしれんが、それで当り前じゃあないですかの。

——臆面がなかったですに。

——教官は霞ヶ浦で死んだんでしたの。

——訓練中海へ墜落したってことですに。それで、わしが気がついたのは、やっぱり本堂兵曹長には消えてもらいたいっけってことでさ。よくぞ死んでくれたってひとりごとを言いましたもんの。ところが綾は泣きづんめだっけです。当り前ですよの。村に縁のあった軍人だというんで、幾波小学校でも慰霊祭をしたんですがの、その時にも、綾は一粒種の男の子を連れて出席して、泣き通しでしたに。わしは涙にくれている綾をうかがっていて、とてもうれしかったですに。こっそり見ていたもんで、余計よく見ましたでさ。遠くにいたのに、すぐそばにいるようだっけです。

わたしは海江田先生に話しました。

……お母さんからあずかって、兄さんの着替えや干し柿なんかの食べ物を、回生舎にとどけに行きました。すると、お勝手に綾さんがいて、お夕飯を食べて行くように言ってくれたんで、よばれて、五十海駅へ戻ったのは七時半ごろでしたでしょうか。ホームに三次さんがいました。わたしを待っていたんだそうです。

——あんたも回生舎にいるのかと思った、とわたしが言いますと、

——お前に話したいことがあるもんで、あっちを抜けだしてきたさ、と三次さんは言いました。

——どういうこと。

——與志はな、もう回生舎を出たほうがいい、と言おうと思ってさ。

——なぜ。

——與志がな、綾さんとできてるからだよ。

ドキンとしました。三次さんの言いかたもあって、とても悲しかったんです。殴りつけられたようになったわたしを、三次さんは見すかしたに違いありません。急きこんで質問してくると思

っていたかもしれません。でもわたしは、すぐには声がでませんでした。

——俺は心配しているんだよ。

——それって本当……。

——嘘言って何になる。

わたしは、とてもいやな気分を味わいました。混乱して、三次さんを憎んでしまったんです。

——本当かしら。

——お前だってそう思ってたんじゃないのか。

——まさか……。三次さん、そう思っているのね。

——思ってる以上だよ。困ったことに、知っちまったさ。

——その話はもうやめよう。あなたの言いたいことは、もう解ったから。

——別に言いたいことじゃあないぜ。心配だから言ってるさ。考えろよ。二十八の女といい仲になっちまったから、回生舎を抜けられないと言うのか。與志は何のためにあそこにいるのか。

——兄さんのことを心配してくれて、ありがとう。

——まあちゃん、なぜそんなふうに言うのか。お前の気に障ったって、言っておいたほうがいいと思ったさ。俺に当らなくたっていいじゃないか。

——わたし、もう家へ帰るから。

——そうか、家で親に相談してみなよ、三次の口から聞いたって言ってさ。

——お節介なことを言わないで。

わたしはとても悲しかったんで、混乱して、滅茶滅茶なことを言っていたんです。綾さんが兄さんのことを好きなことは、ずっと前から気がついていましたし、深入りすることもひょっとするとあるかもしれない、と気にしてはいたんです。わたしは自分の悲しみにくらまされて、三次さんの気持を察することができませんでした。あの人はさぞ心外でしたでしょう。

——あとになって、あなたはこのことをどう思ったんですか、と海江田先生は訊きました。

——このことって……、とわたしは訊き返しました。

——與志君と綾さんの過ちです。

——兄さんのためにもよかったって思うようになりました。綾さんはいい人ですもの。

……でも、あの晩わたしは三次さんを傷つけてしまいました。あの人は調子はずれの顫え声で言いました。

——お前は俺をハブッコにする。なぜだよ。

ハブッコって仲間はずれの意味です。

——三次さんが、そう感じているだけよ。

——そうだ。俺はそう感じている。

——わたしは、思ったことないよ、そんなこと。

——いつか、與志が学校の運動場で梟をつかまえたことがあったな。まっ昼間、あんまり明るいんで目がくらんで、ふらふらしていた梟だっけ。與志は家へ持って行って飼っていたんで、俺もうきうきして、見せてもらいに行ったよ。その時お前は、槙の垣根の外で、俺に一応足止めをくわせて、三次が来たけど、梟を見せてやろうか、どうしようか、兄貴のところへ意向を訊きに行ったっけな。おぼえているか。

——おぼえているけど……。

——今だってそうだ。

——どういうこと……。

——與志とお前はとても仲が良くって、俺になんか、なれなれしくするなって言ってる。兄妹《きょうだい》よ、わたしたちって。

——俺はよそ者か。

——友達でしょう。

——こんな友達はないよ。俺はハブッコだ。そうされちまったさ。お前たちは異常だよ。

——三次さんこそおかしいよ、何言ってるの、異常だなんて。なんのことか解らない。

——お前は解っているよ、自分らがどうなっているか。

そう言ってから、三次さんはますます声を上ずらせて、言い募って、とてもひどいことを言ったんです。


——なんて言ったんですか、と海江田先生はうながしました。

わたしが言いよどんでいたからです。

——口に出すことができないような言葉です。

——今になっても……。これだけ時が経っても、ですか。

——言えません。

——そうですか、と海江田先生は言って、上目づかいに私の顔をうかがい、苦笑しました。

……それで、怒りと悲しみが湧きあがって、われを忘れてしまいました。自分の息に溺れそうになりながら、精一杯強がって、

——三次さん、二度とあんたの顔を見たくない、と言いました。

——悪かったな、とあの人は肩をゆすりながら言いました。

——黙っててよ。声も聞きたくない。

——消えちまえってことか。

——そうよ。

三次さんは少しよろめいて、枕木の柵に手をつき、こっちを見ていました。光の加減か、目が二つの真暗な穴でした。しばらくそうしていて、すごすごと立ち去ったのです。古くぼやけた映画の終りの場面のようでした。すぐに夜のなかに呑みこまれてしまったのです。

——三次君は真佐代さんが好きだったんですね、と海江田先生は言いました。

——そうだと思います。でもわたしには、三次さんに対して男と女の感情はありませんでした。

——先方は恋していたから、あなたとしては、つきまとわれて、しつっこく思えたんじゃありませんか。

――そうでしたでしょうね。

――あり勝ちなことですな。

――でも、わたし、三次さんが嫌いじゃあありませんでした。なつかしい想い出がたくさんありますもの。

――僕も、三次君には七、八回会っているんですが、印象に残ってはいます。しかし、いまだに解らない少年のままです。妄想を育てていたんですかな。

――そうでしたでしょうね。でも、わたしは幼いころから一緒に遊んでいましたから、別の面も知っているんです。学校の成績もとても良かったし、頼もしい感じの時もありました。

――小学校は同級でしたね。

――そうです。それで、あの人と話していると、自分が解ってくることも多かったんです。頭が良いな、と思いましたもの。スジが通っていました。でも考えた末に、脱線して妄想になってしまうこともあったんでしょうね。

――なるほど。

――妄想も、相手をその気にさせるんです。前世はどの星にいた、というような考えかたがありますね。信じたくなるような……そんな気にさせるんですよ。

――三次君、星を見るのが好きでしたでしょう。

――好きでしたでしょう。夜のなかに、ボンヤリひとりで立っていることがよくあったんです。

――あなたは三次君のことをよく観察していますね。

――身近にいましたから。でも、あの人の心は解ってはいませんでした。

……それから百七十一日経って、三次さんが死んでいるのがわかったんです。お昼前に学校から帰ってきて、仕事場で職人さんが話しているのを聞きました。すぐに飛びだして、幾波小学校へ向いました。四十分も軽便の便《びん》がないのがわかっていましたから、歩いて行ったんです。しばらく行って、線路沿いの細い道に、兄さんが歩いているのが見えたので、ホッとしたんです。落ち着かなくて、わたし、どうにかなってしまう、と思っていたからです。

――どこで聞いたの、とわたしは兄さんに訊きました。

――さあ駅でだれかが話していたもんだからな。

――本当に三次さん死んだのかしら。

――お前も聞いたんだろ。

――家の工場でね。奉安殿のなかで首をくくっていたって。そんなこと、本当かしら。

――さあ……。お前、見たいのか。

――見たい。

――気持悪がるんじゃないぞ。

……わたしはもっと話しかけたかったんですが、兄さんは気むずかしそうな顔になっていて、相手にしたくないふうでした。前だけを見て、足ばやに進んでいるので、わたしは追いすがりました。小学校のまわりには、点々と警官が立っていて、外から入ることはできそうもありませんでした。兄さんは、学校のまわりを少し歩いてみてから、あきらめて、正門の前へ行きました。

五、六十人集って、離れて見ていたんです。奉安殿は見えました。あけはなした扉の奥を、将校もまじえて五、六人が見守っていたのです。そのうちに、三次さんは担架で運びだされました。お醤油がしみたような色合いのシートが、すっぽりかぶせられていました。わたしは全身を目にしてのぞきこみました。でもシートが過ぎて行っただけでした。わたしはわれを忘れて追いかけ、リヤカーの前へ出たり、うしろへ着いたりしたのですが、それ以上のものは見えなかったのです。乾いた秋の道でリヤカーが揺れるのが、三次さんに成り変って、自分の体に感じられる気がしました。しかしお通夜の席でようよう見た三次さんには、ワーッと言ってしまいました。なぜこんな姿に……。もう見たくなかったし、ひとにも見せたくない、と思いました。こびりつく肉をかき分けて、笑っているような顔の骨が白く見えていたんです。わたしはその時はまだ、いつもの三次さんを予想していました。眠っている顔をした三次さんが現れるものと信じていたんです。泣いてしまい、われに返ると、虫が鳴いていました。だんだん募ってきて、はやしたてている感じでした。みんな、なぜこんなに静かにしていられるのか。お通夜に来た人たちは、ポツリポツリ何か言っていましたが、肝腎なことは口に出してくれなかったのです。あそこにいた人は、粳田権太郎さん、岸母田欣造さん、三次さんのお祖母さん、うちのお母さん、兄さん、それからわたし……六人でした。一度お巡りさんが来て、お祖母さんをわきへ呼んで、しばらく質問していました。

――わたしが優しくなかったから、三次さんは自殺したんです、とわたしが言いますと、海江田先生は応えました。

——思いすごしです。真佐代さんは本当の気持を三次君に言っています。三次君は三次君で自分の本当の気持をあなたにぶつけています。それ以外に、何ができると言うんでしょうか。彼は自分の考えにしたがって死んだんです。與志君は解っていたんでしょう、ぼくに話したことがあります。三次が死なないほうがいいけれど、どうしても思いをとげたいと言うんなら、かなえてやりたい、と思ったそうです。與志君は親切ですね、あなたも親切ですが……。

——それならなぜ三次さんは、自分はハブッコになっていると言ったんでしょうか。

——あなたたち兄妹に対する嫉妬です。三次君だけじゃあない、ぼくだってあなたたちを嫉妬しましたよ。しかし、これはどうにもならないことです。あなたが與志君を好きで、與志君があなたを好きだってことは動かしようがないじゃありませんか。

——そうなんでしょうか。

——そうだと思います。自分が不幸なのは、幸せな兄妹がすぐ近くにいるからだ、と文句をつけたんでしょうね。

——兄さんもわたしも幸せじゃありませんでした。

——しかし、三次君は二人は幸せだと解釈したんでしょうね。

——あの人、かしこいのに……。

……吉っつあんて人がいて、幾波小学校でお茶番さんをしていましたから、わたしは三次さんのことを訊きに行きました。この人は以前父のところで働いていて、わたし、知っていたんです。

――左官屋の臨時になって、ここでも仕事をしていたがの、そう器用なほうじゃあなかったの。親方に小ごとを言われていましたもんの。アオタイデルって言われちゃあの、と吉っつあんは言いました。

アオタイデルというのは、ある仕事をしながら、別のことを考えている、という意味です。

――頭がいいのよ、とわたしは言ったんです。

――そりゃあ知らんけな。おとなしい若い衆で、小ごとを言われたって下を向いて黙っていたがの。それでも親方は怒って、こぼしたことがあったに。土台にするコンクリの空《あ》けかたが悪かったもんで、のしは一体、何を考えていたのか、と怒鳴ったら、何を考えていたのかな、思いださん、と言ったっていうだに。親方は指し金《がね》で頭筋をぶったそうですに。わしはの、今時の小僧って、そんなもんださ、と親方をなだめておいたがの、あの野郎、生意気だ、と怒りきれんのさ。

――睨まれていたんでしょう。

――そうだに。可愛げがない、と言っていたに。そういうとこがあるのかもしれんの。連れにも、良く思われちゃあいないようだっけ。影があるというか、鬱性《うつしょう》じゃあなかったのか。みんなとワイワイ言うようなことはないっけ。さびしそうだっけ。わしはの、わしは同情していたによ。三次が嫌いじゃあないっけが……。

――ハブッコにされていた……。

――されていたようだっけ。そういう気分が、砂が風でだんだん隅へ片寄せられるように、溜ったかもな。

——吉っつあん、あの人の自殺のこと、どう思う。なぜ幾波小で死んだのかしら。

——この学校を恨んだってことはあったかもしれん。本人はこたえていたかもしれんなあ。ここじゃあ、いいことはなかったようだしの。

——いつ自殺したのかしら。

——さあ、早くにだろうな。

——いつごろかしら。

——死んでっから、そうだな、五十日以上は経ってるじゃあないか。暗がりにさ、ジッとしていたわけだ。よくそういうことができたな。奉安殿には、外から鍵がかけてあったんだからな。死んでっから自分でやったんだろうか。おっかないこんだ。

——どこから持ってきたのかしら、鍵は。

——校長室からだによ。校長もアオタイデタんじゃないか。今は、腹のなかじゃあ困り果ててるんじゃないか。黙っちまったし、まわりの先生がたも黙りこくっちゃあいるが、ビクビクしているのが目に見えるによ。校長は免職かもしれんしな。

——あったの、鍵は。

——ないさ。ないじゃあ困るがの。どこへ入っちまったのか。三次の胃か腸へでも入っちまったんじゃないのか。

そう言って、吉っつあんはおもしろそうに笑うんです。そして、続けました。

——校長はの、あくる日は神嘗祭《かんなめさい》の式だもんだからの、奉安殿の下見をしようとしたんだがの、鍵がなくなってるってことになった。手もとには合い鍵もないもんだから、人を頼んで開けにゃあならん。余計派手になっちまうによ。

――吉っつあん、三次さんが学校とか学校のだれかを恨んでいたなんてことは、ないと思うんだけど。

――当てつけってことじゃあないかの。

――そんなことはないでしょう。

――そうかのう。

――三次さんは違う。

……三次さんの自殺の原因はあなたじゃあない、と海江田先生は言ってくれましたが、わたしをかばってくれたんです。わたしの言いかたはたしかに、三次さんを傷つけました。あの人に面と向って言ったんです。その手応えをたしかに感じました。当座は、興奮していましたから、気がつかなかったんですが、あとになるにつれ、だんだんはっきりしてきました。三次さんはひどいさびしさを癒してほしかったんです。同じことを言うにしても、優しい言いかたをしてほしかったんです。でもチグハグになってしまいました。三次さんだって優しい言いかたはしなかったし、乱暴でしたけれど、あの人は不器用なんです。その上、あの人の言わないことまで、わたしは言われたように受け取って、反撥したんです。少くとも、あの時あの人はわたしに言い寄ったりしていないのです。しかし、海江田先生は繰り返しました。

――自殺の原因は別にあるんです。

――やっぱり信じられません、とわたしは、なお言い募らないではいられませんでした。

――三次君はね、気まぐれに自殺しようとしたんじゃあありません。一年半ぐらい前からその萌《きざ》しがあって、どうにもならないものらしかった。三次君の心の中心に自殺という言葉が居すわっていたんじゃあないでしょうか。そのことを、與志君は見抜いたんですよ。

――なぜわたしには解らなかったんでしょうか。

――與志君と三次君はとても親しくしていましたからね。……そのうちに、與志君は、三次君がなしとげたのを見たんです。幾波小学校の奉安殿で、なしとげたその夜に、見たんです。あなたも知っての通り、昭和十二年四月三十日です。いぶかしく思った與志君が奉安殿へ行ってみると、中で三次君が縄で首をくくっていたんです、その際、三次君は、鍵を足もとに投げておいた、偶然に落ちたんじゃない、と與志君はぼくに言いました。あなたは知らなかったでしょうが……。

――知りませんでした。

――鍵が星明りで見えたんだそうです。星月夜でしたから……。與志君は拾って、外へ出て、扉を閉めて鍵をかけたんです。三次が、鍵をかけてくれと言ってる、と思ったんです。もし扉が開いたままなら、わざわざ奉安殿で死んだ意味がないんだから、と與志君は解釈したんだそうです。なぜこんな解釈をしたのか、解りますか。

――解るような気がしますけど。

――真佐代さんには解るでしょう。しかしぼくは、説明を聞くまで解りませんでした。與志君は説明してくれたんです。三次はあくまでも一人で闇の中にいたいんだ、いわば、自分だけで小宇宙に、更には全宇宙になりたいんだ、そのためには、密室と自分が完全に重なるようにと思ってる……そう言う声が聞えたようだった、と與志君は話したんです。

——三次さんはそういう人でした。

——三次君の望みだったんでしょうね。着物や洋服、万年筆や靴なんかに対しても、こういう願いを持つ人がありますね。自分にピッタリするものを求めて血まなこになることがあります。絶対こういう物がほしい、と思うんですが、こういう死にかたが欲しいと思ってしまったら、なお更でしょう。着物やなんかとはやはり較べものになりません。ですから、與志君は親友の望みをかなえてあげた、と言うんです。

——そんなことがあったんですか。

——しかしね、こんなことを與志君が警察で打ち明けたら、どういうことになるでしょう。與志君は平気で言いますからね。お前のせいで、七十日もの間、みんなが腐って行く自殺者を拝んでいたんだ、ということになります。それで、三次君が自殺した晩に、與志君が報告に来たもんですから、ぼくは決してこのことを口外するな、それから、君のポケットの中にある奉安殿の鍵をよこせ、ぼくがあずかる、と言ったんです。

——先生が引き受けてくださったんですね。

——事件を、って意味ですか。

——はい。

——與志君は喋らないと約束してくれましたし、実際に喋りませんでしたから、鍵をあずけることによって、ぼくに一任したと言えるかもしれませんね。しかし、ぼくは不甲斐ない人間でした。幾波小学校の校長室に鍵を戻しておこうか、どうしたらそれができるか、考えふけったりしました。宿直はいるにしても、校長室も夜は無人になりますからね。それにしたって、校長室にも鍵がかかっているかもしれない。たとえ忍びこんだとしても、この鍵を校長室のどこへ置いたらいいのか、などとさんざん考えたんです。考えただけでした。結局、ぼくにはそんな綱渡りはできはしませんでした。それでぼくは、このお荷物を海へ投げてしまうことにしたんです。二十日ほど悩みました。長く重苦しい日々でしたね。風がある日に、ななめに降る雨を頬に受けながら、自転車で燕岩へ行きました。しぶきの柱が足もとからぼくの背丈けよりも高く立ちあがるのを待っていて、そのなかへ鍵を投げたんです。たしかに失くなった、と思いましたが、それでも神経質にも、翌日、そこの澄んだ海を覗きに行く始末でした。……それほど気に病んだんです。しかし、與志君は鍵のことなど、どこ吹く風、といった様子でしたね。以前よりも黙り勝ちにはなっていましたが、着々と本を読んでいるようでしたし、学課にもはげんでいるようでした。運動好きも相変らずでした。三次君のことはどうなっていたのか、とにかく、鍵のことなんかちっとも心の影にはなっていないようでしたよ。天使ってこういう姿をしているのか、と思わせたほどです。

——あのころ、三次さんのことはお兄さんの頭を離れなかったんじゃあないでしょうか。

——あのころ、そんなことを言っていましたか。

——言ってはいませんでしたけど……。先生のおっしゃるようなことを、わたしも感じていましたけど……。それで、あとになって、気になったもんですから、兄さんの日記を読んでみたんです。

そう言って、わたしは、あのころの兄さんの日記を探して、持ってきて、先生に見せました。先生はしばらく読んでいて、一ヵ所を指し示して、

——この辺ですね、と言いました。

こう書いてあったんです。

三次、僕にはよく解ったよ。君は僕じゃあない。だからたがいに違うけれど、君が自分自身はこういう者だと思っている君をそのままに僕は認めるよ。君の動作もよく見えるし、声もよく聞える。だから君は僕のなかにいて、主人のようにふるまう。好きにしてくれ。君の言いかたは解らないと言う人がいる。君は日本語の文法を知らないみたいだ、と思っている人もいる。そうかなあ。それが君なのに……。

君は、決してここだとは言えないキスイイキに生きる人だ。釣りのおじさんが教えてくれたところに、君は生きている。ここに生きる人は、この世にいたってあの世にいるようだし、あの世にいたってこの世にいるようだ。どこへも行くことができるし、どこからも来ることができる。君は生きているのか死んでいるのか、教えてくれ。想い出ってそんなもんさ、と君は言うかもしれないが、それじゃあ教えてくれたことにならない。僕は今、君の記憶をたどっているが、君が生きていた時にも、君の記憶をたどっていたような気がする。

——キスイイキってなんでしょうか、と先生が訊きましたから、

——河口で真水と塩水が押しあっている境いなんですって。鷺坂濱藏さんが教えてくれたことがあったんです。わたしも一緒にいて聞いていたんです。

——釣りのおじさんというのは鷺坂さんのことなんですね。

——そうなんです。わたしたち三人で、海でよく遊びましたから。

幾波行き

——粳田さんはとてもいい人でした。ぼくは好きになってしまいました。並大抵なことではないんですよ。五十海に赴任してきて、うれしいことが二つありましたが、一つは與志君がぼくの生徒だったことです。そして、もう一つは粳田權太郎さんと知り合いになったことです。ぼくたちは本の回し読みをしました。

そう海江田先生が言うので、わたしは言いました。

——わたしもお相伴しましたけれど……。

——本が払底していたから、余計楽しかったんですね。ぼくたちは《旅愁》、《城のある町にて》なんかについて話しました。粳田さんはトルストイにとてもくわしかったし、ぼくはドストエフスキーについてよく喋りました。與志君もそばにいて、黙って聞いていましたよ。そんな時、あの人の特徴は無言でした。

——兄さんは幸せだったと思います。

——ぼくも幸せでしたよ。しかし、心苦しく思ってもいました。與志君を連れもどさなければならない、と考えていましたからね。立場上、どうしても考えてしまうもんですから。

——海江田先生は、是が非でも兄さんを救い出そうと思っていたんでしょうか。

——どうですかね。どう思っていたんでしょうかね。

——先生も放浪が好きな青年でしたでしょう。

——どうですかね。とにかく、ぼくの身分は中学校の教師でしたから、糠田さんと会話している間じゅう、あってはならないことをしている、ってどこかで思っていました。

——あってはならない……、ですか。

——そうです。糠田さんはものやわらかで魅力がありましたが、危険な人だったんです。ぼくをヒヤリとさせるんですよ。あの年の初冬でしたが、二人で三輪川の堤に坐っていたことがありました。一面の薄の穂が光をたっぷり吸いこんでいました。少しも動かないで、ひっそりと二人を囲んでいました。晴れあがった大空を、ぼくたちは川底に見ていたのです。一筋の流れが青を映し、絶えまなく毀し、カケラにしていました。


——どうです。ハルビンとは違いますか、とぼくは糠田さんに訊いたんです。

——向うは今ごろはもう枯れてしまいますけど、ここは冬もほとんど緑ですね。きれいだと思います、と彼は応えました。

——のびのびしてください。あなたも一度ヒビの入った体ですからね。

——自分は今動物として喜んでいます。

——動物が景色をきれいだなんて思うでしょうか。

——どうでしょう。しかし、自分には今も聞えています。被造物の呻き声がしています。聞えませんか。

――え、呻き声がですか。

――そうです。

――正直言って、ぼくには聞えませんが……。

――自分には聞えます。最初に聞えてきたのは、ハルビンの陸軍病院の当直室にいた時でした。その時目の前に拡ったのは、まだらに油を浮べた水面のようなものでした。始終動いているんです。呪われた視界でした。その奥から呻き声がしてきたんです。

――病院にいる兵隊の声じゃないんですか。

――それだけじゃありません。呻き声の出どこはハルビンだけじゃない、満洲だけでもない、日本だけでもない。

――それで被造物なんですね。

――そうです。自分は、俺はごまかしたいがごまかすことはできない、世界はダメだ、ダメだ、これじゃあダメだ、と叫んでいました。そうとしか思えなかったんです。苦しくてたまらなかったんです。

――今も続いているんですか、その苦しみが。

――苦しみは遠ざかったけども、呻き声は消えません。

――それで、粳田權太郎さんは幾波回生舎をこしらえたんですね。

――妄想だと思いますか。

――そうは思いませんけど。

――そうは思わないけど……。回生舎なんか褒めた話じゃないと言うんでしょうね。

――そんなことは言いません。粳田さんは畳みかける口調ではなかったのですが、ぼくは問いつめられていると思ったんです。

ぼくは困っていたんです。

――回生舎をこしらえようと思いたったのは、実は別のキッカケがあったんです。翌日の深夜でしたが、寝ぼけちまって、一人の兵士を見たんです。匪賊だか日本兵だかわからないが、銃は持たなくてボロボロの服を着た男が、ガラス戸の向うに立っていて、おれは歩いて来た、夜を日についで、歩きづんめだった、助けてくれ、と言ったんです。それで、中へ入って休め、と言うと、そうじゃないんだ、呼びにきたんだ。あんたはここを出て、俺と一緒に歩いてきてくれ、向うに多勢苦しんでいる群れがいるから、どうか助けにきてくれ、と言ったんです。それで自分は、回生舎をこしらえようと思い立ったんです。

――なるほど。粳田さん、この話は與志にもしましたか。

――しました。與志君はしっかり聞いてくれましたよ。

――それで、彼は何て言いましたか。

――ところで、海江田さん、あんたはこんな話を聞いて、どう思いますか。

――なるほど、と思います。

――なるほど……、ね。海江田さん、あんたが学校で毎日やっている教育と、自分の今言った体験と比較してみてください。

――随分かけ離れていますね。

――自分はね、すぐにでも国の役にたつ人間をこしらえたい、という声をいく度も聞きました。耳にタコができるほど聞きました。なんて言い草だ。こういうことを言う者は、国を喰いものにしているんです。

——この調子だと、国は喰い荒らされてしまうと言うんですか。大井川に落ちる渡り鳥のように、残骸になってしまうと言うんですか。

——残骸……、ね。国というものがあればの話ですが……。

——国などというものはないと言うんですか。

——ありませんよ。あるのは国という言葉だけです。あるように見せかけているだけだ。利用したい者には、便利な言葉ですが。

——粳田さん、そんなことを言うのはやめてください。

——なぜですか。思っていることを言っているんです。世間ていをはばかる必要はない。自分は唾をかけられたっていいし、殺されてもいい。

——虚無主義です。あなたは間違っていますよ、きっと。

ぼくがそう言うと、粳田さんはニヤリと笑いました。三回ほど見たことのある、ふてぶてしい感じの笑いでした。

——粳田さん、この話も與志にしたんでしょうか、とぼくは訊きました。

——しましたよ、と粳田さんは応えました。

——與志は何て言っていましたか。

——何も言いませんでした。驚いたようでしたがね。しっかり聞いてくれましたよ。

——粳田さんは高揚していました。相手がぼくだったからでしょうが、言うべきことを言ったと思ったらしく、満足しているようでした。ぼくもそんな彼と気持が通い、もっと一緒にいたかったのです。しかし下宿の机には生徒たちの感想文が山積みしてあって、読まなければなりませんでしたので、そう言って別れようとすると、彼のほうから、悪いけどちょっと待ってくれ、そこにいてくれ、と言いました。くぐもった声でした。口の中に唾が溜っているかのようでした。彼は立つでもなく、中腰で二、三歩向うへ行きましたが、すぐにしゃがんで、手拭いを腰から抜いて、口に当てました。妙にあわただしかったので、ぼくがキョトンとして見ていると、その手拭いを口からはがす時、内がわに染みている血が見えたのです、と海江田先生は言いました。

——結核がブリ返してきたんですね、とわたしは言いました。

——そのころには、もうかなり悪かったんです。それで、ぼくもハッとして、彼に言いました。

——血が出たんですか、肺からですね。

——どうしようもないんです。

そう言って彼は笑ったのです。いたずら小僧が、悪さがバレてしまった時にする顔でした。ケロリとしていました。

——一緒に行きます。家へ帰って寝てください、とぼくは彼をうながしました。

——ありがとう。この病気はしつこいんです。

——歩いてもいいでしょうか。

——大丈夫ですよ。
——そろそろ歩いてください。
彼は気落ちはしていませんでした。まるで他人ごとのように、
——奔馬性っていうのがあって、厄介なんですよ、と言いました。
——無理しないでください。
——気をつけてはいましたがね。ここんとこ二、三回血痰が出たんです。
——手おくれになっちゃあ、困るじゃないですか。
——死んだっていいんですがね。
——あなたはキリスト教徒でしょ。
——そうじゃありません。
——聖書を愛読しているでしょう。
——まあ、そうですが……。
——命を粗末にしていいと書いてあるんですか。
——聖書にですか……。書いてありますよ。

——ぼくはからかわれているようでした。彼の顔色は悪かったのですが、(緑がかった土色でしたが)、表情はとても明るかったのです。粳田家には例によって、だれもいませんでした。ぼくは、とりあえず畳の上に横になるように言い、押入れから勝手に蒲団を出して、敷きました。意外に小ざっぱりした蒲団で、糊のきいた敷布がなん枚もありました。それにしても、寒寒とし

て、広すぎる家でした。これからだれが面倒を見るのか、と考えてしまいました。せめてもと思って、しばらく病人の世話をしました。腹がすいてないか、と尋ねますと、すいている、と言いますので、勝手場へ行ってお粥をたきました。太い梁の下の土間に七輪を置いて、米を土鍋に入れて煮ました。それだけのことですが、ぼくにはなつかしかったのです。それから、梅干しを添えただけの白い粥を二人で食べました。とてもうまかった。彼の贈り物のような気がしました。

——これからはしばらく、寝てすごしてくださいよ。

——すでに二年寝ましたけどもね。

——三次さんとおばあさんが世話したって言いましたね。

——親身になってくれました。みんなで看病してくれたんです、ありがたかったです。

——人徳ですね。

——自分ですか。そんな光はありません。向うに愛があるんです。

——身のまわりの世話はだれがしたんですか。

——自分でしました。ひとが愛してくれたんで、自分を大事にする気持が湧きました。

——ぼくも顔をだしますがね、とにかく安静にしてください。

——ありがとうございます。病気は自分の幸せです。

——配属将校も與志君のことを心配していました。銃器室で会った時には、傾いた小さな机の前に坐っていましたが、ショボリして、思いふけっていました。與志君を介して、ぼくには彼の気持がよく解りました。

――樫村少尉さんでしたね。

――そうです。與志君を買っていました。でも将来の軍人として期待していたんです。剣道も銃剣術も抜群でしたし、水泳もうまかったし、お気に入りだったんです。そのくせ、與志君をイビってみようとしたりして、そんな時には、異性に対するかのようでしたよ。痴情でした。わたしは笑ってしまいました。でも海江田先生は一本調子に続けました。

――しかし片思いでしたがね。ぼくがその時銃器室へ入って行くと、樫村少尉は暗い顔をこっちに向けて、言いました。


――粳田ってヤツはどういう手合いなのかな。

――ぼくは職員室で印象を言いましたがね、他に言いようがありません、とぼくは応じました。

――除隊になって、ハルビンから帰ってきたんでしょうが、小さくなっていたらどうか。したい放題じゃないですか。海江田さん、自分を案内してくれませんか。粳田さんのとこへ連れてっちゃあくれませんか、一体なにをしたいのか、問いただします。

――したいことは一杯あるんでしょうがね。できませんよ。今は病気です。

――どういう病気ですか。

――結核です。しかも重症です。

――それで、紅林與志はどうなるんでしょうかな。

——家へ戻りますよ。大丈夫ですよ。

——家へ戻ったんですか。

——いや、まだですが……。それにね、粳田さんは紅林與志を捲きこもうとはしていません。與志が思うように振舞えばいい、と言っているんです。

——それもおかしい。今はそんな時代じゃあないんです。海江田さん、あんたにも苦情を言わせてください。與志は早熟だ、ああいう生徒には好き勝手をさせるぐらいでいいんだ、とあんたは職員会議で発言しましたな。変じゃあないですか。

——変ですか。

——海江田總とか紅林與志は秀才だから特別だ、とでも言うんですか。

——違いますよ。紅林與志は早熟だから、上級学校へ行ってから現れるような傾向が、もうすでに出てきている、と言ったんです。

——猶予を与えろってことですか。

——そうです。

——海江田さん、自分の持論ですがな、時代を考えなくちゃあいかん。悠長な時代じゃあないんです。学校は一体になって進まなきゃあならん。この生徒はこうしろ、あの生徒はああしろ、勝手にしてもよろしい、なんて言っちゃあいられないんですよ。

——ぼくの意見は違いますがね。とにかく教官もぼくも、紅林與志を連れ戻そうとしているんです。そうすればいいでしょうが。

——そのことに限っては異存ありませんがな。粳田なんて手合いといい加減に手を結ばんでください。あんな漢奸と。

――カンカン……。

――よこしまな手合いって意味ですよ。自分は、ヤツのような恥知らずには一太刀浴びせたっていいと思っているんです。

――それには及びません。粳田さんは重病です。

――重病、結構ですな。寝ていろ、と言いたい。学校のやることに、横合いから口出しするな、と言いたい。こっちは懸命にやっているんだ。


――ぼくは樫村少尉をなだめたのです。粳田さんが話題になると、煙幕を張りました。ただし、少尉と一致する点もありました。與志君を学校と家庭に連れ戻すことです。それが間違いだとは思えませんでした。もっと考えてみますと、少尉もぼくも、與志君に単に一般のしきたりを守らせたいと思っていただけではありません。與志君が学校に通うようになって、一緒に生活したい、と切望していました。彼のいない日々は、やはり拍子抜けしてしまうのです。

――わたしも幼稚だったんですけれど、それと同じ気持でした。兄さんに家へ帰ってほしいと願って、半泣きの状態だったんです。兄さんをこんなふうにしたんだから、粳田さんって怖ろしい、きっと怪物のような人だと想像していました。とんでもないことですけれど、とわたしは口を挟みました。

するとと海江田先生は言いました。

――結局、粳田さんは怪物のような人だったんです。あの人は強い、あんなに強い人はいません。

——そうなんでしょうか。兄さんはやはり、粳田さんの渦巻きに巻きこまれたってことなんでしょうか。

——粳田さんは二十九歳、與志君は十六歳だったんですね。触れ合って、烈しい電気が流れたと言ったらいいでしょうか。與志君は変化しました。しかしね、粳田さんも変化したんです。

——そうなんでしょうか。そうなんですね、きっと。わたしにも見えてくることがあるようです。

——とにかく、あの時には粳田さんは重病でした。それでぼくは、せめて自分にできることは、彼をそっとしておいてやることだ、と考えたんです。だから、樫村少尉を案内して、ぼくは岸母田《きしもだ》製材に行ったのです。

岸母田製材の事務所で訊いて、教えられたように行くと、與志君は作業をしていました。

——何だね、と通りかかった職工が言いました。

少尉とぼくが、トロッコの線路の上で、しばらく與志君の仕事ぶりを眺めていたからです。

——面会だ。紅林與志に用があるもんだからな、と少尉が応えると、

——紅林君ね、呼んでやろうか、と彼は言いました。

——時間があるから、終るのを待ってるよ。

——呼んでやるよ。

——いいよ、工場を見学しているから。

職工は、本気か、という顔をして行きかけました。

——何時までやってるのか、と少尉が訊くと、

——五時半までだ、と彼は言いました。

まだ三十分以上ありましたが、少尉には作業を中断させる気はなかったんです。将校にはめずらしく、遠慮っぽかったのです。それに、與志君のしている作業がむつかしく、緊張が要るもののように見えたからでもあります。二人はかたわらに積んである原木に登り、腰をおろして、その作業を見ていました。

——何をこしらえてるんでしょうか、と少尉が訊くので、

——船の肋骨でしょう、とぼくは言いました。

ぼくはその仕事を全然知らないわけでもありませんでした。学生のころ一度見たことがあったのです。しかし、これだけくわしく見るのは初めてでした。材木から一本一本肋骨を切りだして行くんですね。鉄の台の上で材木はさまざまに傾きながら、垂直な紐のような鋸で裁断されて行くんですね。

——わたしも見たことはありますけれど、とわたしは言いました。

——與志君がやってるのを見ましたか。

——いいえ。

——與志君はとてもうまかったんです。十六歳でこれだけ……、大した手並みだ、と思いました。四十男の班長がペダルを踏んで台をさまざまに傾けながら、材木を押し続けるんです。両側

に三人ずつ、六人がつき添っていて、材木がズレるのを防いでいます。いやがる木を、冷酷に人間の意志に従わせて、回転する紐のような鋸で断ち割ってしまうんですね。そして、班長の正面にいて気を配っているのが與志君だったんです。出来あがった肋骨を抱えるまでには、火花を散らす鋸が軋んで、切れて飛んできたりします。少尉も黙ってしまい、見守り続けました。與志君は学校では万能選手で、見ていて小気味よくて、感心することもありましたが、この肋骨作りは格別だ、とぼくは思いました。こうして三十分経って、仕事を終えた彼がぼくたちのところへやってきました。

——来ているのがわかったかい、とぼくは訊きました。

——知りませんでした。おい、将校が会いにきているぞ、って言ってくれた人があって、こっちを見たんです。

——なんでわしらが来たか、わかっているだろうな、と少尉が言いました。

——はい。

——いつからここで働いているか。

——もう二十日になります。

——おもしろいか。

——はい。キツいこともありますが。

——お前な、家へ帰れ。

與志君は黙っていました。ぼくは與志君の横顔を見守ってしまいました。決していい顔色ではありません。日に焼けていましたが、それもまだらで、皮膚の下に芥がよどんでいるようでした。そして、今更ながら、たしかに随分おとなになっていると感じました。少し前まであったあどけなさは消えて、引き緊っていました。険しいほど精悍で、ぼくは怖いと思ったんです。

——家は嫌いか、と少尉は訊きました。

——嫌いじゃありません。

——ご両親、心配しているぞ。

——はい、わかっています。

——帰れよ、家へ。

——はい。

——学校は嫌いか。

——嫌いじゃありません。

——お前は何でもできるし、本当言って、校長は掌中の玉を失ったように思っている。

——……そんな。でも学校は枠をはめますね。

——仕方がないよ。学校だから、いいわいいわにはできん。

——それは望んではいません。

——学校とはこんなもんだ、と思えばいいじゃないか、とぼくは言いました。少尉がどう受け取ろうがかまわない、という気でした。

——距離をおくようにって意味ですか。

——そうだよ。

——戻れよ、元の姿に、と少尉は言いました。

——元の姿には戻れません。

——五十海中学の生徒に戻れってことだ。

與志君はしばらく黙っていました。うつむき加減になって、顔を動かしませんでした。まるで、少尉の長靴《ちょうか》と軍刀の鞘を見つめているかのようでした。そして、

——戻ります、と言いました。

——いつ戻るか。

與志君はまた黙り、そして、

——五日後に戻ります、と言いました。

——五日先でなくても、明日戻れ、同じじゃあないか、と少尉は言いました。

——五日後でいいよ、必ず戻れよ、とぼくは言いました。

——はい。

與志君がぼくの言ったことに応じ、少尉の言う通りにならなかったから、少尉は更に何か文句を言うのではないか、と思いました。しかし、少尉は喜んでいたんです。歓喜がたちこめた感じに、体を顫わせました。

肋骨をひいていた中年の男は、岸母田欣造さんです。こんなふうに話したことがあります。

——帰る決心をしてくれて、よかったと思いましたです。紅林鋳造所の息子さんだと知っていましたからの。さぞお宅でも心配なさっていたでしょうし……。

――岸母田さんはどういうご関係ですか。

――粳田権太郎とですか……あいつの叔父ですに。頼まれて、回生舎の若い衆を四人あずかりましたです。與志君が一番若いっけです。ああいう子にはお目にかかったことがありませんの。肋骨をひくのは、結構むつかしいもんですに。よくあれだけやってくれましたです。見てくだったのはカントって言いましての、技術は面倒なもんですが、與志君、よくぞあれだけって、感心しちまいましたの。正直言って、手放したくなかったですに。しかしわしは、まさかゴンさんのようにはなれませんよ。やっこさんは激しい。手放したくなかったら手放しゃしません。

――しかし、権太郎さんは、縛る気はない、與志君の自由だと言いましたが。

――ゴンさんの強がりですよ。

――強がり……。

――どうあっても自分のそばへ置きたかったですに、與志君に去られたら、ガックリきますに。

――そのくせ、與志君の自由で粳田権太郎を選んでほしい、と望んだんでしょうか。

――そうですに。

――去られたわけじゃあない。突きはなされたってことじゃあありませんね。

――そうでしょうとも。しかしの、ゴンさんは自分が血を吐くハメになっても、まだ與志君の腕をつかんで、そばへ置きたいと思っていたです。恋でさ。……わしだって笑う資格はないですが、まさかゴンさんのようにはなれませんよ。助手になってもらって、一緒に肋骨をひくことができれば、それでオンの字としなきゃならん。先様のお宅の心配だって気になりまさ。ところがゴンさんはまっしぐらですからの。わしはやっこさんを叱りましたです。お前は奥の間に寝ていて、まだ回生舎の連中を同じ屋根の下にいさせようというのか。特にお小姓を……。お前は黴菌をバラまいているんだぞ、小姓まで肺病にしたら、それで本望か。聖書はそんなことを奨励しているのか、と言いましての。

——そんなにキツいことを言ったんですか。

——そのくらい言わないと、駄目ですに。やっこさんの性質ですからの。実はの、わしもやっこさんに言われて、一緒に聖書を読みましたです。再臨派という教会にも血道をあげましたです。それで、今だって聖書は好きですがの、やっこさんのようにはなれませんです。やっこさんが何をしても、何を言っても聖書が出てきます。聖書を生きているとはあのことでさ。この世から聖書の中へ引っ越ししたようなもんですの。

——熱中する性質なんですね。

——そうでさ。惚れちまうんでさ。一つのことを考え始めると、どこまでも考えて行く性質でしての。羨ましい気もしますがの。わしだって、ああなれたら楽だって思うことがありますです。

——楽ですかね。

——楽とはいえないかもしれんの。しかしの、ひと様をはばかりませんからの。

——だから怖ろしいことになるんじゃありませんか。

——肺病のことですかの。

——病気は別にして。

——何ですかの。

——いや、ぼくにもよく解りません。

——もし聖書の中に救いがあるようでしたら、粳田権太郎が聖書をあれほど知って、あれほど信じたってことはいいことでしょうがの。

——聖書は幸せをもたらすんでしょう。

——いや、聖書は苦しみをもたらすと書いてありますでさ。苦しみがやたらと並べてありますでさ。

——その苦しみをこぎ抜ければ、一つの幸せがあると言うんでしょう。

——なるほど、先生はうまいことをおっしゃる、粳田権太郎という人間をよく観察してください。今は肺病のドロドロですが……。

——観察するだけじゃない。及ばずながら、看病もします。

——ありがとうございます。

自首する綾、迫害される權さん

特別高等警察の刑事をしていた坪内貫太さんが、こういう話をしてくれましたの。綾さんが五十海署に自首してきての、こう言ったって言うんでさ。

——その晩、わたしがお雑仕を終ってホッとしていると、背戸でわたしを呼んでる声がしたもんで、戸を開けてみたら、竹藪の藪枯らしのなかに、三次さんがかくれていたんです。

——三次は回生舎に寐泊りしていたんだろうが。

——でも藪にいて、家の中の様子をうかがっていました。お勝手にわたししかいないかどうか、知りたがっていたんだと思います。わたししかいなかったもんですから、藪枯らしのなかから顔をだして、綾ちゃん、出てきてちょう、と言いました。わたしが出て行くと、先に立って歩いて、竹藪のはずれの溝をとんで、綾ちゃん、頼むよ、これをあずかってちょう、といって大きな鍵を押しつけたんです。

——何だね、これは、とわたしは訊きました。

——幾波小の奉安殿の鍵だよ。

——こんなもんをわたしに持たせるの。

星が一杯出ていましたから、鍵はよく見えました。重たくて、光っていました。わたしは三次さんに返したんです。

——あずかるのは、やだか。

——やだよ。

——後生だ。お前よりほかにアテはないんだからさ。

三次さんの眼は真剣でした。わたしの眼をまっすぐに見て、眼をはなしませんでした。

——こんな大事なものを持っちゃったら、落ちつかなくなっちまう。

——すぐとうっちゃってくれればいいからよ。

——うっちゃるって……。

——海へでも沈めてくれりゃあいいさ。

——狐につままれたみたいだよ。

——綾ちゃんな、あんたに迷惑はかけん。俺の言う通りにしてくれや。

——わたしよりほかに頼む人はないのかね。

——ないだよ。

——はっきり言って、何をすればいいの。

——綾ちゃん、今なん時かね。

——九時半前でしょ。

——まだ九時半にはならないのか。

——ならないよ。

――それじゃあな。十一時になったら幾波小の奉安殿へ来て、鍵を俺に返してくれ。もし俺がいたら、受け取るからな。

――何を言ってるの。三次さんが幾波小の奉安殿で待ってるってこと。

――俺はいるかいないかわからんよ。もしいたらってことだ。

――もしいなかったら。

――その時には、奉安殿に錠をかってくれや。奉安殿って、錠をかうもんだ。このことだけは忘れんでくれ。

――何のことかなあ、さっぱり解らん。

――面倒なことじゃない。奉安殿に錠をかってくれ。俺の頼みはそれだけださ。あとは、海へ持ってって、この鍵を投げてくれりゃあいい。

――そんな他愛ない言い草を、お前はまともに受け取ったのか、と特別高等警察の坪内さんは訊いたそうですに。

――はい。

――どうにかしているんじゃないか。

――わたしは、三次さんは頭がいいと思っています。ですから、きっと考えがあって言っている、と思ったんです。

――嘘つくんじゃないぞ。

――嘘は言ってません。本当にそう思ったんです。

——三次のトリコになっちまったってことか。

——トリコですか……。

——どうしようもないっけってことか。丸めこまれたってことか。

——そうだと思います。

——それで、言いなりになって、十一時になると、幾波小学校の奉安殿へ行ったんだな。

——はい。

——一人で行ったのか。

——はい。

——三次が、お前一人で奉安殿に行くようにと言ったのか。

——いいえ。

——なぜ一人で行った。

——三次さんがそれを望んでいると思ったからです。

——夜ふけに、薄気味悪いとは思わなかったのか。

——思いません。

——お前は、普段も夜中に出歩くのか。

——滅多に夜は外出しません。

——三次に見こまれちまって、夢中で行っちまったってことか。

——そうだと思います。

——思います……。とぼけるんじゃないぞ。

——はっきりしないんです。

——奉安殿の扉が開いていて、中で三次が首を吊っていたんだな。お前、見たんだな。

——見ました。

——まだ生きてたかもしれんな。

——かもしれません。

——まだ三次は温かったんじゃないか。足なんかに触ってみなかったのか。

——触ってみませんでした。死んでるって思っちまったんです。

——何もしなかったのか。

——しませんでした。三次さんの足の下にしゃがんでしばらく泣いていました。

——しばらく……。どれくらいだ。

——十五分くらいでしょうか。

——泣いただけか。なぜ警察にとどけなかった。

——びっくりしちまって、悲しくてたまらなくなったからです。

——それでもな、お前は、奉安殿の扉を閉めて錠をかった。泡喰ってる人間のやることかな。

——泡なんか喰ってません。三次さんに指し図されたことだけは、果たさなきゃあならないと思っていたんです。わたしの頭の上には三次さんの目がありましたし、あの人の声も聞えていましたから。

——お前にはやるべきことがあっただろうが……。首っ吊りの生き死にを確かめもせんで。

——もう死んでいました。

――警察へなぜとどけん。

――三次さんが望んでいなかったからです。

――いいか、お前、こういう時には真先に警察へとどけるもんだぞ。余分なことばっかり、しくさって。

――余分なこととは思いませんでした。

――それで、三次の指し図にしたがって鍵を投げたんだな。

――そうです。石湧の崖から海へ投げました。

――夜のうちにか。

――いいえ、あくる日のお午過ぎです。自転車で石湧へ行きながら、三次さんはこのことをわたしに頼んだんだと思いました。

――結局、なんにも警察へはとどけなかったな。それも三次の望みか。

――はい。

――お前な、いい気になるんじゃないぞ、いい加減なことばかり並べたてて。日本にいる以上、そんな出まかせを言ったって、通りゃあしないんだぞ。

――はい。知っています。

――知ってるって言ってもな……。お前のようなやつには、あらためて思い知らせてやるぞ。なんだい、三次、三次と言やあがって。三次の言うことはみんな結構だとほざきゃあがって。

――そんなふうには言っていません。三次さんだって悪いんです。奉安殿の鍵は幾波小学校の校長室から盗んだんでしょう。盗むなんて……。

――けしからんやつだな。お前、鍵の出どこを三次に訊いたのか。

――いいえ。訊きませんでした。

――なぜだ。

――うっかりしたんです。目の前のことに気をとられてしまいました。三次さんがいろいろ言ってくるもんですから、自分はどう答えたらいいかと、そればっかり考えちまって。

――本当か。

――本当です。

――お前な、なぜ警察へ自首しに来たのか。

――自首になりませんか。

――自首は自首だろうがな。随分おそまきに来たもんだな。五十日もたっているんだぞ。隠しおおそうと思っていたのか。

――はい。

――思っていた……。ここへきて、隠し通せそうもないと思ったからか。

――そうじゃありません。

――なんで自首しに来た。

――幾波小学校の時田校長先生が自殺しかかったって聞いたからです。鍵が一コ盗まれるって、そんなに重大なことかと思ったんです。時田先生は、わたしらの受持だったんです。うちが貧乏だったもんですから、教科書代をタダにしてくれましたし、給食にしてくれました。

――お前がなん年の時の受持か。

——高等科一年と二年の時です。

——校長さんに同情しているんだな。

——はい。

——お前が自首して吐いちまえば、校長さんが楽になると思ったんだな。

——はい。……解りませんが、それが自分にできることだって思ったもんですから。

——自白、尋問はこんなぐあいだったようですな、と岸母田欣造さんが言いますんで。

——どう結着したですかな、とわしは訊きましたです。

——知ってますでしょう。大したことはなかったようですの。思想は関係なさそうだし、それから、綾の亭主が霞ヶ浦にいた海軍の兵曹長で殉職しているってことも塩梅されたんじゃないですかの。特高はおおようなとこもあったんじゃないですかの。時田校長は転任で、平教員に落とされちまったですで、学校のほうが融通がききませんですの。

——一悶着ありましたな。

——一悶着以上でしたですが。

——泣く子も黙る特高がからみましたからの。それでの、岸母田さん、綾さんが自首すりゃあ、時田校長が楽になるなんてことが、あり得ると思いますですか。

——彼女には恩義のある先生ですで、盗まれちまった鍵がどうなったかはっきりさせてやりたいと思ったんでしょう。校長、がっくり来ていたでしょうで、少しでも元気づけてやりたいって。

——岸母田さん、綾さんが自首したのは、時田校長のためじゃぁありませんぜ。與志さんのためですに。與志さん、鍵のことで特高に疑われていましたもんの。しかもな、綾さんは特高にこしらえごとを言ったですに。

——こしらえごと……。

——そうですに。嘘ですに。言ったことは全部嘘ですに。

——え。

——綾さんて女は、頭がよくて、一筋縄じゃぁ行かんの。よくもあれだけ大嘘をこしらえたもんだ。特高の前で、うまいとこ綱渡りをやったっけでさ。

——與志さんをかばったってことですかの。

——そうですに。お蔭で、與志さんに警察がつきまとうのが止んだっていうもんの。海江田先生が言っていましたの。與志さんは特高に泳がされていた最中だっけってことですに。

——えらいもんですの。

——與志さんにいれ上げていたんでしょうよ。

——わしまで騙すとは、びっくりしちまうの。あの女は三次のことをよく知っていたですで、三次の話ならいくらでも作れるでしょうで。

——三次のことを買っていたじゃぁないですか。

——回生舎で三次がいつか夢の話をしたですが、綾は身を入れて聞いていましたの。あいつは言いましたです。うちのなげしに三枚の写真が並べて飾ってある、今は三枚だが、以前は二枚だっけ、聞けば、一枚は自分のばあちゃんで、一枚はその兄さんだってことだ、その下で眠ると、二人が額から抜けだして、枕もとへ坐って、これからいいとこへ連れてってやる、と言うんで、一緒に行くと、どこか知らない広々としたところへ行って、焚火をする、すぐに燃えあがって、炎が風に吹きとぶ、気分がうきうきする、火つけをしたいと思うくらいだ、ばあちゃんとその兄さんは、熱気のかげろうにゆれて、なにか楽しそうに話をしているが、火が急に消えると、真暗な夜がおし寄せて、目がつぶれちまったみたいに暗がりだけになる、それも楽しい、火を見ているよりか楽しい。そんな話をして、おれの家はガランとしているけど、この二枚の写真があるから、二人が生きている家族のような気がして、にぎやかだ。なんて身をいれて言うんでさ。それをの、綾は同じように身をいれて聞いているんでさ。

そう岸母田欣造さんが言うんで、わしは言ったですに。

——三次は写真だけ知っているんですがの。わしはその二人とつき合いがあったですに。おりんさんって人と、一太郎さんって人でさ。三次はその二人の血を引いていますの。だから生きている人のようにつき合っていたんでしょうが、わしだって、もう一遍、あの二人とコミになって生きてみたいですに。

岸母田欣造さんはこう話しましたです。

……三次がやったことは、だれに言わせたって、とんでもないことで、三次でなきゃああんなことはやりゃあしませんでさ。世間の目がキツくなって、回生舎も心細いことになりましたです。尽きそうになった蠟燭だと思いましたの。もともと大した団体じゃありませんですが、バラバラにされちまったら、わしなんか歯を喰いしばってこらえなきゃあならんと、つらくなったですに。ただ粳田權太郎は、結核の第三期で見る影もないのに、まだひるむ様子はなかったですの。絶対安静をしなきゃあならんのに、気になることがあると、起きだして、ひとの世話を焼きましたもんの。瘠せこけた土色の男が、土にまぎれそうに歩いていましたの。目ばっかし、蜥蜴みたいに強《づな》くての。その甲斐があって、おあごさんという女がわしらの仲間になったですに。この女は、土管屋で働いていての。わしの働いている製材の隣だったもんですで、わしもよく知っていましたです。飽きずに針金を叩いていましたの。中古の針金を伸ばして、土管の骨にするんでさ。軽便の通過するのを見て時間を知って、のんびりやっていましたです。隣づき合いをしたですが、回生舎なんて、名前を知ってるというだけだっけですに。この女のとこへ粳田權太郎が行ったのは、彼女の息子が二人、ガダルカナル島で亡くなったという公報が入ったからでさ。

——針金を叩いていたのも、あの子っちを育てなきゃならんと思ったからだに、とおあごさんは言いましたの。

——どのくらいやっていたんだね、この仕事を、と權さんは訊いたです。

——七年か。

——なんて名前だっけか。

——稲垣健一と正吾だよ。

——二人のことをおれに話してくれや。

——ここでか。

——ここでなくたっていいが。

——話したって、帰ってくるわけじゃない。わしはつまらんや。生きてたってしょうがない。

——俺は聞きたいんださ。話してくれや。

——話すのもつらいか、とわしが訊きますと、

——さあ……、とおあごさんは言っただけで、襟に手を差しこんで、ボヤっとあらぬかたを見ていましたの。

——ほかに子供はないのか、と權さんが訊きますと、

——ほかに……、女の子が一人か、と彼女は他人ごとのように、つぶやいたですに。

それ以上は話す気もなさそうでしたで、わしらは立ち去ったです。息子たちのことも、なんのために話させるのか、といった様子だっけです。しかしの、おあごさんは、その日の夜の九時近くなって、回生舎へやってきましたですに。乗り気になって息子たちの思い出を話しましたの。わしも聞いたです。權さんは寐床の上に起きあがって、相手の気を引きたてながら、吸い取るように聞いていましたの。

——正吾のほうはの、書きかたの成績が良くての、先生にも、いいテをしている、と褒められたってことですに。金紙を貼られて張り出されたこともあったです。これは南支からだと思うんですがの、軍事郵便ですに、と言って、おあごさんは封書を見せてくれたでさ。

權さんの聞きかたがいいんで、おあごさんはうまく思い出して、一しきり喋ったですに。

——健一は字は駄目でしたの。学校は好きじゃあないっけですが、殺生には夢中で、それはうまかったですに。雨が降りこめているのに川へ入っての、何をやっているかと思っていたら、大

きな鰻をびくへ入れて持ってきたこともあったですに、とも言っていましたの。帰る時になって、おあごさんの顔が随分明るくなっているのがわかりましたでさ。身のこなしまで軽くなっていたですに。

――ありがとうっけのう、とおあごさんは言ったです。

――また来てくれや。今度はいつきてくれる。

――いつがいいですかの。お邪魔させてもらいますに。

――いつだっていいさ。俺はこの屋敷に縛りつけられているようなもんだから。

――話したってのう、戻ってくるわけじゃないし、とおあごさんは下駄をはきながら言いましたがの。

――戻ってくるかもしれん、と權さんが言うと、何かに打たれたようにハッとして、見返したですに。こっちもハッとしましたの。

つかの間のことだっけですが、權さんの声が効いたな、とわしは思いましたです。わしなんかにはできないことですの。

一日おいて、おあごさんはまた来ましての。二人、連れがありましたです。一人はウースンで息子を亡くした親父さん、もう一人は武漢で息子を死なせた母親だっけです。戦病死だっていうんで、どれほど苦しんだのやら、と言っていましたの。公報が入る一月ばかり前に、息子が帰ってきた夢を見て、精一杯ご馳走してやると、うまいうまいと言って頬張って、嚙み続けながら、隊へ戻って行ったんだがの、あとになって母親は、弁当を持たせてやるのを忘れたと気がついて、急いで弁当をこしらえて、後を追ったけども、遠くを軽便が走っているのが見えただけで、息子の姿はないっけ、と話したですに。権さんは、自分がハルビンの野戦病院にいたころの体験を話していたの。一人の兵隊が摑みかかるように権さんの手をとって、俺がどれだけ苦しんだか、知ってくれたのは結局あんただ、こんなことになるとは予想もしなかったが、ありがたく思うよ、と言って、亡くなったと言うのさ。

おあごさんはの、兄弟揃って出征する時、もっと落ちついて一緒にいたいっけのに、そういう時間が取れないっけ、話をしなくたっていい、向き合っているだけでもいい、と思ったっけが、本人たちもまわりとの応対が忙かしくて、その気にもなってくれないっけ、と言っていたな。死んだ子の年数えですがの——、と言うもんですからの、権さんは言っていましたの。

——わしが聞きたいのは本当の声ですに。人間の本当の声だけが神様にとどくんですに。だからの、おあごさん話してくれや。わしは本当の声に飢えているですに。

権さんは瘠せちまっての。まるで骸骨だっけでさ。それでも、ジッとしていられないようでしたの。安静にしていなきゃあならんと自分に言いきかせたって、つい忘れちまって、聖書に読みふけったり、思い立つと寐床から起きだしちまって、自分で自分が手に負えなっけじゃあないのかの。わしは言ったですに。

——聖書を読むのも病気だな。体にさわるぜ。

——さわったっていいよ。本望だよ、とあいつは言ったでさ。

聖書ならどこもかしこも好きでしょうが、頭にこびりついた文もあったようですの。……その人はやつれちまって、まともに見ることはできないくらいだ、毛を刈られる時の羊のようで、ロクに声も出さない。まわりの人間は、こんな人間がいるなんてことは考えたこともないっけ、というとこがおれのお気に入りだ、と言うもんですからの、わしもにが笑いしちまってさ、言ったですに。

——実際、ロクに声も出ないからな。

権さんはもう喉頭結核まで行っていましたからの、かすれ声しか出なかったでさ。

——とぎれとぎれになって、完全に出なくなっちまって、一巻の終りってことだろうな、と権さんは笑っていたですに。

——二巻目へ移るか。天国へ入る気だろうが。

——そうだよ、まだ見ぬ天国へな。天国ってあるのかないのか、楽しみだよ。

——お前な、ひとごとみたいに言うな。だれだって、この世じゃあ絶対安静を絶対に守れ、と言ってるじゃあないか。胸が燃えるのが悪いんださ。もっとな、病気と真剣に向き合え。

——仕方がないよ。性分だから。

わしはの、権さんは以前からこうだったのかしらん、と考えちまったでさ。ここへ来てこうなったんじゃあないのか、治らないとあきらめちまったんじゃあないのか、と思ったでさ。

山へ入って一人でいるっていうのも、聖書から来ていたんでしょうの。キリスト様は一晩中一人で山の中にいることがあったって言うが、権さんもそうしかねないっけでさ。回生舎の西の照葉山に、あの男は一人で陣取ることにしたんですに。蜜柑小屋があっての、床が張ってあるもんですで、蒲団を敷いて、蜜柑箱に本を詰めて、おいおい自炊のしたくなんかも運びこみましての。與志とみんなが働いて、権さんのお粗末な別荘の恰好がついたってことでさ。風通しがいいんで蚊は少ないし、寒くなっても日当りはいいし、古い槙の垣根は木蔭を作っての、羨ましい場所だっけです。遺族会をそっちでやることもありましたの。

遺族会は、終戦が近づいたころには、六人になっていましたです。会が終って、九時半ごろですかの、おあごさんと権さんが山径を下りてきますと、樫村少尉が鹿内という男と二人で上ってきたんだそうですに。権さんは一応、こんばんは、と言ってすれ違おうとすると、鹿内という男が、

――お前ら、よからぬ相談をしていたようだな、と言ったというんで、

――そんなことはありませんよ、と権さんは言ったそうですに。

――こんな山のなかで何してたのかな。

――なんにもしていませんよ。

――なぜここへ来たのか、こんな時間に。

――散歩です。

――お前肺病だろうが、と樫村少尉が言ったそうでさ。

――そうですが……。

――夜気は肺病によくないそうだぞ。

――そうですか。

――散歩なんかやめたらどうか。

――これからひかえますよ。ありがとうございます。夜の海を見たかったもんですから。

――お前な、黴菌をまき散らすなよ。肺病はお前一人だけでたくさんなんだから。

――あんたは軍医さんですか。

――ふん……。人と会うのをやめろと言ってるんだ。

――人が会いにくるんです。

――人を集めるのをやめろ。喋るのもやめろ。

――人は集ってくるです。聞いてほしいことがあると言うんですよ。

――お前、死んだらどうか。

――近々死にますよ。

――早く死ね。殺してやろうか。

――殺してください。

――そうか。ぶった切ってやるからな。

そう言って、樫村少尉は軍刀のつかに手をかけたそうでさ。おあごさんは体じゅうで顫えていて、何か言おうとしても、どうしても言葉がチグハグになってしまったそうですがの。

――この人もわたしも、何も悪いことはしていませんに、とようよう言えたといいましたの。

――お前な、そこへ土下座してな、申しわけないことをしてきました。これからはきっぱりやめます。お赦しください、と言え。

――殺すと言ったでしょうが。殺したらいい。殺されたって、わしは自分を変えませんぜ。

樫村少尉は軍刀を抜き、權さんの胸に切っ尖をつきつけたそうですがの、權さんは刀を見ていたというんでさ。見なれないしろものに出あったとでも思ってるようだったというんでさ。後におあごさんは言いましたの。

――粳田さんはえらかったですの。これで本当だと思いましたです。

そう思えてきたんで、おあごさんは大きに落ちついて、この人は頼りになると思ったそうでさ。

——殺しちまったらどうでしょう、と鹿内という男は囁いたというんですがの。

——命はいらん。言葉のほうが大事だ、と權さんは叫んだそうでさ。

——そうか、なんとでも言ってろ。警察にケリをつけさせるからな、と樫村少尉は言って、刀を鞘におさめたといいまさ。それからの、

——お前、逃げ隠れせんだろうな、と訊くんで、

——しやしませんよ、と權さんが応えると、少尉は帰って行ったってことでさ。

……二日経って、回生舎に警察が来ましての、蜜柑小屋まで調べて、二十冊ばかりの本と權さんの書いたものを持って行って、その翌日解散命令を持ってきましたです。しばらくすると、わしらの徴用先が決まりましての。權さんは、藤枝の奥の工事現場に配分されちまったでさ。山に横穴を掘って、弾薬庫にする工事でさ。重病人を引っぱって行くだなんて、話にならん、死なせるためだ、と思いましたがの、運よく向うに權さんの知り合いがいましての、監督をしていたもんですで、かばってくれたんでさ。濱藏さんも知っていなさるでしょうが、洲俣甚五郎さんでさ。もとは粳田家に出入りしていた人で、ゴンボーさん、どうしてこんなとこへ来たのか、と言って、作業は免除してくれたと言うんでさ。子供のころ權さんはゴンボーさんでしたからの。それでの、權さんは、人足が宿所にしていたお寺で、納屋をあてがわれて、現場の日誌をつけているだけでよかったってことですの。それだって、血を吐いたりしたそうですが……。

――欣造さんも追われたんでしょうが。どうなったんですかい、とわしは岸母田欣造さんに訊きましたです。

――わしですかい。沼津の造船所に配分されましたがの。馴れた仕事を続けたですに。肋骨をきったり、外板を曲げたりってことで、なんにも体にこたえはしませんでしたがの。權さんのことが心配でしたに。若い衆のことも気になりましたの。與志さんはどうなったか、と思い始めるとダメでしたでさ。幾波へ帰ると、必ず權さんと與志さんには会いましたの。

島流し

――粳田權太郎は警官に送りこまれてきましたの。やつれちまって、見る影もないっけですが、たしかにゴンボーさんだもんで、あんた老けたなあ、とわしは言いましたでさ。おまけに折り紙つきで……、と言いそうになりましたっけ、と甚五郎さんが言うもんですから、

――折り紙っていうのは……、とぼくは訊きました。

――警官がの、要注意人物、と言うもんですからの。それで、今夜七時に藤枝署へ来てほしい、特高が出張して来て説明する、と言うんでさ。

――なんて言いました。

――特高がですかい。坪内貫太さんという警視でしたがの。こう言ったんですに。

――粳田權太郎ってのをあんたに頼むが、責任持って監督してくれ。そう言って綴じこみの書類を見せてくれましたけど、危険思想、国体を誹謗、など書いてありましたの。

――とんでもないヤンですな、とわしは言ったでさ。

――青少年をそそのかした前歴があるから、特にその点を注意してほしい。

――そう言われましてもな。なぜそんな手合いを野放しにするんですかい。

――観察ってことだよ。あんたにあずけるんだよ。叩き直してくれんかね。

――わしにですかい。無理ですに。

――容赦なくコキ使ってな。くだらんことをほざいたら、ぶん殴ったっていい。必ず警察へ報告してくれ。

――あの人、病気じゃあないですか。

――肺病の三期だよ。血を吐いたりしているそうだ。

――そんなら病院へやったらいいのにの。行き所を間違えてるんじゃないですか。工事場なんかへ連れてきて、ひっぱたいたりしたら、死んじまいますぜ。

――死ぬように仕向けてくれたっていいよ。

――おだやかじゃない、とわしは驚いてみせましたがの。


実はホッとしていましたですに。あの風体じゃあ、肺病の三期とは本当だろうが、治るもんか治らないもんか、わしなら手加減してやれる、と思ったもんですからの。幾波の粳田家には、わしはお出入りの職人でしたし、息子のゴンボーさんも好きだったけです。無邪気で、利発な子でしたです。中学生だっけころ、人気のないとこで、友達にいたぶられていたもんですで、わしが仲裁に入ったことがありましたです。三輪川の堤でしたです。あの時ゴンボーさんは、甚五郎さん、俺一人で受けるから、見ていなよ、と言いましたっけ。腕を組んで見ていると、さんざんかませられて、堤の猫楊の中へ突き落とされて、相手が立ち去ってしまうと、這い出てきて、内出血の痣のできた顔をおさえ、痛てえな、と言って、涼しい顔をして笑ったですに。したったか殴られたというのに、まるでじゃれ合いは済んだと言ってるようでしたに。わしは、度胸のいい子だ、とびっくりしちまいましたでさ。……それでの、藤枝署から工事場へもどりながら、こう決心しましたです。死なせはしない。死なせてなるか。

ゴンボーさんに会って、こう言いましたの。

――わしは困っているですに。あんたにのんびりしてもらいたいですが、ここじゃあ、できん話だ。とんでもないとこへ、来ちまったもんですの。

――警察へ行ったんでしょうが、なんて言ってましたか。

――余分なことをしゃべらせないようにしろ。コキ使え、と言いましたの。

――自分は戦争に反対しましたからね。

――その向きのことをしゃべったんですかい、青少年に。

――しゃべりましたよ。

――なぜしゃべったんですかい。やくたいもない。

――それが自分の考えだからですよ。

――たとえ考えたって、しゃべらなくてもいいじゃないか。

――今夜もしゃべりましょうか、聞きたいですか。

――聞きたかないよ。それよりか、肝腎なことは、あんたの容態ですに。肺病の三期だってことですの。

――そうです。見こみはないでしょう。坂を転げ落ちるようなことになるんじゃないですか。

――困るじゃないか、それじゃあ。特高のもくろみにはまるようなもんですぜ。

――特高のもくろみ……。

――特高は、あんたのようなものは死ねばいいと言ってましたもん。

――特高と肺病は関係ありませんよ。

――しかし、ひとにそう言われると、意地でもあんたを治したいと思うんださ。

――そうですか。ありがとう。

――あんたの顔を見るとすぐに考え、今も夜道を歩きながら考えていたですがの、労働しなくていいから、作業日誌をつけてくれんですかの。各現場からあんたのとこへ報告が行くようにしますで。物資や人間の出入りも割り合いに多いですで。書いておきませんとな。

――だれかが書いていたんでしょうが……。

――今までか……、わしがやっていたんですがの。あんた、やってくれや。そう手間のかかる仕事でもないですで。


わしはゴンボーさんを優遇しましたでさ。そう言ったって、知れたもんですがの……。工事場の南のはずれにお寺がありましたもんで、本堂の廊下に机を置いて、日誌をつけてもらったでさ。一日中坐っていなくたって、机の近所にいてさえくれれば、用は足りましたでさ。それから、お寺に頼んで、本堂のすみに寝泊りできるようにしましたでさ。ゴンボーさんは万年床で横になって、起きて障子を開ければ、自分の持ち場だっけです。寒い間は、夜は本堂に煉炭火鉢があって、みんなが寄って雑談したあとに、余熱があったですに。作業日誌は満点だっけです。つけ落しもないし、字もきれいでしたの。ゴンボーさんの居場所のすぐ下には、倉庫が二棟あって、資材と食糧の置場だっけですが、そっちの見張りもやってくれましての。盗難もうまい工合いになくなったですに。それまでは、電線が盗まれたり、干しバナナや干しリンゴがなくなったりしていたんですがの。

海江田先生は話しました。

――ここへ来て楽になりましたな、と粳田権太郎さんが言うもんですから、

――良かったじゃあないですか。甚五郎さんがここの監督だったってことは、幸運でしたね、とぼくは言ったんです。

――甚五郎さんは粳田の息子を元気にしたいってことでね、一生懸命とりはからってくれるんで、自分も素直になったんです。

――ぼくもホッとしました。ここへ来てすぐに感じたんですよ。

――しかしね、昨日までの自分はどこへ行ったのかと思いますな。勿論消えはしない。双眼鏡を逆さに覗いたような工合いに、遠くへ引いちまったんです。

――なるほど。

――いろいろ見えてきた気がしますよ。聖書は作用が強い本で、ゴンさんの体をむしばんでいる。幸せを請けあう本か、人をつらい目に合わせる本じゃないか、そういう試練の本じゃあないのか、と欣造が言ったことを言ってたことも、解ってきた気がします。

——聖書は間違ったことを言っているって意味じゃあないでしょうが……。

——自分は今だって、いつだって聖書を尊敬しています。トルストイの《我ら何を為すべきか》とか《宗教論》も合わせて読んで、まるで聖書っていう本の中へ引っ越したような自分になっちまったことも、忘れやあしません。そんな自分にうんざりした、って意味じゃあありません。

——今も聖書を読んでいますか。

——います、毎日読みます。

——聖書は実行不可能な本だということですか。

——実行しきれない本です。しかし、体に喰いこんでくる本です。

——だから、聖書を遠ざけたと言うんですか、少し。

——遠ざけたんじゃあない。聖書のほうが遠ざかったってことです。

——むつかしいですね。

——他愛ないことですよ。自然とそうなったってことです。

——自然と……。なぜですか。やっぱりむつかしい。

——むつかしいかもしれないな。自分も説明できませんな。

——とにかく、そうなったってことですか。

——そんな工合いですな。強いて説明するなら、自分が第二の自分に行き当たったってことです。今まで回生舎にいたってことは、聖書の中の人民ってことでしたが、今は内瀬戸の火薬庫の工事場に島流しになっている。仮りの住居に移ったんです。

――回生舎にいた時も島流しだったんじゃあないですか。

――そうかも知れない。すると、島が変ったってことになるのかな、と言って粳田さんは笑いました。

――工事場と言ったって、この廊下は高くて、風もくるし、気持がいいですね。

――死ぬ前にちょんの間、自分はここにいるんでしょう。神様のはからいでしょう。

――死ぬなんて、心細いことを言わないでください。

――死ぬのは心細いことじゃあない、自分は満ち足りていますよ。血を吐いたって、ほとんど動じません。

――粳田さん、あなたはいい顔をしていますよ。

粳田権太郎さんの持ち場は、フッと戦争を忘れるほど、別世界でした。澄んだ川が二つの青い山の間をゆっくり流れているのが、眼下に見えました。水面に魚が跳ねて、小止みなくこしらえる波紋の上を鷺が二羽飛んでいて、時々夕日の条《しま》をかすめては、まぶしくゆらめくのです。

――自分はね、命を惜しんではいませんが、ここへ来て、体のことも考えようと思うようになりました、と粳田さんが言うんで、

――命を惜しんでくださいよ、とぼくは言いました。

――ありがとう、海江田さん。甚さんもそう言います。

――甚さんの言うことを聞いてください。

――あの人は親分ですから、一目おいていますよ。自分は子供のようになります。

岸母田欣造さんは言いました。

洲俣甚五郎さんは親分らしい親分でさ。器量人ですの。百八十人の人足が、まるで一人のように、あの人の命令に従っている、とゴンさんも褒めましたもんの。食糧は、当時のことですでロクなものはなかったとはいえ、まずい干しバナナでも魚カスみたいな煮干しでも、とにかく手配して、倉庫へ積んだって言いますもん。薩摩芋を殺《そ》いでコッパにして、乾かして、叺《かます》へ詰めさせたり、びっくりしちまうが、玄米を十五俵も買いこんだりしたそうですに。代金は自腹を切ったと言うんでさ。自分の地所を処分したり、家に伝わる刀を十振り売ったりしたってことでさ。本土決戦だというんで、刀をほしがる手合いもいましたからの。闇取引きでさ。

人足の病気や怪我にも気を配っていましたの。海軍だって戦争に血まなこになっているだけで、手ぬかりだらけでしたでの。甚五郎さんは気を回して、自力で手配しましたの。臼ヶ谷博士が故郷の内瀬戸へ時々帰るもんですで、頼みこんで、人足を診察してもらっていましたでさ。この博士は東北帝大で教えていた人だってことでしたが、当時は静岡の赤十字病院で呼吸器の主任でしたです。いい先生でしたのう、ゴンさんが診てもらった時に、ハタで見ていて、びっくりしちまったっけが、瘠せこけた肺病やみにのしかかって、馬乗りになったりして、聴診器を当てていましたの。しかも患者の体に所きらわず赤いインキで印をつけて、そこへは何度も何度も聴診器を当て直すですに。えらく丁寧な診察でしたの。

——先生は結核を目のカタキにしているな、と甚五郎さんが言ったんで、

——カタキはしつっこく探し出さんとな、全国を歩いて、とわしは言ったでさ。

――先生、そこラッセルですか、とゴンさんは解ったようなことを言ったりしてな。

――先生、どんな加減ですか、とわしが訊くと、

――正直言って、これだけ病気にやられちまった体は滅多にないよ、と博士が言うもんだから、わしは、もうちょっとどうとか言う言い方はないもんか、と思いましたの。

博士がゴンさんのほうを向いて、

――君、気を悪くするなよ、と言うと、

――自分は知ってました、とゴンさんは蛙が水をかぶったようでしたです。

――君、治りたいか。

――最近、治りたくなりました。

――以前は治りたくなかったのかね。

――それほど治りたいとは思いませんでした。

――なぜかね。

――面倒でした。

――面倒……、自分の体のことだぞ。

――結核は苦手ですから。

――始末におえん、その意味かね。

――そうです。

――わしだって苦手だ、結核ほど始末におえんものはないよ。粳田さん、自分を治す気かね。

――治さなければ、いつ死にますか。

――二年だな。一年くらい早まったり、遅れたりするかもしれんが。

――そうですか。治す気になります。

――そうか、闘わんとな。

――闘ってもダメなこともありますか。

――あるよ、当り前じゃあないか。

――当り前ですね、とゴンさんはおもしろそうに笑いました。

――明日午後に静岡日赤へ来るように。X線で見てやるから。聴診器は斥候だ、X線は飛行機だ、敵陣をよく偵察しておかんとな。

――自分は治りたいです。よろしくお願いします、先生。


海江田先生はこう話してくれました。

――自転車を貸していただきたいんですが、とぼくが言いますと、

――どうぞ、お使いなさい、とあなたのお父さんは言いました。

――内瀬戸へ行きたいと思いまして。

――粳田権太郎さんのとこへ行くんですか。

――そうです。

――與志も粳田さんのとこへ行きたいと言っていましたな。

――それで、何て返事をしましたですか。

――わしの返事ですか。そうか、そうしなよ、と言いましたな。

――なぜですか。

――いやね、それほど粳田さんを尊敬しているんなら、それでいい、ってことですわ。先生だってそうでしょうが……。

――気が合うってことでしょうか。友達ですから。

――與志は強情ですからな、わしは與志に負けたんです。粳田さんって方は、きっと取り柄のあるお方だって思いますな。しかし、胸痛《むねいた》だっていうのに、内瀬戸の飯場なんかに強制的に送りこまれたんでしょ。大丈夫ですかな。

――ぼくも心配しているんです。

――海江田さん、学校のほうは抜けていいんですか。

――今日は教練の査察だっていうんで、抜けてきたんです。

――與志はあっちへ住みこみになって、働きたいと言っていますよ。内瀬戸の工事にはこの鋳造所にも海軍から協力するように要求があって、うちの鉄工部が出張しているんです。

――ぼくも見ましたが、大きな工事ですね。

――そうです。もし空からバレたら敵機に叩かれるでしょうな。別に與志がどうこうってことじゃありませんが……。

――あそこだったら、発見されないでしょう。

――海軍もそう言ってましたな。なぜ海軍が工事をする気になったかというと、艦載機に懲りたからですよ。海岸の基地じゃあ、弾薬も飛ばされましたし、石油も燃やされましたでしょうが。

——紅林さん、與志君に会っていきたいんですが、今、ここにいますでしょうか。

——工場にいますでしょう。呼ばせましょうか。

——いや、ぼくが行きます。

工場へ入って行って、與志君を見つけました。溶けた鉄の流しこみをやっていました。五人の職工は全員が上半身裸で、汗ばんだ肌には火が映っていました。與志君は年上の同僚よりもたくましく、黙りこくっていましたが、要領をのみこんでいて、身のこなしも確かでした。ぼくは一瞬息をのみ、仕事ぶりに見とれていたのです。また一まわり大きくなったと思いながら……。一段落しますと、ぼくのほうへ歩いてきました。溶けた鉄が、黒い砂に危険な地形のようにたぎっていました。馴れない眺めですし、ハラハラしながら、昨日までの中学生を見守りました。

——君のとこへ自転車を借りにきてね。ついでに仕事場を覗いて見たんだ、とぼくは言いました。

——どこへ行くんですか。

——内瀬戸の粳田さんとこへ行こうと思って。

——ぼくは十日前に会いましたよ。前より元気になったようでした。

——何か言っていたかい。

——意味のないことをしている、しかし、ここの仕事は取柄がないとこが取柄だ、と言ってニヤリと笑いましたよ。

——なるほど、いつものゴンさんだな。

——笑いだけは、いつもの通りでした。

――苦しんではいなかったかね。

――そんなふうじゃあなかったですね。

ぼくが行きかけると、

――先生、ぼくも一緒に行きます、と與志君が言うんで、

――作業を抜けてもいいのかね、とぼくは訊きました。

――ぼくがいなくたって、事は運びますよ。

――そうか。それじゃあ、行こう。お父さんにことわってな。

――親父さんは放任です。ぼくはね、内瀬戸の鉄工部へ入ることになっているんです。

――聞いたよ。

しかし、與志君は少しお父さんをはばかるのか、

――先生、自転車で裏門へ回ってください。あっちです、と指をさして、

――ぼくは、あそこで待っていますから。

ぼくは事務所にことわって自転車を借り、裏門で與志君を荷台に坐らせました。堤を走って内瀬戸へ入って行くと、両側に青く山が迫ってきて、黒い煙突のある焼場がありました。鴉の領分でした。行く手を黒い影が次々とかすめ、あっちこっちでわめきました。

――粳田さんが、焼場もすぐそばにあるし、ご厄介になるかもしれん、と言っていました、と與志君は言いました。

――心細いのかな。

――笑ってるんですよ。

お寺があって、その向うに作業している人々が見えました。ぼくは、お寺の境内へ自転車を置いて、受けつけへ行くつもりでした。しかし、粳田さんが本堂正面の階段を下りてくるのが見えたのです。枕を抱いていました。意外に瘠せていて、顔は苔まじりの土の色でした。どうしたのか……。前回見た時よりさらに瘠せて、まるで汚れた骸骨でした。正直言って、ぼくは驚きを隠そうと気を使ったんです。作り笑いをしながら近づいて行くと、

——海江田先生、與志も、折角来てくれたんだけど、自分はこれから静岡の日赤へ行かなきゃあならないんですよ、と粳田さんは言いました。

——行ってください、とぼくは言いました。

——X線の検査だって言うもんだから……。

——藤枝駅へ出るんですか。

——そうですよ、リヤカーで送ってもらうんです。

境内にリヤカーがあって、わきに青年がいましたが、粳田さんの姿を見ると、近づいてきました。

——ぼくらも送って行きますよ、とぼくは言いました。

——こういう手筈にしてくれたんだよ、と粳田さんは言いながらリヤカーに乗りました。荷台には綿のはみ出た蒲団が敷いてありました。

——至れりつくせりですよ、と言いながら、粳田さんは、関節をゆっくり伸して、仰向けになりました。

——向うの時間が決まっているもんですから、すいませんな。

——リヤカーの横を歩きますよ、とぼくは言いました。

——特別にしてもらっていますよ、と粳田さんは、動いているリヤカーの上で、ぼくを見上げていました。

——甚五郎さんのお蔭ですね、と與志君が言いますと、

——そう、甚五郎さんがな、えこひいきしてくれる、と粳田さんは言いました。

——紅林與志がここで働くことになったってことは、知っていますか、とぼくは訊きました。

——知りませんでした。そういうことになったんですか。

——そうだよな、紅林、とぼくは與志君に念を押しました。

——そうです。

——親父さんも賛成ですよ、とぼくが言うと、

——ふうん、本当か、夢のようだな、と粳田さんはうれしそうに言いました。

土色の顔に血の気が昇り、ぼくは、結核の人は感じやすいんだ、と思いました。そう聞いてはいましたが、こんなにはっきり見たことはありませんでした。

——鉄工部へ入るんです、と與志君が言うと、

——鉄工部には五右衛門っていうガンコなおっさんがいるよ。

——ぼくも知ってます。

——自分のような骨皮筋右衛門には、羨ましいような体格だな。

ふてぶてしい感じの鴉にも、焼場にも、粳田さんは目を留めませんでした。

藤枝駅に着いて、

――つき添って日赤まで行きますよ、とぼくは思い立って言いました。

――ぼくも行っていいですか、と與志君も言いました。

しかし、切符は一枚しか買えませんでした。ぼくは出札で中学教諭の証明書を見せ、もっともらしく静岡に会合があると言ったんで、よかったのですが、與志君はダメだと言われてしまいました。

汽車はなかなか来ませんでした。ようよう来たけれど、デッキへ割りこみようがないほど、混んでいました。粳田さんはますます血の気を失って、

――骨が砕けそうだ、と呻いていました。

日赤の臼ヶ谷博士はX線にも、その後の説明にも随分時間をかけましたから、ぼくたちは、待っている患者さんに気がひけました。博士は看病の心得を教えると言って、ぼくも診察室に入れたのです。

――X線の透《とお》しをじっくり見たが、実にガッカリしたよ。もう少し軽ければいいと思ったのに、と博士は言いました。

――昨日のお話よりか、悪いんでしょうか。

――そうだよ、昨日の見立てより悪い。

――ダメでしょうか。

――ううん、ダメだとも言えるし、ダメじゃないと言えないこともない。

――先生、どちらでもいいんです。はっきり言ってください。

――はっきり言ってるじゃあないか。あんた、入院したらどうか。

――それは無理です。

――無理……。上等とは言えんが、一応病室はあるがな。混んでることは混んでるが……。

――自分は徴用の身です。

――徴用だろうが、なんだろうが、病気は病気だろうが。洲俣甚五郎さんに言っとくよ。診断書を出すよ。

――自分は特別ですから。

――どういう意味かね。

――特高が命令した徴用ですから。特高が許さないでしょう。

――特高ね。粳田さん、あんたそんなものを気にする必要はないんだよ。あんたは怖がっているのかね、内務省を。

――怖がっちゃあいませんが……。

――それじゃあ、なぜそんなふうに言う。あんたは病人なんだよ。病気のことは医者に聞いたらどうですか。医者以外の連中に口出しはさせん。わしはあんたを治してみたいんだよ。

――ありがとうございます。先生、しかし自分は、ずっと工事場にいます。工事場で治します、治るもんなら。

――強情な人だなあ。それだったら、あそこにい続けなさい。わしも時々内瀬戸へ帰るからな、診てあげるよ。

――お願いします。

――また入院をすすめるかもしれんよ。

——お願いします。

——本当にお願いしているのかね。

——はい。

——ところで、あなたもよく聞いてください、と臼ヶ谷博士はぼくのほうを向いて、言いました。

——粳田さんの食器は別にしなさい。七輪と大きな鍋をこの人にあてがって、熱湯消毒させなさい。痰や唾は必ず痰壺にするように、藁とか新聞紙を中に入れておいて、それを燃やしてしまえばいいからな。便所はさし当って問題にしなくていいが、甚五郎監督に指示をあたえる時がくるかもしれん。

ぼくは博士の言うことを筆記しました。

——結核菌を殺すと言ったって、大井川の砂を拾うようなもんだが、とにかく消毒するように、医者は命令しなきゃあならん。内瀬戸の工事場ってことになると、わしの責任でもあるし、と博士はつけ足して、

——お大事に、と歯切れよく言いました。

静岡駅でまた一時間半、列車を待ちました。その間に、粳田権太郎さんはこう言ったのです。

——臼ヶ谷博士は自分のことを疑っていますな。この患者はもう投げている、と思っているようですな。

——博士は心配しています。粳田さんを治したいと思っていますよ。それなのに、この人はやる気があるのか、と思っているんじゃないですか、とぼくは言いました。

——自分はね、臼ヶ谷博士の期待にこたえるつもりです。

——必ず治すってことですね。

——そうです。

——なぜ入院しないんですか。

——内瀬戸にいたって養生できるからです。自分はね、長い間……もう十年も養生してきました。だから解っているんです。相手を知っていますからね。今までにおぼえたやりかたで行きます。

——なるほど。

——海江田先生、あなたは、それならなぜ、博士の好意に甘えて入院しないのか、と思っているでしょう。

——思っていますよ。

——入院しないほうがいいんです。

——なぜですか。

——実は、自分は声を聞いたんです。自分が一番聞きたかった声が、昨夜になって、ようよう聞えてきたんです。

——以前に、被造物の呻きが聞える、と言いましたね。あれですか。

——そうです。あのテの声ですがね、以前よりもはっきり聞えました。内瀬戸にいる必要がある、と言うんです。

——なぜでしょうか。

――自分はいつも、自分を救ってくれる声を求めていましたが、実はそれが間違いだったことがわかりました。自分に聞える声は、自分たちを救ってほしいと訴えてくる声だったんです。それを忘れていたから、自分は堕落して、迷っていたんです。目も耳も迷っていました。

――ぼくはいつも、自分を救ってほしい、と思いますがね。

――しかし、海江田さん、ひとを救うことがイコール自分を救うことなんです。キリスト様も自分だけ助かれとは一言も言っていません。夜なかの声も、ここにお前の仕事がある、ということでした。

――ここに……。内瀬戸の工事場のことですか。

――そうです。

――それで入院しないんですね。

――そうです。しかし自分は結核の第三期だ。こんな男になにができるか、と考えましたが、声は言っていました。ここにお前の仕事がある、病気は必要なら治るだろ、と。

――どういう仕事でしょうか。

――解りません。解りそうだけども、解りません。しかし、その仕事のために必要ならば、お前は治るだろう、と言うんです。

與志君がリヤカーを曳いて、駅に迎えに出ていました。

――帰りの時間を聞いてなかったもんで、早く来すぎてしまって、と言うもんですから、

――汽車もアテにならないんだよ。どのくらい待ったんだ、とぼくは訊きました。

――二時間二十分です。

――すいません。與志、今度工事場へ来ても、俺の世話なんかしなくていいからな、放ったらかしてくれ、頼むよ、と粳田さんは言いました。

――リヤカーへ乗ってください。

――折角だけど、歩かせてくれ。気分がいいし、足が軽いんだよ。

粳田さんは目を見開いていて、大きな瞳が濡れて光っていました。ぼくもかなり興奮していましたが、粳田さんの興奮のほうが激しい、と感じました。それに、しつこい熱がまたやってきていたに違いありません。三人は明るく冴えた星月夜に身をゆだねて歩きましたが、ぼくは一応そうなっているだけで、二人について行けない気がして、仕方ありませんでした。霊ってあるのか、粳田權太郎の正体を知りたい、とひそかに考えました。

弱い神

昭和十九年の九月になって、わしは望みがかなって、紅林さんの爺やになっていましたがの。おすみさんと菊を作っていたです。たくさんの蕾を楽しみに水をやっていたら、鉦策さんが来ましての、

――きのう與志から電話があってな、喀血したって言うんだ。ぼくは血を吐いちまった、働けなくなったから、家へ帰る、と言うんだ、と言いましたんで、

――伝染《うつ》されたんじゃあないですかの、とわしは言いましたでさ。

――俺だって血を吐いたことがあるからな。

――親子だからって、真似をせんでもいいだろうに。

――與志は心細がっているじゃあないかな。偉そうなことを言ったって、いざとなると子供だなあ、と鉦策さんは、半分はホッとしているようだっけでさ。

――今日帰って来るんですの。軽便でしょうの。

――そうさ。午《ひる》ごろ着くと言っていた。

それでわしは、リヤカーを曳いて、明子さんと一緒に五十海の駅へ行ったですに。真佐代さんが追いかけてきての。三人で駅へ着いたのは、ちょうどお午でしたの。二時近くなって、與志さ

んが砂利を敷いたホームへ降りてきましたの。朝鮮人がつき添ってきてくれましたです。土色でしたの。おまけに瘠せちまって、なぜこうなるまでほったらかしたのか、と思いましたの。いくらひどい時世だとはいえ、甚五郎だってついていたじゃあないか、ゴンボーって手合いだってい い加減なもんだ、とわしは明子さんに怒ってみせたですに。明子さんはどう思ったでしょうの。黙っていましたです。

お宅へ着くと、納屋の二階がきれいに掃除してあって、ふかふかの蒲団が敷いてあって、敷布も糊が利いていましたの。

軽便の駅で長いこと鉄道草の花を見ていました。土地にとって、運命になったような花だと思いました。秋蟬の声もそうです。空気に融けて波打つのまで、いつもと同じでした。でも兄さんは変った。それも、急な坂を転げおちて行くようじゃあないか、一生懸命看病しよう、これからは、わたしが途方にくれるような難かしいことを言わなければいいが……、と思いました。兄さんはホームへ降り、つき添ってきてくれた人がリヤカーを曳くと言いましたが、結局濱藏さんが曳いて帰りました。つき添いの人は瘠せてはいましたが、とても元気でした。磨いた木のような肌をしていました。家でご飯を食べてもらいました。

――また来ます、と言い残して帰りました。

夜になって、私はホッとしました。兄さんは納屋の二階に黙って横になったきりでした。その日、わたしはご飯を運んだりして、四、五回見に行ったのですが、兄さんは黙っているだけでした。母家へ戻ってひとりで居ると、喜びがこみあげてきました。これからは兄さんがいつも家にいてくれて、話ができる……。

兄さんの無言の行《ぎょう》は続きました。朝おそく、外の流しへ行って顔を洗う以外は、いつも自分の部屋にいて安静にしていました。ただ本は読んでいるようでした。それも、わたしには難かしいドストエフスキーの《悪霊》なんかでした。わたしが寐てからも、納屋の二階には電気がついていたのです。父もそれを知っていて、

——根つめると良かないからな、と言いましたが、

——疲れやしないよ、と兄さんは言いました。

だんだん本のことが心配になりました。回生舎や内瀬戸の工事場では、あまり読まなかったんだ、だから今は、埋め合わせに読むんだ、あの部屋にいると、兄さんはそうなってしまうんだ、とわたしは思いました。

臼ヶ谷先生が来てくださいました。静岡日赤の先生で、結核が専門のかただということですね。

——内瀬戸の工事場に時々行っているお医者だってことですから。

——でも兄さんは初診ってことでした。洲俣甚五郎さんと粳田権太郎さんが、五十海の紅林家へ行けと言うもんだから、来てみたんですよ、とおっしゃっていました。

臼ヶ谷先生と父は話していました。

――えらい本を読んでいるじゃあないですか、と先生がおっしゃいますと、

――読みふけっているようです、と父は言いました。

――積んであるのを見せてもらって、ほうと思ったんですがな。與志君は何歳ですか。

――十八です。

――大したもんですな。

――病人が読んでもいいもんでしょうか。

――結構ですよ。

――どんなものを食べさせたらいいんでしょうか、と母が聞きました。

――何だっていい、好きなものをあげてください。

――重いものはひかえたほうがいいんでしょうね、お肉なんかは。

――今どき、肉があるんですか。

――少しツテがあるもんですから、豚肉が手に入ります。

――私も食べたいもんですな。

――お届けいたしますよ。あの子にはやっていいものでしょうか。

――結構ですよ。食べたいんなら食べて。

臼ヶ谷先生はそう言いましたが、父も母も首をかしげたかもしれません。父が結核だった時、静岡のお医者はとても厳しいことを言ったそうです。そのお医者は、肉は食べてはいけない、牛乳も飲んではいけない。野菜か白身の魚がいい。特に揚げものは野菜だけにするように。それから、本を読むのはいけない、運動もいけない、ひたすら安静を守りなさい、と言ったそうです。

しかし、臼ヶ谷先生は、

――散歩したければ、千メートルくらいは歩いたっていいですよ。まさかマラソンはやらんでしょうからな、と言いました。

――消毒をしろとは言いませんでしたか。

――言いましたよ。兄さんの食器は熱湯消毒するように、痰は紙に吸わせて焼くように。それで安心ってことじゃあないけれど、単に気休めということでもありませんからな、とおっしゃいました。


その日から、兄さんが顔を洗う流しのわきには、いつも新聞紙を入れた痰壺を置くようにしました。二日おいては、別の壺と取り替え、痰が染みた新聞紙を焼くことにしました。兄さんは自分がやると言いましたが、お父さんがさえぎって、朝工場へセメント袋なんかにいれた壺を抱えて行っては、溶解炉のコークスで中身を焼いたのです。黴菌を処分する、と父は言いました。兄さんは、やがて亡くなる時に、虚ろな目をしながらも、このことを言い出して、

――お父さん、ありがとう、と感謝しました。

――他人行儀なことを言うな。何でもないよ、あんなこと、と父は声を顫わせました。

わたしはわたしで、いつも壺の中身を気にしていたのです。血まじりの痰が吐いてあるのかどうか、知りたかったんです。でも蓋をとって見るのは、怖かった。それで、一回も調べはしませんでしたが……。

流しのわきに壺が置かれ、しばらくすると兄さんは治って行くようでした。少しずつ太ってきて、顔色もよくなってきました。わたしは、心配しながらも、毎日少しずつ楽しみが殖えてくるように思いました。兄さんは近くにいてくれる、そして、病気を治そう治そうと思っている、わたしが願っているようになった、と思ったのです。それで、その時まで我慢していたことを、もういいんじゃないかと思って、きいてみたのです。

——兄さん、糠田さんって偉い人なんでしょ。

——そうさ。

——とても偉い人……。

——とても偉いよ。

——どういうふうに偉いの。

——俺に本当のことを教えてくれたからな。

——本当のことって何。

——悪を放っておくなってことだ。

——悪って何。人を殺すことなんか……。

——それも人間のやる悪行だからな。それじゃあ、人間には悪が植えられているのか、と糠田さんに質問したんだよ。

——植えられているって……。

——俺の中にも悪の根っこがはびこっているのかってさ。

——それで……、そうなの……。

——そうさ。

——わたしの中にもその根っこがあるって意味。

——そうさ。

——兄さんも一緒ね。

——そうさ。

——わたしはね、わたしの中には悪い根っこがはびこっているけどね、兄さんの中にはそんなものはないと思うんだけど。

——あるよ、人間である以上。

——人間て何かしら。

——悪に流されるのさ。その上、それでいいとうそぶいている。

——うそぶいているって。

——自分はこれ以外にない、と言っているってことだ。

——わたしもね、そう言ったことはないけど、そう思っているよ。

——それでいいってか。それは間違っている。悪の下地から抜け出なきゃあダメだ、って声が聞こえてくるもん。

——声って……。糠田さんの耳に聞こえたのね。

——そうだよ。もとは糠田さんが教えてくれたさ。もしその声が聞こえてこなかったら、自分は元のままだったろうが、聞こえてきた以上、元のままではいられない、と糠田さんは言ったさ。

――兄さんにも聞こえるの、その声が。

――聞こえるよ。

――夢でしょ。

わたしは兄さんの寝顔を知っています。病気になってからは何度も見ました。目を少し開いたままで眠っているんです。瞳が見えて、小さなオタマジャクシみたいに動くこともありました。兄さんは今夢を見ているんだ、と思いました。すると、自分はその夢につき合っていると思えてきました。なんだかわたしの夢のようにも思えました。

――夢だな、結局夢だけど、一度や二度じゃあない。たて続けに夢を見て、声を聞いたよ。

――粳田さんを尊敬しているから……。

――そうだよ。

――わたしも粳田さんを尊敬する。兄さんの通りにする。

――……………。

――粳田さんは殺されかけたんだって。

――そうさ。だれに聞いたか。

――濱藏さんが言ってたよ。なぜかなあ……。

――今の世の中とは縁を切る、自分は仲間にはならない、と言ったからだよ。

――兄さんと粳田さんは仲間ね。

――当り前じゃあないか。

――別の仲間ね。

昭和二十年の正月は暗かったですの。鉦策さんは、與志さんのことが頭を離れなくて、考えちゃあ、静岡の臼ヶ谷先生に電話していましたでさ。先生は電話口に出られないこともあったですが、出ちまうと、長電話になりましたでさ。與志さんの喰いもんについて聞いた時には、大根とか菜っぱとか芋とか報告して、ソップは体温と同じ温度にするほうがいいか、自然療法をすすめる人があって、部屋の戸を開けちまうのがいいと言うが、この寒空にいかがなもんか、とか言っての。言っちゃあ悪いが、これも親馬鹿と思いたくなったほどですに。わしはの、その臼ヶ谷という先生が、はじめっから命の保証はできんと言ったと聞いていましたし、ひょっとすると、もっと踏みこんだ意見を言ってるのかもしれん、と思っていましたもんで、鉦策さんを慰めたいくらいに思いましたの。事務所が退けて、酒を飲んだ時には、いつものデンでアトコイで、したったか飲んだですがの、あの人らしくもなく、フラついちまって、まっすぐには歩けなくなってての。体も一回り小さくなっちまったように見えましたの。

――與志さんもあんたの若いころみたいに、じっくり療治をすりゃあいい。病気となったら、あんたはお手本ですからの、とわしは持ちかけてみたですに。

――治したんじゃあなくて、治ったのさ。臼ヶ谷先生も言ってるが、この病気はそういうもんらしい、と鉦策さんは言うんですに。

――闘病って言うじゃあないか。本人の気組みが大事じゃあないですかの。與志さんは強い性質でさ、盛り返しますに。

――黴菌にいく種類かあるってことらしい。ダメなものはダメだってことらしい。
――臼ヶ谷って医者がそう言うんですかい。
――わしはそう受けとったがな。消毒が大事だってことは、そうだろうが。
――それしか言わんようになったですか。そんな医者は替えたらどうですかの。
――臼ヶ谷さんほどの医者は滅多にいないよ。
――東京へ行ったらいるでしょうに。
――手遅れだろうな。與志のやつ唸り始めたもんな。
――あんたは匙を投げたんですかい。
――そんなことはない。諦めんよ。
――やる気をだしてくださいよ。

兄さんの熱がだんだんあがってきました。朝は六度台でしたが、夕方にはあがって、八度台にもなりました。汗みどろになって、息をするのも切なそうだったんです。お母さんは毎晩体をふいてやって、寝巻きを替えてやっていました。わたしが手伝いたいと言うと、来るんじゃない、と言いましたが、わたしは手伝いました。お湯の薬缶と水の薬缶、洗面器をお母さんと一緒に運んだり、練炭火鉢の上で、タオルをしぼったりしていたんです。熱が八度台まであがった時、兄さんは、
――水でふいてくれ、と言いました。

――風邪をひくよ、とお母さんは言いました。

――暑いんだよ。

――風邪引くと困るよ、とわたしも言いました。

――真佐代、下へ行って氷のカケラを取ってきてくれ、なめるから。

――急に言ったって、氷はないよ、とお母さんは言いました。

――熱は毎晩出ているじゃないか。

――あしたから家に氷を置くようにするから。

――そうか、それじゃあ今夜は水でふいてくれ。

――水ではふかないよ。

兄さんの声をさえぎるように、お母さんは言いました。お母さんの、こんなにきっぱりした言いかたは、それまで聞いたことがありませんでした。

――風邪をひいたっていいから、水でふけ、と兄さんは叫びました。

兄さんのこんなに激しい言いかたも、わたしは聞いたことがありませんでした。

お母さんは火鉢の上の洗面器に、薬缶の水を注いでしまいました。洗面器には部屋に湯気をたてるためのお湯が入っていたので、水はもうなくなったんです。お母さんはしばらく洗面器の中を見つめていて、立ち去りました。わたしは洗面器に手をひたして、

――兄さん、お母さんの言うことを聞いて。お湯ぬるいから、これでふいていいでしょ、と言いました。

兄さんは黙って起きあがり、裸になりました。一時にくらべて、また少し瘠せたようでした。

でも筋肉に包まれて骨は太く、男らしい彫刻のような体でした。私は夢中になってふきました。あの時まで、わたしは兄さんの肌に触ったことがなかったんです。

——タオル貸せ、と兄さんはわたしの手の届かないところを自分でふき、別の寝巻きに着がえました。

——病人じゃあないみたい。

——お前はのんきだな。

——熱いの……。切ない……。

——切ないな。切なくてたまらんな。今は一月だろうが……。俺には冬が来ないみたいだ。

——蒲団のなかにいるからよ。

——真佐代、臼ヶ谷先生は何て言ってる。脈があるって言ってるか。

——脈……。

——助かるって言ってるか。

——治るって言ってたよ。

——まあ、わかってるがな……、と言って、兄さんは目をつぶりました。

わたしは枕もとのスタンドだけ点けておいて、階段を降りました。母屋の軒で匂いがしたので、そっちへ行くと、母がしゃがんでいました。月の光が届かない暗がりに、ひそんでいるかのようでした。夜おそくなって、兄さんが呻きはじめるのを聞こうとして、納屋の近くにいる、とわたしは思いました。そしてすぐに、聞こうとしているんじゃない、聞こえて来ないようにと祈っているんだ、と思いました。わたしが耳を澄ますのもそうでした。しかしその時間になると、呻き声はし始め、わたしはビクッとして、胸が痛むんです。

三月の第三日曜でした。目を醒ますと、雪が積もっていました。部屋から眺めていますと、粳田さんがこっちへ歩いてくるのが見えたんで、ぼくは道へ出て彼を迎えました。毛布を体に巻いていて、とても歩きにくそうでしたし、息を切らしていました。

――いや、どうしても海江田さんとこへ行かなきゃならんと思ってね、と言ったんです。顫えていて、カスタニエットみたいに歯がぶつかる音が聞えました。とにかく入ってもらって、火鉢にどんどん燃しをして、煖まってもらいました。

――ゆうべまんじりともしないで、與志君のことを考えてね。決心しちまったんですよ。あなたに頼んで紅林さんへ連れて行ってもらおうってね。

――與志君に会うんですね。

――そうですよ。

――いいですよ。行きましょう。

――頼みます。

――ゴンボーさん、起き抜けに来たんですか。

――そうです。

――朝めしはまだでしょう。一緒に食べましょう。ぼくもまだですから。

――すみませんな。あなたの分を横取りしちまって。

――そのくらい、ぼくだって融通がききますよ。

里芋の味噌汁をこしらえました。鰯がありましたし、白シャリもあったんです。食べ終ると、ゴンボーさんは人心地がついた様子でした。実際言って、ぼくのところへ到着した当座は、まるでお化けでした。汚れた硫黄の色の骸骨が現れたようでした。真白な景色も幻じみていたんで、ぼくは目を疑ったんです。この世のことか、と思いました。

ぼくたちは、火鉢のなかへ次々と燃しものを投げ入れて、じっくり体を煖め、それから紅林家に向けて出発しました。

――海江田さん、與志君のとこへ見舞に行ったんでしょうな。

――行きましたよ。

――最近はいつですか。

――二月の頭でした。工合いはよくないようです。ただ寐ていたって体が保《も》ちにくい、と言っていました。

――そんなですか。自分もそうなっちまった患者を知っていたです。自分はまだそうなっちゃあいませんですが……。

――例によって、あれこれと考えているようですな。夢もよく見る、このところ三次がありありと現われることが多い、と言っていました。回生舎のことも言っていましたよ。ゴンボーさんのことも言っていました。

――あの子は自分のしたことを後悔しているんじゃあないでしょうな。

――そんなことはない。不思議なくらい、弱音を吐かない性質ですもん。

——なるほど。

——後悔の種《たね》がないんでしょう。

——それだと、わしは助かるんですが。

ゆうべはまんじりともしないで與志君のことを考えた、とゴンボーさんが言っていたのは、このことか、とぼくは思ったんです。もしそうだとするなら、ほとんどゴンボーさんの取り越し苦労なのに、と思ったんです。

——生きてみたいと言っていました、とぼくは言いました。

——生きてみたい、ね。

——理想に向って生きたい、そして、理想を獲得したい、という意気ごみじゃあないでしょうか。

——そうですか、そのことのためにこそ生きる価値はある、という意味ですかな。

——きっとそうですよ。

——純粋ですな。

——ゴンボーさん、そういう話を随分と、與志君としたんでしょうね。

——しましたよ。あの子はその時のことを覚えていてくれたんです。ありがたいことです、とゴンボーさんは声を顫わせました。

——與志君は変りませんね。

B29が来ました。爆音だけが聞こえました。だんだん大きくなって、頭上を覆いました。雲がたれこめていたからでしょう、編隊はいつもより低く飛んでいました。近くで爆弾の音がズシンと響くこともありました。ここから太平洋へ出て行くので、残った爆弾を始末して行くのでしょう。二人が紅林さんに着いたころ、爆音はたけなわで、お宅もあわただしく、玄関でしばらく待たされました。與志君の呻き声が聞えてきました。甲高い悲鳴がまじって、爆音と張りあっているようでした。

あなたが出てきて、奥へとりついでくれました。するとお父さんが出てきました。頸筋がよじれているように見えました。

——容態はどうなんでしょうか、とぼくは訊きました。

——はかばかしくありませんな。悪くなる一方です。今も苦しんでいますから、面会は短くしていただけませんか、とお父さんは固い口調で応じました。無理に冷静を保っていたのでしょう。

——待ちましょうか。

——その必要はありませんがな。B29がゆるせくありませんから、行ってしまってからのほうがいいでしょう。お茶を召しあがってください。おあがりください。

ぼくたちは座敷に通され、すぐに二人きりになり、爆音と呻き声を聞いていたのです。突然粳田さんが両手で顔を覆いました。深い眼窩に蜘蛛の脚のような指が喰いこんでいました。泣いていたんです。その声は與志君の呻き声とほとんど同じでした。二匹の動物が距離をおいて、鳴き交わしているかのようでした。気配がわかったらしく、あなたのお母さんが座敷へ来て、隅のほうに坐っていました。しばらく呻いていた粳田さんは、手を顔からはなして、頬を濡らしたままで、

――私は粳田權太郎と申します。申しわけありませんでした、と大声で言いました。

――そんなに、おっしゃらないでください。病気は仕方ありませんです。

――私のせいだと思いませんか。

――思いませんです。

――與志君は治ります。どうか治してください。

――治ればいいですけども、どうなるんでしょうか。

B29の爆音は遠ざかって行きました。少しの間尾を引いていて静かになりました。しかし、與志君の呻きは募ってくるようでした。

――どうか会ってやってください、と奥さんが言いました。

ぼくは腰の手拭いを抜いて、ゴンボーさんに差しだして、濡れた顔をふくように言いました。ゴンボーさんの手は、あてどなく震えていました。

案内されて納屋へ入り、與志君の声の大きさに驚きました。二階へ登ると、與志君が嚙みつくように口を開けて、せわしく息をしながら、呻いていました。私たちはにじり寄って、眺めたのです。與志君もこっちを見ていましたが、しばらく目に反応がありませんでした。ゴンボーさんは摑みかかって夜具のなかの相手の手を握り、

――與志君、治るからな、と言いました。

與志君はハッとして、呻き声を止めました。そしてほほ笑んだのです。

――粳田さんだ、内瀬戸の工事場から来てくれたんですか。

――そうだよ。

——雪が降りましたか。

——降ったよ。

——よく来てくれましたね。

——いいか、與志君、必ず治そうな。

——ぼくは治るんでしょうか。

——治るって。

——そうでしょうか。

——信じるんだよ。

——海江田先生、よく来てくれましたね、ありがとうございます。粳田さんとどこで会ったんですか、と與志君はぼくに言いました。

——粳田さんがぼくの下宿へ来てくれたんだよ。

——歩いて来たんですか。

——そうさ。

——よく来れましたね。

——軽便の駅から歩いたんだよ、真白だっけけどな、とゴンボーさんが言いました。

——粳田さんをリヤカーに乗せて、曳いたことがありましたね。帰りはお月夜でしたね。

——遠くまではっきり見えてな。

——もう大丈夫なんですか。

——大丈夫だよ、とゴンボーさんは言いました。

——随分瘠せましたけど。

——登り調子だよ。

——ぼくはね、粳田さんは必ず全快すると思います。

——君も全快するよ、とゴンボーさんは言いました。

——粳田さんが羨ましいです。ぼくも治りたいんですが、崩れるのをこらえているだけらしいんです。こらえるのがとても切ないから、もう勘弁してほしい、と思っています。

かたわらで、ゴンボーさんが鼻をすするのが聞えました。また泣き出しそうでした。ぼくは警戒しました。涙ながらの会見になってしまうんじゃあないか……。それでぼくはゴンボーさんのほうを向いて、

——さあ、失礼しよう、と言ったんです。

納屋を出るといきなり二階から、びっくりするような呻き声がしました。それまで、あんなに静かに話していた與志君が、こんな声を張りあげる……。

二人は雪を踏んで、ぼくの下宿へ引きあげました。その小道は暗渠排水の粗朶の上を通っていて、踏むたびに揺れました。

——與志君は抜群だったんだろ。私なんかがいたから挫折したって思ってるんだろ、あの親父さんなんか、とゴンボーさんは言いました。

——学校始まって以来の俊才とか雛鳳とか、文武両道に秀で……とか、讃められていましたけどね、そうでなくなったわけじゃあない。ただ自分は偉くならないと宣言しただけですよ。

——挫折でしょうが。

——與志君は挫折なんかしない。自分を通していますよ。

——しかしね、親父さんから見れば挫折でしょうが。

——いや、お父さんも與志君の行きかたを了承しています。

——そうかなあ。

——いや、ぼくは知っているんです。

——そうかなあ。親父さんは息子を偉くしたかったんでしょう。アテがはずれたし、その上、病気にもかかってしまったし。だからぼくは奥さんに詫びたんですよ。

——病気は、ゴンボーさんの責任じゃあないし、何も詫びることはないです。奥さん、面くらっていたじゃあないですか。あなたは自分に軍刀の抜き身をつきつけた人間を赦している、それなのになぜ、ひとは自分に対して厳しいと思いこむんですか。

——結核は伝染《うつ》るじゃないか。

——紅林家の人々は心が広いんです。

——いや、解るよ。さっき私は奥さんに感心したんだ。私をなんにも咎めなかった。

——でも、あなたから伝染った証拠はない。あなたに文句をつける筋合いなんかありませんよ。

——そうかなあ。

——解ったと言いながら、解ってくれていない。残念ですね。

そう言って、ぼくは笑いました。そして続けたんです。

——與志君はあの奥さんの連れ子なんですよね。だからと言うわけじゃあないが、あの人と與志君は特に似ているように思えるんです。

――海江田さんも紅林さんの家族に打ちこんでいますね。

――正直言って、そうです。生涯忘れないでしょうね。あの家のことなら、何でもよく解るんです。與志君には妹があるんですが、この子が兄さん思いなんです。與志君が万能ですからね、あこがれちまって、信仰といってもいいほどですよ。

――與志君、治ればいいんだがね。

――さあ無理でしょう、奇蹟が起らない以上。

ゴンボーさんは朝早く内瀬戸の工事場を飛びだして、雪道を歩いたりして、疲れてしまったんです。ぼくの下宿にも、やっとのことで辿りついたんです。骨が痛くて動きがとれない、と言っていました。部屋を煖かにして寐かすと、薄暗くなるまで眠っていました。目を醒ましたので、一緒に簡単な夕飯を食べました。ゴンボーさんは食が細く、箸を置いて、こう言いました。

――私もね、残るは骨ばかりで、肉はついてないし、内臓も縮かんじまったでしょう。こんなで、ひとを見舞うガラかと思って……。

そう言うもんですから、

――思いきって、よく来てくれましたよね、とぼくは言いました。

――與志君を拝みにね、と彼は笑いました。

近所でリヤカーを借りて、ぼくはゴンボーさんを五十海駅まで乗せて行き、つき添って軽便で藤枝まで行き、それからまた、駅前のぼくの知り合いからリヤカーを借りて、乗せて、工事場まで送り届けました。

死について

お寺の本堂は人足衆の集会所でしたです。夜になると、飯場から連れだってやってきて、しばらく世間話をしたり、車座になって歌をうたったりしましたです。その片すみにゴンボーさんの寝床があったんですから、あの人は落ち着きませんでしたの。肺病やみの蒲団があって気色が悪い、と陰口を言うやつもありましたもんの。ゴンボーさんの容態もいいわけじゃあない、同じ死ぬにしたって、この甚五郎のふところへ入ったからには、少しはマシな死にかたをさせてやりたい、と思ったりしたですに。それに、ほかにも気になることがありましたです。ゴンボーさんのまわりには、いつも同じ顔ぶれがいて、話を聞いていましたですが、穏当でない言い分が聞えてくることもありましたでさ。だから、わしは注意しましたです。

——ゴンボーさんな、なぜお前さんは、あんなことを喋るのか。

——私ですか、ここで一緒に働く以上、仲良く助け合って行こう。これから時局はどうなって行くかわからんが、どこまでも仲良くな、と私は言ったんですが……。

——日本は負けるだろうが、と言っていたな。アメリカは上陸してくるだろうが、その時自分らはどうなるのか、それはわからん、と言っていたじゃあないか。

——言いました。不安になってジタバタして、仲間割れを起すな、アメリカの上陸の時には私には考えがある、と言いましたよ。

——聞いたよ。お前さん、どうしてそんなホラを吹くのか。

——ホラじゃない。

——見てろ……、と言うのか。

——私のように、心の準備をしろ、と言ってるんです。

——ゴンボーさん、そんなことを大っぴらに喋るなよ。聞いていて、軍か警察にたれこむ人間だっているぞ。

——揉めたら、監督さんが困るでしょうからね。

——大っぴらに言うのはやめろ、と言ってるんだ。

——そうですか。

——わしみたいに、黙って仕事をしていればいい。

——あんたはそれで済むでしょう。仕事らしい仕事があるから。

——仕事らしかろうが仕事らしくなかろうが、仕事は仕事だよ。

——そうですか。仕事って一体なんでしょうか。

——仕事ってかね。まかせられた作業のことだ。

——命令された作業のことですか。

——そうさ。言われたことをただ黙ってやっていればいい。

わしはそれ以上話しませんでしたがの。ゴンボーさんはわしの気持を見抜いていたと思うんでさ。わしだって、日本は、と思っていましたです。聞えてくることはみんな、困ったあげくの作りごととしか思えませんでしたからの。大本営発表、この衆はなぜこんなことを言ってるんだ、沈没しちまったはずの敵の軍艦が駿河湾にズラッと並ぶだろう、と思っていましたからの。戦果と言ったってなに言ってる、そんなことは右の耳から入って左の耳から出て行くわ、わしは目の前の仕事をやるだけさ、そんな気分になったですに。人数の確保とか、あてがう資材とか、みんなの食糧とか宿所とか健康まで、精一杯気を配り、穴埋めにかけずり回っていたですに。負けちまえば、それも空しいが、空しくたって仕方がない、先々のことは考えないようにすればいい、と思っていましたの。考えてみれば、ゴンボーさんとわしは似ていたんでさ。それで、わしはゴンボーさんの宿所を、お寺の本堂から、古い蚕部屋に移しましたでさ。本堂の裏手に、坂を下りたとこに、ガランとした空き部屋がありましたからの。わしが話をつけると、ゴンボーさんはとても喜んでくれましたです。容態が悪くて、もう飯場のメシは無理でしたからの。うまい工合いに差しいれがあって、あの人は蚕部屋で自炊をしましたです。

　事務所から連絡があって、出向いてみると別嬪さんがいましたです。聞けば、その女は飯場のまかないに雇ってほしいと申しこんできたと言うんですに。後生だ、お願いするという目つきを、わしにまで向けましたの。それでなくたって、人手がほしかったですに。飯場には三人女がいましたですが、手張っていたです。喰わせなきゃあならん人足は百八十人でしたからの。それにしても選りに選ってこんな工事場に働きに来たがるとは、どういう了見の女か、とも思いましたの。そのうちに、この成嶋綾の動機は読めてきましたです。やっぱり、粳田権太郎の関係だと思いましたの。飯場の炊事もよくやってくれたですが、ゴンボーさんのことは特別に気にかけていましたもんの。近所の百姓に頼みこんで、野菜を入手して、ソップをこしらえたり、それに干し鱈で味をつけたりしての。幾波からカイズや甚太ベラをびくに入れて持ってくる婆さんがあって、それもゴンボーさんへ……、ということらしかったですが、綾さんが受けとって、葱をあしらって、結構気のきいたツユにしての、病人に飲ませていたです。そのうちに豚肉まで手に入れて、ソップに煮こんだり、ビーカーをあぶって肉汁をとって、啜らせたりしての。工事場では、きわ立った贅沢だっけです。わしらはわしらで、鍋やビーカーに残った野菜や魚や肉をむさぼり喰うのが楽しみでしたの。あげく、綾さんは石油缶に湯を沸かして、ゴンボーさんの食器を消毒したですに。それで、わしは綾さんに言いましたです。

——あんた、ゴンボーさんの身内かね。

——違います。わたしも幾波だもんですから、粳田さんとは知りあいです。心配になるもんですから、と綾さんは言いましたです。

——ゴンボーさんはあんたの先生かね。

——そうです。

——こんなとこまでよく来てくれたな。

——あの人の病気は治りますですか。

——治るよ。大丈夫だ。

——随分瘠せちまいましたけど。

——今度な、医者に容態をきいてみな。臼ヶ谷博士っていうんだがな、時々来て診察してくれているから。肺病の専門で、とても偉い先生だよ。

——その先生が大丈夫って言うんですね。

——そうだよ。ちゃんと養生すればな。

——そのお医者さんが来たら、わたしに明かしてくださいね。

——明かすよ。

——お願いしますね。

——あんたよく看病するな。わしは見ていて、ほとほと感心しているよ。

——わたしはね、甚五郎さんの指図通りにしているんです。

——わしは、臼ヶ谷博士の指図をとりついでいるんだが。

——…………。

——あのお婆さんな、あの人はゴンボーさんの身内かね。

——そうさ。肉がよく手に入るな。

——豚肉を持ってくる人ですか。

——粳田さんの身内じゃあありません。あの人も幾波だもんですから、粳田さんの病気を心配しているんです。


ゴンボーさんって不思議な人だな、わしだけじゃあない、みんなして心配している、神がかりだな、こういうこともあるんだ、とびっくりしましたな。

……こう甚五郎さんが言うもんですから、欣造さんは言ったんだそうです。

——綾の言うことに嘘はありませんでしょうが、本当のとこ、あの女はゴンボーを慕って工事場へ来たんじゃありませんです。

——ゴンボーさんを慕っているように見えましたがの。

——綾って女は、病人を前にするとジッとしちゃあいられなくなるんですに。必ず看病したくなるんでさ。思わず手が出ちまうって言うか。

——やさしいのう。別嬪ですし、もの柔らかですし、働きもありますし、満点の女だとわしは思いますの。

——満点でもありませんがね。

——満点でさ。だれを慕ってこんな工事場へ来ましたです。

——甚五郎さん、気になるってことですか。

——年甲斐もなくの。

——紅林與志っているでしょうが、あの青年ですよ。

——紅林與志君はいくつですかね。

——十九でしょうよ。

——綾さんはいくつですかい。

——三十二ですに。

——そうですか。

——綾は與志君にポッとなっちまって、もうまっしぐらですの。いれあげていますです。

——二人はどこで心安くなったですかい。

——心安くなったってことじゃないでしょうがの。

——年増女が血道をあげてるってことですかい。

——そうでさ。幾波の回生舎に與志君は泊りこみでいたですが、そこへも、綾は志願してきましたです。まかないに雇ってほしいと言いましての。

工事場は早寐で、十時にはだれもかれもいびきをかいていたです。しかしわしが十一時近くに、ゴンボーさんの部屋へ行ってみますと、蚕の棚によりかかって喋っていましたっけ。くぐもった声で、声に元気はありませんでしたがの、目を輝かしているのを見ると、意気ごんでいるのがわかりましたです。

——こんな肺病やみを大事にしてくれて、ありがたい話です。私がグズグズしているのを見ると、どっかへ消えてほしいと思うでしょうが、私としては、ここへ居そうろうをしていたいです。幾波の回生舎に居すわりたかったが、できない相談でしたです。それで、こっちへ移ると、ここが第二の回生舎で、ここが良くなっちまいましたです。私には、ここで見とどけたいことがある、と思っちまったです。そうゴンボーさんが言うもんだから、

——見とどけたいことが……。何ですかのう、とわしは訊いたですに。

——それが解らないです。

——自分でも解らないのかい。

——私がここにいて良かった、と思える日が来るってことじゃあないかと思います。

——…………。

——甚五郎さんあんたは、友のために命を捨てるほど大きな愛はない、という言葉を知っていますですか。

——さあ、知らないっけが、それはそうだろうな。

——私はね、友って一体だれのことか、と考えたです。ゆうべ一晩、まんじりともせずに考えたです。友ってだれか……。友って、自分の同類ってことでしょうが。

——まあ、そういうことだろうな。

——友って、自分と同じことを望んでいる人ってことでしょうが。たとえば、私は死にたいと考えているとしたら、死にたいと考えている人が友だ。私は死にたくないと考えているとしたら、死にたくないと考えている人が友でしょうが。

——なるほど。

——ここに、自分は死にたくないと考えている人がいて、そのかたわらに、死にたいと考えている人がいるとする、二人は果たして友でしょうか。

——一概にゃあ言えないだろうが、そういう友だってあるだろう。死にたがっているやつには、お前、そんなふうに考えるんじゃないよ、と意見するんじゃないのか。

——もし死にたがって、あと戻りできないことが確認できたら、その人を死なせてやるのが正しい。

——殺すんですかい。

——殺すんじゃない。自殺させてやるってことです。本当に死にたがっている人は、必ず自殺するはずですもん。

——そういうことまで考えたことはなかったっけが……。生きてるのがつらいから、やむをえず自殺するんじゃないのかな。

――もし、本当は自殺したくないのに、早合点して、自殺しなきゃあならんと思いこんでる人がいたら、思いとどまらせるべきでしょうがね。

――ゴンボーさん、あんたは頭がいいから、そんな余分なことを考えるんじゃあないのかね。

――私はゆうべ一睡もしないで考えたんです。考えたというか、思いふけったんですけども。

――それで、一体どういうことになるんですかい。

――さっきの文句を思いだしてほしいです。結局は自分にしてもらいたいことを、ひとにしてやれ、ということでしょうが。そのためには命も捨てなさい、それ以上の愛はない、ということでしょうが。

――そうでしょうの。たとえ命を捨てるようなことになっても、ひとの願いをかなえてやりなさい、ってことになりますかな。

――そうですよ。

――ひとがよすぎるんじゃないですかな、そんな考えかたは。

――そんなことはないです。それが本当の人間です。

――実行は無理でしょうが。

――実行できるかどうか、私は賭けてみようと思っています。

――賭ける……。

――賭ける必要があるんです。時局が時局ですから。

――時局……。

――こういう時局だから考えてしまうんです。こういう時局だから進んで時局にまきこまれて命を捨てよ、と言う人がいる。しかし、それは間違っています。人が命を捨てるのは、友のためです。それ以外にはあり得ません。

——なるほど、それじゃあ、戦争のご時勢って一体何ですか。

——どうしようもないものですね。悪魔が住んでいる泥沼のようなもんです。しかも、この利己主義の悪魔は国家という名のかくれ蓑を着ています。私はね、この見渡すかぎりの泥沼から人間をすくい上げなければなりません。

——人間とは友のことですな。

——そうです。友とは人間のことです。

——なるほど、大よそのことは解りましたの。

解ったと思いましたの。しかし、正直言って、痛々しかったですに。ゴンボーさん、瘠せこけて、羽の抜けちまった鳥が、かすれ声でとぎれとぎれに鳴いているように思えましたもんの。くぼんじまった目は光っていたって、体は熱っぽくだるそうで、蚕棚によりかかったなりでしたもんの。ムキになって喋れば、その分病気も進んで行くと思えましたの。それで、なるべくソッとしておいてやりたくなって、取り巻きの七人をうながして、ズラかろうと思ったですが、興奮したまんまこの人を置き去りにしちゃあ、かえって悪い気がしたもんですで、わしも二、三、意見をつけ足しましたです。要らんことでしたです。わしも興奮していましたですに。

——ゴンボーさん、あんた田植えをしたことはないでしょうが、とわしは訊きましたです。

——なかったですね。

——あんたは、学校はいつも一番の、幸せなお坊ちゃんだっけのう。だから、そんなまっすぐな考えかたができなさる。頭が良すぎるのかもしれんのう。

——私は頭が悪い。自分でよく知っていますよ。

——わしは成績は中くらいだっけ。本だって好きなほうじゃあない。体はよく使ったっけがの。学校へ行きながらも、田圃もやったし畑もやったし、縄もなったしの。高等科を出ると、左官に奉公して、怒鳴られたり小突かれたりして途方にくれちゃあ、早く一本立ちになりたいとあこがれていたですに。金もうけにも夢中になったしさ。やっぱり、あんたとは違うと思うですに。

——私はモヤシもいいとこだ、ってことですか。

——そんなことは思やあせん。兵隊にとられて満洲にも行ったし、キツいこともあったろうと思いますがの。

——私にも労働は必要だって思います。体さえ良ければね。

——悪い苦労をすれば、いやしくなりますに。あんたの話ですがの、わしにはあんなにきれいには考えられませんに。友の話ですがの……。わしのまわりには、箸にも棒にもかからん有象無象がごろごろしていますもんの。


蚕部屋は小人数の集会所になりましたの。十四、五人でしたです。辛気くさいのが気になったですが、しばらくすると、気にならなくなりましたです。お寺の本堂でやっている大人数の集会よりか、こっちのほうが格が上だと思いましたです。四人の朝鮮人が来て、ただ坐っているだけで、何も喋りませんでしたが、毎晩欠かさず出席するところを見ると、ゴンボーさんを慕っていたんでしょうよ。そのなかの朴炯和って男が、海軍の士官に拳銃で射たれちまったですに。話を耳にしたんで、わしが朝鮮人の宿所へ飛んで行ってみますと、こみあげる怒りをおさえていて、不気味だっけですに。連中の押し殺した息が、嵐のように聞えるようでしたの。腹を射たれたっていうもんで、リヤカーに乗せて藤枝の外科医院へ運ばせたです。向うには、事件のことは口外しちゃあならん、とズンを押しましての。……事が起ったのは午後三時ごろでしたがの、夜になって蚕部屋へ行ってみると、ゴンボーさんはまだ知りませんでしたの。朝鮮人の連中は、やっぱり海軍が怖かったんでしょうの。喋るようなこともなかったんですに。わしは一応ゴンボーさんに知らせたです。朴炯和さんはゴンボーさんの弟子だと思っていましたからの。

——心配です。これからその外科医院へ行ってみますよ、とゴンボーさんが言うんで、

——お前さん、歩けるのかね、とわしは言ったです。

——大丈夫ですよ。

——わしも行くよ、一緒に。

——與志君も連れて行っていいですか。

——なぜ連れて行くのかね。

——朴炯和は與志君の友達ですからね。あれが蚕部屋へ来たのも、與志君にくっついて来たんですよ。

それで三人で、南新屋という外科医院に行くと、朴炯和は病室で静かにしていたでさ。治療をしてくれた老先生が出てきてくれて、説明してくれましたの。

——弾丸は岩かなんかにぶつかって、はね飛んだんでしょうな。患者の腹から出しましたか

ら。処置はむつかしいことはなかったし、一週間寝ていれば治ります。あさって、リヤカーできて引きとってくれますか。

食糧の関係で、長くは入院させておけないんだろう、と思ったもんですで、わしは承諾しましたです。朴炯和さんはわしらの見舞を喜んでくれましたがの、それにしても、海軍と問題を起しちまって、これから工事場にいるのは、気づまりだろうな、と思いましたです。

——なぜ朴炯和は射たれちまったのか、どう思うかね、とわしは、帰り途で、與志君に訊きましたです。

——尾上中隊長が怒っちまったからですよ。

——そりゃそうだろうがな。あの尾上さんが、なぜ射ったのかな。射たんでもいいものをな。お前、どう思うか。

わしは與志君に突っこんで訊いたです。尾上哲と紅林與志は親しくしていて、二人の親しさは、ゴンボーさんと與志君の親しさに劣らないほどでしたからの。

——中隊長はまじめでしたから。朴さんもまじめでしたし……。

——まじめ同士で折り合いがつかなかったと言うんだな。

——はい。

——二人とも生半可なことじゃあ、済まさんからな。

——とうとうやってしまった、と思いました。残念でした。でも朴さんの負傷が軽くてよかったですね。

——どうなるのかな、これから。物騒じゃあないか。尾上中隊長、またぶっ放すようなことはないだろうな。

本当に、わしは心配でしたです。戦争は末期に入った、これから味方同士の、だれかれかまわぬ射ち合いが始るのではないか……そんな気がして怖ろしかったでさ。

――もうこんなことは起らないと思います、と與志君は言ったです。

――お前さん、どうにして、そんなふうに言えるのかい。

――どうしてでしょうかね。こんなことは二度と起らない、と思うんです。

きっぱりした言いかたでしたの。はたち前の若い衆が、いい親父を安心させそうでしたの。

二日目の午後に、與志君がリヤカーを引いて、外科医院へ行ってくれましたです。びっくりしちまったですが、朝鮮人が八人も、持ち場から抜けて、くっついて行ったと言うじゃあないですか。怪我人を囲んで戻ってきたのを見ると、一体何様をお連れしたのか、と訊きたくなるようでしたの。なんだか殺気立っていたですに。心配しましたですが、いい塩梅に、その後は反抗らしいことも起りませんでしたがの。ゴンボーさんも、騒ぎを見たわけじゃあないが、やっぱり気になったんでしょうの。蚕部屋へ朴炯和さんが来るようになると、軒へ連れ出して、訊いたんだそうですに。

――あんたは朝鮮の衆の指導者でしょうが。

――そんなことはありませんよ。

――あんたにその気はなくたって、そういうことになっているでしょうが。

――違います。

――そんな気配じゃあありませんか。

――気配……。

――みんなが朴さんに期待しているんじゃありませんか。

――だれか、そんなことを言ってたんですか。違いますよ。

――朝鮮人は八十人いますね。

――八十六人です。

――半島から徴用された人は、何人ですか。

――さあ、五十人くらいでしょうか。

――朴さん、私に警戒しなくたっていいんですがね。朝鮮人は、腸が煮えくりかえる思いでしょうが。

――そうでしょう。

――あなたが射たれたってことは、ここの朝鮮人全員が射たれたってことでしょうが。そう思っているでしょうが。

――ぼくがそう思っているか……ってことですか。

――いや、みんなが……って意味です。

――そうかもしれません。おっしゃる通り、全員が射たれたってことだ、と言う仲間もありましたから。

――尾上中隊長はあんたを狙ったんでしょうか。

――狙ったんです。

――それは、あんたが中心人物だからです。

——中隊長が勝手にそう思っているだけでしょう。

——いや、私だってそう思っています。ですからあんたには、否でも応でも、全員を統率する任務があるんです。

——ぼくが狙われて、ぼくのところへ弾丸が来た。だからぼくにその任務があるってことですか。

——そう受け取ってくれてもかまわない。あんたは射たれる価値のあるお人だ。

——しかし、ぼくは全員を統率しようとは思っていません。ただ、自分の腹のこんな痛みはなんでもない、と思おうとしているだけです。

——なんでもないんですか。

——そう思っていますよ。粳田さんが教えてくれましたからね。たとえ自分を殺しに来る者があっても、自分はその人を殺さない、死んだっていい、殺さない、とあなたは言いました。

——私はそう言いました。すると、すぐにこの事件が起りました。朴炯和は殺されかけたんです。

——尾上中隊長は脅しただけかもしれませんよ。

——しかし、あんたは死ぬこともあり得た。薄暗い穴のなかに、あんたの影を見て、中隊長は拳銃を射ったんです。私は知って、考えてしまったんです。もし私があんただったとして、私はまだ非暴力の信念を持ち続けることができるだろうか、私はホラを吹いたにすぎないのではないか、と考えてしまったんです。

——あんたはホラを吹いたんじゃありません。ぼくは粳田さんの言いつけを守ります。

——ありがとう、朴さん。それにしたって、私はグラついたんです。実際にわが身がやられたら、考えたことも崩れちまうんじゃあないか。

——粳田さん、ぼくとしては、あなたの言いつけを守ったほうが都合がいいんです。もしこの際ぼくがカッとなって、まわりに火をつけたら、八十六人はどうなってしまうでしょうか。ぼくはね、粳田さんはいいことを言ってくれた、いい釘をぼくの胸に打ってくれた、と思っています。

——釘をね。

——そうです。

——私の考えは朴さんのなかで生きている。しかし、私自身はフラついていています。

——ぼくだってわかりません。復讐できる日が来れば、復讐するかもしれません。人間って、その時の都合で動きますから。それに、恨みは消えたと思ったって、そう思うだけでしょう。

粳田權太郎さんは続けました。

私も興奮していましたです。夜になると瀬の音が耳について眠れなかったです。蟬の声が湧いてから、うとうとしましたですが、夢を見たです。夜明けに瀬で顔を洗おうとして坂道をおりて行くと、下にハルビン駅の全景が見えましたです。待合室にも、構内にも避難民らしい人々がいたです。手足や顔をよごして、疲れきった様子だったです。動いているのは子供ばかりで、おとなは何かによりかかっていたです。私が歩いて、なじみのカフエへ行くと、入口に六人、やはり同じようによごれた人間が身を寄せあっていたもんですから、

——なぜここにいるのかね、と訊きますと、

——與志さんに会いに来たんです、と髪ぼうぼうの女が言ったです。

——與志君はここにいないのかね。

——見えません。

——私が探してみるからな。

そう言って、私は屋内へ入りました。椅子がころがっていたりして、なんだか乱闘の跡のようでしたし、だれもいなかったです。私は與志君の名を呼び、三人の知り合いの名も呼んでみましたですが、返事はなかったです。それで胸騒ぎがして、

——まさかのこともないだろうがな、と言ったです。

気がついたら、そう言っていました。倒れている椅子を立てて、坐って待つことにしました。腕を組んでぼんやりしていると、すぐそばに暖かな人の気配がして、それが與志君だったです。

——どっから入ってきたのか、と私は聞きました。

——湧いたんです、と與志君は笑っていたです。

——表から入って来たんじゃないのか。

——そうじゃないんです。

——表には疲れた人が六人、君を待ちかねているぜ。

——だれもいませんよ、と與志君は入口のドアを開け外を見て、言いました。

——おかしいな。駅にも大勢いたから、あっちへ行って、一緒になったのかもしれんな。

——駅へ行ってみましょうか。

私たちは連れだって駅へ急ぎました。松花江に沿って行くと、岸を打つ波の音が聞え、しぶきが見えました。

——ぼくはだるいんです。鼠色の棉毛みたいなものが、体にからまる気がします、と與志君は言いました。

私はそっちを見て、顔色が悪いな、土色だ、と思いながら、目を醒ましたのです。

寐ぼけていたんでしょう。瀬の音はとぎれることがあるのか、ニイゼミの声はいつ湧いて、いつ消えて行くのか、どれも戦争とは関係ない、と当り前のことを大きな問題のように考えていました。内瀬戸の洲へおりて、顔を洗いました。痰を石の上に吐いて、指でつぶして、中に血が混っていないかしらべました。血らしいものはありませんでした。水をすくって、痰を流していると、すぐそばに暖い気配がして、與志君が立っていました。夢の中の感じにそっくりでした。

——忍び足できたのか、と私は冗談を言いました。

——聞えなかったんでしょう。瀬の音がしていますからね。

私は瀬のすぐそばにしゃがんでいましたし、ムキになって痰をしらべていたんです。私は與志君の横顔を観察しました。やはり夢の中の横顔の通りで、土色でした。注意をうながそうか、と思うほどでした。與志君は水をすくって顔を洗い、うがいをしました。それから、吐きたいものがあるらしく、少し前のめりの、中途半端の姿勢になって、動きませんでした。どうしたのか、と私は思っているうちに、その口から血がほとばしるのを見たのです。半ばは水に入って流れましたが、赤く染っている石がありました。痰の中の私の血はいつも魚の血合いのように褐色でしたが、與志君の血は鮮かでした。彼は黙って砂地に寐ました。顔はうつ伏せにして、体はよじれ

ていました。そのまま長い間動かなかったので、

――大丈夫か、と私は訊きました。

――大丈夫です、とは応えましたが、腕で顔を囲んでしまい、私には見せませんでした。やはり悲しんでいるんだ、と思いました。さすがの與志君もおびやかされている、初めての喀血だから……。そして自分は強気というよりも、スレッカラシなんだと思いました。

私は紅林家に電話をかけました。お母さんと妹さんが来て、その日の午後には、與志君を連れて行きました。成嶋綾は遠慮していましたが、與志君から目を離しませんでした。甚五郎さんはリヤカーを手配しました。それを曳いて行ったのは、朝鮮人の一人でした。

戦争は済んだ

お母さんは、もっと早く兄さんの面倒を見てやれなかったかと言って、後悔していました。それで、納屋の二階から母屋の二階に兄さんを移し、自分も近くの部屋に寝て、看病にはげみました。わたしも力を合わせました。お母さんは結核の養生について、とてもよく知っていました。厚い療養書を五冊も読んでいましたし、十数年前、二年もお父さんの看病に明け暮れたことがあったからです。臼ヶ谷先生のおっしゃることも、熱心に聞いて、実行しました。しかし先生は、三回来てくださって、残念ながら、治ることはあり得ない、とおっしゃったのです。家中ガッカリしましたが、それでもお母さんは、どうあっても治したいと思っているようでした。

お母さんは兄さんのことをとりしきっていました。普段の彼女とは違い、怖いほど気持が張りつめていました。それで粳田権太郎さんをうとんじるようになったのです。粳田さんは、自分が絶対安静の必要な病人でしたが、骸骨のような体にハズミをつけるようにして、兄さんを見舞ってくれたんです。お供は綾さんでした。月に三回ぐらい来てくれました。最初のころは、兄さんの枕元に通していましたが、やがて、来ていただいてもしょうがありませんから、とお母さんに言われて、玄関から引き返しました。それでも、さらに二回来ましたが、引き返しました。紅林の家の者のなかには、あの人は、痩せこけて顔色が悪く、お墓から出てきたお化けだ、と言う人もありましたが、わたしはそんなふうに思ったことはありません。お母さんもわたしと同じだったと思います。

お母さんが、二人を兄さんと面会謝絶にしたのは、当然といえば当然でした。兄さんはもう普通の対話ができなかったんです。耳は遠くなっていましたし、目醒めている間は、呻き通しだったんです。会うのが粳田さんや綾さんなら応対はしたでしょうが、きっと痛々しい感じになったでしょう。話もロクにできなくて、興奮して疲れてしまったでしょう。

呻き声は、日を追って大きくなりました。午後の三時ごろからは家中に聞こえました。その声が聞えてくると、私の胸はギュッとしまりました。とても悲しかったのです。でも聞き耳を立てるんです。用事で外出し、軽便の駅にいても、風に乗って、呻き声だけは耳にとどくのです。兄さんはいつもすぐそばにいるのと同じでした。

ある日、二階の出窓から見ていますと、田圃の中に粳田さんと綾さんがいました。粳田さんはへこたれて、白っぽく色褪せたカマキリのようになって、道ばたにしゃがんでいましたし、綾さんはそのうしろにスクッと立っていました。二人とも兄さんの部屋のほうを見ているのです。田圃は真緑の畳を敷きつめたようでした。私は二人を発見してしまうと、気になって、毎日出窓からそっちを見ました。二人は三日とおかずそこに来ていました。わたしは、ありがとうと呟いたこともありますが、何回か見ているうちに、つきまとっている、と思うようになりました。そんな考えが湧くのが、自分でもどうしようもありませんでした。粳田さんのことはどうこう思ってはいませんでしたが、綾さんに対しては、意地悪い気持があったのです。兄さんには看病が必要なのに、あの人は自分勝手に恋なんかして……、と思いました。

呻き声は、どこまで大きくなるのか……。体は衰弱しているのに、その声だけは一人歩きしていたのです。毎日のように、B29の五十機とか七十機とか百機の編隊が通りましたが、呻き声は爆音にまぎれませんでした。夜眠ってしまうまで続きました。耳はますます遠くなって、兄さんはもう別世界にいました。亡くなったのは八月の二十一日でした。心臓が強くて、いつまでも搏っていました。おじいちゃんの臨終と似ていました。とても歩きにくい山道を、なにか目標があって歩いているかのようでした。わたしの目には涙が溜っていましたし、お父さんもそうでした。お母さんだけが泣かないでジッと息子を見守っていました。息を引きとった兄に、わたしは呼びかけました。兄さん、戦争は済んだね。もうなにも考えられませんでしたが、それでもフッと、明日になったら粳田さんに明かさなきゃあ、と思いました。

與志君が亡くなっちまって、回生舎は打ちのめされましたです。粳田權太郎が、てんで元気がなくなっちまって、流木が転っているように、ほうけて寐ていましたもんの。目も口も耳も、ただの穴みたいになっちまったです。綾はその時実家に帰っていましたがの、あの女も打ちのめされているに違いない、とわしは思いましたです。

ところが、綾は元気がありましたです。はしゃいでいましたの。わしは目を疑ぐりましたです。両親の供養をするというんで、以前に通知をもらっていたもんですで、行ってみますと、甲斐甲斐しく働いていましたです。人参や牛蒡の煮つけや、豆腐と若布の味噌汁、ほうれん草の胡麻あえ、めしまでたいてありましたの。わしはどぶろくを一壜提げてゆきましたです。親戚の年寄りが来ていましての、綾のことを、よくやる、と褒めていたですに、綾のとこは、一族の本家ですもんの、惣五郎さんの七年と、おぜんさんの三年を、形だけにしろ一緒にやれと、まわりが言ったんですに。

一枚の写真を見ていたばあさんがいましたです。惣五郎さんが絹の白い首巻きをなびかせて、自家用飛行機の操縦席に坐っている写真でさ。ばあさんはそれを卓袱台《ちゃぶだい》の上に投げて、

——この人は空にお札をバラ撒いたのう、と言いますと、

——あんた、やめさせることはできんけですかい、と別のばあさんが言ったでさ。

——できるもんか、ソラッツカイですもん。

幾波の村にも、大したボッケエが出たもんだのう。

——子供の時分から、毎日空を眺めちゃあ、飛びたい飛びたいとあこがれていたって言いますもん。

——本望だっけだろうよ。

——病気ですに。

——おぜんさん、苦労したろうの。

——お母さんがね、わたしはこの家へ来てあげたんだって言ったら、そんなことはないよ、俺が貰ってやったさ、とお父さん、言っていたっけ、と綾は言いましての。

みんな笑っていましたです。わしは聞いていまして、過ぎ去ってみれば他愛ないもんだ。今は終戦ということもあって、時勢も峠も越えた、人々は何をしたか、あんなに意味が感じられたことが、なぜあっさりと空しいことに変ってしまうのか、と振りかえって眺めるだろう、と思いま

したでさ。しかし、人間は変りはしない。空しいことに懲りずに、また意味を感じて、取り組んでゆくに違いない、と思いましたの。空しさの彼方に何があるのか、何もないのか……。解らないながら、この際権太郎の教えを堅持しよう、と思ったですに。亡くなった與志君も依然として、わしの胸で光り輝いていましたでさ。

わしは綾をわきに呼んで、言いましたです。

——回生舎はしばらく立ち行かんかもしれん。そのうちに必ず、また興すけどもな。

——わたしも考えてみたけど、一旦外へ出るよ。

——外……。どこだ。

——岡崎に本堂の家のお姉さんがいるんだけど、ご亭主がゴム紐の工場を持っていて、一緒にやらないか、と言ってくれるの。

——そうか、とにかく喰わなきゃあならんからな。

——陸軍の土地も払い下げてもらったし、もうぼちぼち注文もあるんだって。

——いい話じゃないか。

——欣造さんちは大丈夫なの。

——飢え死ぬかもしれんぜ。

——欣造さん、わたしって親に邪険にしたよ。

——そうか。

——お父さんがお金を貸してくれって言った時、たかり癖はやめて。わたしだってひもじがってるよ。当てにせんといてよ、って言った。

——そのくらいのことなら、だれだって言うさ。

——言いかたがはげしかったもんで、お父さん、うつ向いて黙っちまったっけ。

——お前は親孝行だっけよ。惣さんのほうが、不肖の親だっけ。

——フショーって……。

——孝行娘にはふさわしくない親だって意味だ。

——そうかなあ。

綾は笑っていましたです。だから、わしには見抜けなかったでさ。あの女は、元気どころじゃあない、まともに歩けないほど、グラついていたですに。はしゃいでいたのは、どっかが狂っていたからでさ。両親の供養が終って一人になると、素足に下駄をつっかけて、さまよい出たんですに。どこをどう歩いたのか、翌日の明け方に、止浦にいたのを、海津釣りの衆が見つけたというですに。髪も着物もしぶきで湿らせて、顔色もなくなっちまって、岩のくぼみにしゃがんでいたんだそうでさ。心配して、抱えるようにして、大崩の上の道まで連れて行くと、丁度進駐軍のジープが通りかかったんで、

——家まで送ってもらって、風呂へ入れ、と釣りの衆が言うと、

——それじゃあ、幾波回生舎まで送ってもらえないかしら、と言ったそうですに。回生舎で暖まって、朝飯もよばれると、

——一晩中うろついていました、と權太郎さんに言ったそうでさ。

——どこをさ。

——大崩方面です。

——方面……。

——そうです。止浦にいたことはおぼえています。長い間いました。

——どれくらいかね。

——時間ですか。真夜中ごろから朝の五時までです。釣りの衆が見つけてくれて、今は五時だ、って言っていましたから。

——釣りの衆が見つけてくれなかったら、どうなっていたかな。

——わかりません。

——綾さん、消える気だったんじゃないのか。

——ええ、できたら……。でも止浦って怖いとこですね。高くて、井戸の底に波がなだれこんでくるようで。

——もの凄く響くだろうが。

——そうです。

——あそこが怖くて、死ぬことができなかったのかね。

——そうです。波の音に麻痺してきて、これで死ねると思って、立ちあがろうとすると、体がやっぱり動かなくなってしまうんです。

——波の音に身をまかせてしまうことができない……。

——そうです、先生なら身をまかせることができますか。

——できるよ、いそいそと身をまかせるだろうな。

——いそいそとですか……。

——君のように足がすくむことなんか、全然ないよ。

——そうですか。

——しかし、ぼくは死なない。たとえ死ぬことが楽しくたって。

——なぜですか。

——死ぬことを許してくれないからね。

——だれが許してくれないんですか。

——ぼくだよ。自分だよ。

——それなら、死のうと思ったらいつでも死ねますね。

——ぼくは決して死ぬことはない。肺病のドロドロではあっても、自ら命を絶つことはないよ。

——そうですか。

——意味が解るかね。

——解るような気がします。粳田九十七まで生きる。

——君は崖になだれこむ波のせいで、死ぬことが怖くなったと言ったね。

——はい。

——これはいいことだったな。ぼくは感じるんだ、君はスレスレのところで死と行き違った。お祝いをしよう。どうか生きてくれ。

——そうします。

——約束だぞ。これから、自分はなぜ生きているかが解るよ。

綾には權さんの言うことがよく解らなかったそうですが、言葉がよく効いたんだそうですに。ためらいながらも、とにかく支度をして、岡崎へ向ったといいますの。向うのゴム紐屋さんは、綾のことをえらく気にいっていて、すぐにでも受け容れると言っていたんだそうですに。その工場は終戦のドサクサを乗りきって、順調に動き始めたってことで、三月ほどしますと綾は回生舎へ顔を出しましての、百円寄付をしましたです。給料の余分を貯金した、と言いましたです。また三月ほどしますと、寄付をとどけに帰ってきましたの。三回目か四回目にはアンヌ・マリーさんというカナダ人の女と一緒にやってきたですに。岡崎で知り合いになったということでしたの。綾と同じくらいの年恰好だっけです。この人がかなり日本語が解って、權さんの言うことに耳を傾けていましたの。ハルビンの体験とか非暴力とか、たとえ殺されても殺してはならぬ……とかでさ。それから、アンヌ・マリーさんは、粳田先生の考えていることはわたしの考えていることと同じです、今日わたしは犂《すき》に手をかけました。うしろを振り向くことはできません、と言って回生舎に引越してきたですに。彼女を追いかけるように、アメリカやカナダから援助の品が入ってきましたし、彼女は大井川基地のキャンプから士官を連れてきて、援助を頼んだりしていたです。負傷兵や焼け出されや栄養失調が無闇に多かったですで。

綾も岡崎をやめて、元へ戻って、働きましたでさ。援助が必要な人のことを、対象家族とよびましての。綾が分厚い名簿を作り、遠いところには、野宿までして、物資をとどけましたでさ。みなしごや職のない青年が仲間に入ってきましての。わしはベニヤで掘立小屋をこしらえてやったですに。わしは、戦後しばらくは、沼津にいましたが、幾波へ戻って、回生舎の敷地で製材所をやりましたです。静岡は焼けましたし、材木をわれもわれもとほしがったでさ。それに駿河湾の港で船をほしがっていたもんですで、昔からの造船所もぼつぼつ仕事を始めていましたからの。わしの出番になって、肋骨を断《き》ってやったりしたですに。助手は有賀兵七で、もういっぱしの職人になっていましたの。

回生舎は潤沢になって、張りきったですに。ハッとしたのは、来たこともない紅林鉦策さんが入ってきた時でしたの。何を言いだすのか、と固唾を飲む気持になったですが、權さんと会って見舞いを言い、なげしに懸った與志君の大きな写真を見上げ、それから製材所へ来て、腕を組んで、肋骨を断るのを見ていましたです。

真佐代さんは、表向きは以前と変ったわけじゃあなくて、お袋さんの手伝いをしたり、おばあさんのお供をして出かけたり、工場へお父さんの弁当をとどけたりしていましたです。自分をまぎらしていたんでしょうの。ちょっと見には、沈んでいるようでもなかったですに。それで、夜になると、納屋の二階へあがって、遺品の整理をしていたってことでさ。なんやかや一杯ありましたです。とりわけ、感想を書いた帳面が重なっているのを、読んでいたそうですに。納屋の二階の電気が消えたなりになっていて、真佐代さんがおりてこないもんだから、明子さんが行ってみますと、夜明けの青い光のなかに、坐っている娘の姿が浮んでいた、というんでさ。ともすれば、そういうことになっちまうんで、明子さん、心配しての、母屋へもどって寐るように言ったそうですに。あの子、どうなっちまうのか、とご亭主に言いますと、鉦策さんはしばらく黙っていて、かわいそうに、と言って泣いたというんでさ。兄さんのそばへ行きたかったんでしょうの。ふた親にも、どうしてやったらいいか解らなかったんですに。時が経てば……、と思うしかないっけでしょう。

そのうちに、真佐代さんを好きになった青年があったですに。わしは、本当言ってホッとしましたです。とてもいいヤツでしたです。わしが男だからでしょうかの、男って解りやすい、と思えたでさ。日曜日には必ず、自転車で通ってくるですに。明るいし、無口だし、礼儀正しいし、鋳物職人としては、よう出来た若手だっけです。わしはこの袴田時彦さんが好きでしたで、家へ招びましたです。

――あんたは、十五トンにつけるガソリン・エンジンの囲いを自分で設計したんだってな、とわしは言いましたです。

――ぼくが考えだしたんじゃありませんよ。

――でも工夫したんだろうが。

――手を加えれば効率がいいと思ったもんですから。

――大したもんだよ。あんたがやったから、みんなまねしたんだからな。わしもまねしたんだよ。

――そのうちに、もっといいのが現れますよ。

――家へ来て、一杯やって行かんかね。

――ありがとうございます。でも飲んじまうと帰れなくなります。

――清水までか、どのくらいある。

――六里ですかね。

——泊っていけや。

わしは家へ連れてきて、かまわずに酒をついで、飲め、飲めと言いましたです。時彦さんは逃げ腰で、口をつけましたの。

——あんたは船の本も読んでるな。

時彦さんは《洋式造船術》とか《帆艇》とかいう本を、いつも持っていましたでさ。

——好きですから。船は道楽です。

——本式じゃあないか。

——工業学校にいた時、造船の授業を受けたもんですから、忘れられなくて。

——船をこしらえてみたいだろうな。

——はい。買うにしたって、とても高いから、こしらえようと思ったです。

——女はどうだね。

——女……。

——毎日曜、六里も自転車を漕ぐだろうが。

——お宅の社長が清水へ来た時に、遊びに来なさい、って言ってくれたもんですから。

——五十海はいいとこかね。

——そう思います。のんびりしています。紅林さんの工場も好きです。うちよりもずっと大きいし、参考になります。

——あんた、婿になる気はないかね。

——婿ですか。

――紅林さんの婿にさ。

わしがそう言うと、時彦さんは一旦目を見張り、見る見る赤くなったですに。酔いが回ったように見えましたです。しかし、酔っていたのはわしのほうだっけです。

――兄弟はあるのかね。

――ぼくですか、兄貴が二人と妹です。

――それならいいじゃないか。

――なぜそんな話をするんですか。

――六里も自転車を漕いで来るからだよ。

――六里ぐらい、近いです。

――遠いよ。

わしは時彦さんの、ひかえ目なところを買いましたの。紅林鋳造所を見学させてくれと言い、しばらく作業場を回っていて、従業員の食堂に入り、薄暗いところでポツンと、船の本を読んでいたりするです。ほかには何も要らない、と言うように、うっとりしていますです。わしだって、若いころ、そういう気分になったことがあったですに。思いだしますです。

時彦さんは、酒は七、八合飲んだけども、それでも、あくる朝は六時に起きて、朝めしも食べずに、自転車で走って帰りましたでさ。

次の日曜日にもやって来ましての。午《ひる》ごろ来るって言っていましたんで、鉦策さんが昼めしを出したんでさ。明子さんと真佐代さんが、とろろ汁とかさんまの干物、あさりの吸いものなんかを出してくれましての。みんなで食べるのかと思ったら、真佐代さんが、

――お腹空いてないから、と言って、さっさと納屋の二階へ登っていっちまったですに。それから、真佐代さんはもう姿を見せませんでしたの。わしはアテがはずれちまって、時彦さんの顔色をうかがいましたの。

――酒を飲むかね、と鉦策さんが言ったです。

――昼間ですから、と時彦さんは言いましたの。

――日曜じゃないか。

――ぼくは早く帰りますから、飲んじまうと、途中が苦しくなりますから。

――泊っていったっていいんだよ。

――泊れば、もっと苦しくなります。

――明日も仕事を欠かせないからかね。

――そうです。

――お父さん、厳しいなあ。

――相変らずです。

――なつかしいな、あの人は。お元気ですか。

――元気にやっています。

――今電話するよ、私が、息子さんを引きとめたって。

時彦さんは、上の空で喋っていましたの。一旦乱れた気持を立て直そうとしていたですに。か

わいそうに思えてきましたの。職人としては腕っこきなのに、まるで小学生のようにウブでしたの。

——あんた、いける口じゃあないか。飲んじまったらどうかね、とわしは言ったでさ。しかし、一遍さかずきに口をつけただけで、あとは飲もうとはしませんでしたの。

——折角、遊びに来たんじゃないか、とわしは言ったです。

——ありがとうございます。料理をいただきます。

見た目は頑固でなさそうだが、相当頑固でしたの。負けましたです。

鉦策さんと明子さんに礼を言って、時彦さんとわしは工場へ行きましたです。彼はこれなり帰ると言いましたが、わしが引き止めたですに。従業員の食堂で坐ると、

——あんた今、一人になりたいのか、とわしが訊くと、

——そうです、と応えました。

わしはムッとして、

——わしはな、もっと人なつっこいヤツのほうが好きだ、と言ったでさ。

——済みません。

——いや、わしはあわてもんでな、あんなこと言って悪いっけ。

——今言ったことですか。

——そうじゃない。

——濱藏さん、何を言ったんでしたっけ。

——紅林家の婿にならんか、なんて言ったじゃあないか。

——勿体ないです、そんなことは。

——実際言ってな、真佐代さんはな、兄さんのことしか頭にないんだよ。ほかの男は真佐代さんの頭に割りこめないんだなさ。

——お兄さんですか。おととし亡くなった人ですね。凄い人だったそうですね。

——抜群だっけな。

——ぼくも聞きました。

——やさしい子でな。

——そうですか。ぼくなんかは、半端もんですけど。

——あんたはあんたで立派だよ。わしは買ってる。買ってるから、前後の見境いもなくしちまってさ。

——どういう意味ですか。

——真佐代さんを見損なっちまったってことだ。

——見損なった……。

——うっかり普通の娘だって考えちまって、あんたを婿にと考えたりしたさ。

——真佐代さんはぼくなんかよりずっと上だってことですか。釣り合いが取れないってことか。

時彦さんが突然金切声をはりあげて叫んだもんだから、わしはびっくりしちまったです。だがの、わしはこの子がますます好きになりましたです。地金を出して、本当の声を聞かせてくれましたもんの。

――そういう意味じゃあない。わしが間違えちまったのはな。紅林鋳造所に良かれと思ったからだに。あんたのように気持がきれいな人に、あとつぎになってもらえたら、と思っちまったからだに。

――ぼくにはそんな資格はありませんよ。

――あんたまだ若いから、自分の値打を知らんのさ。

――駄目な青ガキですよ。

――わしは心配性だもんで、紅林鋳造所が財産目あての人間にねらわれたら、どうしようなんて考えるでさ。悪い夢を見るようなもんだに。わしの寿命だって、なんぼも残っているわけじゃあないからの。

朝酒の燗をつけていたら、窓の外に海江田さんがいましたです。すぐに酒の足し前をして、鮎の甘露煮と味噌と一緒にして、窓から手渡しましての。枯川の縁に腰かけて、ふたって一杯やったですに。暑からず寒からず、澄みきっていましたの。一年で一番いい日だっけでしょうよ。いなごが飛んでくるもんで、

――今度はいなごの佃煮をさかなにしましょうや、とわしが言うと、

――それだけは勘弁してほしい。ぼくは苦手なんです、と海江田さんは言っていましたの。

わしはフッと思い立って、

――これからおすみさんのとこへ行ってみようと思うですに。今年も菊を見せてもらおうと思

って、と言ったでさ。

——おすみさんは菊作りがうまいんですってね。

——感心しますさあ。

——学校さえなければ、ぼくも一緒に行くんですが。

——いつだって見れるから、今日でなくたっていいですに。

——今が見ごろですか。

——そうでさ。食べごろでもあるがの。海江田さん、今度は菊をさかなに一杯やりませんか。甘酢でひたして、菊なますにして。おすみさんに頼めば、作ってくれますに。

おすみさんは梅の実をつんで梅干をこしらえたり、蚕を煮て真綿をとったりしていましたがの。庭のすみで菊作りを始めたんでさ。鑑平さんが亡くなって、二年目だっけです。砂の苗床に芽を差していましたですの。それを見てわしは、おすみさんは、結局、五十海村の女に戻ったな、と思ったですに。村には菊作りを楽しむ隠居が、以前から多いっけです。

穏かでしたです。落ち着くとこへ落ちついた様子もありましたでさ。この人にはやりたいことがあってよかった、とわしは思ったですに。鑑平さんがいなくなったのに、おすみさんはちゃんと立っている。気丈な人だ。わしの女主人だ、と思いましたの。

笑わんで聞き流してくださいよ。わしは若いころ、この人が不幸な境遇に落ちてほしい、そうなったら、わしだって駆け落ちくらいしてもらえるかもしれん、と考えたことがありましたからの。……そんなこんなで、わしは言ったんでさ。

——わしを紅林さんのじいやにして、使っておくんなさい。

――濱藏さん器用だから、一緒に品評会へ出すような菊を作りましょうよ、とおすみさんは笑っていましたの。

こんな工合だっけです。もう十三年になりますの。あのころのことを思い出して、おすみさんはこう言っていました。

――主人が亡くなったことを、それほど悲しんでいなかったですよ。

――なぜですかい。

――濱藏さん、悲しかったですか。

――当り前じゃあないですか。おまけに仁吉のことでむかついていて、悲しいやら腹が立つやら、眠れなかったですに。

――わたしはね、主人は亡くなったけども、いなくなったわけじゃあない。後見《うしろみ》をしてくれている、と思いましたです。そんなことはない、と思おうとしても、そう思えてしまうんです。

――財産がしっかりしていたからじゃあないですかい。

――しっかりしているどころか……。一年先はどうなるやら、鉦策は辛いだろうな、と思っていましたですよ。

――わしが悲しんでいたのはわかったですかね。

――わかりませんでした。

――そうですかい。

――鈍感でしたね。主人は姿を消したけど、まだ家の中や作業場にいるような気がしていたもんですから。

――わしはの、おすみさんは菊を育てているが、気を紛らしているんじゃあないようだ。穏かだな、不思議だなあ、と思ったですに。

――主人はまだここにいますよ。

――まだ……、今もですかい。

――何をしているか見える気がしますよ。でも與志はどうなっているのか、まったくわかりませんね。どこへ行っちまったのかい、と言いたくなりますの。こんな年寄りに、こんな思いをさせる……。昨夜も眠らんで考えたんですが、與志がこう言ったことがあったんですよ。ぼくは最初は、葉が揺れているのが見えるとか、自分は幾波の軽便の駅にいるとか思っていたけど、色が消えて行き、形が消えて行き、真白な世界だけになってしまってね。そこで顫えていたんだ。自分が顫えているのか、世界が顫えているのかもわからないっけ。與志が中学三年の時、軽便のなかで倒れたことがあったですがね、その時どんな工合だったか、と訊いたら、そう答えたです。さぞ気分が悪かっただろう、と訊いたら、そんなことはない、ぼくは、もう一度あそこへ戻って行きたい、と言うんですよ。

おすみさんはそう話して、菊の鉢に如雨露で丁寧に水をやって行きましたの。四十鉢もあるんですに。水の音ばかり、雨のようにしていましたがの。おすみさんの息が弾んでいるのはわかりましたでさ。気持を落ち着かせようと努めていたですに。

星月夜

その晩八時ごろに、海江田先生がうちに見えて、兄さんと二人だけで話をしたい、と言いました。それで、納屋の二階へ行って、二人さし向いになりました。

——君は疑われているかもしれない。私は心配で、このままでは眠れない。是非今度の件を打ち明けてくれ、と海江田先生は言ったそうです。すると兄さんは、

——いろいろありましたけど、三次が死んだ夜のことでいいですか、と訊いたそうです。

——それでいいよ。

——あの日は学校が早めに終ったもんですから、幾波へ顔を出したんです。

——なぜ幾波へ行ったのかい。

——あそこの若宮修練所へ行ったんです。先生も知っているでしょう。僕は去年修練所に三ヵ月いたことがあるんです。

——それは知ってるけれど、なぜあの日に行ったのかい。

——別に理由はありません。修練所のまかないのおばさんのことを、なぜか思い出したからです。なつかしくなったんです。

——それだけかい。

そう訊きながら、海江田先生は、自分もこの生徒を疑っている、と感じたそうです。すると、背を丸め気味にして、上目づかいに相手の眼に眼を据えている自分の姿が鏡に映ったように見えたそうです。口が乾きがちなので、固いものでも嚙むように話す自分を意識したりして、先生は疚しかったそうです。しかし相手は、そんな暗い関心などどこ吹く風で、無邪気に受け応えしていたというのです。

——それだけです。……でも、理由はあるのかもしれませんね、と兄は言ったそうです。

——どんな……。

——解りません。……とにかく五十海で軽便に乗る僕を、三次が見たと言うんですから。

——しめし合わせたってことじゃないね。

——そんなことはありません。

——安心したよ。それじゃあ、理由はないんだ。

——いや、あるかもしれません。

——ないんだよ。

——自分にも解りません。

——三次はなぜ幾波へ行く気になったのかな。

——はっきりしません。

——……。

——三次のことはいつもはっきりしないんです。とにかく、僕を追いかけて来た感じでした。幾波の若宮修練所で会ったらすぐに、〈お前と会っておきたかったんて〉と言いましたから。

——死ぬ前に、っていう意味かい。

——そうでしょう。

——それで、幾波ではどんな風だったのか、話してくれ。

——僕は修練所のまかないのおばさんと話していました。以前撮った写真なんか見ていました。すると三次が来ました。

——そして、〈お前と会っておきたかったんて〉と言ったんだな。

——そうです。

——その時、三次は死ぬ気だな、と感じたかい。

——感じました。いよいよ死ぬな、と感じました。

——いさめなかったのか、彼を。

——いいえ。

——なぜだ。同級生だろ。

——なぜか解りません。

——……。

——三次と一緒に散歩してみようと思いました。

——もっと聞き出そうと思ったのかい、自殺の決意を。

——そんな風には思いません。

——なぜ散歩してみようと思ったのか。

——散歩するのに、なぜってことはないでしょう。

――そうか。

――その時、まかないのおばさんが、ご飯を食べておゆき、と言いました。もう炊けていたんです。めずらしいことに、一粒一粒立っているような真白なご飯でした。塩があればおかずは要らないと思いました。

――それでめしだけ食べたのか。

――いいえ、おかずもありました。鰯の丸干しを二匹ずつ焼いてくれました。それと、わかめの味噌汁と、白菜の漬けものをたくさん出してくれました。昆布と赤い唐辛子が入っていました。

――うまかったろう。

――ええ。三次もうまそうにかきこんでいました。ごはんいくら食べてもいいよ、とおばさんは言ったんです。

――何杯食べたんだ。

――僕は三杯です。三次も三杯でした。

――案外食べないじゃないか。

――茶碗が大きかったんです。それから自分で茶碗やお皿を洗って、三次とそとへ出ました。もう夜でした。

――六時ごろかな。

――丁度です。柱時計を見ると、六時十分でしたが、おばさんが、この時計は十分すすんでいると言っていましたから。

——君は散歩の理由なんかないと言うけれど、重い散歩だったろう。

——そんな感じはありませんでした。風が吹いてきて、樟や樫やひばの葉を揉んでいましたから、そっちに気をとられていました。三次もそうだったと思います。

——三次は何か言わなかったかい。

——黙ったままでした。

——君が尋ねても……。

——僕も黙っていたんです。言うこともありませんでした。何か考えていたような気もしますが、気持を葉の嵐に捲きこまれて、自分の中がカラになっているようでした。でも感じていたことがあります。最初からずっと葉の乾いた音は頭上で鳴っていたんですが、三次は春の潮みたいでした。透明な温い波が寄せてくるようでした。

——三次は君が好きだったんだ。

——そう思います。あの晩は、なんだか遠慮っぽいような、しつっこいような感じでした。

——……。

——本当はしつっこかったんだと思います。僕たちはずっと葉摺れの音の中を歩いていて、三次が槙の垣根をくぐり抜けたので、ついて行くと、奉安殿の柵の中でした。それで段々を登って壁を背にして坐り、台から足をぶら下げたんですから……。そこは風が死んでいる、静かなところでしたので、僕たちは少し話をしました。

兄がそう言った時、海江田先生は自分は今、唇を引き緊めて、何か引き出したいような眼をして相手の眼を見ていると感じたそうです。自分も幾波小学校の奉安殿の柵の中にいて、風の音を聞きながら、この教え子たちを凝視しているかのように思えた、と言うのです。だから兄が、それまで通りの話し方を続けるのを、まるで自分をはぐらかそうとしているように、先生は受け取ったのだそうです。でもそれは錯覚でした、自分をはぐらかそうとしたのは紅林與志ではなくて、死んだ三次だったんですね、と先生は、まるでその場に立ち会ったかのように感想を言いました。

——三次は何て言っていたかい、と先生は訊いたそうです。すると兄は、

——そこから、梅檀が三本見えました。すっかり葉が落ちて、ポツポツと実をつけた真黒な梢が風を弾ねつけていて、その向うの星空がとても大きかったんです。それで僕が、星がきれいだな、と言いますと、三次が、だれかがサッと光を撒いたんだよ、と応えましたので、僕はなるほどと感心しながら、だれが撒いたんだろう、と言ってみました。答えなんかがあるとは思いませんでした。しかし三次は、俺さ、と言いました。

兄が言葉を切ったので、海江田先生はその会話の行く手を期待したのだそうですが、そこまでで、二人はそのあと黙ってしまったというのです。

——三次はひとを暗示にかける名人なんです。二人は長い間寒く冴えた星空を見ていたんですが、僕には、光を撒く三次の手つきまで見える気がしました、と兄はつけ加えただけだったそうです。

長い沈黙のあとわれに返ったという感じで、兄はまた話を続けたそうです。

——それから僕は、終列車に乗り遅れるといけない、と三次に言いました。時計を持っていませんでしたから、あやふやでした。それに三次の気持が、行ったきりになっているのが感じられ

ました。その先が死だったにしても、僕がそれまで思っていた死とは違っていました。ここからが死だという境いはないのです。どこまでが川でどこからが海ということのない河口みたいです。そして、快よくなまぬるいんです。われに返って、三次をうながしました。三次はうっとりしている最中でした。ようよう立って僕について来たので、槙の垣根をくぐって外に出ました。するとそこに人がいました。

——そうか、見られたんだ、と海江田先生はまるで自分が見られたかのように、口惜しそうな声をたててしまった、というのです。

——僕たちは川の縁へ出たんです。そこにアセチレン・ランプをつけて鰻を釣っていた人がいたんです。その人は川べりの石垣の隙間へ小さな竿を丹念に差しこんでは、鰻を狙っていました。それだけのことなんですが、僕たちはまた立ち止ってしまいました。三次が喰い入るように見るので、僕もそうなってしまったんです。川の流れは普段とは違いました。近くにはアセチレン・ランプを映し、遠くでは星を映して小止みなく流れているのです。三次の暗示で、この世離れがしてくるのです。僕たちは、鰻を釣る人について、少しずつ川をくだりました。その間収獲はありませんでした。とうとうその人があきらめ、川からあがって、ランプを消した時、僕たちはそばへ寄って、魚籠《びく》の中を見せてもらいました。三匹の大きな鰻が、星を映してゆったりと縒《よ》れ合っていました。

そこでまた言葉はとぎれたそうですが、海江田先生が黙ったままでしたので、

——三次はすぐあとで死んだんですから、こういうことも、なんだかのんびりした道草のように思えますが……、と兄はつけ足したそうです。すると海江田先生は、

――見られているんだなあ、と溜息をついたそうです。先生は別のことを考えていたのです。更にしばらく考えていて、

――いいか、紅林、警察で聞かれるだろうが、そのことはちゃんと言わなきゃならんぞ、と言ったそうです。

――言います。他のこともあった通りに言います。

――言わなくてもいいことは言うな、と先生は噛みつくように叫んだのだそうです。

――……。

――いいか、否定して通ることとは否定しろ。嘘も必要だ。

海江田先生は自分がめずらしく気持をたかぶらせてしまったのを感じたそうです。しかし兄は冷静に、曖昧に頷いたというのです。それで先生は、兄がそれが必要ならそうしようと思っている程度で、実は必要ないと思っている、と受けとって、危い、と感じたというのです。

――帰ろうと僕は言いました、と兄が話を続けたので、

――何時ごろだったのか、と先生はまた訊いたそうです。

――時計がありませんから、はっきりしません。でも僕は、九時ごろだろう、と思っていました。軽便の終車はあそこでは九時三十五分なんです。しかし三次は、俺は幾波へ残るよ、と言うんです。それでも僕が、帰ろうともう一度言うと、三次はついてきました。煮えきらない足取りでしたが、僕のすぐそばを歩いていて、透明な温い波のような気配は変らずに、こっちへ寄せていました。やがて線路に沿ってしばらく行くと、彼は突然、與ちゃんここまでにしてくれや、さよなら、と言いました。そして、温い波が騒いで逆流する感じになって、僕から離れました。三

次は走っていました。蜘蛛のような影が線路を乗り越え、向うの畔道を遠ざかって行くんです。僕は追いかけました。しかし三次は、沼のほとりの高い葦のしげみに入ってしまったんです。足もとに水が染み出るところでした。三次はしゃがんで、息をひそめていたのではないかと思います。僕はしばらく探しましたが、星を映した葦がゆれているばかりですので、仕方なく一人で帰ることにして、また線路に沿って停留所のほうへ歩いて行きました。

——三次は君に別れを告げたんだな。

——少し歩いてから、僕はそれを感じました。動悸がしました。血が心臓の壁にぶつかっているのが、赤く夜の中に見えるようでした。それで、沼に引き返して、彼の名前を呼びながら探しました。いませんでした。僕は落ち着こうとして、地蔵さんの台石に坐りました。そこは静かで、星をちりばめた空がとても大きくひろがっていました。それで僕は奉安殿を思い浮かべたんです。奉安殿でも星を見つめましたからね。

兄さんが短く星の説明をしますと、海江田先生は息を呑み、そんな暗示を三次から受けていたのではないか、と質問したくなったそうです。でも思いとどまって、ともかく先を聞いてみよう、と思い直したといいます。

——それで僕は幾波小学校の奉安殿へ行きました。扉は閉めてありましたが、大きな南京錠が引き抜かれ、留め鉄《がね》にぶらさがっていました。僕は扉を開け放しました。中は暗くて、よく見えなかったから、星の光を入れたのです。三次が死んでいました。彼の胸は僕の顔より高くにありましたから、まず綱を握って懸垂で耳をせり上げ、動悸に耳を澄ましました。止っていました。三次と呼んでみました。応えはありませんでした。それから、僕は、輪っかはどんなふうに釣ってあるか、調べてみました。

――丈夫なロップだったんだろうな。三次が吊るさがったんだから。それに、君も懸垂をしたと言ったな。

――太めの藁の縄でした。それは僕もよくわかっています。自分も握ったんですからね。わからないのは、それをどんな具合に天井から吊りおろしたか、です。暗くて見えませんでした。しかし僕は、懸垂したついでに、天井に触ってみればよかった、と思っています。

兄がそう言うのが、海江田先生には不審に思えたそうです。自分は中途半端な気持になって、紅林君の顔を見守ったんです。この時自分には好奇心しかありませんでした、でも紅林君は別のことを考えていたんですね、と先生は語りました。兄はこう言ったんだそうです。

――奉安殿の天井には漆喰が塗ってあると思うんです。ですから、三次は垂木から漆喰をかじり落して、縄を通したと思うんです。きっとそうだと思うんです。そうだとすると、あの晩の仕事ではありません。前日とかもっと前に、やっておかなければ無理です。

――三次は準備しておいたんだ。

――僕たちがあそこで話していた時にも、壁の向うにはもう輪っかがさがっていたんでしょう。

――……。

――僕は思い出すんですが、僕たちが小学校六年の時、季節は冬のはじめでした、三次が稲見造船所の倉庫のまわりをうろついていたことがあります。そのうちに一棟の倉庫に身を隠し、二日二夜槙肌《まきはだ》の山の中にいたんです。そこは昼でも暗いんですが、夜は真暗闇になります。そのころは今よりも無邪気でしたから、三次はその経験をとてもうれしそうに話してくれました。明るく、憑きものが落ちたような声で話しました。コールターが眼の中へ流れこんでくるようだったけれど、とても軽くて、やさしい感じがした。自分がいるのかいないのか分らなくなって、いつの間にか楽しく眠っていた、と言っていました。

——……。

——そんな場所を見つけるのに、三次はいく日もかけていたんです。まるで嗅いでいるみたいでした。

——ここでなきゃあ、って場所があるんだな。

——そうです。

——場所を発見して、準備をととのえて、それから君に〈お前と会っておきたかったんて〉と言ったんだな。

——そう思います。

——準備と言えば、校長室から奉安殿の鍵を盗んだのも、そうだな。

——……。

——それで、どこへ行ってしまったのかな。

自分がそう言ったのは、鍵が行方不明になっていることを耳にはさんでいたからです、と海江田先生は話しました。兄さんは、

——鍵なら床に落ちていました、と言ったんだそうです。

——え、君それを拾ったのか、と先生は、自分の重苦しい顔とくぐまった声を意識しながら訊

いたそうです。紅林與志は平静に話しているのに、自分はひとりでうろたえている、と思ったと言っていました。

——星明りの中にありましたから、すぐに判りました。僕はポケットに入れました。それから、奉安殿を出て、鉄の扉を閉め、錠をかけました。

——なぜそんなことをやってしまったんだ、と先生は声を顫わせたそうです。

自分は、癖で、眉間のたて皺を指先でつまむようにして、引っぱっていたんです。それを剝がそうとするかのように、揉んでいたのを思い出します、と先生は話しました。

——余分なことじゃあないか。

——三次が計画したことなんですから、かなえてやらなきゃあ……、と思ったんです。

——かなえてやる……。

——頼まれていたような気がしたもんですから。

——友情か。

——僕は先生、鍵をそっと幾波小学校の校長室に戻しておきたかったんです。しかし、しそびれました。

——……。

——ここにあります、と言って、兄はその鍵を机の引き出しから出して、先生に見せたのだそうです。

先生はその時のことをこう言いました。自分は身を乗り出したりはしませんでしたね、かえって身を引きました、怖ろしい物を見てしまった、と思ったのです。当座は手を出しませんでしたが、しばらくして、ある考えがひらめきました、稲妻が一瞬見えるように、その考えは湧いたんです。

――そいつをあずかってもいいか、と押しつけるように言ったんです。

すると兄が頷きましたので、先生は、机の上にあった鍵を、浚うようにして握り、自分の上衣のポケットへ入れたのだそうです。

言うまでもなく先生は、その鍵を証拠品にしようと思ったのではありません。証拠を自分が握りつぶそうと決意したのです。もし兄のしたことが〈犯罪〉なら、自分は共犯者になろうと思ったのです。先生はこの瞬間の気持の変化についても、後に話しました。……こう思ってしまうと、自分は落ち着きました、なんだか、紅林與志君と同じレベルに立つことができたようでした、肩の力を抜いて、静かに話し合うことができました。

――三次は本当に死んでいたのかい。

――まだ温かったんですが、死んでいました。

――なぜ輪っかを外してやらなかったのか。

――死んでいましたから。

――確かだったんだね、君には。

三次さんが亡くなり、三年後に兄が亡くなりました。それから、昨日海江田先生がうちに見えました。兄の死からもう二十八年も経ったんです。先生は白髪まじりでしたし、言うまでもなく、わたしも変りました。でも三次さんも兄さんも少年のままで、生きているかのように感じられます。わたしはしばらくこんなありふれた錯覚のとりこになっていました。二人はわたしの中では変りませんね、と言いますと、海江田先生も、私にとっても同じですよ、と言っていました。先生は、昔を思わせる言いかたをしました。考えたままを正確に伝えようとして、言いよどみながら言葉を探すのです。

——最近こんな小説を読みました。一人の男が旅とは何かと考えているんです。自分の旅は親友たちに別れの挨拶をするためだ、自殺の決意が間違っていなかったかどうか確かめるためだ、そしてその人は、自分の決意が間違っていなかったことを確かめたと言うのです。なぜなら、親友たちがやさしく人間的であればあるほど、別れたくなったんだそうです。彼らと自分との間には越えられない渕があって、向うからこっちへ来ることも、こっちから向うへ行くことも不可能だと悟ったからなのだそうです。なぜそんなことになったのでしょうか……、自分から自然の力が脱け落ちてしまったからだ、自分の場合、自然の力とは命と言い換えてもいい、〈人がたとえ全世界を獲得しても、その命を失ってしまえば、もう何の意味もない〉という時の〈命〉なんだ、自分もまた失われた〈命〉を求めて現実と訣別し、その外へあこがれ出る、それが、一見、自殺に向うための通過儀礼としての巡礼となる、自分の友人たちは、まさかそんな巡礼が存在しようとは夢にも思っていなかったから、私はこの旅に疲れ、がっかりしたんです。誰が自分は自殺するなどと言い触らすでしょうか。……こんな意味のことを私は読んだんです。三次の自殺にかかわったもんですから、こういうことに関心を持つ癖がついてしまったんでしょうね。あの時、三次に自分を変えられたんです。それから、與志君によって更に更に変えられましたが……、と海江田先生は言いました。

——三次さんはそんな心境だったんでしょうね、とわたしは応えました。

——三次は三次です。さっきの本とは違うんでしょうが……。

——わたし最近夢を見たんです。海岸の崖のふもとに、三次さんがうずくまっていたもんですから、近づいてみたんです。とても明るいところでしたが、わたしの影がかかったもんですから、あの人は気づいて、見あげました。すると、どうか俺を向うへやってくれと頼んでいたんだ、とあの人は言うんです。それで、わたしは、誰に頼んでいたの……、神様、と訊いてみたんです。すると三次さんは、誰に頼んでいたのかな、自分に頼んでいたんじゃあないかな、と言いました。自分に頼むだなんて、それは希望を抱いていたってことでしょ、とわたしは笑いました。すると三次さんは、そうだ、誰かに頼みたいほどだっけ、ということだったんだ。でも、その間、とても楽しいっけよ、優秀な飛行機を撫でながら、果てしない空を眺めているようだっけ。ただな、俺は、與ちゃんは一緒に行かせないようにしてほしい、と頼んでいた。あの人はこの世へおいてくれ、どうか守ってくれ、俺だけが向うへ行くから、と言っていたよ。三次さんがそう言うと、どうしてかわたしは、それじゃあ三次さん先に行って、準備しておくってこと……、と聞きました。夢はそれだけなんですが……。

——三次は與志君には生きてほしい、と思っていたんでしょうか。

——今のは夢ですけど……。

——私はね、三次は幼稚だと思っていましたが、考え深いところもあったんですね。

——普通ひとが考えないようなことを考えていましたけれど、筋道は通っていました。

——真暗闇が好きで、一人でその中にいると胸が弾むとか、そんな趣味に合う場所を苦心して探すとか、変な少年だと思ったんですが、考えてみれば、世間の普通のお葬式だって趣味です。でも、お座なりの演出で済ましているだけです。しかし、三次は妥協しなかったんですから……。

——それは、自ら選んだ死ですから……。そんな三次さんのやり方は、兄さんを考えさせたと思います。

——とにかく、私にとっては衝撃でした。あの時期のことは、ずっと私の心に据っています。まして、あなたにとってはもっと大変なことでしたね。どうですか、悲しくてたまらなかったでしょう。

——ええ。正直言いますと、兄さんが亡くなった時、堪えられなくて、泣きながら三次さんを恨みました。

——三次の自殺は一種の合図だったのかもしれませんね。

——兄さんの手記を見ますと、三次が死ぬ、と書いたあとに、〈永死〉と埴生恒康さんの文句を引いて、闇がいそいそと待っていた、深い帰属の感情、と書いてありました。

海江田先生が帰るのを送って、軽便の停留所へ行きました。三次さんと兄さんのことを話しこんでいたせいでしょう、見なれたそんな場所がいつもと少し違うように思えました。見直す気持になりました。あの人たちの〈不在〉がきわ立っているせいでしょうか。

わたしたちの生活につきまとっていた鉄道でしたが、あと三月で廃止になるのです。わたしにも自分の持ち物を惜しむような気持がありました。どう変って行くのか、三次さんも兄さんも、それからお父さんもゆかりの場所を失うのです。わたしだけのことではないし、ありきたりで、仕方ないことですのに、わたしはしばらく思い耽りました。

それから思い立って、次の列車に乗り、幾波へ行きました。下車して先へ、線路に沿って歩いて行きました。そして、この辺で三次さんが線路を越えたんじゃないかと思える地点にさしかかると、わたしも線路を越えました。向う側にまっすぐな畔道が遠ざかっていて、その果てに葦の繁みが見えたからです。そこへ踏みこんで、小径ともいえない隙間をくぐりました。足場が沈み、湿けています。すぐに水辺に行きついて、微かに甘い葦の根の匂いを感じながら、水面を大まかにくけるようなかいつぶりのもぐる動作に目をやっていました。秋がとても爽かで、わたしはホッとしました。亡霊なんかどこにもいないのです。

それでもわたしは、お地蔵さんを探しました。注意しながら沼を回ったのに、そのお地蔵さんはないのです。沼のほとりにお寺がありましたから、行ってみたのです。しかし、納得できる石の仏さんはありませんでした。

鐘楼で四人、子供が戦争ごっこをしていました。今も戦争ごっこはあるんだ、三次さんや兄さんの後継ぎだ、と思いながら見ていたのですが、思いついて、一人の子供に尋ねてみました。

——池の近くにお地蔵さんないかしら。

——あるよ。あっちだよ。

その子は指さして教えてくれましたが、きっと葦の陰になるのでしょう、それらしいものは目に入りませんでした。

——この道を行けばいいのかしら。

——この道を行ってな、池の方へ曲るだよ。

子供は手を振って教えてくれるけれど、ひとり呑みこみなのです。

——池ってこの池……。

——違う。三ツ池のことを言ってるだよ。

——ボク連れてって、お地蔵さんへ。

その子は頷いて、プラスチックのマシンガンを持ったまま、案内してくれました。

六角の小さな柱に、六体のお地蔵さんが彫ってありました。しかも台はかなり大きな自然石で、それも古く、かどが流れて丸みを帯びていました。わたしはそこに坐って、

——他にこういうお地蔵さんある……、と子供に訊きました。

——ないら、と彼はわずらわしそうに言いました。

きっと兄さんはここに腰をおろしたんだろう、と思いました。星空が見えた、と海江田先生に話したってことだけれど……、と思いました。そこからは、東に向って眺めがひらけていて、海岸の松林が一列に見えました。視界の大部分は空だったのです。

晴れあがった夕方で、冷えていました。やがて星が冴えて輝くことが、わたしには判っていました。自分が坐っている台石のふちをこすって、

——居た場所をつきとめたよ、と言いました。

生死の境いが曖昧になるようでした。子供だったわたしは、兄さんにいつも、何か得意なことを報告しました。すると彼は、わずらわしそうに短い返事をしたものです。

奉安殿にも行ってみようと思いました。沼から一筋の川が幾波小学校へ向って流れていました。葦がまばらになると、小学校が見えました。わたしは川の堤をくだって行きました。葦が生

えた川床は暗く、堤の薄の穂は夕日にきらめいていました。わたしは長い間黄金《きん》色の光のかたわらを歩きました。そして、目的地に着いた時には透明な闇がこめていました。わたしは雀の鳴き声を浴びながら、今は二宮金次郎の銅像しかないその辺りを、しばらく見ていました。やがて、深い夜空に星が浮きあがり、地上もかえって少しずつ明るさを増すような気がしました。

——永死かなあ、もう亡霊はいない、とわたしは呟きました。

奉安殿はこの範囲のどの辺にあったんだっけ……。そこから現れた三次さんの凄まじい腐りようは、目から消そうとしても消えません。でもなまなましくはないのです。清められるというのは、こんな感じなのかもしれません。わたしが想っているのは三次さんの心、兄さんの心なのです。心同士がもつれて、融け合って、微かな、でも、やはり怖ろしい反応を起こした様をわたしは想像したいのです。

未完の少年像

大井川の河口に精神障害者の施設があって、〈おおぞら学園〉と言うんですが、そこから手紙が来て、職員に文学の話をしてくれないかとのことでした。引き受けて、約束の日に出かけました。園長の黒沢康夫さんは、旧制の高等学校の同級生だったのです。

この人は優等生でした。もの静かな人で、教室ではただ授業を聞いているだけでした。休み時間に席を立ったり、雑談したりすることはなく、黙って次の授業開始を待っていました。予定がなければ、さっさと立ち去りました。ひっそりしていましたから、かえって目立ちました。私も彼と、これと言って話をしたことはありませんでしたが、彼の姿をのちのちまで忘れませんでした。卒業して十八年も経つのに、面影がくっきりと浮かぶのです。

〈おおぞら学園〉で再会した黒沢さんは、かつての彼よりも暗い感じでした。きっと疲れているからだろう、と私は思いました。彼は予算獲得の困難や、その際の人間関係のわずらわしさについて話しました。自分の家族について、お姉さんがこの種の施設にあずけられていたことも話しました。それが動機になって、彼はわが道を決めたのです。東京大学を中途でやめて、カナダのプロテスタントの神学校へ行ったことも話しました。前から、彼が聖書を熱心に読んでいたことを、私は知っていました。

これらの話題を、彼がくわしく話したわけではありません。むしろ手短かに話したのです。学生時代とそれほど変ってはいませんでした。むしろ、変化はわずかでした。

しかし、精神障害者との対話となると、彼はとても円滑にこなしました。そうか、それじゃあ、考えてこうして見るといい、などと、彼らと融けあって会話するのです。私は自分との差をつきつけられる気がして、別世界の黒沢さんを感じてしまうのです。

私の視野はひらけました。黒沢さんと会えて良かったと思いました。職員と会えたことも同様で、気持よかったのです。十五人ほどいましたが、三人以外は青年といってよく、しかも、特別な若者といった感じはしないのです。特にまじめな人とも思えないし、専門家ふうでもなく、使命感を持っている様子も見せないのです。大井川河口の大気のおかげもあるのか、無邪気にキャンプを楽しんでいるようでもあります。軽便鉄道がなくなったが、今は二十トン程度の日帰りの漁船のことを軽便と言う、軽便は陸から海へ移ったね、などと談笑しているのです。

夕食が終って、私は文学談義を始めました。固すぎる話になってしまいました。近ごろ思いを凝らしていることが、口をついて出てしまったからです。

文章を書く場合、必ずあて先があります。私が書く場合、不特定多数あてとでも言うべきですが、われながら本当にそうか、と思ってしまい、不安です。そこへ行くと、世の多くの文章は、家族のだれそれに、とか友達にというわけで、書いていてもしっかりした土の上を歩いている気がします。ところが小説を書く場合は、ブカブカする浮島の上を歩いているかのようで、とりとめないのです。

いろいろな言い方があり得ると思うのですが、薄氷をふむ思い、というのはどんな場合なのか。読む人を傷つける、あるいは死に追いやる危険のある文章を書くことでしょう。私は少年時代に、年輩の女性が、それを口に出したら、殺されたって仕方がない言葉ってあるものだ、と言っているのを耳にしたことがあります。禁句です。しかし、小説を書くに当っては、そんな言葉はどこにあるのか、探し求めるのです。探しても探しても、探し当てることはできないので、一語で済む小さな声の代りに、威嚇とか、立ち回りを描くのです。なぜそんなふうになってしまうのか、と言いますと、架空の話ですから、そうなってもかまわないからです。所詮小説は言葉による実験です。何を書いたっていい、自由な世界なのです。だから甘えが出てしまい、かえって本来の厳密さを見失ってしまうのです。

私はかつて、故郷の町で特攻隊の隊長渋谷嘉一郎さんと出会ったことがあります。居どころがわからなかった彼が、意外にも現れたのです。自転車に乗っていました。歩いていた私を見かけると、自転車から降りて敬礼しました。その時、彼は海軍少尉でした。

——ぼくはお国のために死にますが、君は勉強してください、と言いました。

彼は鹿屋《かのや》基地にいて、数日中に台湾沖へ出撃することになっていたのだそうです。その通りでした。彼はやり遂げました。しかし、二日か三日の故郷滞在中に、一つ部屋にやすんだ弟に、寐言かも知れないけれど、

——鹿屋へ戻りたくない、と言ったのだそうです。

その弟さんから聞きました。これは小説ではありません。ですから、あるがままで怖ろしい意

味を持っているのです。

私は何と返事をしたのか、覚えていませんが、渋谷少尉が明るく笑っていたのは覚えています。そして、ぼくはお国のために死にます、という言葉の背後に、なぜ死ななければならないのか、死にたくない、という言葉が、影となってくっついている気がするのです。多くの特攻隊員が、その影の言葉〈死にたくない〉を実行に移したこと、しかし、そうして生き延びると、上司があくまでも死を強制したことを、私たちは知っています。

私たちの世代は、言葉を問題にする時、特攻隊の言葉を採りあげなければなりません。これは宿命です。矛盾する二つの言葉が、さまざまに響き合って、一つの肉体を苛んでいるのです。一つの言葉の表と裏なのか、それとも、外から入りこもうとする言葉を、内なる反対語が排撃しようとしているのか。


ここで是非触れておきたいのは、死者にあてて文章を書くことです。死者も読者であり得るでしょうか。言うまでもなく、あり得ます。渋谷隊長に向けた言葉がそれです。この場合、私は自分で喋るよりも、主として相手に質問するでしょう。相手の言葉を呼び出そうとして、それから耳を澄ますのです。相手の渋谷少尉は、君の言葉は私の目にも、耳にもとどかない、と言っているのかもしれません。しかし、その気になって働きかければ、返事を引き出せると私は思っているのです。そして少尉の声が聞こえたと思ったら、それを右から左に原稿用紙に写せばいいのです。このようにして、小説家は亡くなった友達とやり取りができる、と私は信じています。聞こえるのは相手の声ですから、私がこしらえた言葉ではありません。

私どもは、おもしろい小説を書こうとして競います。そして、それが出来上ったと思えば、読んでもらおうとして、読者に見せます。作品とはこうしたものだと思っているのですが、これだけではことの完全な説明にはなっていません。むしろ肝腎な望みは、登場人物と作者との交流です。そのための場所と時間を実現させたいから、私は書くのです。

呼び水になるのは、登場人物と共有した体験です。渋谷少尉とは、かつて焼津港へ遊びに行って、漁船員といさかいになったことがありました。渋谷少年がタラップを登って、漁船は臭いと言ったからでしょう。来いと言われて、甲板へ連れこまれ、ズボンから引き抜いたバンドの尾錠で殴られたのです。金具が私もかすりました。舷に足をかけて、海に飛びこみました。港へ戻るのは怖かったので、突堤を回って、乙女が丘という人気のない浜まで泳いで行って、そこで焚火をして濡れた衣服を乾かしたのです。もう興奮は収まり、渋谷少年は、何が楽しいのか、しきりとクスクス笑っていました。彼が特攻で突っこんで死ぬと、こんな思い出も美談めいて、現在に戻ってくるのです。

決定的なことは、五月晴れの日射しを浴びて、自転車から降り敬礼して、

——ぼくはお国のために死にますが、君は勉強してください、と彼が言ったことです。その敬礼も、何回も練習したかもしれなくて、完璧に決まったように思えました。

敗戦の後、ぼくのところにさえ、特攻隊員の母親が来ました。運動靴をはいた巡礼でした。福岡県の人で、全国の特攻隊員の実家を回り歩いているのだそうです。ぼくは、ようよう戦争が終り、うつけたような状態になっていましたが、日本にはまだまだ激しい渦が動いている、と思っ

たものです。

以上、一応事実を述べましたが、小説を書く時には、暗い一対一の時間に入って、彼からいろいろなことを聞き出し、自分も応対します。時には思いがけない言葉が飛び出したりします。死者にあてた小説を、私はこんな具合いに書きます。

時間がきましたが、実はもう少しお話したいこともあるのです。それは、小説には完全に自分あてのものもあるだろう、ということです。ひたすら自分の心に向かい、見きわめようとして書く場合です。

私は、私の中をじっと見つめ、耳を澄まさなければなりません。この場合、書くことは、その言葉をはっきりと捉えるための、探求の手段となるに違いありません。歯に衣を着せたり、韜晦する必要はありません。なぜなら、すべては自分に関るからです。ひと様に迷惑を及すことは、先ずないからです。それにしても〈先ず〉と私がことわるのは、私の告白といってもひとに関係することはなきにしもあらずだからです。キリスト教会における告白が、他者の悪口にならないように、他者を悪者にしないように、と言われるゆえんです。

それから、遂には、自分さえも相手にすることなく、読者のいない小説を書くことです。言葉が伝達を目的とするなら、こんな小説は矛盾そのものですが、私はあり得ると思っています。

今夜の私の話は、ここまでで打ち切っておきます。皆さんは明日のお仕事があって、早起きなさるそうですから、私の言い残したお喋りは次の機会のためにとっておきます。黒沢園長がまた声をかけてくださるでしょう。そうしたら〈おおぞら学園〉へ参ります。

黒沢園長は、だれかこの講師を家まで送ってやってくれと言い、若い職員が手をあげて、車の準備をしてくれました。玄関へ行くと、そこにもう一人年輩の職員が立っていて、私もお供しますと申し出て、同乗しました。この人が海江田總さんでした。車の中で彼は話しかけてきました。

——いいお話をありがとうございました。ぼくはお国のために死にますが、君は勉強してください、ですか。立派ですな。渋谷少尉はその時いくつでしたんですか。海軍少尉ですな。

——そうです海軍です。ぼくが十七でしたから、渋谷さんは四つ年上の二十一でした。立派でしたけども、けなげと言ったほうがいいでしょう。

——見事ですよ。

——涙ぐましいなんて感じは全然ありませんでした。

——渋谷少尉をミケランジェロのダビデのように彫り出せますか。

——え、大物じゃあないですか。私の小説はミケランジェロとは違いますよ。

——完璧に彫るというか。

——できませんね、そんなふうに彫り出すことは。もっとも、渋谷さんには男のきょうだいが三人と妹が二人ありますし、亡くなったお母さんもそれからお父さんも知っていましたから、書くとなったらまわりも調べますけど。

——今はなき人に呼びかけるという、あなたのやりかたも、傾聴に値いしますな。

——私にはそれしか考えられませんから。

——岩原さん、こんなことを言っちゃあご迷惑かな、お願いがあるんですが……。どうか、ご都合つけて、近いうちに私と逢ってくださいませんか。藤枝へ出向きますから。

——いいですよ。お会いしましょう。

私は手帳を開いて、次に海江田さんと会う日を決めました。四日後の日曜日の午後二時、藤枝駅前の喫茶店にしました。

海江田總さんは一風変った人でした。東京にならともかく、田舎には滅多にいないタイプと私は受けとりました。陰があり、最初はつかまえにくいけれど、話しているうちに、言っていることもそれにともなう表情も、だんだんはっきりしてきて、遂にはきわ立って輪郭鮮明になるのですが、しかし依然として暗く、薄闇の中を透視しているような気にさせるのです。骨格まで見える、と私は思いました。

——渋谷少尉のお話ですが、私の胸をズシンと打ちました。私は戦争中、ここの五十海中学で教師をしていましたから、その間三人の特攻隊員を送り出しました。渋谷少尉ほど見事だったかどうか、それはわかりませんが、彼らなりに見事でした。少くともうろたえてはいませんでした。だから余計、私は責任を感じています。あなたが渋谷少尉と交流の望みをいまだに捨てていないことを知って、私は感動しました。彼らはだまされたんだ、と言う人がいますが、恥知らずな言いかたです。だれがだましたのか、お前ではないか、と私は言いたいのです。私もそうです。教師でしたから、私もだましたのです、と海江田總さんは言いました。

——しかし、海江田さん、あなたは特攻隊の制度をやめさせることができましたか、と私は訊きました。

——できませんでしたよ。

――あなたに責任はありません。

――しかし、私は反対しませんでした。

――反対はできなかったんじゃあないですか。

――いいえ、できましたよ。

――特攻隊員を多勢揃えれば、日本は勝てると思ったんじゃあありませんか。

――そうは思いませんでした。ただね、特攻隊員を見事だと思って、讃えたんです。

――それにしても、特攻は過去の騒ぎだと思いませんか。

――今やそうなっているんでしょうが、私にとっては、過去にならないのです。私は異常かもしれません。私が志願して〈おおぞら学園〉で奉仕の余生を送りたいと思ったのも、そのせいです。北海道生まれですから、あっちに隠居して当り前なんでしょうが……。

――誠実なんです、あなたは。

――大井海軍航空隊ってありましたでしょう、あそこにいた若い士官が、のちに故郷の群馬県で事業に失敗して、家族を引きつれて、ここへやってきて、五人で心中したでしょう。大井川河口には魔力があるのか、と思いますね。身につまされます。

――あなたはもっと冷淡でいいんじゃないですか。その家族はその家族です。

――私も異常なんですかね。それにしても、宿命的な土地ってあるんでしょうね。私は舞い戻ったんです。

――〈おおぞら学園〉は海江田さんに感謝しているでしょう。

――私が〈学園〉に感謝しているんです。

——黒沢さんのことはどうして知ったんですか。

——あの人の《聖書、愛へのうながし》という本を読んだからです。

——私も読みました。いい本ですね。

——それでも大井川へ向けて出発するのに多少のためらいはありましたが、紅林君という教え子のことを思い出したんです。すると矢も盾もたまらなくなって、すぐさまここへ来たんです。紅林鋳造所ってごぞんじですか。

——知っています。

——あの家の息子さんで與志さんと言うんですがね、私の生徒でした。読書家でしてね、私の下宿へ来た時に、ドストエフスキーの《悪霊》のページを繰っていたもんですから、からかうつもりで、読むかね、と言ってみたら、読みたい、と応えたんで、驚きましてね、貸してやりました。そうしたら、五日ほどかけて読んでしまったんです。

——その生徒は何年生だったんですか。

——三年生でした。ドストエフスキーを一冊一冊と読んで、それから聖書が読みたくなって、読んでいました。それで私も、紅林君に釣られて、聖書に手を伸ばしたんです。

——今度その紅林さんに再会したんでしょう。

——彼は今や亡き人です。思い出しているんです。秀才でしたね。旧制五十海中学始って以来の生徒だと言う教師もありました。雛鳳と言ったりしましてね。親父さんは、帝国大学工学部か海軍機関学校へやりたかったんですが、本人にその気がなくて、文学書や聖書に読みふけっているんです。三年生のころにはまだ子供っぽくって、《悪霊》のキリーロフのようにすみずみまで自分を支配したいと言って、日本の《少年讃歌》という本にはそれをなし遂げた人物が現われる、と言ったりしました。私は、とにかく、読書力に驚きました。

——これも大井川河口の魔力ですかね。

——その感がありましたな。岩原さん、私は静岡県の中学に赴任することになって、気が進まなかったんです。正直言って、ぼやきながら来たんですが、意外にも五十海中学は優秀でした。特攻隊員になった生徒もいさぎよく、純真でした。ふてくさった素振りなんかありませんでした。学校の空気も気持よかったんです。配属将校が、愛国という語は、利己主義をわれもわれもと積みこんだ船だ、そのうちに引っくり返って沈没だ、と言っているんですからね。私はそれを聞いて、今の日本で、こんな言いかたが通っているなんて、たいしたもんだと思いました。ところで、紅林與志はますます聖書に読みふけり、私に疑問をぶつけたのです。

天国は網を投げて魚を捕えるようなものだ、漁師は良い魚をビクにいれ、役立たずの魚を海に捨てる、というくだりを批評して、しかしビクに入れられた魚は食用になってしまう、不幸だ。海に戻される魚のほうが幸せだ、と言うのです。彼はまたウドの大木の説も引いて言いました。山に亭々と枝を延べた大木があるのを見て、人間は木に質問した。どうしてあなたはこんなに偉大になったのか、木は応えて言った。私は建築材料として価値がないから、木こりが目もくれなかった。だから私はこんな大木に育つことができた。この荘子の教えのほうが、筋が通っている、と紅林少年は言うのです。

羊のたとえも似ています。一匹の羊が群れをはなれてどこかへ行ってしまったら、羊飼いは、九十九匹の羊をほったらかしにして、消えた一匹を探しに探す、ようよう見つけたら、大切に抱いて連れかえり、喜びの宴会を開く、確保されている九十九匹よりも、どこかへ行ってしまった一匹のほうがはるかに心配のたねだ、と言う時、これが愛だと言えるだろうか、なぜなら、羊は毛を刈るために、殺して肉を食べるために飼うのだから、愛のためではなくて、一匹でも損をしたくないから探したのだろう、と紅林與志は言うのです。私もまた、紅林の言う通り、とうなずきました。そして、荘子のたとえが完全なのに較べれば、聖書のたとえはつたない、と評したのです。聖書をからかい半分にけなし、いやみを言っているようでした。考えてみますと、私は聖書を真剣に読もうとしていませんでした。しかし紅林與志は、いつまでもこんな解釈にとどまってはいませんでした。私よりも十歳も若いのに、紅林は粳田権太郎のところへ行って、こうしたたとえをどう理解したらいいか、たずねたのです。そして粳田の見解を聞いたのです。

——粳田という人は、どう答えたんですか。

——魚も羊も神の国の要員にたとえられている、と粳田は答えたのです。

——神の国の要員なら、幸せにならなくてもいいのでしょうか。

——幸せにならなければならないけれど、その幸せは、自然の幸せではない、安楽とか長寿とは違う、と粳田は言うのです。荘子は自然の幸せを教えます。しかし、聖書は神の国をこしらえるための手引き書だ、と粳田権太郎は説くのです。神の国のために犠牲になり、貢献することが窮極の幸せだと言うんです。

——粳田さんは非暴力主義だと聞いていますが……。

——そうです。正当防衛さえも否定しました。粳田は、被造物の呻きを聞いた人、と言われています。その呻きが聞えた時に、彼の活動は始りました。彼は天の本国をめざしたのです。なぜなら、この世の国家こそ、被造物の呻きの原因なのですから。彼はこの世に私の国は存在しないと言いました。戦争をしている日本で、そう言ったんです。紅林與志少年の心をつかんだのは粳田の説く勇気でした。殺されても殺さないのは最大の勇気です。殺されることが絵空ごとではない戦争の時代に入ったことを感じつつ、彼は人間の勇気の大きさを知ろうとしました。

——粳田さんは殺されたんですか。

——生きています。しかし、殺される寸前まで行って、本懐の顔になったことがありました。

小川国夫の晩年

――「弱い神」を巡って

長谷川郁夫

旧臘二十六日、小川さんの墓に詣でた。

そんな時季になると、きまって小川さんのことが偲ばれるのは、毎年、十二月二十一日の誕生日を祝って、静岡市内で集まりが催されていたからだ。それが、年によっては暮れも押し詰まった頃になることもあった。

小川さんの墓所は、隣町・島田の街はずれの寺である。旗指《はつさし》という珍しい地名が武士の時代の名残りを連想させる。祖父母、父母、と三代の墓が並んでいるが、クリスチャンの小川さんに戒名はない。もとは、藤枝市内、旧東海道を挟んだ小川家の真ん前の寺の檀家であったが、ある時、小川さんの父・冨士太郎が住職と大喧嘩して、「糞坊主！」と言い放って、島田に墓を移してしまったと聞いたことがある。酒席での笑い話だったから、真偽のほどは判らない。

小川さんの魂はここにはない、と思ってはみても、そこが小川さんが眠るのに相応しい場所であると感じられる。

最晩年に近く、小説家の肉体は衰弱しきっていた。骨に皮膚が薄く貼りついているに過ぎないといった印象で、僕は枯れ木です、が口癖となった。脱け殻と称したのを、私が亡き骸と言ったと随筆に書かれたのには苦笑するほかなかった。私がそんな失礼なことを言う筈がない。突然の熱中で周囲を驚かせた漫画描きとおなじく、自虐的なユーモアを籠めた自画像のつもりだったのだろう。

寺はあたりの家並より一段高い場所に位置していて、師走の風の防ぎようもない。墓石に向かって、寒さが骨に沁みるね、と語りかけて、ふと思い出した。

六年前に編まれた講談社文芸文庫版「あじさしの洲・骨王」は自選による短篇集だった。「悠蔵が残したこと」「逸民」「ハシッシ・ギャング」などと並んで、そこに「骨王」（初出時は「白骨王」）という旧約聖書に材をとった、寓意的なファンタジー一篇が選ばれていたのがなぜか場違いのように感じられて、奇異な思いに捉われたのを覚えている。小川さんの作品はおおまかに、大井川河口域を舞台とするフィクションと聖書もの、いわゆる〈浩もの〉を起点とする私小説、三つの流れに分類されるから、「海からの光」とともに、たんに一つのジャンルのサンプルとして選ばれたのかも知れない。しかし、冷たい風は私に別の意味を語りかけるのである。そうか、小川さんは「白骨王」になったのか、と気づかされて、思わず得心の笑いが込みあげてきた。

「骨王」（初出は、「文學界」平成三年一月号）は、十二族の若き王となったゴ・ニクレの、王としての誕生と戦場での最期を、別の地にある叔母の不安な想いを借りて遠景描写した短篇。土埃りと血の匂いにみちた物語だった。最後の場面、叔母は通りすがりの「黒衣の旅人」に訊ねる、「ゴ・ニクレを知っているんですか」と。

――知っているとも、十二族の王だからな。ギロの城門に高く、あの人物は坐っていた。腐りかけていたのは致しかたないとしても、堂々とした骨格が見て取れた。そのうちに太陽と風雨に侵されて骨だけになっても、あのままの姿勢でいるだろう。霊は霊だけでいいんだろうが、人々への証拠として白々と眼に見える外形をとるのだろう。

掉尾の一行「飛ぶ砂も気圧されて、迂回するだろう」の印象からの連想だったのかも知れない。骨相のはっきりした太い、日本人離れした若き日の小川さんの容貌が彷彿するのである。

「骨王」には、「血なまぐさいのは地上だけだ、とわたしは思い、澄みきった青空にあこがれた」という、叔母の天上を仰ぐ思いを示す一行もあった。そして、

……以前の俺が人間なら、今の俺は人間ではなくて、せいぜい人間のようなものだ。ただ頭の働きだけは、余人よりもはっきりしている。自分の想い出さえも、自分に属するものではなくて、今や縁の薄れた人間に属するものだと解る。たとえば百年前の人間とも通じ合うことができる。百年前の物の形や音や臭いを、はっきりと、すぐ近くに感じることができる。

と、いまにして意味深長と受け取られる台詞を、一人の敗残兵に語らせていたのである。祖父母と父母と、三つ並んだ墓石を眺めながら、百年の言葉を交すことのできるこの場所に眠るのが、小川さん自身の願いであったのだろうと思われた。

＊

小川さんの目にみえての衰弱は、平成十六年一月、明け方に帰宅して、自宅前でタクシーから降りる際に転んで左大腿骨を骨折して以来のことだった。痩せこけて眼ばかりを光らせる小川さんの風貌は、いくらか幽鬼じみても見えた。その内面を、死の意識がどのように蝕んでいたのか、を想う。「骨王」にあった、「ただ頭の働きだけは、余人よりもはっきりしている」という記述に、いま、私の注意は向けられるのである。

小川国夫の晩年、とはいつ頃からを指すのか。

平成三年十一月に「朝日新聞」夕刊で連載がはじまる「悲しみの港」で、小説家のそれまでの仕事に一区切りがついた、とするのがまずは妥当なことといえる。六十四歳の誕生日を間に挟んで二七一回で終了、六年一月に単行本として出版された。

その一年前、平成二年九月からの一年間、「群像」に連載された「マグレブ、誘惑として」が単行本となるのは、七年一月のことだった。

「悲しみの港」連載開始の直前、九月に「小川国夫全集」全十四巻の第一回・第六巻の配本があるが、この計画がいつ頃からすすめられたのかは正確に思い出すことができない。準備に一年ほどをかけたとすれば、「マグレブ、誘惑として」連載と同時並行しての作業であったと考えられる。

いま私には、全集について記すのが辛い。小川さんの期待に十全に酬いることができなかった、と出版者としての悔いに苛まれるからだ。それは、小川さんにとっては、絶大な権威をもつ老舗出版社からの熱心な申し出を断っての決意だった。小さいもの、弱いものの可能性に後半の作家的生命を賭けようとした小川さんの偏屈による選択であったのかも知れない。長い時間をかけての完結（平成七年十一月）をまって、その五年後に倒産するという結果を招いた私の責任は重い。七十二歳の小説家が受けた衝撃の大きさを推量することが、私にはできない。

全集刊行が作家活動の大きな節目となったことは記すまでもないだろう。とはいえ、それが以後の作品内容にどれ程の質的変化をもたらすものかは、にわかに判断されることではない。

だが、――と私は推察する。

「試みの岸」（昭和四十七年）「或る聖書」（四十八年）刊行ののち、短篇集「彼の故郷」（四十九年）がまとめられ、河出書房新社から「小川国夫作品集」全六巻・別巻一が出版されたのは昭和四十九―五十一年。ながい文学修業（本人の言葉でいう「煉獄の時」）を経て、開花を迎えてから十年足らず（再刊「アポロンの島」の出版は昭和四十二年）の間に、質量ともに備わっためざましい創作活動が展開されたのだった。聖書もの、フィクション、私小説風、三筋の流れの原型は形づくられていた。

作品集刊行後の仕事に「アフリカの死」（昭和五十五年）「若潮の頃」（五十六年）の上梓があり、紀行や随筆、エッセイなどが数多く執筆され、続々と単行本にまとめられた。「逸民」（「新潮」六十年九月号）が示すように私小説風の流れが水嵩を増したことが観察され、「或る過程」（六十三年）「遊子随想」（平成元年）の二著があるように、自伝、回想の試みがなされた。短篇集「跳躍台」の出版は平成二年のこと。「ヨレハ前記」（昭和五十一―二年）「星の呼吸」（五十六―七年）の二長篇が未刊のまま放置されるなど、どことなくちぐはぐな印象の十数年であったことが確認される。

あてどなく彷徨っている、といった感じだった。若き日のヨーロッパ滞在中の心理状態について、かつて小川さんは「いわば精神的破産の危険がスレスレのところにあった」と記したことがあった（「主観的照明」）。「近代文学」昭和二十八年十月号に「東海のほとり」を発表した直後に渡仏、単車を駆って南欧各地を巡っていた表現探究者のこころの裡をいうのである。作品集から全集までの時期は、それと似た精神的危機すれすれの低迷期ではなかったか、と想像される。そう記すのは、五十歳台が身心ともに一番しんどかった、僕にも危機はあったよ、と聞かされた記憶が鮮明にのこるからだ。平成四年、二十歳も若い中上健次が四十六歳で急逝した折りのことだった。

「試みの岸」に代表される前半期の作品は難解で、極度に圧縮された象徴性を理由に「わからない小説」と評された。喩えるなら、言葉の鑿《のみ》で石を彫るような、デモーニッシュな根つめ作業だった。その重圧から、小説家は自らを解放したといえるのかも知れない。「わからない小説」から「小説らしい小説」へとギアの転換を図ったのだ、と。しかし、小川さんはのちに、……一方で、私は名作を読んだり、考えたりして、小説らしい小説をこしらえようとしていましたが、思うような成果は得られませんでした。小説らしい小説は私からは出てきませんでした。そして遂に、それが私のえんえんと続く実情となりました。しかし私は、小説らしい小説など書かなくたっていい、と思っているわけではありません。

と、謙辞をまじえながら、苦悩の一端を表明している（「耳を澄ます」）。

「マグレブ、誘惑として」は、自らの再生を願って、北アフリカの蠱惑《こわく》的世界への陶酔に憧れる小説家の物語だが、この「小説らしい小説」の試みが低迷期の小川さんの不安定な心的情景をそのまま描出したものであったと見られる。

ただ、この間に、文章に飄逸味を感じさせるゆとりが生まれたのも確かなことと記すべきだろう。「悲しみの港」が、小川さんの「小説らしい小説」を代表する作品となった。自伝的要素が濃密であるところから推して、これが自己確認のための創作であったことは疑いない。あるいは、呼吸の仕方を変えて、出発点に立ち戻ろうとする意図が籠められていたのかも知れない。伊藤整文学賞を受賞するなど、たかい評価を得た。しかし、「試みの岸」の読者の眼には、物語のもつ宿命ともいうべき通俗性との結託も指摘できるのである。「試みの岸」が近代文学が培ってきた日本的感性を逆撫でするものであったとすれば、「悲しみの港」のです・ます調は、それを優しく撫で下すのである。制作者の喜びは、ただ澄んだ空を見上げるような、重圧あるいは徒労感に似た思いから解き放たれたことにあった、と思われる。

です・ます調は、しかし、作者はそれを安易なかたちで採用したのではなかった。「群像」平成元年九、十月号に「弱い神」、翌二年一月号に「献身」が発表され、二篇はのちに解体されて本書「弱い神」の後半の一部に組み込まれるのだが、それらが端的に示すように、です・ます調はまず、対話の型式を借りた〝語り〟から生まれたと理解される。二篇はともに、重い内容の全篇を会話体で押し通すという力業《ちからわざ》だった。この連作がいったん放置され、それ以上の展開を見せなかったのは、二本の連載と全集刊行などで多忙となったこと、続行するには制作のために厖大なエネルギー量が必要であると予想されたこと、などが理由として考えられるが、なにより、機が熟していなかったこと、そして大構想実現のための切っ掛けが摑めなかったことを挙げるべきだろう。いま、「年譜」に記された、平成四年、

三月一日、母・まき死去。

という一行が孕んだ意味はきわめて大きいものと思われる。

更に、平成十年十一月三十日、弟・義次が死去する。文学に深入りした自分に代って家業を継いでくれた二つ違いの弟の死を悼んで、小川さんは随想一篇を「静岡新聞」に寄稿した。

……文学では一向に喰えない私を見ていて、彼はいく度か、兄貴、文学は趣味にして、一緒に家の仕事をしようよ、と持ちかけてきました。考えてみると、これは破格の親切です。けれど私は、この男は単なる淋しがり屋だ、ぐらいにしか思っていませんでした。

小川さんの悔いは痛切で、「端的に言って、私の生活費の多くは弟の懸命な働きに負っていたのに、彼は私を兄として立て続けたのです」という一行までも記すのだった(「残された私」)。この年、小川さんは七十一歳の誕生日を迎える。

このあたりに小川国夫の晩年ははじまる、と私は見当をつけたいのである。

＊

小川さんの耳に、父と母、そして祖父母たちの声が届くようになったのはいつ頃のことだろうか。幻聴ではない。小説家は耳を澄まして、死者たちの言葉が肉声で鼓膜に響くのを願うのだった。

生前最後の随筆集となった「夕波帖」（平成十八年）に収められたエッセイの何篇かには、死者の声に耳を傾けることの意味について繰り返し記されていた。それが、小説家の創作理念となっていた、と理解されるのである。

そんな箇所を拾い集めると、――

「ハシッシ・ギャング」（「文學界」平成八年一月号、原題「薬の細道」）については、「この一篇に傾聴とは何かを集約したいと願って書いた」とある。「私の願いはただ一つ、傾聴の世界を書きたいのです」と（「耳を澄ます」）。この一節は、

小説とは、作者が自分はこれを言いたいと主張することでしょうか。それとも、自分の耳にはこのようなことが聞こえると言っているのでしょうか。後者だとすれば、書かれているのはすべて聞こえてきた言葉ということになります。作中の会話も独白も、作者に聞こえてきた言葉を、右から左に読者に取りついだだけ、ということになります。私には、この行きかたが好ましいのです。

とつづいて、小川さんは自然の状態に身を委ねる静心の境地にあることを示しているかのようだ。

……たとえば私は、慶応二年生まれの祖母をモデルにして小説を書きたいと思っていますが、祖母を私の一存

でこしらえたくはありません。彼女に話してもらいたいのです。亡き人に話をさせるとは、どういうことなのか。一見非条理な試みに思えますが、その手順を考えるのが文学なのでしょう。作者が聞き出そうとするなら、それも可能だと思えるのです。

そして、「会話もまた描写だ、描写するためには声が聞こえていなければならない」との確信を記した。耳を澄まして登場人物の声を聞けば、「彼の言葉が風景描写をする」、というのである。——「それならば、小説の作者は限りなく無となろうとしているのか、と考えます。目下考えています」。

また、「死者たちの言葉」という一篇にも、「ただ一つ、はっきりしている望みがあります。耳を澄まして、死者たちの言葉を聞きとることです」「夢の中であってもいい、彼らの肉声が聞こえてこないかな、と願っているのです」などと繰り返されていて、「小説家にとって一番大切なのは、耳を澄ますことだと思っている」の断言もまた、晩年に到達しえた、音声発振装置に似た無の心境を表わすものと感得されるのである。小川さんの耳には、すでに親しい人の懐しい声が聞こえていたのだった。「幼児のころ聞いた祖母の昔話などは、十九世紀末の出来事ですから、私の回想は百年にわたるのです」と、それを明かす一行が記されていた。

小川国夫の晩年は、死者たちとともにあった。これは、書くことのもの狂おしさ、を超えた自覚的な執着、さらには明晰な狂気とも喩えることができるだろう。小説家は狂気を育てていたのだ、と。前屈みの姿勢でのろのろと行く散歩にも死者たちは同行した。短篇「あじさしの洲」についての自作解説のなかに、「登場人物にはモデルがあり、彼女の悲しみを書きたいのですが、それには彼女と連れだって、大井川河口をさまよっていなければならない、と思っていました」と回想されている(「書きたい、見たい、聞きたい」)。

偏執は固有の性質でもあった。小川さんの意識はとうに生と死のヴァニシング・ポイント(消滅点)を超えていた、と観察されるのである。

死者たち、とは多くの場合は父と母、祖父母であり、構想中の小説に登場する人物であった。生前、小川さんに対してある感情（愛、というべきかも知れない）を籠めて語りかけた人たちの言葉。血のつながり。小説家の聴覚と非在のかれらの肉声を繫ぐものは、耳奥に脈動する血の流れである。死者たちと血流を通わせながら、その親しい息遣いまでを感じとっていたのだった。です・ます調は会話、独白体から生じた、と記した。〝語り〟とは、死者たちの〝語り〟であり、そのリズムは一族の血が流れる音である。

小川国夫にとって、母（そして父、祖父母）とは、すなわち言葉だった。母の方言、口癖、微細な言い回しまでがそのままのかたちで、体のなかを廻っていた。言葉は土地の記憶につながる。故郷は母の言葉のなかにある。言葉の力によって、歴史の襞が伸ばされるように、そこに百年の土地の記憶が甦った。幻聴、あるいは狂気という語を用いてもよい、しかし、そこにも血に保証された、小川国夫という強靱なリアリズムの精神のはたきがあったのである。大井川河口域に立てば、血の匂いが放つ動物精気《エスプリ・ザニモー》が、葦の繁みをざわめかせた。

＊

これまで長い間、小川国夫は眼の人、凝視する作家と捉えられてきた。凝視することによって、リアリストの眼差しは事物の内面を射抜いて、超現実のヴィジョンを摑んだ。それを喩えるなら、言葉のジャコメッティ。彫刻家アルベルト・ジャコメッティもまたリアリズムの徹底によって実存の原型を現出させたシュルレアリストであった。明視のヴィジオネール（幻視者）、それが小川さんに捧げられる称号だった。

数多くの小川国夫についての作家論・作品論が書かれてきたが、なかで、強く私の印象に残るのは、四十年近くも前に発表された一篇だが、高橋英夫氏による「意味に憑かれた人間」（「見つつ畏れよ」所収）と題する文学論である。昭和四十七年、といえば小川さんは「アポロンの島」の再刊につづけて、「生のさ中に」（四十二年）「海からの光」（四十三年）「悠蔵が残したこと」（四十四年）を出版、「或る聖書」を「展望」（四十四年十一月号）

に発表、随筆集「一房の葡萄」（四十五年）ののち、「試みの岸」（四十七年）を刊行したばかりの時だった。遅れてきた新鋭作家の旺盛な創作活動が注目を集めていた。「意味に憑かれた人間」は予見にみちた内容で、これまでも読み返す機会が何回かあったが、その都度、深い洞察力に感嘆させられた。思わず傍線を引くこともあった。

高橋氏は、小川国夫に「志賀直哉ふうの眼の修練があり、文体の研磨彫琢による硬質な言語の達成がある」のを認め、「実在を見てとる視力の正確さが小川国夫の出発点」であるとして、視ることの意味を問い、小川作品における、「純粋視力」と「神」の問題へとさらに深く分け入った。

……現象としての暴力でなく、意味としての暴力まで達すれば、そこは既に信仰の領域といえるのではなかろうか。信仰の中にも暴力的なものが含まれてはいないであろうか、いやむしろ暴力は信仰に変らなければならないのではなかろうか。

私の耳には、小川国夫の小説世界の静謐なざわめきの中に「神はいない」と叫んでいる声がきこえるような気がする。そして神がいないという事態もおそらく神たりうるのである。

……小川国夫の作品中におかれている「光」「海」「空」「石」といったキイ・ワードは、すべて回心者の上昇願望の上で輝きだすのではなく、人間がそれらのあいだを堕ち、また墜ちてゆくために置かれている。とは言え、堕ちることは究極的には神なのだが、小川国夫はその一語を慎重に黙秘しつづける。

任意に抜き出した、これらの記述に、一本の補助線を描き加えるなら、視覚から聴覚へと、おそらくはラディカルな意志をもって、創作のための装置を変換した晩年の小川国夫がもとめたものの正体が明らかになるだろう。

死者たちの言葉が耳に届いたとき、心身の衰弱を自覚するなかで小川さんは、その向うに神の声、そしてイエス・キリストの肉声が聞こえるのを願った。凝視するに等しい、神経の集注があった。その声が死によってしか聞きとることができないものであれば、小川さんはすでに死んでいたのである。

手の届くところに、いつも、頁が縒れて角がすっかり丸くなってしまったフランス語訳聖書が置かれていた。聖書は神の声を聞いて書き取った本である、という。芥川龍之介は小川さんが敬愛を抱きつづけた作家だが、「西方の人」が絶筆となった。そのなかに、イエスがタボル山に登って弟子たちに、自身がイェルサレムで十字架にかかることを予言した条りが記されているのを指して、小川さんはNHK人間大学の放送用テキスト（平成七年）で、

……芥川はこれを書きながら自殺を決行しようという思い込みにとらえられていたのです。芥川は自分とキリストを重ねあわせている、とまでは言えないかもしれませんが、自殺に向かって進んでいる自身の死にとらわれた気持ちが、どうしても、聖書の読み方、キリストのあり方に反映して、ここに出てきていることは否《いな》めないのです。キリストの死に自殺を見ているようなところがある、と私は感じるのです。

と、語っていた。

＊

「弱い神」は、「群像」平成十一年八月号に発表された「流れ者」を出発点として、大構想のもとに書き進めら

れた。モザイクを思わせるような、順不同の内容の短篇が、「群像」「文學界」「新潮」など文芸誌に断続的に掲載されるという、気ままな発表の仕方だった。我が儘な創作態度はこの小説家らしいと思えたものの、いつになったらモザイク画が完成するのだろうと、気を揉む思いをしたのを覚えている。全体の構成は、作者ひとりの頭のなかにしか見えていなかったからである。

鑑平って、ええ男が見つかったよ、と聞かされたのは「流れ者」発表の直後のことだった。以来、わたしたちの会話のなかで、この連作は「鑑平もの」と呼ばれるものとなった。

鑑平は、祖父のイメージをもとに新たに造型された登場人物である。小川さんには、祖父への愛着が深く、「試みの岸」は、その面影が重ねられた馬喰・十吉を主人公とする小説だった。腕と度胸の侠気ある人物らしく、清水次郎長の兄貴格という駿州藤枝宿の貸元だった長楽寺清兵衛のもとに草鞋を脱いだ、と笑い話のように聞かされたこともあった。

祖母のルーツは遠州・森。その父は指物師で、料理屋を兼ねた二階に森の石松が逗留したこともあった、という。指鶴《さしづる》、と聞かされたから、おそらく鶴吉という名前だったのだろう。お祖母ちゃんの少女時代の愉しみは、近くの刑務所に官弁を届けに行くことだった。タンポポの咲く畦道を行くと、囚人たちの歓迎を受けた。娘の頃は旅芸人の一座に憧れを抱いたこともあったようだ。そんな話をせがむと、小川さんは上機嫌になって熱っぽく語ってくれた。挙げ句は、指鶴捕り物帖を書いてごらん、などとけしかけられる始末だった。鶴吉は十手を預かってもいたらしい。明治初年代の話だろう、そんな日向くさい土俗的な世界にも近代の波は押し寄せてきたのだった。

一見自然主義ふうの風土感覚に惑わされるが、この作品はフィクションである。登場人物の醸す匂いと時代背景は明らかに一族の歴史と重ねられてはいるものの、そう断定する根拠の一例を示すなら、後半の〝語り〟の聞き出し役は「妹」だが、小川さんに妹はない。

舞台となるのは大井川河口域に位置する空想の村と故郷・藤枝の町。幻視者の眼差しに映し出された、血腥い聖地《サンクチユアリ》である。大井川河口には魔力がある、と小川さんは感じ取っていた。そこは、旧制高校生の頃から晩年まで、あてどもなく徘徊した、自らの匂いまでが染み込んだ親しい場所だった。すでに多くの作品に描かれた、いわば架空のリアリティに保証された場所である。

作者にとっては最大の長篇となったこの連作「弱い神」が、聖書もの、フィクション、私小説、三つの流れを一筋の大河に融合させ、集大成しようと目論まれたものであることは疑いない。七十歳を超えての挑戦だった。「悲しみの港」の小川国夫ではない。その気迫は、冒頭の場面からして明らかだ、といえるだろう。作者はふたたびデーモンを招き入れた。しかも、〝語り〟による描写だけで全篇を押し通し、登場人物の内面の原型、心理の傾きの微細までをそのままに焙り出そうとする、日本文学に類例のない試みである。それが無謀な企てであったかどうか、しかし、作者は最後の独創に晩年十年の生命を賭けたのだった。

血と、肺病と、自殺者たち。この陰惨な悲劇のなかにも神は宿る。献身、俠気、復讐、そして反抗。地を這う者の日陰のこころにも神の光は届く。青暗い月明りのように、だろうか。私には、この作品があらためて記された大掛りな「或る聖書」である、そのための最大エネルギーの集注であった、と思えてならない。そう考えるのは、旧約聖書について、作者が、

……この本を読んでいると、多くの作家たちのように、これこそ物語の本だと舌を巻きながらも、なんでこれが聖なる書なんだ、といぶかしく思います。人間はやはり、容赦ない殺し合いのなかから生い立ったんだ、と思うばかりです。ちなみに、聖書はみずからのことを聖書とは言っていません。文書《もんじよ》と言っているのです。この血なまぐさい文書を、だれが聖書とよび始めたのでしょうか。

と記すのを知るからである（「書きたい、見たい、聞きたい」）。

「河原に立って」という随筆のなかでは、小川さんは、身近に流れる四つの大河、天竜川、大井川、安倍川、富士川をあげて、「多くの人が知るように、水の流れはわずかで、川全体を腕とすれば、その表面を這っている青い血管といったところです。豊かな潤いの土地にありながら、中東の涸れ谷を思わせさえします」と喩えていた。幻視者の眼には、土俗的なフィクションの舞台の向うに、イスラエルの荒野が現前していた、というべきだろう。

鑑平は腕っぷしが強く、人を惹きつける魅力を備えた親分肌の人物として、日本的風土のなかに描き出されながら、同時に、どこか涸れ谷の族長といった印象で、ゴッド・ファーザー（教父）的な役割を与えられているかのようだ。紅林鋳造所にしても、後半の粳田權太郎の幾波回生舍にしても、具体的な描写から建造物の内部の様子までが想像されるものの、なぜか、荒野の陽炎のなかに揺れる幕舎のようにもイメージされるのである。暴力が描かれ、何人もの死者たちが登場しながら、暗い作品全体を覆うのが、日本文学の湿潤とはまるで異質の乾燥した空気であると感じられるせいかも知れない。鑑平は預言者なのだろうか。鷺坂濱藏もまた預言者に相応しく、のちには使徒の役割を担わされた、とみることができる。預言者、の一語が行き過ぎた喩えであるとすれば、ここに現われたすべての人物の鬱屈した感情が限界に達して、前半の旧約聖書的世界では、光に抱かれた何者かが出現されなければならない飽和の状態に至っていた、とはいえるだろう。

ばば垂れ鑑平もまた、神が愛したひ弱な子である。と、記した途端、ふと思い出が甦った。昭和二十七年八月、お祖父さんの最期に、東大在籍中だった小川さんは、病床で洗礼を受けさせた。嫡男である孫を溺愛した祖父は、お前がそんなに言うんなら、きっと有難いんだろう、と頷いたという。近所に住む信者たちが庭先に来て、めでたし聖寵みちみてるマリア、とお祈りを唱え始めたのを聞いて古参の店員（乾児《こぶん》、といったほうが適切かも知れない。小川国産は鋼材や製紙用資材を扱う商店だった）が、人が悲しんでいるのに目出度やなんて、耶蘇はどうかしてますぜ、国夫さん、と怒ったという。これも小川さん十八番の小咄だった。

小川さんの家の近くに、蓮華寺池という周囲一・五キロほどの池がある。脳卒中で倒れてからの十数年、リハビリのためだろう、祖父は一日も欠かすことなく池の周囲をゆっくり回った。そこは小川さんの散歩コースの一つでもあったが、あるとき、僕はお祖父さんが歩いた回数を超えたよ、と聞かされた。小川さんの意識のなかには、そんなかたちでも祖父は生きていたのだった。「死者も読者であり得るでしょうか。言うまでもなく、あり得ます」という談話での発言があったのを思い出すのである。

この作品の後半が新約聖書的世界であると感じられるのは、紅林與志の登場によってであるが、かれは同じ誕生年に設定されていて、作者自身の精神画像が投影されていると見做すことができるかも知れない。しかし、紅林與志にはモデルがあったようだ。

「未完の少年像」（「群像」平成十九年一月号）は小説家としての活動の最終期に発表された短篇の一つで、歿後の刊行となった短篇集「止島」に収録された。（――著者の遺志より、本書に再録されることとなり、その際、編集部によって登場人物名などは統一された）、そこに、大井川河口の精神障害者施設・「おおぞら学園」（旧制高等学校で同級の優等生が園長だった）に招かれて文学談義をした折りに知り合った「海江田総さん」という元・中学校教師の職員から聞いた話のなかに「紅林鋳造所」の息子として「遍《あまね》」の名前で現われる。「紅林遍」は「海江田さん」の戦時下の旧制中学での教え子だった。

> ……彼は今や亡き人です。思い出しているんです。秀才でしたね。旧制骨洲《(ママ)》中学始って以来の生徒だと言う教師もありました。雛鳳《すうほう》と言ったりしましてね。親父さんは、帝国大学工学部か海軍機関学校へやりたかったんですが、本人にその気がなくて、文学書や聖書に読みふけっているんです。三年生のころにはまだ子供っぽくって、《悪霊》のキリーロフのようにすみずまで自分を支配したいと言って、日本の《少年讃歌》という本

にはそれをなし遂げた人物が現われる、と言ったりしました。私は、とにかく、読書力に驚きました。

——これも大井川河口の魔力ですかね。

——その感がありましたな。……


「海江田さん」の回想は、本篇の「海江田先生」の行動となって再現されるが、会話のなかには「遍」が信頼を寄せる相談相手として「粳田権太郎」も登場するのである。


——粳田さんは殺されたんですか。

——生きています。しかし、殺される寸前まで行って、本懐の顔になったことがありました。


だが、と思う。「未完の少年像」がいかに私小説ふうの一篇であったとしても、そこにフィクショナルな要素がどれほど含まれていたかは判らない。一つの小説《フィクション》がその上にさらなる小説《フィクション》を積みあげる、という事態も考えられる。死者たちとの交信によって、作者の脳裡においては、想念こそが現実となっていたこともありうるだろう、と。作品名に冠された「未完の」の三文字の意味するところが、謎めいて感じられるのである。

四十年前のエッセイ「命への考察」（「群像」昭和四十五年十一月号）のなかに、小川さんは、「神秘的な老年」という言葉が遠い道標のように見えた時期があった、と記していた。聖書のキリスト像をデフォルメしたD・H・ロレンス最晩年の小説「死んだ男」を読んで衝撃を受けた頃だった、という。「この言葉に〈達成〉の意味を含ませていたからだろう」とある。キリストが三十三歳で死んだ事実に思い当って、この言葉の意味内容は無残にも霧消してしまうのだが、つぎには新約聖書から喚起された「神秘的な青年」のイメージに圧倒される。「復活はあった、しかし、生けるキリストは、世の終りまで、〈神秘的な青年〉として停る」のである。

……〈神秘〉とは血なまぐさく醜いものに違いない。聖書や《死んだ男》は私を迷妄から醒ましたのだ。人間の命は動植物のそれとは違う。特にロレンスを読んで感じることは、青春は美しい時期でも、単に生き生きした時期でもないということだ。

若き日の小川さんが、鏡に映る自身の顔貌に想像上のキリストを重ねたであろうことを私は疑わない。ノートの余白にも、スケッチブックにも、「神秘的な青年」の肖像が何十回、何百回となく鉛筆でなぞられたことを思う。油彩は何点遺されたのか、現に、そのうちの一点はわが陋屋の壁にも借りっ放しのまま架けられている。美術好きの高等学校生としてノイローゼに悩まされていた時期の制作だった。

昭和二十三、四年の梅雨どきのこと、という。藤枝の教会に赴任してきたジャシェ神父と国夫青年との出会いの日の光景を、私はありありと想像することができる。二十四歳の若き神父は、「ミサをあげ、わきの祈禱台へ行ってしばらく祈っていた」とある。

少年の面影があり、容姿端麗、スータンがこの上なく似合った。私は惹きつけられ、一人で視線のやり場に困っていた。やがて彼がこっちを向き、おはようございます、といいながら近づいてきたのは、私にとって残酷なほどの瞬間だった。(「ある過程」)

神父の方も、教会に現われた「神秘的な青年」の美貌に惹きつけられたに違いない。鏡に映った自身を互に見つめあうような一瞬だった。痩せた肩をすぼめてぼんやり佇む青年の、眼窩の底に湛えられた暗鬱に吸い寄せられるように、神父は近づいていった。美しい三行には、この瞬間に神の光が宿っていたのを回想する作者の思いが示されているといえるだろう。神父は、まだ覚束ない日本語で、「もし時間があったら、町を少し案内してほしい」という意味を伝えるのに手間どった。

「後年私はフランスへ渡り、彼の故郷であるセー・シュール・ソーヌという町を訪ね、両親や兄弟たちに会ったが、家族も近所の人たちも揃って彼のことを美少年《ボー・ガルソン》といっていた。彼は日本でもそうだったように、故郷の町でも目立ったのだろう」と、小川さんは記している。

ジャシェ神父は驚くべき活動力で使命遂行につとめた。説教を書き、貧しい家々に食糧を配り、自転車で山間部や海岸を走って、村の衆と酒を酌み交した。清水市の司祭館で心臓発作を起こして死去したのは、四十六歳の時だった、という。知らせを聞いて小川さんが駈けつけたことはいうまでもない。

……彼は信徒たちの泣き声に囲まれて横たわっていた。太い骨組み、建築を思わせる体軀だった。それに血がかよい、神経が生きていた時、私は端麗な容姿だと思ったのだ。かつての美少年は、不動の偉丈夫となっていた。

紅林與志が「神秘的な青年」、つまりはもう一人の自分として造型された登場人物であることは明らかだ、と考えられる。高貴な精神性を与えて、そこに若き日の自画像を巧みにずらして投影させた。作者は「神秘的な老年」の老練な手によって、二つの魂を結合させたのだった。そして、與志は「神秘的な青年」、つまりはキリストでありつづけるために、作者によって夭折すべき存在とされたのである。漂泊の民のように「流れ者」が辿り着いた影の地に、かれは、「弱い神」に遣わされた「弱い子」の幽かな光となって生きるのだろう。ジャシェ神父の思い出の一端は、外から来た「海江田先生」の無償の努力の上に描き出された。

血と暴力と死。この荒々しい世界は、喩えるなら、細胞膜が破れて感情の原形質が流れ出したような濃密な空気に支配された場所である。一族の百年の時間を軸に、男と男、男と女、女と女、それぞれの魂がそのかたちのままに焙り出され、血の繫りゆえの磁石のような結合と離反が表わされた。日常性や論理によっては捉えられない人間の行為が、描写だけの〝語り〟のなかに鮮烈に浮びあがり、異様な迫力が醸された。その抑圧された空気を、さらに戦時下の重苦しい空気が覆う。混沌もまた〝愛〟なのだろうか。〝語り〟の聞き役が、清潔で明晳な印象を与える女性とされる必然があったことが理解されるのである。

この物語の時代背景が郷土史における歴史的事実とどのような整合性をもつものかは、私には判然としない。例えば、軽便鉄道は作品中の唯一の通気孔のようにも思われるが、大正八年八月に路線変更された事実は確認できるものの、それがこの作品に記された通りの事情によってであったかは判らない。

*

平成十九年の暮れまでに、作品の順序が特定され、入稿の手入れがひとまずの完成をみた。部分的な不調整、重複の箇所が残ったが、年が改まってゲラが届けられ、車椅子に凭れての修整作業が進められた。

「流れ者」の発表から八年、原《ウル》「弱い神」「献身」から数えるなら十七、八年もの間、講談社の編集者たちは、「弱い神」の完成、出版を待望しつづけたのだった。それが作者畢生の大作となると信じていたからだ。あと三ヵ月の時間が与えられたら、と惜しまれるのである。彌縫《びぼう》が施され、箍《たが》がきりりと締め直されたことだろう、と。もしも、相談されることがあったら、第一部、第二部と、全体を二部立てにしたらどうか、と愚見を述べたかも知れない。

しかし、八十歳になった小川さんの体力は、すでにその限界を超えていたと推察される。病床においては、研ぎ澄まされた小川さんの聴覚は、死者たちの言葉を一層なまなましいものとして捉えていたに違いない。その声を親しく聞きつづけるために、本当は、「弱い神」を終わらせたくはなかった、と疑われさえするのである。

三月下旬、藤枝の病院に見舞うと、小川さんは、虚ろな眼差しで窓外を指さして、意味不明な言葉を呟いた。小川さんに微かではあっても意識の混濁をみるのは、はじめてのことだった。指さすあたりが小川国産商店の跡地だったのだろうか。私は曖昧に頷くことしかできなかった。昼にラーメンを食べた、という。郁ちゃん（と、いつもそう私を呼んでくれた）、ラーメンの具には何が合う、と真顔で聞かれた。インスタント・ラーメンには具がなかったからだ。焼豚《チャーシュー》、支那竹《メンマ》、鳴門、ほうれん草、などと数え挙げるのは、いつもの小川流偏執ぶりだったが、だんだん怪し気な具材が並ぶようになった。窓際に人が立っていると言ったのが、気がかりな言葉に思えた。

最後に見舞ったのが四月七日。私が友人夫妻と三人で病室を去るとき、県内の高専で国語教師をしていた鈴木さん夫妻と入れ替った。その後、藤枝教会の神父が訪ねてきた、という。小川さんの無意識の最後の声が、神父を招いたのだろうか。八日の朝、夫人からの電話で危篤状態に陥ったと知らされた。

（大阪芸術大学教授・元小沢書店社長）

弱い神　初出一覧

流れ者	「群像」	一九九九年八月号
夢のような遺書	「群像」	二〇〇〇年一〇月号
一目	「文學界」	一九九九年九月号
人攫い	「群像」	一九九九年一〇月号
鑑平崩れ	「群像」	二〇〇〇年一月号
おりん幻	「文學界」	二〇〇〇年三月号
葦の匂い	「新潮」	二〇〇〇年六月号
女よりも楽しい人	「文學界」	二〇〇〇年七月号
かます御殿	「新潮」	二〇〇〇年一月号
寅の年、秋	「文學界」	二〇〇一年一〇月号
一太郎舟出	「群像」	二〇〇〇年九月号
ばば垂れ鑑平	「群像」	二〇〇一年一月号
にかわのような悪	「新潮」	二〇〇一年二月号
與志への想い	「群像」	二〇〇三年八月号
無に降り	「群像」	二〇〇二年七月号
暴力とは	「文學界」	二〇〇三年三月号
くらがり三次	「群像」	二〇〇二年四月号
危険思想	「新潮」	二〇〇二年九月号
綾	「群像」	二〇〇三年一月号
奉安殿事件	「新潮」	二〇〇三年四月号
幾波行き	「群像」	二〇〇二年一〇月号
自首する綾、迫害される權さん	「群像」	二〇〇三年九月号
島流し	「群像」	二〇〇三年一一月号
弱い神	「群像」	二〇〇四年一月号
死について	「群像」	二〇〇三年一二月号
戦争は済んだ	「群像」	二〇〇四年七月号
星月夜	「群像」	一九九八年一月号
未完の少年像	「群像」	二〇〇七年一月号

付記

本書出版に向け著者校正中に著者は逝去しました。そのため文章の重複、あるいは人名の不統一などが初校ゲラに残されておりました。

本書では著者が残したままの矛盾はそのままにしてあります。ただし人名、地名など、明らかに統一をしなければならないところは一部統一させていただきました。

小川国夫（おがわ・くにお）

小説家。一九二七年一二月二一日静岡県生まれ。東京大学国文科中退。幼少年期は病弱で、文学に親しんだ。戦後、旧制静岡高校時代にカトリックに入信。五三年、大学在学中にフランスに私費留学。単車で地中海沿岸の各地を放浪。五六年帰国。五七年『アポロンの島』を自費出版し、島尾敏雄に激賞された。『試みの岸』『或る聖書』『彼の故郷』などで「内向の世代」を代表する作家とみなされる。八六年「逸民」で川端康成文学賞、九四年『悲しみの港』で伊藤整文学賞、九九年『ハシッシ・ギャング』で読売文学賞受賞。二〇〇八年四月八日、永眠。

弱《よわ》い神《かみ》

二〇一〇年四月八日　第一刷発行

著者　小《お》川《がわ》国夫《くにお》
発行者　鈴木　哲
発行所　株式会社　講談社
〒一一二―八〇〇一　東京都文京区音羽二―一二―二一
出版部　〇三―五三九五―三五〇四
販売部　〇三―五三九五―三六二二
業務部　〇三―五三九五―三六一五
印刷所　株式会社精興社
製本所　黒柳製本株式会社

ISBN978-4-06-214076-8